这是读书人心灵超度之舟，是学者思想攀援之梯，是烛照人生之光……

镜像

学人

Enjoy

My life

with Books

王庆杰◎著

中国言实出版社

图书在版编目（CIP）数据

学人镜像 ／ 王庆杰著. －－北京：中国言实出版社，
2015.6

ISBN 978－7－5171－1359－1

Ⅰ.①学… Ⅱ.①王… Ⅲ.①散文集—中国—当代
Ⅳ.①I267

中国版本图书馆 CIP 数据核字（2015）第 104428 号

责任编辑：马晓冉

出版发行 中国言实出版社

地　　址：北京市朝阳区北苑路 180 号加利大厦 5 号楼 105 室

邮　　编：100101

编辑部：北京市西城区百万庄大街甲 16 号五层

邮　　编：100037

电　　话：64924853（总编室）64924716（发行部）

网　　址：www. zgyscbs. cn

E－mail：zgyscbs@263. net

经　　销 新华书店

印　　刷 北京天正元印务有限公司

版　　次 2015 年 7 月第 1 版　2015 年 7 月第 1 次印刷

规　　格 710 毫米×1000 毫米　1/16　17 印张

字　　数 269 千字

定　　价 42.00 元　　ISBN 978－7－5171－1359－1

自 序

　　我有时爱傻傻地想，要是有朝一日腰缠万贯，我最大的愿望就是要到书店过足购书瘾，把自己过去想买而舍不得买的书全都购置到自己的床头，在我看来，那是人间最美的乐事。我在高校教书，最羡慕的工作岗位就是在图书馆工作，想想天天和书打交道，每天都在一架架书前"行行重行行"，那真是幸福无比，窃以为，那简直就不是上班，是到了幸福的乐园，是人生最大的享受，可是每次与图书馆的老师闲谈，听到多是抱怨，没时间读啊，工作单调乏味啊，我总是怀疑他们说得不是真话，是为避免别人妒忌故意这样说的，我疑惑不解，人和书在一起，还有烦恼吗？我真的闹不明白。看来，我对书的占有欲是多么强烈。但我知道，读书人名穷，写文章人命舛。我也一直有一个密不告人的"恶行"，大学时曾把从别人处借阅自己喜欢的一本书谎称丢了而占为己有；也曾把爷爷生前读的书默默地带到省城自己的家中，含着泪放到自己的书架上，有时夜深人静的时候，怯怯摩挲着那发黄的书卷，就想起爷爷在世时坐在门前晒着太阳悠闲读书的情景，分明能感觉到这些黄卷上还依然带着老人家读书的体温。爷爷，我常常泪流满面地呆坐在那儿一言不语。时光悠悠，爷爷作古已经好多年了。我痴痴地想，人们所言的所谓的天堂，那一定是有书的地方，没有了书，天堂还有什么意思！大学读书时，我也曾厚着脸皮，三番五次地向大学老师讨要他出版的专著，读着自己熟悉而又崇拜的老师写的书我感到特别亲切，特别来感觉。记得有一次，我从学校的一家小书店里购得一本《文学与色彩》，作者是新闻系的张婷婷老师，该书由我们中文系鲁枢元教授做的序中得知婷婷老师是著名作家张一弓老师的爱女，我崇拜得不得了。一天，经一位新闻系同学的指认，楼梯口那位正向前走着个子高挑的女老师就是张婷婷老师，我尾随在后，她发现了我，"你干什么？"我嗫嚅着，一句话也说不出来，过分的紧张，我始终没有看清张老师的容颜,直骂自己窝囊。我也一直有一个藏在心底的美好愿望,何时能有一间自己的书房,满屋书香,坐拥书城,听外面草虫吟唱,"留得残荷听雨声",那是一种多么美好惬意的意境。人到中年,终于有了一个属于自己的读书空间,满架图书,一张书桌,一把古色的老藤椅,躲避掉了尘世的喧嚣,心无挂碍地坐在那儿,随心所欲地拍拍打打、摩挲品赏每一本书,记录下我读每一本书的感想,心中就升腾起飘飘欲仙的感觉。我最不能释怀的是想着自己拥有的好书,将来流落何处? 有一次,我把这想法说给我崇拜的学者型作家韩石山先生,韩先生购书大方,藏书丰盈,谁知他淡然地回答:"没想过!"我猜想韩先生话里的潜台词是"书是让活人读的,人死了还用得着考虑,还有必要考虑这些不关己事的事吗?"韩先生的话一下子让我释然。人生苦短,人生最大的遗憾就是活着的时候多少好书没有时间拜读,人走了,多少好书再也无缘相见,书的诱惑力实在太大了。

一日,偶读《一代儒宗——钱穆传》,钱先生遵照曾国藩倡导的读书必须通读全书的方法,戒除自己随意翻阅的坏毛病,读完一书,再读他书。这对我震撼很大,从此我开始认真阅读每一本书,没有精读三千本书的人是无知虚妄之人,是"腹中空""根底浅"的人。我开始了精读,精读才能让心灵精致,精读才能让生活精彩,精读才能让生命精深。可是我发现生而为人,生命时光并不能随心所欲地为自己所支配,学者李渔为山西王家大院题写的一副楹联"簏簌风敲三径竹,玲珑月照一床书",这是多么美好而又令人惬意向往的生活图景啊。尘世中多少人有福消受这一切啊。一次友人给我善意的提醒,要学会处理人际关系,别只顾在读书写作中自己的享受。我知道自己浸淫书中日久、耽卧写作日长,我就越胆怯那些无聊消磨光阴的应酬,那些道貌岸然而又左右逢源的寒暄。书,让我痴呆;书,让我憨拙。我常被别人嬉笑为一身"书生气"、"性情中人",我是甘愿做一书生,书生,书生,我本就是为书而生的呀。作家刘震云最经典的一句话就是"我对这个世界一无所知。""于我心有戚戚焉"。我对这个世界是越来越恐惧,只有一个人坐在房门紧闭的书房里我才能稍稍解除这种恐惧感,书房是我蜷缩肉身、包藏心灵的蜗牛壳儿。我厌恶那些糟蹋书、轻薄书之人,在我看来,这些都是人间的撒旦,都是人世间活得最没有价值的人。收在这本书里的文字,都是我阅读的"副产品",保留下来,印成书册,别无他求,只是为自己的阅读生命留下痕迹,只是让我们的生活多一点温暖的亮色。我一直有一个想法,要是自己有一个印刷厂该多好,把自己涂抹的文字都印成精美的册子,摆满长长的书架,晚年的时候,我一个人抚摸着这些散溢着岁月沧桑气息的文字,我咧着掉光了牙齿的嘴嘿嘿地笑着。我知道,这些都是天方夜谭、痴心妄想,但是有了这些想法,我的心就不空,对这个世界的恐惧也就会大大减轻,因为想像也是安慰人生温暖的炉火呀。

作者

2014 年 3 月 8 日于郑州龙子湖畔

目 录
CONTENTS

汪曾祺：清正醇厚的中国文化滋味　1

杨绛：边缘化的思考界域　7

路遥：应该这样保持对文学的虔诚　11

刘震云：表达即风景　16

余华：失望中的忧思　22

何频：向来一瓣香犹在　28

焦国标：博士更有颗平民心　31

二月河：砂礓般文字遍地开　36

孙方友：民间叙事的精神隐喻　40

陈涌泉：浅而不薄的追求　47

鱼禾：暧昧的唯美　52

李乃庆：气场、气脉与气象　57

八月天：月光的模糊与隐匿　70

孙瑜：我不卿卿，谁敢卿卿　76

麦启：神秘气场的逃匿与消解　84

墨棣：一抔黄土掩风流　88

乔小乔：温柔纤细的唯美银针　93

王婕：迷茫下的剥离、游离与迷离　98

王开凡：赤诚热爱结慧果　103

赵俊杰：个人生命史与民族历史的辉煌激荡　107

高金光："浅草"还须没马蹄　113

牛文丽：审美写作的当下意义　118

傅爱毛：走进人性的深渊　124

江　媛：让生活在诗中瘦身　129

汪渌：自白下面的精神救赎　134

杜禅：当代知识分子的"时局图"　139

刘再复：西风欧雨中的学术嬗变　142

耿占春：思考在梦幻里　147

谢有顺：常识后面的历史真相　153

何向阳：笔力重、才情盛、思想寡　158

李建军：吹皱中国文坛的一池春水　162

孙郁：苍茫的生命底色　167

葛红兵：学术丛中的"青麻头"　173

钱钟书：文化昆仑上的雪莲　177

张中行：人至晚景文臻精　182

鲁枢元：沉醉于学术的岔道口儿　185

陈平原：平原地貌的学术景观　196

刘小枫：开启神学研究的另一扇窗　199

单正平：平坦中的崎岖思考　202

余世存：体制外的思想坚守　205

敬文东：化识为智的诗性学者　209

艾云：用文字滋养心灵的葱茏　213

刘海燕：柔韧的批评锐度　217

谢泳：淡定的学术淘金人　220

李彦华：让红学充满民间气息　224

沉毅：才子共歌哭　文人同命运　227

奚同发：庆杰的才气　229

刘宏志：《红楼梦》研究与中国生活反思　231

沉毅：庆杰先生赋　234

李彦华：红学中的"一畦春韭绿"　237

墨白：生命情感的证词　239

尚伟民：文化批评的银针　241

王辰迪：年年岁岁一床书　243

李晓娟：醉卧红楼　245

王庆杰：我一直在追求的语言风格　246

王庆杰：工具书品赏　251

后　记 ·· 257

汪曾祺:清正醇厚的中国文化滋味

　　大学期间,我就喜欢汪曾祺的散文,买了一本《汪曾祺文集·文论卷》,后来又陆续购置了《汪曾祺散文选集》《旅食与文化》《汪曾祺自述》三本书。多年后,一位朋友送给我由天津人民出版社出版的三卷本汪曾祺散文集:《人间有戏》《人间滋味》《人间草木》,再购置孙郁先生的《革命时代的士大夫:汪曾祺闲录》,放置书房,经常翻阅,温暖心怀,沁人心脾,滋润身心,这些书是我诸多藏书中的珍品。目前,汪曾祺散文研究还存在很多问题:最突出的表现是还停留在历史的维度上,论者多从西南联大师从沈从文、文革中参与样板戏剧创作等多个历史维度点来探寻汪氏散文形成的文化历史脉络,忽视了从逻辑学层面也即文化心理学的横向层面进行深入的探讨。

　　汪曾祺散文骨子里追求写作与生活的统一。写作是生活的一部分,是对生活最真诚的坚守,也是对生活滋味最深入的咀嚼。生活是生命最本真的生存状态,散文是生活状态最真实的呈现。汪氏散文没有文人腔,而是充满生活气息。那些忆旧、饮食、花草树木文字,都是生活的表述,而不是艺术腔调的表述。汪氏散文不讲究艺术化的审美雕琢,也不遵从文艺写作美学的规律,而只是按照生活的真切感受,调动生活积累,把自己的认识体察感悟全都自自然然地写出来。汪曾祺是一位生活的热爱者,而不是生活的拷问者。他谈到语言,用揉面设譬,颇为生动传神:"使用语言,譬如揉面。面要揉到了,才软熟,劲道,有劲儿。"艺术创作不是如我们惯常所言的"深入生活"之后的提炼加工,而是要"尊重生活",把写作与生活如水和面般揉成一体化的面团。这种生活是审美化的生活,远离生活中的邪恶、丑陋,追求宁静的写作心境,追求纯净的唯美境界。长期以来,我们解读沈从文、汪曾祺、孙犁、周作人等人的散文,总爱概括统称为"闲适散文",总爱从明清小品文追踪索源。其实,在"闲适"的文字后面,流露着作家不同的写作心态。明清小品文闲适的后面，是作家枯寂孤独的心灵折射。沈从文的闲适是作家追求人格心理的逍遥。孙犁散文的闲适是游离于现实生活的孤愤，而汪曾祺散文的闲适是对人们生活观的校正，是对所谓革命生活的抗拒。汪曾祺先生在晚年的各种文章中表达了他对俗世生活的认识，"向生活的深度和广度掘进和开拓"，"一个人，总应该用自己的工作，使这个世界更美好一些，给这个世界增加一点好东西。在任何逆境之中也不能丧失对于生活带有抒情意味的情趣，不能丧失对于生活的爱。""我想把生活中美好的东西、真实的东西，人的美、人的诗意告诉别人，使人们的心得到滋润，从而提高对生活的信念。""我不从生活中感到快乐，就不能在我的作品中注入内在的快乐。写旧生活，也得有新思想。可以写混乱的生活，但作者的思想不能混乱。"汪氏散文，在生活的审美与写作的唯美里获得了一种闲适的逃离，心灵的归隐，他为自己构建了一个怡然自得的心灵小屋。汪氏散文的文化价值不是体现在他有多么高深的思想，而是体现在那种对我们习焉不察的世俗生活温暖美好的描绘。当代学者孙郁先生称汪曾祺为"革命时代的士大夫"，认为他的写作"更好地处理了文学个人化问题。当人们还在讨论人道主义与异化的问题时，他无声地回答了诸多难题。""汉语的个体感觉在他那里精妙地呈现着"，"简直是我们躯体的一部分。"汪曾祺散文通过对草木、饮食的描绘，匡正了当代中国写作的生活异化问题，呈现了一幅幅世俗生活美好的画卷，提醒世人把眼光从那些貌似神圣高贵实则浮华虚浅的生活场景中逃离出来，在"豆汁、豆腐、马铃薯、萝卜、韭菜花、蚕豆"的世俗滋味里感受中国文化最美好最实在最本色的内在韵味。"中国的许多菜品，所用原料本不起眼，但经过一番'讲究'，变成了人间至味。"这些世俗的话题，经汪曾祺点石成金的描绘，遂变成了艺术珍品。作家每一行文字，没有说教之气，在平和的叙述中，流淌着对凡俗生活无比的热爱之情。固然，作家的审美视角很狭窄，写作的切口很小，但是却能化俗为美、化俗为道、化俗为情。汪氏散文淡去了外在环境的色彩，充满个人性情趣味的精神色彩非常浓厚。审美情调清正醇厚，没有个人的怨气、名士气、颓废气，明朗清畅，生活的诗意与写作的诗情完全自然地揉和交融在了一起。

汪曾祺散文追求自然生态与写作心态的统一。写作从文化学看其实也就是一个人精神生态的培育。中国传统文化的魅力就在于作家自觉地把文化生态与自然生态结合在一起，形成了"道法自然"的文化传统。"风骚"并重的中国文化表达，也是在尊重自然生态的宏阔背景下进行着文化生态的建构。人生活在充满勃勃生机的自然生态环境中，中国文化生态也是处处充满自然生态的生命气息。汪氏散文有很大一部分是"人间草木"系列，作者在"紫薇、腊梅花、天山行色、葡萄月令"等山川风物有滋有味的描述中，揭示了"*寻常细微之物常常是大千世界的缩影，无限往往收藏于有限之中*。"自然在汪氏笔下，成为他"仰观吐曜、俯察含章"的载体，成为个体审美生活的重要组成部分。文化生态的破坏，肇始于写作心态的破坏。乖戾、峻急的文风源自于焦躁、枯燥的心灵，冲和、淡雅的心境才能使作家笔下的文字"情深而不诡、风清而不杂、文丽而不淫"。汪氏一篇《葡萄月令》在当代散文评论家范培松先生看来"是够格的散文家"。这篇观察细致入微的散文，把自然生态与写作审美心态完美地结合在一起：

一月，下大雪。

雪静静地下着。果园一片白。听不到一点声音。

葡萄睡在铺着白雪的窖里。

二月里刮春风。

立春后，要刮四十八天"摆条风"。风摆动树的枝条，树醒了。忙忙地把汁液送到全身。树枝软了。树绿了。

雪化了，土地是黑的。

黑色的土地里，长出了茵陈蒿。碧绿。

葡萄出窖。

这些书写生命成长的文字，处处表现着作家对生活的无比热爱。文字洁净纯美，是自然生态与审美心态结晶出的生命成长图。白描的文字后面，显示着物性与人性的融合之美。这篇文章写在作家被劳改期间，但是，我们看不到作家愤愤不平的冲天怨气，倒是呈现至真至纯的不言大美，呈现一种天地任逍遥的唯美之境。写作，对于汪曾祺是一种精神去污的过程，就如冲污涤垢的干净水流，为人生寻找到一块安身立命的净土，为生活营造一个可以放置真性情的文化场景。写作，对于汪曾祺也是一种自我陶醉自我逃离的过程，为自我生存寻找充足的精神缘由，为自我心境与社会现实环境划出一道鸿沟。读汪曾祺的文字，感觉不是虚张声势写出来的，不是装模作样装出来的，不是拿腔捏调喊出来的，而是从洁白的内心流淌出来的，是从驳杂、芜杂的生活中提纯出来的。当代散文写作，达不到汪氏散文的水平和境界，关键在于很多作家的写作心态出了问题,没有了体悟自然的能力和兴趣,很多散文作家的自然生态观不是真实的当下的自然生态,而是过滤提炼后的人文自然生态,是思想意识中的自然生态,是中国文化中唐诗宋词山水游记散文中的自然生态,是僵化模式化概念化的自然生态,而汪曾祺笔下的自然却是个体生命与自然生命的灵魂结合体,他是在用心、用情融入到大自然:

夏天的早晨真舒服。空气很凉爽,草尖上还挂着露水(蜘蛛网上也挂着露水)。写大字一张,读古文一篇。夏天的早晨真舒服。

凡花大都是五瓣,栀子花却是六瓣。山歌云:"栀子花开六瓣头。"栀子花粗粗大大,色白,近蒂处微绿,极香,香气简直有点叫人受不了,我的家乡人说是:"碰鼻子香"。栀子花粗粗大大,又香得掸都掸不开,于是为文雅人不取,以为品格不高。栀子花说:"去你妈的,我就是要这样香,香得痛痛快快,你们他妈的管得着吗!"

汪曾祺把写作当成生活的一部分,上述文字似乎随意写来,但是通篇透着率真,透着化道于心的从容洒脱,通过栀子花的香味,来表达自我坚守的品格。打通自然生态与社会人生形态,在尽情的书写中,揭示了物性与人性内在密不可分的关系。作为不依附于任何集团的任性文人、真文人,写作中都有一股天马行空的写作自信,一股写作的倔劲儿。他在西南联大上学是为了"寻找潇洒",写作也是"基本上能做到我行我素","淡泊,是人品,也是文品。"汪曾祺散文写作,不是惯常的摹写自然,而是从自然中汲取着建构健康明朗写作生态的丰富营养,自然山川草木、瓜果蔬菜,人间美好的饮食滋味,都是作家培育写作生态的重要元素,是捍卫自己写作禀性的重要武器。人生尘埃落定,剩下的都是淡泊。当很多作家把自然由写作的主角位移为写作的背景时,汪氏散文依然津津有味地论吃、赏花、谈景,这是绝大数人的正常生活,是小民的生活,是接地气的生活。美在自然,美在粗茶淡饭的咀嚼中,美在随遇而安,美在对自然风物的陶醉中,美在身心和谐的大美中,美在从喧嚣回归宁静的路途中,美在如费孝通先生所言的"美美与共,各美其美,美人之美"的澄明之境中。汪曾祺先生在一篇自述性的文字里这样祖露心声:"我没有荒谬感、失落感、孤独感。我不反对荒谬感、失落感、孤独感,但是我觉得我们这样的社会,不具备产生这样多的感的条件。如果为了赢得读者,故意去表现本来没有、或者有也不多的荒谬感、失落感和孤独感,我以为不仅是不负责任,而且是不道德的。文学,应该使人获得生活的信心。"

在汪氏笔下，自然生态，处处都让人获得生活的信心，处处都是可圈可点的美好景色。煤块里长出的芋头，"在寂寞的羁旅中看到这几片绿叶，我心里真有说不出的喜欢。"秦老九把豆子撒到石头底下，"过了一阵，过了谷雨，立夏了，秦老九到田头去干活，路过这块石头，他的眼睛瞪得像铃铛：石头升高了！他趴下来看看！豆子发了芽，一群豆芽把石头顶了起来。'咦！'刹那之间，秦老九成了一个哲学家。"汪氏散文疏疏朗朗的几笔勾画，像一幅水墨画，活灵活现，很有风味韵致。当代像汪曾祺这样诗书画汇聚一身的作家少之又少，导致作家审美趣味单一，审美鉴赏力低下，文化生态的贫瘠导致写作生态的恶化。写作，凭借的是健康硬朗的写作心态。文人颓废，是心态的颓废阴暗。当今，山水游记散文的衰落，根子上就在于作家心态与自然生态的疏离，自然欣赏趣味水平的降低。汪氏散文遂成为中国散文空谷绝响的珍本与孤本。

汪曾祺散文还追求文本与人本的统一。汪氏散文中有一大部分是怀人议事的散文，这些珍贵的文本是我们了解历史人物的丰富史料，也是汪氏散文中最有历史文化含量的一部分。这些尘封发酵已久的人事，经过汪曾祺先生妙笔皴染，更加鲜活生动。沈从文、金岳霖、朱自清、闻一多、老舍、赵树理等已经作古的文化巨擘们，"复活"在作家那传神的细节描绘中。写人散文最容易滑入由人到神拔高升华的美誉层面。文本飘渺虚浮，人物就显得虚假巧滑。人本立而文本生。立足于人本就是要照实写人物，照实写人物，人物才会血肉丰满，真实可信。记人散文不是记"神"散文，而是要"贴着人物写"。汪氏笔下的人物，作家摆脱社会历史语境对人物"神化"、"意识形态化"的定势怪圈儿，而是立足于人本。人本就是尊重人性的一切善恶美丑，尊重人物自身性情的真实流露，一切都从"人"的视角而不是从"人物"的视角复原出人的真实。在社会化的"人物"后面寻找"人"最本真的品格，尊重人所处的社会环境，更尊重作家自身独特的印象。如在《赵树理同志二三事》一文中，开篇基调就温馨感人：

赵树理同志身高而瘦。面长鼻直，额头很高。眉细而弯，眼狭长，与人相对，特别是倾听别人说话时，眼角常若含笑。听到什么有趣的事，也会咕咕地笑出声来。有时他自己想到什么有趣的事，也会咕咕地笑起来。赵树理是一个非常富于幽默感的人。他的幽默是农民式的幽默，聪明，精细而含蓄，不是存心逗乐，也不带尖刻伤人的芒刺，温和而有善意小说家的笔法,却逼真细微生动。汪氏散文是四不像的散文,却是最有中国文化韵味的散文。中国文化的审美情趣就在神似与形似之间。文本逃逸出了写作形成的套路,打上了深刻的汪氏散文独特的烙印,处处透着温暖的审美意趣,照射出温暖的亮色,一种明亮而不刺眼的亮色。臧否人物,温和典雅,庄重而又亲切。文本于内心,人本于真诚。文本与人本,珠联璧合,是汪氏散文成功的秘诀。很多记人散文写作失败的原因就在于太"摆架势",雕琢成分过浓,"人"就离开了生活的根基,成了作家手中牵线的木偶,成了画家可以任意涂抹的画布,成了当代人可以修改加工的艺术照,人物就会失真变形。学者孙郁这样评价汪曾祺的记人散文:"仿佛觉得他是个远离恩怨的讲述者,把烟火气滤掉,把痛感钝化掉,一切都归于平淡了。可是那平淡之后是无疆之爱,就那么缓缓地流着。"人活天地间,所谓的记人散文,不仅仅是我们学习的对象,而且是我们借着回忆的炉火温暖自己心灵的过程。汪氏散文是研究当今中国散文文化生态最可信赖最可依赖的文本,对汪氏散文的研究刚刚开始,对散文写作的启示值得我们后人一说再说。

杨绛：边缘化的思考界域

书店里猛然看见人民文学出版社出版的四卷本《杨绛文集》时，我在惊喜中马上购置到家。暑期无聊，我开始了认真细致地阅读杨先生的文学。杨绛是中国当代文化界一位可敬可爱的老太太，是文化丛林里一棵不可多得的"老人参"。

通篇读来，久违的浓郁书卷气扑面而来，温和的文字里告诉我们怎样才是精神的贵族，何谓高洁的文化生活，什么是书生情怀，老太太骨子里的精神洁癖与其夫君钱钟书先生何其相似乃尔，高山仰止，云水襟怀，情感真纯，赤子情怀，晶莹透亮的文字里，没有抱怨，没有愤怒，没有鞭挞，慈悲之心，人世沧桑娓娓道来。

良好的文化修养修炼出了不愠不怒不悲不叹的生命淡泊，在这个浮躁喧嚣的时代，老太太的文字是一缕清新的风，是让我们稍安勿躁的镇静剂。当前中国文化环境的粗俗境况，更加突显出杨绛先生文字质地的珍贵与可爱。杨绛先生的文字引领我们走出粗俗，拒绝庸俗，摆脱媚俗，在自足的文化环境中避开世俗污垢的熏染。粗俗使我们的心灵粗鄙、情感粗糙、精神矮化、思想萎缩。粗俗还表现在我们对历史不负责任地调侃戏说中的麻木冷酷，一切都被解构成无关痛痒、举重若轻、嘻嘻哈哈的佐料。杨绛先生的文字，让我们看到了文化粗粝磨蚀掉了多少思想与情感的棱角。一些人在无知中张牙舞爪，虚张声势；一些人在无赖中盲目否定，目空一切；一些人在无聊中插科打诨，嬉笑怒骂。

杨绛，这位期颐老人，浮华散尽，没有乡愿，只有一颗朴素坦诚的心灵，一点点地咀嚼着人间的陈年往事；没有伪饰，只有对人间烟火无比的眷恋与热爱。在杨先生晚年《我们仨》、《走到人生边上》的文字中，更是人情练达，世事洞明，悲欢离合，恩怨情仇都化成了生命灿烂的风景，都成了生命历程中路旁花花草草的点缀。

但愿我能变成一块石头，屹立山头，守望着那个小点。我自己问自己：山上的石头，是不是一个个女人变成的"望夫石"？我实在不想动了，但愿变成一块石头，守望着我已经看不见的小船。

我们已经好久没有读到这样温暖心怀的文字，就如我们粗糙的情感已经对人间细微的生命细节缺乏感同身受的体悟，似乎对一切都司空见惯，熟视无睹，似乎一切真诚私密的情感我们都失去了丈量的兴趣，甚至，对杨绛先生笔下那些淡泊名利、远离热闹、陶醉于文字、痴迷于思想、躲避喧嚣的生命追求，我们健忘得近乎陌生，只是作为生活的异类来装点我们的生活。

在文化界，似乎杨绛先生永远走不出钱钟书先生的影子，只是一朵钱先生这座文化昆仑上绽放的美丽雪莲。通读老太太的文字，我们发现这些偏见是我们仰望昆仑产生的雪盲症，他们都是对峙而立的文化山峰，他们作为中国一代知识分子代表已经越来越消失于我们有限的阅读视野，他们的文本已经成为稀缺宝贵的文化资源，文化背景、时代风云已经破坏了这些文本生长的气候和土壤。

一九七九年早春，阿瑗去世。一九九八年岁末，钟书去世。我们三人就此失散了。就这么轻易地失散了。"世间好物不坚牢，彩云易散琉璃脆"。现在，只剩下了我一人。

淡淡的笔触，言有尽而意无穷。炽热的情感，化成了笔下几行清淡如水的文字。万千忧思，简化成了历史隧道中几个平淡无奇的时间点。杨绛先生的怀人散文，都是在平平淡淡的叙述里，挤干了那些浓墨重彩的渲染，用单一的白色还原记忆中人物的真实。

杨荫榆是我的三姑母，我称"三伯伯"。我不大愿意回忆他，因为她很不喜欢我，我也很不喜欢他。……她好像忘了自己是女人，对恋爱和结婚全不在念。她跳出家庭，就一心投身社会，指望有所作为。她留学美国，做了女师大的校长，大约也自信能有所作为。可是她多年在国外埋头苦读，没看见国内的革命潮流；她不能理解当前的时势，她也没看清自己所处的地位。如今她已作古人；提及她而骂她的人还不少，记得她而知道她的人已不多了。

对作为亲人的历史人物评价，老太太也是客观的笔调，冷静平静地款款道来，没有感情化的辩护，没有私人化的渲染，杨绛散文平平常常中去掉了火气，功力用在了情感内敛的文字里,用在了清新明朗通透的人生认知中,摆脱了"小我"的纠缠,回到人性共通的"大我"中,天地境界,一片澄明。物我相融,宠辱偕忘,情感共振,思想共鸣。

《干校六记》通篇也没有不能释怀的情节,没有满腔时代不公的控诉,仿佛一切屈辱、愤懑都过滤掉了,生活的一切都是那么自自然然。"宿舍四周景物清幽,可资流连的地方也不少。我们俩每天黄昏一同散步,更胜于菜园相会。我们既不劳体力,也不动脑筋,深惭无功食禄。"撇开了时代风云的气场威压,回到了生命逍遥之境,酸楚变成了恬淡,豁达里面饱含着无奈。杨绛散文的魅力也在于这种道法自然的平淡,在于作家文字中那种直冲霄汉的天人合一的伟大情怀。散文不在于题材的大小,而在于作家点石成金的写作功力和澄明透亮的人生境界。有了功力,写作姿态就会潇洒自如;有了境界,写作就会收放自如,没有了扭捏和拘谨,草长莺飞,大化自然,气象万千,笔酣墨饱。

杨绛先生的文学成就除散文之外,还在于她的小说、戏剧、翻译、文论等诸多方面。现代知识界的女性和杨绛先生比起来,文化的单薄贫相与文化的厚重截然分明。在中国强大的男性文化审美视野中,从古到今,我们对于才女的评价,在才情方面,往往由"才"到"情"或者是以"情"赏"才",对其情事津津乐道,对其才华概而论之,对才女缺乏必要的理性的正确审视。比如,历史上的李清照、薛涛、秋瑾,到近现代的张爱玲、苏青、谢冰莹、萧红、庐隐、石评梅、林徽因,这种偏见影响了对其文化成就全面客观的把握。杨绛先生的小说,论其艺术成就和夫君钱钟书先生的《围城》比较难分伯仲,尤其是长篇小说《洗澡》文笔洒脱,描写人物犀利深刻,其女性作家的细腻深刻程度甚至要超过《围城》,余楠与妻子宛瑛、情人胡小姐三人之间微妙的情感,把人性剖析得入木三分,甚至几乎刻薄,这是一个有趣的现象。我记得有一次参加某作家的作品研讨会,一位以研究女性作家赢得大名的某大学退休女教授,对钱钟书的《围城》大放厥词,"《围城》我看不下去,我忍受不了钱钟书对人物描写的刻薄。""刻薄"是人们对钱钟书诸多文章评述的关键词,人们一直想弄明白,在生活中温雅谦和的钱钟书夫妇为何在文学创作中热衷于"刻薄"的叙事风格呢? 我们可以从解读那一代知识分子的心理路程得到答案。在杨绛先生的一些自述性文字里,比如《我们仨》里面就详细地记录了新中国成立前夕的复杂微妙的心态:

郑振铎先生、吴晗同志,都曾劝我们安心等待解放,共产党是重视知识分子的。但我们也明白，对国家有用的是科学家，我们却是没用的知识分子。

我们如要逃跑，不是无路可走。可是一个人在紧要关头，决定他何去何从的，也许总是他最基本的感情。我们从来不唱爱国调。非但不唱，还不爱听。但我们不愿逃跑，只是不愿去父母之邦，撇不开自家人。我国是国耻重重的弱国，跑出去仰人鼻息，做二等公民，我们不愿意。我们是文化人，爱祖国的文化，爱祖国的文字，爱祖国的语言。一句话，我们是倔强的中国老百姓，不愿做外国人。

"没用的知识分子"，这就是人文知识分子最真实的心态，也是钱钟书夫妇一直坚守"边缘化"立场的根本原因。我们可以从两位老人的两本书名得到印证，如钱钟书先生的《写在人生的边上》、杨绛先生的《走到人生的边上》，"边上"是钱氏夫妇最终选择的人生位置，也是他们思考问题的立足点，"边上"更能看到问题的边界，"边上"更能看到风暴眼里的风景，"边上"是远离意识形态后独立精神的坚守。以位置分，中国知识分子可粗略地概括为边缘知识分子群落与中心知识分子群落。钱氏夫妇选择皈依边缘知识分子群落，是因为明晰自己是"没用的知识分子"，"有用"与"无用"是哲学研究的永恒命题，"有用"往往着眼于现实，"无用"往往偏重于理想。钱氏夫妇淡泊明志，宁静致远的生命情怀，决定了他们选择远离是非热闹中心的边缘，选择闭门谢客的独守，以此来抵挡是非毁谤的侵扰。杨绛先生在《我们仨》一书的结尾写道："钟书的小说改为电视剧，他一下子变成了名人。许多人慕名从远地来，要求一睹钱钟书的风采。他不愿做动物园里的稀奇怪兽，我只好守住门为他挡客。""他不求名，却躲不了名人的烦扰和烦恼。假如他没有名，我们该多么清静！""清静"是一代边缘知识分子追求的生命境界，"清静"才能保持生命的尊严，在"清静"里慢慢品赏生命的况味，这也是杨绛先生苦苦追求的人生法宝"隐身衣"，这是杨绛先生欣赏并恪守庞德著名诗句"我和谁都不争，和谁争我都不屑"的原因所在。"昆仑"之高，必忍受"高"孤独："雪莲"之美，必承受高寒之威。世人研究钱学，热爱杨绛先生的文字，想必也是心灵的渴慕与向往，因为，在文化地貌中，昆仑和雪莲都是孤独的个体，都是冰清玉肌的尤物。有了他们，我们才知道何谓高贵地活着。

路遥：应该这样保持对文学的虔诚

一代人有一代人的精神记忆。上一世纪八九十年代，中国文学的乳汁喂养了一代文学青年。很多文学作品刚一出笼，还冒着热气，散发着油墨香，便被嗷嗷待哺的文学青年狼吞虎咽般阅读，津津乐道般传颂，从维熙的《北国草》、张贤亮的《绿化树》、《男人的一半是女人》、刘心武的《钟鼓楼》、路遥的《人生》，尤其是在那个资讯还不发达的时代，广播电台的"小说连播"节目，对小说传播发挥了不可替代的作用。那个年代，很多人守候在广播前，听小说，成为一天最美的精神享受。我与路遥先生《平凡的世界》的结缘就缘于每天听中央人民广播电台的"小说连播"节目，李野默先生那浑厚亲切带有磁性的男中音，让我陶醉在由小说家与演播家共同营造的美好世界中，那时，我刚上初中，小说《平凡的世界》如汩汩清流滋润着我贫瘠干枯饥渴的心田，上午首播错过，晚上一定要听重播。有一次，走在大街上，路过一家店铺，里面传来了李野默先生播讲的《平凡的世界》，店主人在静静地听着，四周一片安静，行人走过也是蹑手蹑脚，唯恐打破了这静美的意境。我听了小说连播，还不过瘾，就想购买小说文本，无意中发现，班里一位女同学手中有一套上下册黄土地颜色做封面的《平凡的世界》，我和一位也极热爱路遥小说的男同学，经过极力的央求，书主人才允许晚上借我们一读，那一夜，在灰暗的灯光下，我们边读边摘抄，直到窗外天光微白，我们才幸福地甜甜入睡。大学读书期间，我又从校园内一家叫蓝孔雀书屋的小书店中，购得路遥文集中的第二本，因为里面有路遥创作《平凡的世界》后所写下的创作随笔《早晨从中午开始》和其他我没有读过的中短篇小说，我读得很认真。这些创作随笔文字，断断续续在当时红极一时的《女友》杂志上连载，但是，总是没有这样通篇读下来过瘾，我又对里面的一些精彩段落开始了大段大段的摘抄。路遥的文字质朴厚重，耐人品味，激励人心。这本书，一直影响着我的一生。新世纪乙未年,我又从网上系统地收听了李野默先生播讲的《平凡的世界》,人到天命之年的我,再一次被这优美的小说打湿了眼眶。这些年,我也陆续购置了宗元著的《魂断人生:路遥论》、京夫的《路遥传》以及李建军先生收录研究路遥文本的评论集《时代及其文学的敌人》一书。时过境迁,路遥的系列作品,还一直被当代读者屡屡说起,这就是小说所保持的持久而又永恒的魅力。路遥作品文本的精神意义已经远远大于文本的写作意义,在这个各种思潮标榜的时代,她带给我们启示思考的层面是多方面的。

首先,一位作家如何保持对文学的虔诚? 按说,这本不是个问题,可是,如今很多作家对文学的虔诚度出了问题。文学在一些作家眼里变成了一种娱乐化的文字游戏,变成了所谓文人圈内彼此吹捧的道具,甚至变成了某些人社会生存能力弱化后的情感阴暗心理的宣泄,笔下文字成了情感扭曲便秘的排泄物。当前,中国文学面临的最大问题,就是作家对文学的虔诚度出了问题。优秀的作家,都保持着对文学的虔诚,就如路遥那样,把文学当成了自己生命的一部分,当成了自己精神生命的呼吸。虔诚就是要求作家不管在任何情况下,不管在任何社会时尚风起云涌的潮流中,都要誓死捍卫文学的神圣。文学的圣洁性表现在她是人类精神高贵性的体现,是人性复杂性和超越性的真实体现。作家对文学的虔诚,就要永远保持对人类精神高贵性的尊重与信仰,当人性堕落的时候,作家不是站在一旁心灰意冷的悲叹,而是要拉上一把,提高人们向往高贵人性的信心。当世俗性压过社会高贵性的时候,作家不是沉沦于世俗,而是要高扬起人类精神至高无上的大旗。如果以路遥的《平凡世界》为一个参照系,我们会看到当今作家们的作品早已经是沧海桑田变化极大,写作技法花样百出,笔墨放纵,真可谓"城头变换大王旗",各领风骚几十天。再看看作家们的神态,灰头灰脸的文学败家子,谄媚作秀的文学小混混儿以及附庸风雅的文学嫖客与娼妓,气势汹汹,牛气哄哄。路遥作为窃天火煮自己的肉文学虔诚圣徒,早已经是背时过气落伍之人。路遥那种飞蛾扑火的文学献身精神,对于当今玩文学的一些伪作家来说,早已是不能理解的荒唐荒诞之举。对文学的虔诚,就是对文学有一种刻骨铭心的爱,对凡俗生活中芸芸众生的爱,这些爱,一旦作家失去了对文学对生活爱的激情,文学创作的激情就会变成伪情、矫情、假情,作家只会狠着心地书写那些生活中的丑陋、腐朽、无奈、绝望、惆怅、迷茫。文学书写的道德温情与痛苦追问也会慢慢消退。对文学的虔诚,只能体现在形而上的文化精神层面,体现在超越现实功利的精神执著层面。

其次,一位作家如何坚守对生活的忠诚?坦诚地讲,如今很多作家文字书写水平还不过硬,甚至还没到过关的程度。文字粗糙,情感粗糙,叙事也粗糙,其根子就在于对生活缺乏起码的尊重,在文学向内转的理论思潮中,一些作家开始了躲进小楼成一统的编造文学,开始了强行走进人物心灵世界的强盗式文学,开始了描述都市霓虹灯下一小撮人群如妓女、瘾君子、老板们的幽灵文学,文学气场变得狭窄,气象变得萎缩,文学蜷缩在了作家那狭窄贫乏的想象空间里。生活大于文学,生活淹没了文学,其根本原因就在于当代中国作家们不相信平凡生活中的人们身上还有值得书写的故事;不相信这个平凡的世界中,还有进入小说叙事的重要元素。路遥热爱生活,热爱平凡人的生活,小说中的主人公都是我们现实生活中最普普通通的人,尤其是贯穿路遥小说创作始终的苦难哲学,让我们看到了平凡人身上所闪耀的艰难困苦玉汝于成的生命光彩。当代中国一些作家不热爱甚至不信任现实生活,或者干脆在自我想象力的呵护下,逃离出现实生活,靠想象力苦撑着自己的写作。对于中国当代作家来说,生活还个问题,生活依然是个问题。路遥坦言:"作家对生活的态度绝对不可能中立,他必须做出哲学判断(即使不准确),并要充满激情,真诚地向读者表明自己的人生观和个性。"如今的中国作家们一味地要还原生活,要写出原生态的生活,可是,依然只是抓住了生活的细枝末节,原因就在于作家缺乏对生活最基本的忠诚,总想驾驭生活,结果被强大的生活洪流淹没;总想写出生活的一部分,可是又因为缺乏对生活最真诚的感悟,结果只抓住了生活的皮毛;总想描摹生活,可是因为叙事技巧能力的薄弱,画虎不成反类犬,把生活写成了四不像。路遥的生活观是清澈明晰的,那就是"纵横交织地去全面体察生活","生活对于作家艺术家来说,就如同人和食物的关系一样。至于每个作家如何占有生活,这倒大可不必整齐一律。每个作家都有自己感受生活的方式;而且随着社会生活的变化,同一作家体验生活的方式也会改变。"我们讲作家要接地气,这个地气就是来自平凡人的生命之气,就如大地的芳香是由花草树木的气息混合而成的气息。如何书写出置身中国社会最底层草根阶层的生活与生命气息,这是判断中国作家生活忠诚度最简易最准确的标尺。换句话说,作家在作品中如何表达对草根阶层的生活与生命情感,最能看出作家对生活的忠诚度。路遥以底层生活代言人的身份以一颗感同身受的心直视草根阶层生活的苦难,这是路遥文学创作一直牢牢恪守的基本立场。很多前卫先锋的中国作家早就放弃了朴素的写作立场,通过写作形式的变化,以社会成功者的身份去肆意地扭曲调侃嘲讽挖苦底层生活,底层生活被置换成了写作的背景,活生生地窒息了底层生活群体的真实声音,侏儒化了草根阶层健康的精神诉求,尤其是随着都市文学的泛起,乡土文学成了都市文学的附庸,草根阶层成了都市白领们鄙夷的群体。路遥笔下的农民企业家孙少安和工人代表孙少平以及从黄土地上走出的田润叶、田晓霞们,在当代作家们的笔下也被简化成了投机取巧的奸商,以及禁不住都市诱惑向都市缴械投降的所谓都市新人类,或者被称为都市"类人孩"。中国当代作家在对都市生活的迷恋中,丧失了对乡土生活的真诚观照,失去了对草根阶层真切的关怀与理解。当代评论家李建军在《文学写作的诸问题:为纪念路遥逝世十周年而作》一篇文章中,这样分析道:"中国当代文学的一个严重的问题,就是对道德上的淳朴和善良这些美好的东西漠然视之。半个多世纪的恶劣的道德环境破坏了人们对于善的感受力,破坏了人们对于怜悯、同情的感受力。我们的作家乐于叙写丑的和恶的东西,乐于展示人的阴暗的心理、卑下的欲望、粗俗的举止、低级的趣味和残忍的想像。我们的作家不是培养人们对生活眷恋的热情,而是鼓励人们以一种游戏的、放纵的态度敌视生活。我们时代的消极写作者通过亵渎文学亵渎生活,通过摧毁道德摧毁生活。"路遥作品的意义就在于他甘心情愿为草根阶层树碑立传,甘心情愿做草根阶层的生活代言人与精神导师,这是路遥《平凡的世界》的精神价值之所在,也是撼动人心之所在。他融入到了普通人的生活中,在平平常常的生活中,书写平常人喜怒哀乐的真实生活。"平常生活",这是对当代中国作家的挑战,因为我们太习惯于太热衷于描写非正常的社会生活,喜爱描写警匪生活、官场生活、都市新新人类的生活,就是因为我们缺乏对现实普通正常生活的忠诚审视,偏执地认为世俗生活中没有惊心动魄的情节,没有尔虞我诈的权谋,没有夜生活的迷离与刺激,作家们就不能叙写出经典之作,这是一种写作上的阶层歧视,也是当代中国作家要跳出的写作怪圈儿。

最后,一位作家如何坚持对时代的尊重?文学的史诗性成了被很多先锋作家嘲笑的话题。路遥创作《平凡的世界》深受柳青《创业史》的影响,有强烈的史诗意识,"作品的时间跨度从一九七五年初到一九八五年初,力求全景式反映中国近十年间城乡社会生活的巨大历史性变迁。人物可能要近百人左右。"文学与时代的关系,作家与时代的关系,现在中国作家们还是没有真正弄清这个基本问题。任何时代都为作家进行文学创作提供了宽阔的舞台和无穷尽的素材,关键在于作家们是否敢于融入到这个时代,敢于书写这个时代? 一些作家认为,写作需要拉开距离,甚至认为,紧跟时代的作品都是生命力不长的作品,在这种错误的写作认知中,出现了作家远离时代,回到古代的现象,鲜活的时代进入不了作者的写作视野,作家面对波诡云谲的时代变迁,不知道从何下笔,不知道如何叙述这个时代,这就是当代中国作家患上的时代夜盲症,这是一件令人感到滑稽而又尴尬的现象,置身于波浪滚滚的时代潮流中的中国作家们,面对时代,却手足失措,无可奈何,这也是中国历史写作、言情写作、武侠写作长盛不衰的根本原因。即使一些反映当今时代现象的官场文学、乡土文学、都市文学作品,也大都放弃了路遥史诗般全景式的描绘,而是缩小为几个碎片化的独幕剧、家庭剧。庞大而又复杂多变的时代进入不了作家那狭小的取景框,进入不了作家那萎缩封闭的心理区间。作家丧失了把握时代概括时代的心气和能力,丧失了自己对于时代应该肩负的责任与使命。作家落伍于时代,落伍于时代生活,这就造成了中国当代文坛表象上花红柳绿,可是硕果甚少的局面。我们重读路遥的《平凡的世界》就会思考,一个作家应该站在什么样的文学的位置、时代生活的位置。作家与文学的关系问题、与生活的关系问题、与时代的关系问题,这是摆在中国当代作家面前亟待思考与回答的问题,弄不清这三个最基本的问题,就是无本之末、无源之水的僵死的文学。

刘震云：表达即风景

刘震云小说被冠之"新写实"，是从其关注当代中国人的日常生活开始的。生活的底层总是沉淀着民族文化最深厚的腐殖质，长期发酵所流溢出的文化气息弥漫在我们生活的每一个空隙里。语言表达是近期刘震云小说探索的主题，他发现中国人尤其是身处社会转型期的当代国人在语言的表达上都出现了问题。

表达即时代。千百年来，语言问题的背后是精神生成的问题，话语权即是生存权。从"防民之口甚于防川"到"焚书坑儒"，再到六朝噤若寒蝉的"清谈"，言多必失、沉默是金的观念在国人心目中根深蒂固，直到五四白话文运动其实质也是话语权的争夺，可是中国人在话语权的拥有中又陷入了苦涩尴尬的境地：一个是形式上的怎么表达，一个是内容上的表达什么的问题。刘震云三篇小说：《我不是潘金莲》《我叫刘跃进》《一句顶一万句》，从各个角度挖掘出了国人生命沉重、生活劳累的深层根源。我们每天在客套含蓄的"废话"里编织着相敬如宾其乐融融的人际关系网，在发出短信删除短信的语言表达的汹涌洪流里表征着自己存在的价值，在弯弯绕云遮雾罩的话语链条里我们作茧自缚痛苦挣扎，绕来绕去却把自己绕到了语言表达的八卦阵里。表达的绳索牢牢地钳制了国人尤其是草根儿阶层的生活乃至命运。小说的本质是一种话语力量，是与正史相对的属于野史的民间草根的力量。明清时期之所以被称为小说繁盛期，原因也在于明清市场经济的萌芽，民主思想的启蒙，民间话语力量的迅速崛起，小说成为人们表达的主要载体。梁启超提出的"小说界革命"，以及各种报刊的创刊发行，话语表达成为时代前行的内在湍流，直到毛泽东《在延安文艺座谈会上的讲话》的发表，小说开始承担起了"为社会服务、为政治服务"的艺术使命，我们回头看"十七年文学"也是对"讲话"精神的继承与发扬。这些小说开始了自觉"为工农兵服务"，开始了描写伟大的时代变迁，但是，这些小说现在回头看依然是教化色彩浓厚的意识形态话语,依然没有完成话语形态的转变,依然没有触及底层话语表达的根部问题存在。新时期以来,随着"私人写作"、"边缘写作"、"底层写作"的突起,民间话语表达开始成了小说表达的主要话语形态,可是,这些话语依然是一种平滑晓畅的平面性语言,还没有深入到民间语言的内核深处,没有表现出民间话语平面里面的毛刺儿,没有揭示出这些话语如何成为困扰中国人生活的"百年孤独"。刘震云后续推出的小说,与他以往小说如《塔铺》《一地鸡毛》《新兵连》《单位》《官人》等新写实小说明白晓畅的话语风格不同,话语表达的社会学意义开始在《一腔废话》《故乡面和花朵》初露端倪,开始在小说中表现中国人在语言表达深处的痛苦,开始揭示作为巫术的语言如何时时处处影响左右着中国人的生活,开始表现无数的小民如何生活在语言巫术的痛苦折磨中。刘震云小说写作转型的背后,源于作家长期对底层社会生活的关注,尤其是话语表达的关注,他发现底层人民长期生活在话语表达的水深火热之中。话语表达既是人际沟通的坦途又是人际隔膜的鸿沟。一个时代的问题千变万化,根子上还在于话语表达的问题,人们生活在各种各样的语言巫术中,成为语言控制下的奴隶。

表达即社会。语言是一团歧义丛生的乱麻,底层小民每时每刻被这样的语言乱麻缠绕着。刘震云的长篇小说《我不是潘金莲》描写了一位农村妇女李雪莲与丈夫离婚的平常故事,可是在各级官员及众人语言乱麻般的缠绕干扰下,距离"离婚"的事情越来越远,当初李雪莲与丈夫秦玉河因为超生假离婚,结果丈夫"已与在县城开发廊的小米结了婚","当初结婚是假的,没想到变成了真的。"一气之下的李雪莲边想杀了秦玉河,结果在"看厕所妇女"的教导下,却改变为"告状":

杀人不过头点地,一时三刻事儿就完了。叫我说,对这样的龟孙,不该杀他,该跟他闹呀。他不是跟别人结婚了吗?也闹他个天翻地覆,也闹他个妻离子散,让他死也死不了,活也活不成,才叫人解气呢。

话语表达又一次改变了李雪莲的人生走向,可是,谁知告状的路同样要受各种各样语言巫术的蒙骗,经过县城法官王公道的语言瞎掰变得异常"麻烦":

如果他仍是单身,这事还好说,事到如今,他已经与别人又结了婚。如果证明你们离婚是假的,你想与他再结婚,他还得与现在的老婆先离婚,不然就构成了重婚罪;与你结了婚,还要再离婚,这不麻烦吗?

面对各级官员的推诿，李雪莲又把法院法官、法院专委、法院院长、县长告到市长那儿，告丈夫变成了告领导，经过一番折腾，李雪莲被刑拘之后，又从头告丈夫秦玉河，可是面对丈夫的质问："你是李雪莲吗，我咋觉得你是潘金莲呢？"李雪莲的告状之路又发生了转变：

今天之前，她折腾的是她和秦玉河离婚真假的事，没想到折腾来折腾去，竟折腾出她是潘金莲的事；本来她折腾的是秦玉河，没想到折腾到自己身上。

本来她不准备闹了，不准备折腾了，现在又要重新折腾。可到哪里折腾呢，从县里到市里，能告状的地方，她已经告遍了，也让她得罪遍了；过去告了，没用；重新告，也不会有用，说不定还会被关起来；她突然下定决心，要离开本地，直接状告到北京。这件事说不清楚，李雪莲难活下去。本地都是糊涂人，北京是首都，北京总该有明白人吧？本地从法官到专委，从法院院长到县长，再到市长，都把假的当成真的，北京总能把真的当成真的吧？或者，总能把假的当成假的吧？真假不重要，关键是，我是李雪莲，我不是潘金莲。或者，我不是李雪莲，我是窦娥。

李雪莲被巫术的语言牵着鼻子走，她告状到了人民大会堂，惊动了中央领导、省领导，最后把县法院、县长、市长全部免职。事情算是告一段落。可是，谁知二十年后，当地政府依然把李雪莲告状当成一件和谐稳定的治安大事来抓，本来不想告状的李雪莲却在各级政府的"关心"下又走上了"告状"的道路，在各种语言巫术的追逼中，李雪莲开始与各级政府玩上了"猫捉老鼠"的游戏，越来越远离当初告状的初衷，李雪莲成了潘金莲，成了告状专业户，成了"哪吒""孙悟空"。故事结局，从当初的主动告状再到后来的被迫告状，最后被折磨得筋疲力尽的李雪莲想一死了之，她刚吊在一棵树上，就被人抱住，那人指指对面的山坡："你要真想死，也帮我做件好事，去对面山坡上，那里面也是桃林，花也都开着，那是老曹承包的，他跟我是对头。"社会即表达，每个人都活在这种表达的围城中，欲想挣脱，结果陷得愈深。李雪莲的生活轨迹其实也是我们这个社会运行的轨迹，每天我们都在各种各样的话语表述中"熏陶"着别人，"感化"着别人，"受教"于别人，所有的语言机器也"话痨"式的日日夜夜喋喋不休，广播电视网络铺天盖地，小道消息、绯闻、流言蜚语、私语正马不停蹄地奔走在人们生活的时空里。人类活在自己制造的各种声音里，这些声音共同营造了我们这个喧嚣复杂多变的世界。《我不是潘金莲》的故事，叙述了生活拧巴的社会本质，李雪莲不断被各种各样的语言巫术蛊惑着，成为被语言巫术玩弄于手掌的小小道具。人的意志往被话语表达左右,话语表达是困惑人类的根本原因。

表达即生活。新写实小说的写作视角是贴着社会肌肤来认真地审视,来由表及里地解剖生活的细密纹理。在刘震云近期创作里,他似乎调动了生活的全部积累,写社会底层草根儿阶层的兴衰荣辱,透视社会图景的构织,表达成为社会运作最根本最持久的内在动力。小说《我叫刘跃进》里面所有故事情节的发生,都与人与人之间表达的玄机密不可分。小说从饭店老板老甘记账本被偷写起,委托从事小偷行当的食客杨志来追踪寻找,到杨志嫖娼被人打劫,再到他偷窃刘跃进的皮包,主人公刘跃进出场了,他"常常一个人说话","说的,全是对这滥糟事懊悔的话;好事从不自言自语。"他"还悟出一条道理,世界上有两种人,一种是说得起话的人,一种是说不起话的人。说不起话的人,说了不该说的话,就把自个绕进去了。话是说的,为了一句话,能把人绕死。"刘跃进生活在语言构织的悖论圈子里,他发现"所有的日子都变了颜色。"自己的老婆黄晓庆到开酒厂的老同学李更生那儿打工,却和李更生好上了。刘跃进闹不明白,"李更生与黄晓庆好,到底又图啥呢?黄晓庆长得并不好看,细眯眼,瘦脸,鼻窝里还有一撮雀斑。"他问打烧饼的老齐,结果得知李更生"就图她个腰,一把能搯住。"

刘跃进的脑袋,"轰"的一声炸了。自个儿跟着黄晓庆过了十三年,竟没觉出她的腰,这腰与别的腰的不同。这一腰撞得,比老婆让人搞了,还让刘跃进拧巴。这腰他没发现,李更生发现了;因为这腰,刘跃进成了错的,李更生和黄晓庆倒是对的。放下电话,刘跃进活了四十二岁,所有的日子都变了颜色。但这话无法对打火烧的老齐说,也无法对别的朋友说。一说,这事又转成了另一个笑话。

刘跃进生活的苦闷就在于拧巴的话语表达,在于他无法逃脱语言表达拧巴的大网。小说中每一个人物似乎都难逃脱拧巴的话语表达之累,"严格"这位建筑公司老板"不喜欢跟这些人说话,但话每天又得说;话不是不能这么说,只是觉得话越说越干涩,就像日子越过越拧巴,就像老婆整天说自个儿身上疼、眼干燥一样,就像发动机缺机油在干转一样,这日子早晚得着火。机油,你哪里去了?"

刘跃进人物形象的萎缩也主要表现在他语言表达的痛苦,作为一个游走在都市边缘地带的农民,让他惊诧的是似乎和他过往的每个人都有自己的故事,都有要亟待倾诉的委屈。可是,他内心的心理活动在这个社会显得那么微乎其微。刘跃进陷进话语表达的漩涡里不能自拔。他与儿子不能沟通,他与发廊女老板马曼丽的交往也是想"听些女声":

马曼丽胸平，说话的声音也有些沙哑，乍一听真像男的；但这沙哑不是那沙哑，不是沙哑的沙，而是西瓜瓤的沙，听上去更有磁性；比正常的女声，还撩人的心。

刘跃进在无味的生活里寻找着生命的乐趣。他无意中陷入了一场 U 盘寻找的案件，可是，他的所有解释在各怀目的的人们面前显得苍白无力。刘跃进是这个社会"沉默的大多数"，但是，一旦生活逼他要表达的时候，他发现自己的表白与别人的辩白错着位。这种孤独感让刘跃进不能融进生活的场流中去，就如他的名字已经与这个时代错了位、背了气，他找不到一位能够推心置腹谈话的人，到处都是利用与被利用，到处都是心怀叵测的人们在觊觎着别人的利益与自己的得失。

表达即命运。言多必失、祸从口出是话语表达的禁忌，沉默是金是对话语表达的限制，金口玉言是对话语表达的推崇，一诺千金是对话语表达的要求。一个人的表达是对自己命运的描绘。《一句顶一万句》是目前刘震云写得最密实通透的作品。作品选取了故乡延津那些各行各业的芸芸众生，他们生生死死地一代代生活在底层，这些草根阶层的喜怒哀乐不被外人所知，刘震云从他们身上发现了中国最底层民众最大的痛苦不仅仅是生活的艰辛，更是人与人交流表达的痛苦，是语言表达被压抑被篡改被引申的痛苦。小说开篇就介绍了卖豆腐的老杨和赶大马车的老马是好朋友，可是老马说："还是呀，不喝酒和他说个笑话行，可他一喝多，就拉着我掏心窝子，他掏玩痛快了，我窝心了。"人与人之间的隔膜是话语表达的隔膜，是倾听与倾诉表达渠道的受阻，是人与人交流交心存在障碍所形成的痛苦。而"剃头的老裴"的痛苦却是他走不出老婆娘家哥"撕扯道理"的痛苦，"俺俩一闹，她就回娘家找他哥，她哥就找我来论理，一件事能扯到十件事，一件事十条理，我跟他妹过了十来年，有多少事多少理儿呢？我嘴不行，说不过他。""千百件的针头线脑，越扯越长，扯得老裴脑袋都大了。"老裴的痛苦是被各种撕扯不开的理儿团团围困的痛苦，是在各种话语表达追逼下无路可逃的痛苦。千百年来，伦理化的中国社会民众不擅长说理儿，"理儿"成了中国人际交往的最大障碍。老裴怕老婆娘家哥掰开揉碎地纠缠在各种剪不断理还乱的乱麻中，"理儿"会把中国人朴素的感性生活搅合得说不清道不明，最终变成了"公说公有理婆说婆有理"的无可奈何，变成了仁智互见的尴尬境地，变成了"认死理儿""死缠理儿"不放的表达泥淖中。

而小说中"喊丧的老罗""饭铺老孙""传教的老詹""省长老费"等人物，也是因为对话语表达观念的不同，表征着自己的存在。"老费是福建人，他爹打小是个哑巴；由于他爹是个哑巴，老费小时候，家里话就少，养成习惯。老费长大话也不多。老肥认为，世上有用的话，一天不超过十句。"老费认为表达是生活中的奢侈行为，人不是因为会表达而存在，而是因为人的存在才迫不得已去表达。可是对于卖豆腐的杨百利，"在别的方面不用功，在'喷空'上却下心思。过去两人'喷空'以牛国兴为主，杨百利只是接话茬儿，话头像河水一样，牛国兴想让它往哪里流，它就往哪里流；现在情况变了，杨百利也修了一条自己的水渠，水到底往哪里流，还不一定呢。"杨百利在"喷空"中享受着话语表达带来的生活乐趣，就如人们在"唠嗑儿"中咀嚼着生活的五味，"碎嘴婆娘"们在家长里短中营造着平淡生活中熏人的氛围，人们因为对表达认识的不同会产生不同的生活观念。小说中的主人公杨百顺即后来的杨摩西、吴摩西最喜欢的职业就是"喊丧"，最崇拜的人物就是远近闻名的"喊丧"名角儿老罗，在杨百利看来，"老罗"那种表达的酣畅痛快，让人羡慕。对于自己的妻子吴香香与银匠老高的通奸，他一直闹不明白"奸夫老高，平日与自己还是好朋友；自己看不透的事，还找他码放；他一字一顿，慢条斯理，说得头头是道；现在看，竟是嘴上一套，心里一套，耍着吴摩西看。"他更不明白的是妻子吴香香，"一个女人与人通奸，通奸之前，总有一句话打动了她。这句话到底是什么，吴摩西一辈子没有想出来。"吴摩西的痛苦在于他走不进话语表达的核心，走不出自己设定的话语逻辑。对于吴摩西，话语表达窒息了他生活的空间，阻塞了他对生活直来直去的幻想，隔断了他与这个社会交流沟通的路径。天地之大，生活范围之小，都在于我们有着怎样的语言表达观。"巨大"和"微小"都在于我们的认识，认识其实也是一种表达。小说中还写道"牛爱国三十五岁时知道，自己遇到为难的事，世上有三个人指得上，一个是冯文修，一个是杜青海，一个是陈奎一。指得上不是说缺钱的时候可以找他们借钱，有事的时候可以找他们办事；而是遇到想不开或想不明白的事，或一个事拿不定主意，可以找他们商量。或没有具体的事要说，心里忧愁，可以找他们坐一会儿。坐的时候，把忧愁说出来，心里的包袱就卸下许多。"表达成为我们生活的内容，成为我们命运表达的手段。中国人，世世代代，就生活在话语表达的湍流中，有的人在挣扎，有的人在漂浮，有的人在逍遥，有的人在晕头转向打转转儿，如是而已。

余华:失望中的忧思

学中文的我读小说不多,年龄渐长,小说于我的吸引力愈加孱弱得缺乏磁力。理性之钳攫住了我阅读的神经,内心所困形成的焦虑加速了我对小说的疏离程度。

纯粹是受了小说评论家们的诱惑,因余华的《活着》被评得无与伦比,"先锋"得让我眼馋心热,终下狠心买了正版本,连夜读完,失望伴随阅读跌宕,直怀疑自己麻木迟钝的审美力是否正在糟蹋了这本连连获奖重印,连连为余华赢得了无数耀眼光环的小说。但我又只能"实话实说"——

余华在本书的前言中声称自己的作品"都是源出于现实的那一层紧张关系","一位真正的作家永远只为内心写作,只有内心才会真实地告诉他,他的自私,他的高尚是多么突出。"余华的这些论调,成了先锋派小说的"纲领性语录",可读他的这部"成名作",我只看到了福贵一家人命运中的左冲右突,情节的离奇是青出于蓝更胜于蓝,子承父业,狂嫖猛赌,家业荡尽,"四不像"式的从军生涯,"转业"之后,便是灾殃不断,女儿凤霞变哑,儿子苦根由于输血过多而死,妻子家珍、女婿二喜接踵死去,福贵形影相吊,与老伴相依为命。读过之后,小说中的人物仿佛都生活在余华的股掌之中,生生死死都逃不过余华的手心,小说节奏松弛,读后像在梦幻中看不到真实的情感,听不到小说之外的"画外音",我猜想这是否是以余华为代表的所谓先锋小说家的尴尬状? 他们总是把自己装扮成一种济世活人的形象,一副与传统小说家割断血脉势不两立的叛逆者,但从那梦呓般花哨的时髦语中看到了他们失血的苍白,一种凌驾于生活时空上的拘谨与胆怯。

小说在余华的笔下被扭捏得如发软的面团,他在用自己过多胡乱编凑的故事,来包装美化神秘自己,可他无形中却在把小说写得空灵灵,怪兮兮,露出了当代小说家们一厢情愿式的定力失去了自信力，对现实生活解读的逃避性。青楼中，赌场上，看不到人物福贵的血肉情感性，越读越觉得他是一个被余华手握绳头忽上忽下的"小木偶"，这里我在此只举一例说明之，作者写福贵骑着胖妓女招摇过市，见到自己的岳父——米行陈老板，"我每次从那里经过时，都要揪住妓女的头发，让她停下来，脱帽向丈人致敬：'近来无恙'"。

先锋文学式微的根本原因就在于太注重如何表现，太迷恋于那些所谓的西方艺术表现手法，忽视了中国叙事的本土味道，把黄瓜味嫁接成了南瓜味，失去了本色本香的醇正，变得不伦不类。从余华作品在国内外的不同反响就可以看出，西方评论界称余华为现代中国的巴尔扎克、查尔斯·狄更斯，实际上也是把余华笔下的福贵、许三观、孙光林、阮海阔等人物故事，错当成了中国民众生活的现实场景，满足了他们窥探中国的猎奇心理。作为处于后现代发展阶段的西方读者，对正处于迈向现代化过程中的中国，还偏执地认为张艺谋、莫言、余华等笔下的人物故事就是现实中国民众生活状态的真实写照，这种认知上的偏见直接导致西方读者及评论界对中国先锋派作品阅读理解的错位，西方偏重于先锋派作品的"写什么"，中国的读者及评论家们却津津乐道于"怎么写"，激赏于余华那种血腥残暴的另类写法，那种故弄玄虚的偏执叙事。余华小说最大的缺陷就在于误入歧途的人性描写，余华笔下的人性是一种装腔作势膨胀变形的人性，而不是本真的人性；或者换句话说，余华笔下的人性是一种包装后表演性质的人性，是表演给读者看的虚假人性。小说《活着》里"福贵"的人生轨迹，是余华拿着木偶的线头玩耍出的人生轨迹。他为了显示先锋叙事与传统叙事的不同，为了取悦读者和评论家，为了抓住读者的眼球，故意在小说叙事中，专挑那些现实主义作家不屑一顾的地方描写，越丑陋的地方描写得越带劲，越凶残的地方越是描写得细致入微，越是读者揣测估摸到的故事结局，越是要别出心裁，制造不必要的阅读噱头。如《活着》里描写福贵爹的情景就很有代表性：

我爹年纪大了，屎也跟着老了，出来不容易，那时候我们全家人都会听到他在村口嗷嗷叫着。

这些夸张变形的话语表达方式，成了余华小说中一以贯之的话语表达方式。余华热衷于这种话语表达方式的背后是他对先锋叙事的迷恋，对人性内涵的扭曲解读，甚至，他认为人性的内涵就是可着劲地呈现邪恶与丑陋，人性本恶，作家就是要把这种人性的"恶之花"栽培在自己放诞的话语表达中。再如

《活着》里妓女背福贵的一幕,荒诞的情境,生猛调侃的叙事语言,更可以看出先锋叙事对正常人性扭曲变形的虚饰,先锋作家那荒诞不经文字背后虚张声势的作秀心理:

那天我在青楼里赌了一夜,脑袋昏昏沉沉像是肩膀上扛了一袋米,我想着自己有半个月没回家了,身上的衣服一股酸臭味,我就把那个胖大妓女从床上拖起来,让她背着我回家,叫了抬轿子跟在后面,我到了家好让她坐轿子回青楼。

那妓女嘟嘟囔囔背着我往城门走,说什么雷公不打睡觉人,才睡下就被我叫醒,说我心肠黑。我把一个银元往她胸口灌进去,就把她的嘴堵上了。走近了城门,一看到两旁站了那么多人,我的精神一下子上来了。

我丈人是城里商会的会长,我很远就看到他站在街道中央喊:

"都站好了,都站好了,等国军一到,大家都要拍手,都要喊。"

有人看到我,就嘻嘻笑着喊:

"来啦,来啦。"

我丈人还以为是国军来了,赶紧闪到一旁。我两条腿像是夹马似的夹了夹妓女,对她说:

"跑呀,跑呀。"

在两旁人群的哄笑里,妓女呼哧呼哧背着我小跑起来,嘴里骂道:

"夜里压我,白天骑我,黑心肠的,你是逼我往死里跑。"

我咧着嘴频频向两旁哄笑的人点头致礼,来到丈人近前,我一把扯住妓女的头发:

"站住,站住。"

妓女哎哟叫了一声站住脚,我大声对丈人说:

"岳父大人,女婿给你请个早安。"

这样的场景很是抓读者的阅读眼球,但是,撇开艺术的真实性不论,但就这样描写的背后呈现出以余华为代表的先锋作家们畸形的叙事心态,这种畸形的叙事心态背后是作家创作心态的变化,作家在抛弃历史宏大叙事后,一味地挖掘人性内涵,走进人性内涵的核心,可是先锋作家们致命的先天的不足却显现出来,作家自身的人性就不是健全的甚至在社会外在力量的挤压下,人性也处在病态不健康的状态,当年梁实秋先生所倡导的文学要描写永久不变的人性就自然而然地转换成了文学要描写病态畸形的人性。弗洛伊德所言的"力比多"、荣格所言的"集体无意识"、舍勒所谓的"幽灵"，在先锋叙事看来，这些内在的人性都必须通过外在的行为表现出来，通过异于常态的变态行为呈现出来，通过"福贵骑妓女游街"这样惊世骇俗的场景表现出来，通过《古典爱情》中"柳生"看到的"肢解幼女"、《往事与刑罚》中"刑罚专家"的自缢身亡、《现实一种》中"山岗"被肢解的情形这些重口味的描述表现出来。余华作品里所呈现的人性不是真实的人性，而是被作家随意篡改随意编造随意涂抹的游戏性质的人性。先锋作品"诱人"而不"感人"、"抓人眼球而不抓人心灵"、情节"动人"而不"动心"，原因就在这里。健康的写作需要健康的心灵，真实的写作需要真实的感受。余华的写作因为一味地追求标新立异，追求与众不同，结果导致文本写作的虚假编造，甚至发展到以虚假编造的暴力倾向来取悦读者，来显示自己写作的先锋前卫。先锋小说作家们以西方现代主义理论为写作准则，试图以此颠覆中国现实主义写作，虚幻、魔幻、意识流、反讽等艺术手法为先锋小说作家所接纳，但是，先锋小说家们在偏重"怎么写"的同时却忽略了"写什么"，中国叙事内容更需要接中国地气的中国叙事方法。谢有顺在谈到先锋小说在中国式微的时候，坦言道："让一种与自己此时此地的存在无关，只涉及自己的知识背景和阅读经验的事物支配写作，使当代的写作拥有了一个不真实的起点，它完全漠视此时此地他个人所面对的生活，这种对生活的麻木与不敏感，直接导致了文学的衰败。我们有理由认为，那些与诗人自己所面对的生活都无关的文学，与我们的时代无关。"余华的写作模式，一味地靠离奇荒诞暴力这样的罂粟大麻征服读者，只会导致中国读者味蕾舌苔阅读神经的麻木与退化。

　　余华的短篇小说几乎都是故弄玄虚，把本来很简单的故事情节拆解开来，通过虚张声势的叙述来达到一惊一乍的叙事效果。如《空中爆炸》里的"唐早晨"本来和一个女人有染，其丈夫守在楼下，找其算账，他招呼朋友们帮助从危机中解围，路上，"唐早晨"却又向另一个漂亮女孩暗送秋波，在这种情况下，帮忙解围的"我们都想起来，我们已经有几年时间没有聚到一起了，如果不是因为唐早晨，我们的妻子是不会让我们出来的，我们都突然发现了这样的机会来之不易，然后我们都看到了街道对面有一家小酒店，我们就走了过去。"生活的荒诞滑稽解构了情感的严肃与庄重。正如作家刘震云所言："所有的悲剧都经不起推敲。悲剧之中，一地喜剧。"余华在这些短篇小说中不是讲述一个完整的故事,而是在试图还原碎片化的生活,试图说明情感不能承受之轻。但是,叙事的荒诞性随意性最终把文本瘦身成了单薄贫瘠的乞丐相。而在《蹦蹦跳跳的游戏》里一对年轻夫妇与孩子在一起嬉戏的天伦之乐到最后的失子之痛,前后因为叙述过于简单,艺术的震撼力量被作家轻描淡写的叙事弱化了。《为什么没有音乐》讲述的是一个名叫"马儿"的人,一次从好朋友"郭滨"那儿借的一盘录像带中看到自己的妻子吕媛与郭滨的色情录像,到最后平静分手,依然是解构成一地的叙事碎片。《我为什么要结婚》讲述的是"我"无意中去朋友"林孟夫妇"家里,碰巧,林孟不在,"我"和林孟的妻子萍萍聊天,中间去了一趟卫生间,结果林孟来了,发现了卫生间的"我","我"再三解释,林孟一口咬定"我"干了妻子"萍萍",后来萍萍愿意做"我"的妻子,从"萍萍脸上越来越明显的幸福表情"再到"林孟兴高采烈地逃跑而去",一场闹剧最终变成"我"和"萍萍"的姻缘。余华的小说,没有细密细腻的叙述耐心,他总是比读者还要心急火燎地揭破故事的最终结局,这些短篇小说显得粗糙,缺乏耐心的打磨和雕刻,给人的感觉好像是余华信手写就的"习作""草稿""急就章"。短篇小说中质量较高的当数《阑尾》,这篇小说介绍了"父亲"给"我们"讲述"一个英国医生,自己给自己动手术"割除已经穿孔的阑尾的故事:

这个了不起的故事让我们听得目瞪口呆,我们激动地看着父亲,问他是不是也能自己给自己动手术,像那个英国医生那样。

我们的父亲说:"这要看是在什么情况下,如果我也在那个小岛上,阑尾也发炎了,为了救自己的命,我就会自己给自己动手术。"

余华的小说和其他先锋小说一样都有一种"嘲父"情结,父亲的权威性被一点点地解构颠覆,如《活着》里的福贵爹、《第七天》中的"我父亲",他们在余华的笔下不再是高大威猛的传统小说中的人物形象,而是萎缩、怯弱、偏狭。在这篇小说中,这一年的秋天,父亲得了阑尾炎,让我们去找医生,可是滑稽的一幕出现了:

一想到父亲的阑尾正在发炎,我心里突突地跳,我心想父亲的阑尾总算是发炎了,我们的父亲就可以自己给自己动手术了,我和哥哥就可以抬着一面大镜子了。

我们把打开的手术包放到父亲的右边,我爬到床里面去,我和哥哥就这样一里一外地将镜子抬了起来,我哥哥还专门俯下身子察看了一下,看父亲能不能在镜子里看清自己，然后我们兴奋地对父亲说："爸爸，你快一点。"

结果，"我们希望父亲像个英雄那样给自己动手术，可他却哭了。"余华在这篇小说中揭示了"父亲"英雄后面的软弱，"父亲"暗指我们传统权威教育的失败，"父亲"由"英雄"变成了"狗熊"，变成了在疾病面前可怜无助的胆小鬼。同样，余华在他的其他小说中也表现出了人与人之间的冷漠与虚伪，阅读余华的作品，会明显感到身心发冷打颤，他剥去了人世间温情脉脉的面纱，阐释了人活在孤独中的历史宿命。《我没有自己的名字》中被人胡乱开涮的"傻子"、《炎热的夏天》中的"温红"与"黎萍"两名女性情感角逐中的虚伪、《在桥上》的"我"为了与妻子离婚，一直担心妻子怀孕的阴险、《他们的儿子》中夫妻俩对儿子生活奢侈的容忍、《黄昏里的男孩》里大人对偷东西男孩儿的戏弄、《女人的胜利》中妻子发现丈夫外遇后通过各种手段战胜第三者所采取的种种策略，等等，人和人之间缺乏基本的信任感，甚至，我们在余华的作品中看不到人性的亮光，到处都是阴森森冷飕飕的寒风呼呼地从字里行间吹过。先锋派作品最大的缺陷就是把揭示人性的冷酷当成小说最大的看点，当成人性内涵的全部，结果人性之"恶"被写作无限地放大，人性之"善"被驱逐出作品之外，作品割裂开来生活整体的真实，变成了作家意念中想象的真实，这就是我们阅读余华等先锋作家作品经常遇到的困惑，不由自主地产生"生活真是这样吗"的疑问，也如评论家谢有顺所言："我们的确只能将《许三观卖血记》当作一个寓言来理解了。"实际上，先锋写作就是一种寓言式的写作，《在细雨中呼喊》是平庸无能的"父辈"与三个儿子消磨平淡人生的寓言，《许三观卖血记》是草根阶层如何与命运与生活与社会抗争的寓言，但是这些寓言的寓意却指向了生活的冷酷与残酷，指向了生命希望中的绝望。在这个人世上，唯一让许三观感到生活诱人之处的就是献血后吃一盘炒猪肝，喝二两黄酒。以余华为代表的先锋小说衰败的根本原因就是这种寓言式小说不服水土，拔掉了中国本土小说叙事人性向善的根基，在人性的恶根旁边生长出一朵朵躲在阴影里的"恶之花"，过多的阴影，遮蔽了人性缝隙中透射进来的阳光；过多的荒诞，消解掉了生活与命运逻辑正常发育的内涵。

何频:向来一瓣香犹在

　　省城有一家三联书店,我常去淘书。那时,一度我迷上了书话,觉其文体活泼,书香袭人,遂淘得何频先生的两本小书:《羞人的藏书票》《鲜活的书话》,语言洒脱,史料丰富,放在书架案头,每篇文章,篇幅短小,散金碎玉,文人墨客,遗闻轶事,娓娓道来,顿觉口齿生香,沁人心脾。后来,在报刊上不时读到何频先生的文章,谈花论草,悠悠风韵,浮华散尽,文人情怀,儒风雅韵,扑面而来。心中暗想,在这个浮躁喧嚣的时代,还有这等文人固守一方心灵的净土,"孤云独去闲",心静如水,陶醉于自然与人文的山水之间,怡然自得,悠闲度日,真真羡煞人也。但一直无缘识荆,此成憾事。一日,去省文学院参加一友人的作品研讨会,进屋一看,标有吾之名字的台签赫然与标有何频先生的台签并列一起,何频先生头发稀疏,镜片下的两只眼睛柔和真切,衣着质朴,儒雅谦和,浓浓的豫北口音,听来温暖亲切。坐在何频先生旁,我们时时窃窃私语,互留电话信箱,才知何频先生原名赵和平,华中师范大学毕业,从事过党史研究,后又在省教育报刊社担任领导之职。教育社,这是我读书时代魂牵梦绕的地方,顺河路 11 号早已根深蒂固于脑海。《中学生阅读》杂志滋润了我在中学读书时萌发的文学心田;《教育时报》是我迈入大学门槛后第一篇文章发表的报刊。何频先生供职于此,真是生命有缘,顿感亲切。相见恨晚,我终于在一空闲时间前去拜访。先生温和淡泊,不大的办公室里角角落落被各种书籍占满,几无立足之地。先生藏书颇丰,琴棋书画,植物药典,应有尽有。何频先生气定神闲,悠悠缓缓,淡定从容,浑身充满静气。先生在我带来的两本书上一一签字,字体绵软柔韧,洋溢着书卷之气。先生又惠赠我他的几本小书:《文人的闲话》《只有梅花是知己》《杂花生树》,先生同时在几家文化类报刊开辟专栏,每天清晨便伏案写作,敬业精神令人感佩。

何频先生的文字,清淡文雅,醇厚清正。他似乎不屑于与那些无趣多欲的伪饰文人为伍。何频先生为何有如此写作的定力?在我看来,他是以自己的努力来营造一个有趣的世界。如今,文人无趣,颓废堕落,谁能有如此雅兴,孜孜于花草风月中?谁能有此静心,津津于那些所谓庞大历史边"边角废料"般的文人雅事?谁能有此雅致,陶醉于那些文化艺人茶余饭后所留下的谈资?何谓文人?文人是社会的浮躁剂或是镇静剂?文人在这个唯利是图的时代,究竟何为?答案无疑是后者。社会越浮华喧嚣,文人越需安抚人心,慰藉心灵。何频先生以自己的定力,为这个聒噪的世界带来了人世间的一丝温润与清凉。每篇小文,似乎无关社会之痛痒,但却道出文人那颗去噪求静的文人情怀。何频先生的文字中,蕴藏着对天地大同的悲悯关怀,饱含着对生命无限热爱的敬畏。何频先生的每篇小文,似乎都是这样的文字芯片,传达着先生文心的仁厚与博大。如他在一本书的"跋"中所言:"百舸争流,我居下头。百无一用,只是不能忘情于阅读和杂写而已。"好一个"阅读和杂写",当下,多少世人无暇阅读与杂写,多少人不屑于"百无一用",生命的大自在其实就是这种风雅自足的从容心态,就是这种"处在才与不才间"的生命逍遥,就在于这种贾宝玉"无事忙"式的人生淡定。我有时候,静静地读何频先生的文字,会陡然生出万物同爱之心。正如他在一篇《由于花,人心明如镜》的文章中所言:

人类在承受了上苍安排的一幕又一幕劫难过后,定神面对着山川、土地和河流,发现自己的周围,除了百鸟和畜兽那许多动物之外,花儿与草木当是天地间的又一精灵了!早早地,敏感的梭罗独自走进森林,面对着质朴的瓦尔登湖,静静地思考着生命,耳畔响着冰雪坼裂和花开的声音。

这样湿润的文字,久违了。也许我们只能在林和靖、袁枚的文字里寻觅到这样的风情韵味了,也许我们只能在汪曾祺、黄永玉的笔墨里感悟到那早已被文人荒废的文字了。何频先生的文字,让我们在名来利往的人生喧腾中寻找到人生不经意处的温馨与安静。何频先生那平淡的文字里蕴藏着人生的大智慧,渗透着他对天地万物永恒的思索与探讨,到处都能整合出对生命哲理的吟唱。

杂草的生命力和耐力也真令人不可思议,不仅在荒地上,阡陌旁,甚至闹市的屋檐下,凡裸露土地的地方就生长着杂草。它的种子,寿命长抗逆力也极强。科学实验得知,被深埋入土层里的龙葵种子39年后的发芽率还可保持在83%

以上。杂草比庄稼结籽早,结实量也极大,是一般农作物的数十倍和上百倍,一株野苋菜最多产籽可达50万粒,灰灰菜株产2万至10万粒。生生不息的杂草实乃自然的活化石。何频先生这样质实而信息密集的文字,淡淡的笔调渗透着他独特而丰沛的生命情感。

焦国标:博士更有颗平民心

  杂文在众多的文学品种中,最能考验一个人的血性。杂文是才胆力识的结晶体。杂文是爱与恨的生命表达。杂文考验着一个人"胆商"程度的高低。所谓胆商就是指一个人能不能心无挂碍地捍卫自己的立场,能不能义无反顾地捍卫人性的尊严,能不能直截了当地在歌舞升平的幻境中发出别样的声音,能不能在众口一词中敢于说"不",能不能在现实利益诱惑面前背转过身断然拒绝,能不能在抬轿子吹喇叭的喧嚣热闹中发出刺耳的尖叫? 杂文是人性觉醒的产物。古代君臣只有谏议书,只有高人名士的"清议",算不上杂文,只有到了近现代,压抑的人性开始复苏,个体意识代替了群体意识,人们开始了杂议,杂文才正式作为文体进入文学的视野。但是,现在各类评奖仍是把其列入散文的范畴,实际上,杂文早不是我们平常意义上的散文,而是文学家族中最有锐气的闯将。传统的小说、戏剧、散文、诗歌,与杂文比起来,都有点沧桑世故,都有自己包装防身的独特本领,小说可以虚构,戏剧可以表演,散文可以托物言志,诗歌可以通过意象表情达意,只有杂文,是"裸体"的文学,是毫无遮拦赤膊上阵的文学,虽然也有艺术化的杂文,但是杂文的品性决定了杂文骨子里的坦诚、直爽。我们现在很是怀念鲁迅先生的杂文,就是因为先生的血是热的,杂文是先生情感喷吐最畅意的文体,也是先生手中唯一搏斗的武器。现在的杂文,为何人们不爱读了? 或者换句话说,为何现在优秀杂文越来越少了? 为何我们达不到鲁迅先生杂文的高度? 根子上就在于,现在的杂文家们丧失了"文胆",文胆怯懦,小心翼翼,温文尔雅,不疼不痒地说一些弯弯绕的话题;现在的杂文家们丧失了"才胆",文字干瘪,语言生硬,平平淡淡,毫无杂文语言寒光闪闪、犀利勇猛的优势;现在的杂文家们失去了"心胆",满足于书斋里坐而论道,陶醉于那些无关大局的边缘话题,文人心与天下苍生的心距离越来越远,写杂文纯粹是为了露个脸、占个位置,发发牢骚,杂文写作失去了担当,失去了为民鼓与呼、控与诉的一颗平民情怀。杂文,成了报刊的边角点缀,成了网络上大量的唾沫口水。杂文式微,表征着文人心态的畸变,表征着文人精神空间的萎缩。

焦国标杂文,我至今购置了四本:《你根本吓不住人家》《独立的悲伤》《新闻之外的敏感》《奉献与义务的边际》《我为卿狂》,这是我喜爱的几本杂文集。通览国标先生的杂文,会发现,他是把生命的才情、激情全都挥洒在杂文写作中,他在一切看似没有问题的地方大胆怀疑,细细求证,小事件,大问题;小个案,大情怀。易中天先生一本随笔集起名叫《你好,伟哥》,在国标先生的笔下是这样连珠炮的文字剖析:"出书一定得把住滑,好出就萝卜快了不洗泥,一本书发行量和口碑成等差数列,那不是出书,那是浅死,那是自绝于读者。出版商好比淫邪的荡妇,恨不得这次合作完事以后下八辈子让你返不过苗儿来。男人要当心,体力透支不可太过;著作者要当心,声誉透支不可太过。"国标先生的杂文有沉甸甸的文化份量,有厚重的文化担当,有一股辛辣冲鼻的芥末油味儿。国标先生的杂文以丰厚的文化底蕴拉开了与通常文质兼失的杂文的距离,成为高标独立的杂文坐标。杂文不仅是过眼烟云的时文,更是经受住历史无情淘汰的美文,是文质兼美的经典范文。国标先生很见功力的是他写的大量文史随笔,如《英王的名称》《金秋不是物候》《修辞无限可能》《何为女儿娇》《〈毛泽东评点二十四史〉翻阅断想》等诸多篇目可圈可点,考证细密,说理透彻,视角独特。如在《乡恋的历史》一文中,作者探幽发微,在列举了孔子孟子老子庄子墨子苏秦张仪诸子百家周游列国,客居异地后,发现"中国似乎自汉以后才普遍长出一个苗壮的恋乡情结,李陵苏武诗、昭君文君怨、蔡琰悲愤诗和胡笳十八拍是苗头,飞鸿作为乡恋的象征物就正始于苏武。"作者进一步考证发现,"乡在先秦只是一个冷冰冰的行政单位,乡土乡音乡井乡关乡书乡思乡愁等含情脉脉的词儿都是汉代以后才出现。这种情感,到唐宋时脆弱到了伤感的程度,一碰就惹两眼泪花。"最后作者得出结论:"乡恋是历史的,是稳定的农业社会和宗法社会特有的人文景观和心理体验。游牧者逐水草居,家乡且没有,遑及乡恋。吉普赛人天下为家,绝对体验不到中国文化中的这份情感。到工业社会,中世纪田园中长成的乡恋被冲击得七零八落。"国标先生的杂文,还显示着他思考问题的敏锐眼光和切中肯綮的深刻见地。《还有高于法律之上的政治吗》《谁的实践是检验真理的唯一标准》《学府》《怎样抒情》等篇目,似乎都是合乎常情常理的问题,作者却洞察幽微,发现"而今在新时代里,大发'田家乐'诗兴的古旧文人绝种了,可是大发'劳动人民创造世界真伟大'之类感叹的新文人却以蝗虫下卵的规模速度诞生了。历史唯物主义本来是解释历史的一个好理论,可是在有些人眼里却变成一种阴翳,完全遮蔽了对弱者底层劳动者应该产生的同情。在他们笔下,下层劳动者的不幸无影无踪。"国标先生的杂文处处渗透着平民立场,没有学者居高临下的身份优越感,没有那种无病呻吟磨牙斗嘴的文人气,总是能明白在我们看似平淡却处处拧巴的社会下面隐藏着的道理,这些理都不是歪理、邪理,"理"是真理、常理、明理、情理。他在为最底层的弱势群体代言,他的杂文写作是一种最朴实最急切最真诚的"底层写作",他在一篇《农伤事故》中写道:"会写文章的文化人,一向热衷于人文精神呀,终极关怀呀,我说我们能不能别玩那么多虚的,眼镜向下实一点? 少关注一点文化圈子的是是非非,少关注一点某文化人最近又写了什么说了什么,少打些《马桥词典》一类的官司,多关注一些下层社会的苦难心酸,多写些见血封喉的文字,以便早一点儿将农村自给自足、自生自灭的状态揉进立法者的眼里!"我们读国标的杂文感到他往往说出了很多人埋藏在心底已久想说却不敢说或者说不透彻、说不囫囵的家常话。他的文字里充溢着一种悲天悯人的赤子之气,这些冒着生命热气的文字,暖心灼肺,炙烤人心。杂文不是用华美的文字、庸俗的思想勾兑起来的,也不是用看似辛辣实则香辣的佐料、看似剑拔弩张实则虚张声势的汤料调制出来的。他的杂文焦国标的杂文是从心中喷涌出来的,是从血管里流淌出来的,是从平民的悲苦惆怅里分娩出来的。不是摇晃笔杆轻点鼠标摇头晃脑写出来敲打出来的,也不是无病呻吟哼唱出来的。杂文是血与火的浇筑,是情与理的交融,是电光石火的碰撞。我的手头还有三本与焦国标有关联的书籍:韩爱萍编著的《河南大学作家群》、焦国标、曹天著的《拍案:两个河南人看世界》、冯庆堂主编的《淘洗传统文化的精华》,国标先生的文字处处闪烁着才子与赤子杂糅的生命光芒,文字依然精警爽利,"从他的文章中,可以看出在他丰厚学养的滋润下,他敏感的笔触总能点击内心有所触动处。这位勤于用功的学者型杂文家,有感而发,要言不烦,独具慧眼,自然就写出了大量具有思想深度和艺术感染力的佳作。宽广的题材,深厚的思想性,短小精悍的艺术表现形式及丰厚的学识的有机结合,共同构成了焦国标的杂文独具特色的文学魅力。"国标先生的杂文情真、理真,是当代继承鲁迅杂文衣钵最好的杂文家之一。

国标先生和我一样都是六十年代出生，又都是河南人，读其文更有情理上的认同与亲和，知道其人缘于乡党著名青年表演艺术家金不换先生的引荐。

我的案边摆放着国标的两本书：《奉献与义务的边际》《新闻之外的敏感》。博士学历的国标一直在杂文领域电光石火般英英武武，被誉为中青年杂文家四大代表人物之一（其他三人是朱健国、鄢烈山、刘洪波）。博士舞弄杂文之笔，是否有股学究气？是否有种大材小用的错位感？博士的杂文又是一种啥风格？这三个问题是引领我拜读国标杂文的兴奋点与探究点。平民意识，国标杂文的字里行间都浸透着社会问题、"新闻"问题、"国际"问题、学理问题……国标把文章修剪得枝繁叶茂，很有质感，很有一颗平民的心肠。以博士的学养视角就高人一筹，以一个来自社会底层的农家子的生命体验，他就必然会写出一种情感的真实，真切地传达出社会群体的心灵呼唤。一则2003年高考日期提前的一则普通新闻，他却以《何必再受一年热》为题写出了"推三阻四，煞有介事，小事大做，磨磨蹭蹭，反应太慢"的形式主义、官僚主义，如他在文章结尾那段椎心泣血意味深长令人为之一震的话：

孔子说：一旦了发现某事可做，决不应慢条斯理套车马，应该一溜小跑往前赶。如果说高考改期是正确的，科学的，是对的，那就从今年开始，何必让参加高考的各色人等再白白多受一年热？

国标写杂文的心态总是有一种身社会一员当仁不让的责任感、使命感、社会感，于是他笔下之文时代气息就会浓烈而又探幽发微。闲时也读过很多人写的杂文，隔靴搔痒，擦边球般的转圈话，没扎到社会肌体的穴位上，哼哼唧唧，软溜稀松，文人巧滑昭然若揭，正如国标在《责任心的错位》一文所言：

社会角色与角色行为是固定搭配的，一定角色要对一定的角色行为负责，不然便发生责任心错位。为某种崇高理想而发生责任心错位，表现为全社会的狂热，如果为私心私利而发生责任心错位，则表现为全社会争先恐后地趋于堕落。

当下许多杂文写得瘦骨嶙峋，剥皮扒骨，没啥精膘，就事论事，发点牢骚，引发点轻轻飘飘的感慨，语言寡淡，如穿一件露着肚脐眼的小坎肩儿，再使劲儿往下拉扯，终也掩饰不了那种萎缩的酸气，小心翼翼四处缝合的"窘气"。国标其文显示着自己那血脉贲涌，棱角分明的个性，渊博的学养又使其文血肉丰满，张力无限。如《巴老还能主编〈收获〉吗》，他看问题的视角敏锐独特：

真正主持编务的主编名字不会那么抢眼，根本不能主持编务的主编，名字处理得反倒如此突出，想想真是荒唐，真是滑稽……我们这个社会名实不副，言行不一，已经到了毫无羞耻、毫无觉察、无行不有无处不在的地步，纵然天大的名不副实人人习惯成自然，无人以是为非。

读许多人的文章总感到有种无形的紧箍咒在拘围着人的写作思维，禁忌种种，文章拘谨得如小脚女人走路，言语闪烁其词，观点羞羞答答，起承转合一大堆，而高挑起来看，却是一种贫瘠迂腐相。国标甩开臂膀，无所畏惧，杂文写得如此汪洋恣肆，钩耙得语言禾苗茁壮茂密得绿茵如毡。正如他所言："正反观点只会成为你思想的支柱，毒草芳草尽皆成滋养你的肥料。"国标杂文，我珍爱异常。国标为文之胆识，我视为自己的标尺与参照物。深夜卧床灯下捧读，让我惊坐起的常常是他文字里跳荡的思想火花。

二月河:砂礓般文字遍地开

　　我这个人读书有一个积习难改的毛病,对于书坊热炒的流行书,向来保持着慎重购买的警觉。前几年,最初听说二月河,是收听郑州经济广播电台由赵维莉先生播讲的《康熙大帝》,作者叫二月河,名字怪怪的。后来,又听说某名人也很爱看二月河的"帝王系列"小说,我总是怀疑这是一种炒作;后来,又看到媒体报道某出版社社长坦言如何把二月河打造成百万富翁,我还是没有激发起阅读二月河作品的兴趣,包括后来电视剧《雍正王朝》的热播,我盼望着一切都安静下来,我再细细阅读其作品。等到一切都平静下来,我先是购置了《二月河妙解〈红楼梦〉》、《佛像前的沉吟》两本书,几次翻阅细读,彻底打消了我阅读其帝王小说的兴趣,败坏了我阅读其文字的胃口。

　　无意中,看到一篇《失重的二月河》的文字,摘录如下:

　　前些时,媒体报道,靠市场之力,先生已成为千百万巨款的作家富翁。凭此喜讯为证,我还乐滋滋地向家人抢白道:"支持我写作吧。看,作家也能走上致富路!"尤难能可贵的是,时代浮华喧嚣,表演意味疯狂,先生却绝张扬,低格调,偏居南阳一隅,斗室演帝王,"大隐"之人,谁不敬佩? 加之闲暇也爱涂抹文字的我又与您同属中原一方水土,文缘、地缘之故,又多了份亲和力,故对您也格外关注,固平素文友对先生的点滴介绍,报刊上的消息片断剪辑,几乎收罗殆尽,支离破碎中却也拼贴出我心中映出的轮廓:敦厚持重,不温不火,笔墨浓时惊无语,直掳血性为文章。俗语箴言云:"甘蔗半头'甜',成名很可怕。"但我却坚信地认为,凭借先生仙风道骨之襟怀,定能抖落俗尘,跳出怪圈儿。

　　可我"坚信"的却是近期您对记者的坦言和对您近作的阅读。

　　"因为有一点成绩,自己的心理状态也和以前不一样了,觉得不写也可以。你写了是二月河,你不写还是二月河",言辞之中流淌着您志得意满后的自负自炫之气。诚然您此时的心态与十几年前，苦研"红学"终不闻达时迥异。那时节您感叹文章虽满腹，不值一文钱；今时节您却苦叹"整个屋子活像一个闹市"；过去您蜗居逼仄斗室，妻儿老小，日子过得紧巴，今天您据笔成帝王，一杆笔耍得财源滚滚，腰包鼓鼓，功成名就傲王侯，心态失重，情由可原。拎一拎沉甸甸一箱《二月河文集》，鸣锣收金，就此打住。"每天在写一些短文，希望从中体会到写作的快乐"，真是让人心升凉气，您就这样在烟火气中完成了加速般的异化，如一座火山急急地喷射岩浆后便由休眠走入沉寂。从您身上，我看出了在这被称为"绵羊地"的中原沃土上的作家们，心浮气躁，盛名所累，骨子里那压抑日久的俗气便腾空而起淹没了你，露出了麒麟的皮。友人看了你对记者的表白，一脸不屑，"谁比谁高贵多少呢？"我无言。

心态的失重更导致您创作的失重。您在《自鸣不得意外》一文中，说自己的书是一部错误百出的书，诸如"事件因果的前后措置，同一人物事件，性格的不合理变化，还有用典的错误"，您转了解释个中原因的弯弯绕后，归结为"写到兴起时，真有点'发疯'的意味，根本无暇静下心来想一想其中的荒谬。"读此不禁哑然失笑，您解释的轻飘巧滑，真有点民间"得了便宜还卖乖"之味。是啊，您此刻处在书不愁出，钱不愁挣，说话不愁没有听的事业巅峰状态，创作的粗糙性，失重性自是在所难免，滋润润的日子中，写作与名利纠缠在一起，出版家与读者双双盈盈秋水眸子射出的急欲出版捞钱与阅读的暖光，肆虐盗版者眼中冒出的绿光，束束光斑，照得刺眼，您若要真能如老僧打坐入定般心静如水，文字越写越从容，于是就有了这一叠纸的理智与清醒，而您的作品却水分愈来愈大，篇幅越拉越长，是您目前创作失重的明证了。裹挟在名利的漩涡，可谓"人在江湖，身不由已"，创作之境早已是门庭若市般热闹非凡，想棉团塞耳，大门落锁，电话拔掉，当今时代，"桃花源"难觅啊！

二月河先生，正如您所言："承认自己的的无能、错误、失漏是痛苦的，看到自己创造的工程的先天后天缺憾，是令人汗颜的。"而您是文坛的顶梁柱，您是河南文坛炫耀于外人的资本。作为读者，真不想让您在心态失衡、创作滑坡中折损了您那厚重的形象。《孽海花》中有一位官僚先生说："帝王将相的权力只有一百年，文人的权力有一万年"。真希望您从浮云中翻身落地，潜心耕耘，也把名利当成挤脚的鞋甩掉赤足行，虽蒺藜扎脚，却也让人清醒。

先说这本《二月河妙解〈红楼梦〉》一书。据各种报道及二月河先生本人撰写的各种自传性文字得知,二月河先生当初研究红学,后来因一位红学专家的提醒,遂转向帝王小说的创作。这本由长江文艺出版社出版的二月河先生的红学研究文集,是在其声名鹊起后,搭顺风车出版的一本夹带之作。但是,文字却写在成名前,文字倒也洁净顺畅。本书共收文六篇:《断臂阿芙罗底德手执何物》《史湘云是"禄蠹"吗》《元春之死与李纨母子之死》《三春嗜好浅析》《"嬲娥"耶,抑"嫦娥"耶》《凤凰巢和凤还巢》,共7.8万字。文笔基本顺畅,分析也有条理。虽然,文字会时不时地出现疙疙瘩瘩、似通不通的"砂礓句",如"杨玉环乃是玄宗不得已的情况下被忍痛牺牲的。"但是,二月河研究红楼还有可圈可点之处,最基本的是他能说出一些道道儿来,虽然这些观点现在看来并不是多么自成一家的新颖独特,多么有深度和高度,起码,自圆其说。"我以为李纨乃是死于过分激动,贾兰乃是死于极度哀恸。"再比如他对王熙凤的评价:

> 她没有如宝玉、黛玉那种带有自觉性的个性解放要求,她只是在表现'自我',本能地从旧巢中飞出来,站在高枝上唱歌的'凤'。在一些问题的处理上,她表现得极端自私、残忍和毒辣,在另一些问题上她又显得公正、善良和富有人情味。她被陈旧势力压倒、吃掉的一面尚未及展示出来,而这未展示的一面却又是发展趋向的必然,离开阶级的和历史的分析与这必将展示的情节,侈谈她是美与丑或者善与恶,都是隔岸观花,一片模糊说不清。

二月河先生的红学研究说白了还是一种读后感式的解析文字,在解析中感悟人物情节的走向。历史不能假设,如果二月河把红学研究一直搞下去,结果如何? 但是从这些留存的红学研究文字看,学术的空间不是很大。

再说《佛像前的沉吟》一书中的文字全都是在"帝王"作家的声名日隆之后,写下的急就章,率尔操觚,兴之所至,随手拈来,不再十分考究文章章法,约稿者门庭若市,反正不愁发表,率性而为,写作心态浮躁,砂礓文字随处可见。试举几例分析:"但那地方的址,肯定是永远存在的。"这句话前半句,就是典型的疙瘩般的砂礓文字,"但那地方的址"完全可以精简为"但那地址";"这一次却强了另一条印象:老家没有细粮。吃得不好,住得好。"这个句子里的"强"犹如一个砂礓蛋子,读之如咀嚼米饭里的沙粒。再看这样的句子,"这个年纪已过逾了参军的年纪,是偷减了一岁才得如愿的。""家人和我齐努力规避了后者:那年头当兵和现今比起,不知酷了几多倍。"我们从以上这些句子,可以看出"过逾"在这里读之似古不古,似雅不雅,可有可无。"规避"、"酷"更是生硬。再如

"我本来就带着一点田将军'客'的味儿，这么着又设一层行动算怎么一回事？"这里"设一层行动"更是让人感到莫名其妙。

自称对清史下了一番研究功夫的二月河先生，文字功力这样让人不敢敬畏？为何成名前撰写的红学文字，还是十分流畅，没有出现这些半文不白的砂礓文字，成名之后，文字却是这样粗糙别扭？过硬的文字功底儿是作家创作的基本功，也是作家应该具有的文字自律意识。二月河的文字功夫，还需要锤炼，还需要放下学究的架子，把话说通，把词用对，故弄玄虚，辞不达意，以辞害意。用杂文家焦国标先生的话说，读二月河先生的文字，"就像吃一顿蒺藜饭，实在太不舒服，忍不住挑错指正的冲动。写几百万史传作品的人，文献肯定是没少读了，可是一碰到古词，二月河先生的造句竟然是这样蹩脚，我不能不怀疑凌解放先生的语言天赋，以后碰着了还真得翻翻他三大传里的文字货色。若仅凭此文，其史传作品的读者虽多如恒河沙数，而在语言艺术方面则绝不会有什么地位可言。"

二月河先生这本《佛像前的沉吟》，简直就是一个"语言的病院"，是中小学生学习修改病句的经典文本。我在书坊也见到了二月河的其他随笔集，一想起《佛像前的沉吟》里面俯拾皆是的砂礓文字，我连翻阅一下的兴致都没有了，更激不起我购买的欲望。二月河先生的文字功夫，实在不能让人恭维。这本《佛像前的沉吟》，我几次想硬着头皮读下去，但是，一看到诸如"我这才憧仰佛像圣容"、"我这次走一走山西，从宏观上验证了微观的不我欺，乔家大院、王家大院是一个类型，修得再大，我的感觉还是土"这样酸气扑鼻、啼笑皆非的生造词，我就又放下了，甚至想扔出窗外，眼不见，心不烦。但是，还是放在了书架上，留着给孩子们修改病句时再用吧。撇开文字，再看这些砂礓文字里的思想，实在是稀寡得可怜。除了兜售点史料，就是发点儿思古怀今的感叹，如在《花洲情缘》一文的结尾，作者在叙述完花洲的历史变迁后，生发如下感慨便草草收篇，"唯有春风阁，九百余年春风年年应命而至，百花洲岁岁花树如织。由'县学'而'一中'九百余年香烟不断，缭绕豫之西南，洵是人文奇观，这实是范公余德所泽呢。"普通的游记散文，读之不过如此。

孙方友：民间叙事的精神隐喻

民间叙事是一个复杂的文化命题，我们可以抽离出两条不同的文化解读线条，从"国风"以降到杜甫等现实主义式的描摹，一直是"准民间"实录式的历史叙事；另一条是纯民间的具有文化学意义的叙事，从志怪、志人到蒲松龄的《聊斋志异》直至系列笔记小说、《金瓶梅》的市井小说等，它们是源于底层的另外一种文化叙事，前者是历史缝隙里修剪的景观林，而后者却是民间沃土上恣意疯长的奇葩，这两种叙事花开两朵，丰富了民间叙事的文化内涵。可是长期以来，文化学意义上的民间叙事却一直没有得到真正意义的认知，一直被认为是正统文学的边角废料，这种偏见影响了我们对传奇小说的文化解读，这也是我们今天在"私人化写作"、"底层写作"风靡当代中国文坛的文化背景下，重新解读一直固守传奇小说写作的作家孙方友系列"陈州笔记"作品的一个重要诱因。

孙方友的《陈州笔记》是当今中国文坛的"异类"，她似乎游离于现实之外，没有关注底层弱势群体所谓的幸福生活，也没有"蜗居"式现实生活的隐痛与无奈，而是一头扎进弹丸之地的古陈州历史的深层记忆中，去打捞那些尘封已久的传奇故事。我们感兴趣的不仅仅是作家笔下七百多个鲜活生动的故事本身，更感兴趣的是作家心灵深处为何对陈州这块故土持久不衰解读背后的精神驱动力在哪里？作家通过这些陈州人物记忆究竟要给我们传达出怎样的写作精神信息，或者说这背后与现实千丝万缕联系的精神隐喻是什么？

一、祛魅与复魅

生活无故事。每天置身的生活只是一个个事件，作家把这些事件加工成为故事，对现实民间的关注既可以是紧跟式地贴着写，也可以是拉开距离比附式的审视，后者因为距离的拉开更加冷静客观，生活与写作是两种逆向而动的过程。生活从某种意义上来说是祛魅的过程，写作是复魅的过程。孙方友通过对历史记忆的文学呈现来表达他对现实生活客观冷静的解读,比如作家笔下的人物都很有"味道"。当代人应该有怎样的生活观? 作家揭示的是人性的元素,是生命的勃发,是个性的张扬。生活是祛魅,生命是复魅的过程。

一个地域乃至一个民族的历史记忆与生活记忆是如何呈现在我们的文学叙事中去的,不仅靠的是官方家谱式的书写,更靠的是民间芸芸众生的血肉连缀,他们进入不了历史文本中去,他们在作家的文学叙事场里却由配角变成了主角,由模糊走向清晰,由平面走向立体,从无声走向有声。陈州笔记小说是对陈州记忆的唤醒,是对陈州历史的复原与补充和完善,是对枯燥历史叙事的滋润,是对风干生活的滴灌,文学记忆的复活是对生命可爱的复魅。西方哲学家莱布尼兹提出过"可能的世界"的概念,他说一个世界如果与逻辑规律不相矛盾就叫"可能的世界","可能的世界"有无数多个,神从中挑选一个最好的予以实现,这就是我们所属的这个真实的世界,这里面就存在着复魅(可能的世界)与祛魅(真实的世界)的过程。

孙方友的描绘就是为这个"可能的世界"进行复魅,揭示生活平淡无奇的下面那些生命挣扎沉沦的心灵轨迹,描绘出平静如水下面那涌动的人性湍流,这些都经受住了岁月的无情沉淀,现在依然让我们读之心潮澎湃的精神元素。"文学所起的功用不是阐释一种文化,而是帮助建设与丰富一种文化。"(阿来)孙方友的创作也就是对历史叙事的一种"建设与丰富","当主流文坛浮漾着泡沫和垃圾,以强势力量带动着势利的潮流呼啸而过的时候,孙方友守持着沉静的心态,坚持着民间立场,沉醉在家乡的人物和故事里。他讲述的是个体生命对历史的关照,乡土文化对人性的诠释。若干年后,那些轰动一时的宏大叙述湮灭之后,《陈州笔记》将因它民间性、因它的野史性的价值而显现出一个时代的文化内涵的精灵。"(田中禾)孙方友坚守民间立场的写作叙事就是为干瘪的历史招魂,那些"吕家染坊"、"雷家炮铺"、"张氏修车铺"、"黄氏面条铺"、"罗氏番菜馆"、"竹匠铺"、"张家酒馆"、"张记布店"发生的一桩桩故事都是对生活的复魅,是它们在丰富着历史文化的内涵,就如一部清史,倘若抽去了写鬼写妖、刺贪刺虐的蒲松龄的"聊斋",我们就会在解读历史时因为民间气息过分的苍白而有致盲的危险。

"中国文学实即一种人生哲学"。(钱穆)为中国文化复魅的不仅仅是"贵族文学",而且也有朴茂丛生的"山林文学",它们是草根阶层生命哲学的委婉表达,是话语权力曲折含蓄的伸张与捍卫,这也是孙方友对"鳌斜"历史的生气灌注,"陈州地处偏僻,许多新鲜事物总是姗姗来迟。"(孙方友《鬼像》)我们解读陈州文化,孙方友的"陈州笔记"与"小镇人物"是一个绕不过的坎儿。一切历史都是民族精神的秘史。

二、碎片与完整

我们生活的故事在某种程度上都是残缺不全的碎片,就如人性的复杂破碎,孙方友的陈州笔记小说就是通过对那些残缺不全、有头无尾、支离破碎的生活碎片进行了艺术的拼接,也许作家的使命就在这里。

从某种意义上来讲,历史也是残缺不全的,历史那硕大的网眼已经漏掉了不知多少鲜为人知的细节,历史是记忆与遗忘的复合体,作家的使命就是对遗忘的打捞,文学不仅具有审美学层面的意义,更具有历史学层面的意义,比如杜甫的《兵车行》里记录了那到边关服役"牵衣顿足拦道哭"的真实场面;白居易记录了"两鬓苍苍十指黑"那位"卖炭翁"的形象。这在所谓的"正史"里能看到吗?艺术对完美的追求其实也就是对历史细节的填充。阅读孙方友的《陈州笔记》或"小镇人物",我们会更加深入了解历史所忽略的那些世风民情的真实细节,会在历史的斑驳色彩里看到孙方友为我们描摹的那色彩斑斓的历史插页,这些文学插页使我们触摸到了被历史遗忘的那些最隐秘最柔软的部位,孙方友把这些碎片拼接成囫囵的故事,使残缺的历史少些不必要的遗憾。

孙方友在固守陈州颍河这一邮票大小的地域,通过这样一个历史切片经过作家显微镜式的透视,使陈州碎片化的历史显现出那不为我们重视的筋脉细纹,让我们依稀看到那完整的历史图像。比如抗日斗争这样宏大的画面,在陈州的历史上就浓缩为《肉盾》这样一个人物点上,作家刻画了呆五这样一个靠为汉奸做事来谋生的农民形象,他身上没有高大全的形象,但在除奸的过程中,趴在主子身上,表面上他誓死保卫汉奸主子,而主子"后心上有一把匕首"的细节让我们的心头一颤,这就是人物呆五"两全其美"的生命抉择,这也是历史在行进中一个微不足道的细小插曲,宏大的历史画卷里一个小小的注释,甚至是历史打盹儿时候的一个细微的梦呓。比如《官威》里官员学走"鹅步"却后来阴差阳错走成了"鹭鸶步"那忍俊不禁的滑稽,也更让我们看出了生命的荒诞是怎样对严肃的历史进行了有效的解构,有了这些小小的佐料,历史的鸡汤才能够熬制得更加醇厚绵长。

"没有文化乡愁的心,注定是一口枯井。"(董桥)"文化乡愁"就是"历史乡愁",作家孙方友在为历史作注,就是对"文化乡愁"的追寻;对千疮百孔历史的修补,就是对历史遮蔽、肢解人性的矫正,对完整人性解读的不懈追求,完整是我们对历史记忆的心灵渴求,比如那些历史僵硬冰凉文字下面生活的温热、人性的复杂,这在作家的笔下都得到了远比历史记忆详细深刻得多的呈现。那些属于草根阶层小人物的悲欢离合,都在孙方友对历史记忆负责、对乡土热爱的情怀下得到了完整细致的书写。《葡萄》《漂亮哥》《瘦大姐》诸篇就揭示了生命的智慧、慈爱、仁义等生命元素。如果说历史叙事是写意,那么文学叙事就是工笔的描画。

作家的写作其实也就是对历史的修修补补,也许我们在对孙方友传奇进行评说解读时,会突生一种想法,陈州之地真发生了这些故事?是不是作家杂采百家,移花接木,嫁接异域,道听途说之轶闻趣事,而通通冠之在"陈州"名下?这是常人狭隘的历史观,文学叙事是一种穿越狭隘历史时空的宏大叙事,是对人性碎片的拼接,就如一个哈姆雷特、一个阿 Q、一个林黛玉的意义要远比一位政治家的激情演说更具有人性的内涵,更具有文化的影响力与穿透力。比如《张三水饺》就是因为"袁世凯回项城葬母路过陈州,当地官员特请他吃了一回张三水饺。袁世凯品尝后,挥毫留下八个大字:张三水饺,天下第一。"后遇知县敲诈,张师爷渔翁得利的传奇故事,揭示了民间世态人情的沧桑变化,在这里,我们大不必细细追究袁世凯真有此事?其实这是文学叙事对历史的"借用"。在借用中,文化碎片有了拼接的粘胶,有了连缀的生命之线,历史的演绎是对生命哲学的完整阐释。

三、庸常与奇诡

生活常态是庸常的,奇诡只是庸常里喧腾起的几多浪花。孙方友的系列笔记小说就是对这些浪花的集中展示。人生有三种追求:舒适、刺激、牛皮,对于生理学意义上的"唤醒值",动物高,人类低,人类提升唤醒值,就要寻找刺激,也就是要在庸常里激荡起奇诡的浪花。这也是传奇小说经久不衰的根本原因,尤其是在历史叙事人为偏见地剔离生活庸常的细节时,生活就需要文学的滋润与刺激来唤醒对生命的热爱与生活的热望。

孙方友对生活的审视是在已经发酵成熟的陈州历史文化里进行细细地打

磨雕刻,生活也必须在拉开历史距离的回望凝视里才能成为风景,生活的历史化是我们抗拒生活庸常的不二法门,这是因为历史的尘埃落定才能使文学叙事有更加自由的创作心境,有了更大的游刃有余的创作空间,有了更细密完整的故事演绎,写作必须是对相对完整封闭历史的有效截取。孙方友在陈州小镇这样一个历史的"点"上,铆足了劲儿进行了才情与世风人情的大挥洒,使历史的古陈州与当代的新淮阳形成了时空的错位,也在这种错位里记录了一个个鲜活地活在历史与现实千丝万缕构织的时空网络中人物。所以孙方友小说中的传奇人物才让读者常读常新,似乎是古陈州人物,又分明是在新淮阳不断游走着的当代人,那沉重的叹息,那沧桑的故事依然历久弥新。如《殷老二和他的女人》中的"海花与马春"一对儿偷情者的算计,"马神仙""黑婆婆""朱麻子""张娃""海爷""赵章"等各色人物的生命传奇,都让庸常的生活有了可堪玩味与咀嚼的生命滋味。像"朱麻子"这一人物,起初是因为一脸麻子,娶了一位"一心想上集上来,看中了朱家生意好"的乡下女子于妮儿,可是于妮儿生了女儿后"就再不生育","他让老婆生儿子的目的主要是想找回自己不麻的影像","他曾跟妻子闹过几次离婚"都不成,可是后来"割尾巴"妻子进了"讲用团",大讲丈夫逼婚、破坏计划生育、虐待老婆,朱麻子"形象一落千丈",于妮儿与属于积极分子的光棍汉混在了一起,"上头对她的遭遇表示同情,很快就批准了她的请求。于是,朱麻子多年的离婚愿望终于实现了。""但是离了婚的朱麻子并不高兴,反而极其痛苦。因为不准做生意,很难再寻到老婆。又加上自己形象已被于妮儿破坏已尽,觉得前途渺茫。几天后,就上吊自杀了。"作家把人物起起伏伏的命运轨迹呈现在我们面前,揭示了庸常的生活表象下命运的吊诡与荒诞,从"想离婚"到"离婚不成"再到"离了婚"却自走绝路,卑微的生命在历史与现实交织的网络世界里挣扎沉浮,作家透过他笔下的"众生相"来投射复杂的"世相"与生命的"真相",在这个人间苟且偷生卑微的芸芸众生们,波澜不惊的庸常生活中,有多少让人唏嘘感叹的细节情景,他们的人生传奇饱含着多少我们把握不准抓靠不住的生命劫数。

我们在阅读孙方友那一个个"小镇人物"与陈州传奇故事时,总会在内心涌起对作家的敬意,为小人物"树碑立传"的执着缘于他对庸常生活的深刻解剖,发现生活的真实远大于历史的真实,一页页凡俗的生活画面也是历史的真实写照,是历史枝叶下显微镜式的细胞分析。"小镇的历史,不是历史学家眼中的历史,不是政治学家眼中的历史,也不是哲学家眼中的历史,而是一个文学家眼中的历史。这是一部带有个人体温具有文学特质的被浓缩了的二十世纪的中国民间史。这部民间史有着明确的历史观,那就是民间立场。在这里,我们能处处看到我们自己的身影,能看到让我们难以忘怀的我们作为个体生命存在过的那一刻。就像舍伍德·安德森所说的那样,'真正的历史只是各个片刻的历史,我们只有在难得的片刻间才是真正的生活。'颍河镇的历史是鲜活的,她的鲜活存在于我们记忆深处的每一个片断里。"(墨白)对庸常生活的超越就是对历史的无限演绎,在演绎里我们看到了命运的奇诡,其至会在这种惊醒里保持着,对庸常生活的警惕。孙方友是一位精神的守夜神,他以自己的系列传奇写作保持着唤醒着对庸常生活的抗拒,我们也会在作家为我们描绘的那些波澜壮阔的传奇画面里,重新打量我们属于历史一部分的庸常生活,我们每天如何过好这庸常烦恼沉重的每一天,实际上也就是如何让生活富有传奇性色彩,这个问题也就是海德格尔所言的"诗意地栖居"的问题。

四、心肠与立场

作家按心肠分可分为硬心肠(极少参入个人情感的客观描述)与软心肠(多带有个人情怀的主观渗透),这完全是由作家的气质禀性所致,不存在优劣高低之分。孙方友显然属于软心肠一类,他在冷静不动声色的描绘里,却涌动着饱含自己是非憎恶的情感判断。

我们在他的系列传奇小说里,看到了他坚守的写作立场,不因为猎奇求怪就一味地妖妖道道,而是遵循了人情事理的逻辑本真,用一颗柔软的心灵去感知人物丰富的内心世界,写真与传奇融为一体。他笔下的人物就可信可爱可感可叹,故事就有了民间的烟火气与世情色,读者在满足于故事传奇艺术性的同时,更为人世间的美丑善恶仁义廉耻的思想内涵所折服。作家以软心肠为笔下的人物掬一捧同情的热泪,同时又以不容置疑与妥协的批判精神让读者穿过迷离传奇的雾幛看透世间的本色,尤其是那些不入史家之眼的小人物,作家在为他们施与特写镜头的时候,没有忘记从他们的故事里透射人性的光辉。《玩猴》里的智者表白"猴非人,人非猴,猴也人也,人也猴也! 你把猴儿当人,又把人当猴,其妙无穷也。"又如《鳖厨》里的焦大,救了在妓院里做饭的姚二嫂,后姚二嫂又被钱老板所诱做了富太太,忽一日在漯河见到姚二带着两个孩子沿街乞讨,"她只觉双目发热,急忙掩饰地遮了脸,一副嫌脏的样子,细声对丫鬟说:'多给他们些银钱,打发他们到别处讨要吧!'"这就是人性的复杂,当被迫害者摇身变为富者时,心态的微妙变化纤毫毕现地呈现在我们的面前。

作家孙方友的传奇小说都是咫尺之幅,却并不嫌单薄,篇篇几乎都腾挪跌宕,摇曳生姿,意境深远,主旨耐人寻味。作家以一颗对人世悲欢离合彻悟通透的博大胸怀,把对生命的尊重,对人性善恶的鞭挞与宽宥等复杂的情愫都糅合在那细密真诚古朴老道的文字里了,这也是目前评论界无法为孙方友小说下确切定论的主要原因,似乎很难像其他作家的作品寻找到清晰的写作规律与明确的写作风格,甚至一条线索我们都提炼不出来,也许这就是作家追求的风格与立场吧。我概括为这是一种尊重历史本真与人性复杂的民间立场,在作家的笔下,达官贵人与平民百姓都是历史记忆的符号,都是文学叙事的元素,把人物写得完美无瑕、把人性缕析得清水明镜恰恰是对人物真实的遮蔽与人性的人为简化。作家的软心肠源于对生活真实的充分尊重,源于对人性复杂的充分理解与谅解,理解了这一点,我们也就基本把握了孙方友的写作立场,也就更加惊叹作家尺幅短小却思接千载的博大情怀,人物没有进行武断的好与坏的二元论判断,很多人物我们甚至无法按照善恶的标准为其划定。《封丘》里的刽子手封丘在杀人如麻里,他能通过人被砍头时的血喷情况判断哪些人是冤屈而死的,并在自家屋里为死于自己家族刀下的亡灵设立牌位祭奠,并标注哪些是含冤被杀的,这个故事看似不可思议,但恰恰是对人性的观照,我们在"封丘"这样一个人物身上,看到作家孙方友没有对人物进行道德价值判断下的人为裁剪,而是揭开层层道德判断的硬壳,寻找柔软的人性光辉,就连一些传奇色彩很淡的惯常题目下,作家也没有丧失人性的朴素立场,如《泥泥狗》一篇,写了民间艺人金果继承了父亲不少绝活,而唯独没学会那种"多面人面猴"的捏制艺术,日本鬼子三浦要求金果用十年时间制出五十套"多面人面猴",十年后来取,日本投降后,三浦的孙子打听一个叫金果的人,可是他得知金果死了,打听金果的后人时,一位老汉说:"后人是有的,只是全被日本人杀害了!那一年日本人扫荡县大队,村里死了许多人。"小说的结尾写道"三浦的孙子很沉重地咂了一下嘴巴,许久许久才叹出一口气。"民族复杂的情感就渗透在这一声喟叹中,令人忧思,发人深省。

总之,孙方友对"陈州"的坚守,就是对民间记忆的捍卫,在这个喧嚣浮躁的时代,这种民间记忆更加难能可贵。

陈涌泉：浅而不薄的追求

我一直固执地认为，一切历史事件的当代解读，都会给人一种肤浅、隔离、不真实的感觉。时空的错位，尘封的历史不能复原；环境变迁，逝者如斯，人物气息黯然冰凉。当代人再将心比心，再设身处地地还原，事件的吻合度、真实度能有几分呢？故聪明的艺术家们只能用艺术的真实来回应搪塞生活的真实，只能用"六经注我，我注六经"的方式在历史的粗壮根系中旁逸斜出自己的芽苞。我读当代青年剧作家陈涌泉的《阿Q与孔乙己》《风雨故园》两个剧本，却在清浅里给人以沉甸甸的厚重质感。

一、剧本阅读的"清浅"与演出的"厚重"

剧本是演出的脚本，是演出的基础。剧本是供演出的而不是让我们阅读的，阅读剧本需要更加专业更加心理渗透的阅读条件，就如我们阅读《牡丹亭》《西厢记》等剧本，往往还会觉得唱词的清雅里有点"做戏"的成分。实际上，戏剧是一种俗的艺术，它以俗来追求生活的气息，以对俗的提纯过滤来追求生活里的雅，戏剧是俗中包含雅韵的艺术。

选取于作家鲁迅生平事迹的《风雨故园》，我们会在作家那充满诗意的开场白里走进历史人物所置身的环境氛围里："丁香花，丁香花，吹落枝头任飘洒。万般哀怨自消受，一缕清香留天涯。"在我们过分冷峻的生命潜意识里，仿佛我们的生活都有一套约定俗成的思维定势及印象模式，那就是爱用自己的生活习惯意识或者生命阅历来套戏剧中的人物命运行迹，戏内与戏外水火不容，这也是当代中国人在过分功利化的物欲追求中压抑窒息了审美的鉴赏与品读。中国人的不"入戏"习惯导致我们在读陈涌泉为我们所设置的那一幕幕风雨如磐的历史凄风苦雨里，也许过分意识形态化的鲁迅，过分"横眉冷对"的鲁迅在我们的思维印象里早已根深蒂固，一旦我们读到作家为我们呈现复原生活里的鲁迅时，我们便会产生陌生"不真实"的拒绝感，特别是作家用戏剧化的笔触、审美化的格调来描摹那段鲁迅先生的生命情感故事时，我们的审美胸怀会变得狭隘而又封闭，在内心会暗暗地嘀咕，"真的是这样吗?""鲁迅会说这样的话吗?"中国人对历史人物的解读一直摆脱不了意识形态化的模式纠缠，一直不能心无挂碍地进入自由的审美天地境界里去，缺乏对历史人物进行多方位多视角多层面的解读，特别是生命伦理的阅读、审美情趣的阅读。

对于过分意识形态化的鲁迅，我们会在社会阶级判断的重压下，忽略或者看轻生命的质地，生命伦理在政治伦理的观照下会变得无足轻重。陈涌泉《风雨故园》里的鲁迅是生命伦理、审美视界的鲁迅，这种艺术化的鲁迅会撞疼了我们的审美神经，因为政治伦理的钢化早已遮蔽了生命伦理的柔软，"硬起心肠"与"软了心肠"是中国人审美情趣的分野，"清浅"的本质或者潜台词是"柔软"，在"柔软"里我们摈弃了意识形态对心灵的钢化，剧本的"软化"会在演出里变得"厚重"，这种"厚重"主要是我们在剧情所酿造的氛围里，暂时摆脱了钢化意识形态的钳制与禁锢，由于这种暂时的"间离"，久被压抑的生命伦理会在此种独特的"间离"环境里瞬时苏醒，我们会进入到剧情中去，去感知生命情感的博大与厚重。剧本的厚重与否不仅仅是靠对剧本的阅读感知，更重要的是演出中心灵的渗透深度与感悟程度。"小蜗牛，小蜗牛，爬啊爬，我爬不到头。有朝一日摔下地，粉身碎骨筋被抽。"这是生命灵魂的颤音，这是我们平时所忽略看轻的审美写真，生命的叹息大于一切政治伦理的呼叫，就如白居易的"离离原上草，一岁一枯荣"诗句震烁千古，流传不绝，就是因为它们是从人类的心灵深处自然地流淌出来的。

二、人物嫁接中的"青涩"与碰撞里的"激荡"

戏剧的效果取决于人物形象的丰满，戏剧的内涵主要决定于人物性格矛盾的冲突。陈涌泉的《阿Q与孔乙己》取材于鲁迅先生小说里的两个重要人物，叙事的空间变得更大了，戏剧化的效果更强烈了。我们在阅读剧本的时候，同样会产生"青涩"之感，这是缘于人物嫁接之故，当我们去嫁接两个早已被说烂的小说人物时，嫁接就会寻找切口，切口就是刀口与伤口，白花花的生茬子同样会撞击我们的审美神经。当年剧作家魏明伦先生的《潘金莲》把施耐庵、武松、孔子等各色人物拉到一个舞台上，自由辩论，这种嫁接给予我们的审美冲击力及视觉冲击力是非常强烈的，它打破了时空的距离感，浓缩时空，用蒙太奇的艺术手法把人物情节叠加到一个舞台上,话语空间更加阔大了。

中国人在审美的向度上不习惯于时空的浓缩,嫁接对于中国人来讲可能滑稽幽默感要远远地大于题材的厚重感。"青涩"这是对嫁接的认识,一切历史人物包括历史中的小说人物在中国人的审美视野里,早已定格成型,一旦突破这种审美的"舒适区"就会产生本能的抗拒,中国叙事习惯于时空的拉长,喜欢讲述那"遥远的过去"的事情,喜欢在天地的空间里展示生命的行迹,彰显人在悠远的历史时空中生命的强大与无奈,中国人的审美叙事是一种纯历史的二维时空叙事模式,不习惯于这种嫁接人物的心理时空叙述模式,尤其是阿 Q 与孔乙己又是两个出身地位不同、性格迥异的人物形象,一个是落魄的旧式文人,一个是愚昧麻木中苟且活着的农民形象,他们本身就是置身于旧时相同的文化背景,时空相同,心境相通,他们都在"活着",都在一种扭曲变形的精神抗争中"活着"。"存在即被感知",他们的"在场"是中国众生相的缩影,把他们拉回到一个戏剧舞台上,实际上是要揭示中国人,不管是农民或是读书人其实都在为了生存,为了"在场",都要饱受的精神摧残,心灵的创伤在强大的活着面前失重。

"活着"是浅薄的生命表象,是在历史长河里起起伏伏生生灭灭的浮沤,"活着"是最浅薄的生存状态,审美的审视与思想的拷问那是衣食无忧的学问家的事情,"形而下"地活着不需要"形而上"的观照,而孔乙己的滑稽迂腐恰恰就表现在"在场"地活着与"精神"执着的"共时性"。如他对阿 Q 的批评:"人见利而不见害,鱼见食而不见钩。朽木不可雕也。"在"活着"的生活状态里死守着精神的高贵与纯洁,这就是生命的可悲性。"书虽小却是立身宝,富贵功名写其间;有书读身处乱世犹净土,闭门如同居深山。书是我的衣,书是我的田;书是我的命,书是我的天。"孔乙己活在作茧自缚的精神套子里,就如他那身脏兮兮的长衫,是精神高贵的标志,是他活着的紧身衣。而阿 Q 却是在精神胜利法的虚幻感觉里把自己美化与包装起来,"活着"也需要精神的支撑,只是这种精神的支撑是扭曲隐匿的。人物的嫁接是精神的对比与观照,是"活着"的生命激荡,因为人活在这个人世上都是可怜可爱可叹可悲的人。

三、生活场景的"清淡化"与戏剧叙事的"故事化"

生活叙事是零散的、片段的、碎片化的,我们的每一天总是清清淡淡的,而戏剧艺术却是追求对生活的提炼与润色,它把社会生活的浪花都集中在了一起,把生活里的紧张都融汇到了浓缩的戏剧场景里。"过日子"与"演戏"根本就是两码事,虽然我们平时爱说"戏如人生""人生如戏",其实两种叙事是有本质区别的,这是最浅显不过的道理,可是当我们阅读剧本的时候,却往往爱用生活的叙事来套艺术的叙事,用生活的清淡来观照艺术的故事。

读陈涌泉的《阿Q与孔乙己》也许里面的故事需要在生活里发生在不同的人物与时空里,但艺术的叙事却是更加追求集中化、矛盾化、紧张化。当代人在生活节奏的压力下,生活的艺术性趣味遭到了致命的摧残,生活功利化的真实压抑了生活的审美化,比如陈涌泉在塑造孔乙己的形象时,就深入挖掘了孔乙己的情感世界,当他看到阿Q把吴妈搂在怀里的时候,孔乙己有一段内心独白式的唱词:"乱云翻滚,心潮连天,乍然电光闪。此情梦里几度见:红袖添香,酥手捧茗暖心肝。梦醒烛花无人剪,青灯孤影寒。似这样鸳鸯交颈,尽意缠绵,一朝心也甘。欲近前,猛想起非礼勿视,非礼勿言。回头且把吴妈劝,清白莫尘染。"这是生命真实而不是生活的真实,当代人情感的欲望化已经窒息了生命的情感化,戏剧的式微也源于我们不是用审美的眼睛来看待艺术,而是用欲望的眼睛来看艺术,结果就是所谓的"不真实""太浅薄"。

实际上鲁迅笔下的阿Q与孔乙己也是艺术审美化的孔乙己,陈涌泉是对这两个人物的再塑造再发现。比如对吴妈这个人物的内心世界就进行了多角度多层面的开掘,"心中只把爹娘怨:为什么生我是女不是男?男人们三妻四妾随意娶,女人们想再嫁塌地崩天。人间太多不平事,天爷啊,何日你才能睁睁眼?还了我的夫,补其半边天。放下我的心,扶起一座山。不负我生就女儿身,不枉我入了尘世许多年。"这就艺术的语言叙事,生活中的吴妈可能不会这么痛快淋漓地来表达自己一腔的悲愤,但艺术却为她提供了表达的权利与空间,让生活里不善表达、不会表达、不能表达、沉默寡言的人开口说话,还人物以充分的话语权利,这就是艺术的魅力。当代人在众语喧哗里好像人人都拥有了不可剥夺的话语权利,却都是逃不脱公共话语形态的干扰,喋喋不休间无非就是鹦鹉学舌般的话语狂欢与语言嬉戏,就如我们每天听到的那些歇斯底里的歌唱,那些夸张滑稽的短信,那些每天在我们耳边眼边鼓荡的广告,哪有半点的真诚?在公共话语里浸泡麻木的人们,一旦读到戏剧里这些独具心灵个性的独白时,会诧异于原来艺术就是赋予小人物与大人物同样的话语权利,在艺术的时空里,人人拥有不可剥夺的话语权。人类为什么需要艺术?就是因为我们可以冲破一切社会因素的干扰,走向我们内心情感表达的真实。比如孔乙己与阿Q在生活里他们的话语权力几乎等于零,他们的话语空间是极其狭隘逼仄的,他们是"零余的人""边缘化的人",可是在艺术舞台上他们却是主角,他们有完全自由充分的话语表达权利。社会生活的清淡却在艺术生活里找到了叙事的无穷魅力,这就是具有神性的艺术的平等。读陈涌泉的这两个剧本就要超越生活的视角、真实不真实的视角、浅薄与厚重的视角,而是从艺术审美、话语表达的视角来观照,我们才会欣喜地发现作家实在是人类的代言人,他们为那么多遭受情感心灵压抑的小人物们进行了生命自由的辩护。《风雨故园》是为鲁迅与朱安的辩护,《阿 Q 与孔乙己》更是为众多社会底层人物的辩护。有了艺术的辩护,我们芸芸众生才真正有了生活的希望与乐趣,戏剧更是把这种话语的辩护,无声变成了有声,生活的零散界域变成了可供我们观赏的舞台。

鱼禾：暧昧的唯美

在一次文友集会上，见过鱼禾一面，温文尔雅。友人介绍说她最近出了一本书，我急着索要。她说车里有，后来又说没有了，又说郑州三联书店有售。我有一个习惯，一旦结识了文友，便急着要先阅读其书，并视为人生一大乐事。第二天，我直奔位于郑州市农业路与文化路交叉口的三联书店，购得鱼禾的这本书名怪怪的《摧眉》，文笔上乘，情感细腻，没有惯常女性作家过于柔媚的娇声嗲气，文字有风骨质感，味道不甜腻、不发飙、不卖弄、不躲藏，本色本分，倒也让人顿生几分乐读之爱恋。后来，我又从书肆购置了鱼禾的另外三本书：《相对》《非常在：作为作家还是作为女人》、《情意很轻，身体很重》，这些书，我时时翻阅，发现鱼禾的写作立场是自我的，她的文字有一种暧昧唯美的味道，不求任何通透明朗的叙述，喜欢边缘之间的模糊，暧昧地带的风景；喜欢那些模糊美学眷顾的地方，鱼禾散文就有了朦胧之美、模糊之美，主旨发散，思想飘忽，情感淡淡，语言轻轻地触碰抚摸那些沧桑人事与眼中的风景。"我对文字，怀有洁癖。也许许多人对待自己的历史，都是这样。有些部分，只是我的打扮，不是有意作假。"（《摧眉·后记》）好的文字，能指与所指常常混淆在一起具有歧义性和多解性。在鱼禾看来，"当我们的外生活日益强悍、内生活日渐式微，公文式的类意思成了表达的万金油，表达的趣味也就丧失殆尽。"与其说，暧昧的表达是语言成熟的标志，不如说是写作心态日趋健康的表征。年轻时候，我们对那些仿佛真理在握，言之凿凿的格言名句多么情有独钟，长大后，发现这些陈述句原来只是一种话语权利的粗暴判断，格言都是权力话语开出的罂粟花，都是一种宗教的布施。文学艺术的表达不需要丁是丁卯是卯的粗浅感知，而是在暧昧不明中，还原世界的本来状态。我们明白，人世间的事情谁能够表述得清清楚楚明明白白？实际上，人类千百年来，一直处于表述的焦虑中。文学的表述不是严密的求解求证,而是求美求安。

文字是一粒种子,会随着人的年龄不断成长成熟。年轻时,走笔行文,文字还是青涩的果实,到了中年,文字就变成了喂养我们的粮食。在鱼禾诸多篇什中,对婚姻爱情写得最有粮食的味道,味道恬淡深刻:"在滚滚而来的红尘中,爱情可能输给生存,输给时间、输给距离,输给欲望,输给阴差阳错。于是心口那粒朱砂,便成了蚊子血。""文字对于灵魂的淘洗,在于灵魂自身是洁净的,文字洗去的只是浮尘。而艳舞着的灵魂,早已溃烂。在这个物质打劫人性的时代,物质的力量从来就没有消沉过。面对物质的勾引,只是人性的坚韧度有所不同罢了。"

不同年龄段,会有不同的文字,就如不同的季节,地里就会长出不同的庄稼。鱼禾的文字,是人到中年的文字,是秋天去掉了外边的硬荚,裸露出果实的文字,颗粒饱满,颜色透亮,非一般小女子笔下那种催熟的草莓般的文字,味道不够醇正,口感很差;也非一般小男人笔下的那种柔情失度不阴不阳的文字,过浓"太监腔"让人心中发毛。文字不是练出来的,而是随着心智的成熟等出来的。鱼禾文字,因为脱掉了过多装饰形容词臃肿的厚棉衣,语句就简练直截了当。写作也是减负的过程而不是蜗牛搬家般增负的过程。写作的减负是因为表达直冲着事理赤裸裸的本质而来,写作的减负也是为了凝聚更多信息。暧昧也是一种语言纯洁的捍卫,也是对写作者的真诚保护。我们在暧昧不清的语言洞穴里才能获得黑暗与晦涩的保护。因为"对于生命里的磨损,写作只能反省,不能赎回。"写作不是过程的审美愉悦,而是直抵心灵的结果的畅快。读鱼禾的文字,需要在夜色朦胧的子夜,那一句句敲打心灵之窗的句子如夜色瀑布般飞泻而下,没有迂回曲折的含蓄,没有小溪淙淙流淌般的轻柔,而是兜头劈面地横亘在你的面前:"有如乍然出现的强光,直晃得人泪眼婆娑。""原来我们身上竟然藏匿着如此多、如此深、如此隐蔽的不堪;原来,我们竟是遍体鳞伤的人;原来,我们无论多么羸弱,也都可经由体认和顺服,化为光与盐。"

人到中年,看书读文,更加偏重是否库存干货,是否有点看家的的真本领。鱼禾的《非常在:作为作家还是作为女人》是目前鱼禾写得最漂亮的一本书。该书通过多丽丝·莱辛、杜拉斯、茨维他耶娃、苏珊·桑塔格、伊萨克·迪内森等女性的生命经历,审视爱情与婚姻。鱼禾在这里表述了自己比较完整系统的爱情婚姻观,这些外国知名女性,成为鱼禾解剖人类婚姻爱情的典型个案。简短的故事情节加上诗意的学理分析，一篇篇精美的人物随笔，成为鱼禾烹调得色香味俱佳的盛宴，同时，也是鱼禾表述最为唯美的精彩华章。唯美就是暧昧。鱼禾在整本书中下了很多判断，但是，这些碎片式的判断仍然让我们陷入了更多的困惑，"极端的热情是有毒的。""情感不堪推理。""真正的爱情里存在诗意。""真正的爱情也令人产生洁癖。"这些论断仿佛照亮了情爱的暗洞，但是光束也只是照亮了一隅，更深更广的暧昧黑色扑面而来，就如鱼禾另外一本书《情意很轻，身体很重》的开篇所言：

过往永远不是理由，它仅仅是一切事件发生的背景。

过往一直在我心里横亘着，就像一座矗立的王屋。它牵连着我的残缺、屈辱和羞耻，它一个弯转接着一个弯转，坑坑洼洼充满颠簸。它会把人颠簸得疼痛难忍，颠簸得对人生突然心生恐惧。

凿开它，对我来说，有些赧颜。

这篇小说就是对生命过往的理性咀嚼，但是，作为过来人的鱼禾依然用唯美的视角解读着"我"和"凌晨"那些"暧昧的冷漠"，就如我们眼中这个日趋暧昧不清的社会，暧昧依然是其主色调。任何试图把暧昧明朗化的企图都是徒劳的，因为生活本身就是一道无解的方程式。

对于人来说，关键不是如何走出暧昧，而是如何面对暧昧。鱼禾作品的魅力就在她为我们呈现了西方杰出女性和中国普通家庭在"暧昧"面前的多维图景。在鱼禾的文字里，我们会突然发现暧昧其实源自我们情感的疲软乏力，"只是，我们的生活太平滑了，有一点点毛刺都会很触目。""活着，就是具有生长的可能。任何关系的价值，都在于以生长的姿态相呼应；如果不是，那这种关系就是负累。"暧昧从色彩学看就是各种色素搅合在一起的色浆，人类就是跌入这些色浆中挣扎蠕动的飞虫。"不是由于故意，而是由于无可克服的孱弱。"鱼禾的文字非常节制简约，在暧昧不清的生活场流里，试图用文字把生活区分得条分缕析，这同样是一厢情愿的美好幻想。

鱼禾的文字同样也具有消毒净化的功能，消解掉生活情感中积存的瘀毒，但是，在这本小说形貌不很周正只能算是拟小说的作品里，鱼禾把文字当成了对"内世界的净化"，虽然文字的去污能力有限，但是，问题是到如今，文字还是我们心灵净化的唯一工具。鱼禾与诸多知识女性一样在写作中找到了安顿精神与灵魂的家，试图摆脱"生存惯性对内心世界的挤压和虏掠"。鱼禾的文字同样凭借小说的遮蔽对女性、特别是唯美知识女性的情感世界进行了较为彻底的思辨与审视。她试图用文字的距离保持着对现实足够的冷静分析与观察，她也凭借小说文本祖露作为女性心灵深处那些暧昧不明模糊朦胧的情感轨迹，理清这些草蛇灰线般的情感来路与出路，但是她最终考证的结果仍是情感的臃肿与庞杂。"这些在时光的流逝中最终霉变的事物，他们曾经言之凿凿地印证过爱情的恒久与洁白，然而最后，它们却成了时光里最令人难堪的伤疤。"也许，暧昧是人世间一切矛盾的产物，是我们眼睛在光的折射下呈现的明明灭灭的事物幻象。

　　鱼禾的文字在女性作家惯常的细腻笔触下还糅合了刚性的表述。人到中年，小说的虚构只是作家情感思辨的舞台，是作家最真实情感的流露。就如鱼禾的这部小说，虽然通篇都是"我"与该隐、豹子、阿木这些男性角色的交往片段，但是，小说的重心依然落脚在"我"那些充满钙质的理智思辨中。人物只是作家随手招来的辩论对手，构成以"我"的思辨主题（即所谓的"情意很轻，身体很重"）为主线的辩论现场，构成可以对垒的辩论方阵。作家依然控制着整个辩论赛场，甚至，我们可以看出小说中的"我"还充当着总结陈述的辩手角色，小说中的每一个章节几乎都充满了大段大段这种总结陈述性的文字，这些文字组成了作家鱼禾作品中最弥足珍贵的情感道白，组成了她凭借小说文本最酣畅淋漓的情感宣言。与其说，虚构的小说是对现实生活秩序的躲避，不如说，是对现实生活逻辑最有力最彻底的颠覆。现实生活中阳光明朗的东西在理性思辨的透射下，都显露了其暧昧不清的质地。"没有经过个人的思考力消化的知识和经验，都是雷同的、刻板的，无论它们以多么耸人听闻的面目出现，都难以带来智性意义上的惊奇，也难以带来真正深刻的感动。缺失了丰盛的储备和强大的思考力，我们的生活经验里总有一些东西难以被照亮被消化，难以被有尊严地理解。"小说是对个人思考的保护，是对个人社会经验的尊重。小说具有保鲜功能，只有包括小说在内的一切艺术，才能珍藏人类个体最鲜活最唯美的生命感知。

　　鱼禾小说的"四不像"也正是生活"四不像"的本质呈现。小说写作，对于鱼禾来说都不再是文体的需要，而是生活（身体）本身的需要，她需要通过小说来不断地为自己的生活求证，为自己书写一份份心安理得的生命证词，为自己心灵的安妥寻找到一个精神避难所。因为在鱼禾看来，"在这个薄脆的世界上，有些东西一旦丢失，就再也没有找回的可能。"鱼禾的文字，唯美中有一点淡淡的忧伤，这种忧伤是无法释怀的暧昧的忧伤，忧伤的色彩濡染了鱼禾的文字，就如清晨花丛中露珠打湿了心灵深处最微妙的一丝柔情。"在不断被碰伤的长路上，我越来越想念世界上最柔软的东西——水。只有它，可以把我和过于坚硬的生活隔开。"忧伤源于对生命唯美的追求，源于理性试图条块切割生活时偶然遇到的铆钉。忧伤是生命的觉醒，是对世俗生活的唯美审视。鱼禾的文字是对生活真诚的表达，是"过来人"对生活唯美的解读阐释。但鱼禾的文字里很少忧伤的叹息，忧伤是一种生活的态度，忧伤是一种唯美的追求与情怀。

李乃庆:气场、气脉与气象

在小说界,历来有两种很不好的倾向,写历史题材的看不上写当代题材的,讥讽曰正在起起伏伏变化不定司空见惯的当代,与历史题材相比失之厚重;写当代题材的认为在苍茫的时空中早已尘埃落定的历史,放置在当代作家的写作视野里,即使用尽浑身的解数借尸还魂,也无法穿越历史,还原本真。实际上这两种有失偏颇的观点都是在偷换混淆文学叙事与历史叙事概念中的私人化的门户偏见。好在美学家克罗齐一语中的,"一切历史都是当代史。"历史题材与文学体材都是历史场景中或远或近的一幕。衡量作家写作水准的不是题裁而是驾驭生活的叙事能力,任何历史的或者是当代的题材在优秀作家的笔下都能点石成金、化腐朽为神奇,都能管中窥豹、以小见大、展现生命哲学的质地。发表在2012年《小说月报》长篇小说专号上的河南作家李乃庆先生的《秦楚情仇》,作品没有惯常历史题材小说那种宏大磅礴的历史场面,从秦楚几代国君复杂多变的血亲姻缘关系入手,书写了在历史由分裂走向统一的紧要关头,家族亲情与政治利益角逐的矛盾纠葛,各色人物在历史舞台上或悲壮或滑稽或庸俗或超然等可圈可点的不凡表现。历史题材小说成功的关键在于对史料的占有、提炼把握能力,在于作家对历史气场的融入程度,在于作家对历史人物心灵世界的把握程度,这些对于毕生热爱并研究秦楚历史的李乃庆先生来说,家乡淮阳(陈州)的历史已经浸透在他的生命血液里,《秦楚情仇》的写作,是人生宿命般的使然,是历史重任使命般的重托。就如人们常说的是《浮士德》选择了歌德,而不是歌德选择了《浮士德》。《秦楚情仇》就这样在个人生命与历史生命的偶然而又必然的汇聚碰撞中,李乃庆顺应历史呼唤,义不容辞地扛起了书写描绘这段历史的如椽巨笔。

一部优秀的历史题材小说,根在气场,魂在气场。倘若作家没有融进历史的气场,史料的占有、语言的风格、叙事的格调等诸多小说元素,就不能进入小说的叙事氛围中去,历史就会被夸大扭曲变形,失去了原本该有的本色本真的色彩与韵味。很多历史题材小说遭人诟病,败笔多多的根本原因就在于游离于历史气场之外,在把握历史气场无能为力的无意中滑向了当代气场,结果导致农民起义军被写成了当代"高大全",帝王将相被描绘成了当代政治改革家。李乃庆的《秦楚情仇》成功之处就在于找准了秦楚时期的那个气场,那个轻生死重大义的历史氛围,那个群雄并起、顺应历史潮流伺机而动、崇尚英雄的青铜时代。熊横、熊完、熊启三代楚国国君贵族,宣太后、华阳夫人、嬴为等秦楚杰出女性、黄歇、范睢、吕不韦等忠臣良将,在作家酿造的历史气场里戏份充足、表演到位。在这种真实的历史气场中,小说叙事就从容有致地一步步一环环向前推进,丝毫没有遥远历史的阻隔之感,尤其是作家融厚重的秦楚文化于古朴凝练的叙事语言中,更使整部小说流溢着苍茫浑朴斑斑驳驳的古铜色调,仿佛是庞大的历史帷幕,一下子使读者自然而然地置身于浓厚的历史气场语境中。

作为长篇历史小说,气场就是语境,语境就是整部小说的叙述格调:格调重在语言渲染的阅读感觉。一部多画卷的长篇历史小说,关键在于作家着色的能力,着色错误就会导致整部小说包括叙事策略、人物刻画、历史场景等在内的气场的错位。《秦楚情仇》开篇之语,就为整部小说定下了那种集悲凉悲愤悲壮为一体的叙述格调,"连续几天的风雪终于停了。但是,天地都变成了一个颜色,那就是白,一种瘆人的白。刚刚入冬就来了一场大风雪,让人猝不及防。"自然的风景描绘却是历史场景完美而又准确的折射。秦楚情仇就在这种冷冷的白色中拉开了序幕,血雨腥风的猩红、儿女情长的粉红、刀光剑影的血红,慢慢地喷溅流淌在这白色的帷幕上。黄歇使秦舌战秦王、熊完入秦返楚、合纵抗秦、嬴政归秦、姻缘奸计等一幅幅画卷,都在这种皎皎的白色映衬下显得鲜活生动。白色,是冷色调,作家以白色作为背景色,这与当时的历史温度相对应。秦楚之间温暖情感的下面是铁血政治的无情冰冷,是情感悲悯、人心向背与历史湍流与潮流交织回旋的历史激荡。白色,是复合色,作家用多棱镜折射出了历史画卷的缤纷多彩。秦楚之间的恩怨情仇早已经淹没在苍苍茫茫模模糊糊的历史烟云里了,作家却从"白茫茫一片真干净"的单色中分解出了历史清晰逼真的多彩画面。

一部优秀的历史题材小说,重在气脉、成在气脉。气脉通,叙事畅,文本真。

所谓气脉在历史小说写作中主要包括历史文化气脉、叙述线索气脉、价值判断气脉等。如果说气场是整部小说的场型语言，那么气脉就是小说的线型语言。在历史的意识形态叙事中，历史早被删减得支离破碎，留白太多，历史变成了完全没有血肉的骨架骷髅。作为文学叙事的小说写作，演绎就是招魂，演绎就是复原，演绎就是起死回生。当今很多历史题材小说，最大的弊端就是演绎失当，造成叙事失真走样。要么是拘泥于史料，不敢越雷池半步，小说变成了僵硬历史的注解；要么就是过分演绎，无中生有，信马由缰，小说成了远离历史的无端戏说。演绎不是解说，更不是妄说，而应该是"细说"与"评说"，要追求细节的真实，追求情感的真切。李乃庆在《秦楚情仇》中牢牢依据史料，又不拘泥于史料，追求贯穿整部小说的气脉。如根据考古资料发掘出的秦代书信残简里面出现的"黑夫"和"惊"两个名称，作家大胆地把他们还原在了王翦兵困淮阳的历史场景里面，通过他们弟兄两个交代了秦律的兵役制度，揭示了秦统一六国的历史根源。秦"**由于按军功划分的等级森严，也让普通士兵产生了无止境的求爵欲望。士兵都希望打仗，希望战场多杀敌。**"文化气脉始终在整部小说的各环节中若隐若现，没有惯常历史小说那种历史癖般的知识罗列，也没有惯常历史演义小说里面掉书袋似的杜撰大量诗词歌赋的卖弄，而是盐溶于水、草蛇灰线、雪落无声般地星星点点地洒落在故事情节中，只有阅读全篇，才能得到两部秦国与楚国的存亡兴衰史，才能知道东周时期祭祀、农耕、丧葬、婚俗知识，才能慢慢理清人物之间的关系。比如作品中介绍项燕家族，作者寥寥数笔就介绍清楚了项氏家族的人物关系，"**项燕虽然是项氏，也是源于楚王室的芈姓，因为历代为楚忠良之将，其家族被封于项国，以封地为姓，从此有了项氏。项燕为安平侯项承的长子，因为辅楚有功，被封为楚阳侯，生七子：项荣、项梁、项权、项柱、项楫、项柏。长子项荣生二子，长子字籍，名羽，即项羽，次子字箕，名庄，即项庄。**"文化气脉始终紧紧服从于文本叙事的气脉。当代历史题材小说弱项在于史实知识的贫弱，历史小说中历史知识的匮乏，张冠李戴的毛病更削弱了小说的历史文化分量，降低了小说叙事的质量。

贯通小说的气脉是秦统一六国的明线和秦楚两国数代姻缘关系的暗线，家国矛盾与政治利益纠缠交织一起，各种人物在两大主线上命运沉浮故事运演。小说更难能可贵的是在这明暗交织的线索中，始终贯穿着东周时代人物的价值判断，李斯、毛遂、张良、范雎这些历史人物，作家没有拘囿于历史脸谱化的仿写,而是从历史的气场中"贴着人物写"(沈从文语),人物气脉顺畅,形象饱满丰润,完全脱离了政治语境中的僵化形象。当代小说写作气脉虚弱的原因就在于作家们一味地追求叙事的策略,忽视了小说文本自身的文化厚重,特别是在历史小说写作中,最能看出一个作家的文化气脉。文化底蕴清浅者,最易滑入到戏说的泥潭里,抓住一个历史细节,过分地演绎渲染,结果造成文本主旨内涵的浅薄。意识形态观念重者,小说变成了图解政治的附庸,人物面孔木偶般的僵硬,叙事线索粗糙简单。很多作品在玩弄各种叙事策略中掩饰着自身文脉的虚弱,掩藏着自己文化素养的贫弱。李乃庆的《秦楚情仇》叙事缓慢,故事情节没有在过度铺张中大开大合,而是固守着历史叙事的基本立场,在波澜不惊中营造着气场、复活着气脉,小说显得内涵厚重,文本细密。耐读,经得起折腾;品读,经得起品味;研读,经得起推敲,小说就有了可观可赏的动人之处。

一部优秀的历史题材小说,贵在气象,难在气象。如果说,认知决定气场,底蕴决定气脉,那么胸襟决定气象。当代很多"聪明"的作家们一直闹不明白,为何自己苦心经营的作品总是被评论家看不上眼,谓之缺少大家气象呢?实际上,这与作家的胸襟气象密切相关,与作家选择什么写作题材毫无关系。同样是世情题材,兰陵笑笑生写出了《金瓶梅》,曹雪芹却写出了《红楼梦》,题材相同,境界天壤之别,根源就在于作家胸襟气象有别。一个是站在欲望的视角,一个是站在全人类的视角;一个是社会视角,一个是审美的视角;一个是揭露,一个是揭示。李乃庆的《秦楚情仇》气象博大,关键在于作家是以史者身份书写这段历史,他浸淫楚文化日久,又长期扎根于那一方楚文化浓厚的文化氛围里,功名利禄弃之不顾,离群索居,远离热闹文场的是是非非,饱读史书,孜孜于秦楚历史文化中,自然就有了超凡脱俗的英武气象。

他在这部历史小说里,克服惯常历史题材小说的三大弊端:一是只要写到国君及其夫人、妃子,一些作家总是偏好细细描绘他们荒淫无道、声色犬马的生活。可是《秦楚情仇》里,顷襄王、秦昭王、考烈王、秦庄襄王等国君,作家重点描写了他们的雄才大略以及他们那绵绵不尽的夫妻情爱、舐犊情深;即使描写嬴政这样已经定性了的历史暴君,作家也是把他复原到当时的历史语境中,写出他作为一个人的喜怒哀乐。如昌平君一番话,就非常吻合人物的内心世界:"我们的国家分裂得太久了,该统一了。尽管我反对秦王嬴政灭楚,如果换成是我,我也会这样做,也会去灭秦。我既恨他,也不得不佩服他。"作品的气象关键在于写作者心灵境界的升华,只有这样,作品才纯正大气。二是传统历史小说只要写到历史,总要不厌其烦地渲染各种血腥的场面。可是,在《秦楚情仇》里,作家却有意淡化了这样的场面。战争场面虽然也有残酷的场面,但是作者只是点到为止;即使如车裂这样的行刑场面,作者也是数笔勾勒。没有很多作家笔下那种"虐待狂"心理阴暗式的津津乐道。写作心理健康,作品才能由偏好"审丑"走向"审美"。三是在历史小说中那种宏大场面的渲染铺垫,在《秦楚情仇》里也看不到了。实际上,一味地追求宏大,恰恰是写作理性无限膨胀的结果。作者写作的重心放在人物身上,以人物的言行及内心活动来映衬历史的场面,把场面淡化推移到人物的背后,故事情节就显得错落有致般的紧凑缜密,小说叙事的内涵就显得异常饱满丰厚,淡化了这些虚张声势的场面烘托,内在笔墨力量就绵里藏针、力重千钧。

《秦楚情仇》这部历史小说,意义就在于当我们过于偏重从小说叙事艺术来研读历史题材小说时,不要忘了高于其上的文化精神层面的决定因素。一部优秀的历史小说,气场是情感力,气脉是文化力,气象是精神力。离开了这些因素的评判,再好的作品也只是充满"匠气"的作品,而不是充满"才气""灵气""大气"的作品。毫不讳言,李乃庆的《秦楚情仇》还有很多不足之处,比如人物的称谓方面不妥之处,在于错把封号、谥号当成了人物的自称;一些人物刻画过于简单,如平原君、信陵君等,削弱了他们在历史事件中的分量;在秦楚关系中,情感色彩偏重于楚,这样也会影响作品价值判断的中立性。但是在气场、气脉、气象的笼罩下,这些细节瑕不掩瑜。美丽的月亮近观也有雀斑。因为,优秀的作品重要的是整体观照,而不是细微处的过分挑剔。

李乃庆的另一部长篇小说《史官》则是当今从地方志撰写角度描写官场的一部力作。作者运笔如刀,深刻地剖析了一个因地方志撰写所牵出的官场那些盘根错节的微妙关系,写出了县志书写的艰辛历程,揭示了历史叙事中那些不被外人所道的细节,表达了作家那一腔忧国忧民的情怀和敢于坚持春秋笔法撰史的果敢勇气,这是一部具有时代色彩、历史色彩的"官场现形记",是透视当代中国世情民瘼的另一部"史记"。作家本人长期扎根基层,又曾经担任过地方史志办公室主任,这部小说可以说是作家本人人生阅历、工作经历发酵而成的一坛陈年老酒,芳香扑鼻,耐人寻味。《史官》场面宏大,情节曲折,文本蕴含丰富。我们试着从以下五个方面进行粗浅地解读,简单概括为五个关键词:史实、事实、真实、现实、质实。

关键词一：史实。现在很多描写官场的小说，最大的不足就在于没有史实意识，一味地从猎奇窥探展示的角度书写官场，没有站在历史的高度来审视官场，不会用历史的眼光来评判如今的官场，结果小说写成了纪实文学，文学叙事变成了文学故事。作家们一个个比赛着讲述官场的黑幕、内幕，挖空心思地爆料官场的权术、奸诈，这是目前官场文学越写越雷同、越写越离谱的根本原因。作家们一味地剑走偏锋，沿着"离奇""传奇"的铁丝攀登，未免不陷入写作技穷，招数用尽之泥潭。实际上，官场也是生活的一种，在生活的场流里，更多的是历史陈陈相因的一些思维定势和习惯，一些波澜不惊、见怪不怪、稀松平常的琐屑之事，一些让你唏嘘感叹而又无可奈何的官场潜规则。写官场也是写生活，摆正了写作心态，走出书写官场传奇的狭窄死胡同，回到平平常常的官场生活中来，回到历史叙事与文学叙事的大道上来，官场文学的写作空间就会变大，写作路数就会越来越多。何谓历史的眼光？就是要在历史叙事的相似性中寻找相异性，在历史发展的脉络上寻找到连接史实的连接点，截取历史而不是中断历史的链条衔接，小说叙事才能寻找到历史之根。李乃庆的《史官》好就好在他把《大河县志》的书写放在了历史的天平上，小说穿插了在历史上县志的书写情况以及两任领导对县志书写的看法，特别是作家把历史上旧县志上记载的内容融入现实中来，史实与现实完美地交融在一起，淡化了官场文学惯常的剑拔弩张、你死我活的紧张气氛，驱散了官场文学里面最容易升腾起的官气、霸气、邪气，而是把官场生活也写得充满了文化气息、生活气息。这些"史实"文字增加了小说历史文化的重量，增加了文本的历史厚重。官场文学里也有了温润、温馨、温暖的人间色彩。比如，小说里穿插了司马迁撰写《史记》的故事，纪晓岚陪同乾隆下江南的故事，这些故事一方面与县志历史的书写相映成趣，铺垫烘托了小说的文化气氛，同时也舒缓了现实官场生活那过于紧张集中的叙事节奏。我们现在的官场文学，只有权谋的争斗，缺乏厚重的文化解读，尤其是历史史实的交融渗透，文本单薄，韵味寡淡。《史官》难能可贵之处在于作家调动了本身对故土文化的熟稔把握与恰当运用，小说叙事就有了历史的依托与文化的底蕴。长期以来，我们评判官场文学作品优劣的标准是存在一定的偏颇之处，最大的偏颇就是把权术的争斗写得是否惊心动魄看成是文学成功与否的唯一标准，好像官场除了钩心斗角、尔虞我诈、以权谋私、声色犬马、花天酒地之外就没有可以"暴露"的内容了,这种写作色盲症严重地削弱了官场文学的地位,影响了其文学的内在品质。没有历史文化渗透的官场是不真实、不完整的官场。

关键词二:事实。官场文学喜欢以事实说话,甚至为了逼近所谓的事实,冒着"对号入座"的风险,以求还原官场中原汁原味的生活片段,但是画虎成猫,事实不是离我们近了,而是越来越远了,这是作家的事实观出了问题。官场是生活,这种生活同我们的日常生活一样,也有浪花也有湍流,但最多的是波澜不惊的水面,我们喜欢捕捉那些"浪花"和"湍流",有意无意地忽略了那些平静的水面,殊不知,这种对官场生活的取舍,是削足适履的取舍,也是偏离生活事实的取舍。《史官》里面有浪花和湍流,但更多的是生活本身水流的自然流动。小说从县长郑大志给司马万打电话开始,司马万刚开始以为是同事模仿领导的口气开玩笑,"别装熊了,谁在装熊呀?"谁知,"他仔细一品味,真的是郑大志的声音,额头上刹那间就浸出了一层又一层毫无污染的晶亮晶亮的汗珠子来。那汗珠子把他办公室的大河县地图、一个书法家给他写的'天上日月星、人身精气神'的条幅也映了下来,并给那地图和条幅增加了不少特殊的光亮。"在这里,我们看到作家李乃庆高超的把握事实的水平,一个简单的电话看似平常,平常得就是发生在生活中一个普普通通的事实,但是作家也能把它们点石成金,写得活色生香、玲珑剔透。事实不在于巧、刁、新、奇,而是在于深、透、亮、妙,这样的事实在《史官》里俯拾皆是,作家驾驭生活的能力很强,一个很微不足道的边角废料似的生活事实,作家似乎信手拈来,也能书写得活色生香。比如,那些生活中流行的民谣俚俗故事,作者都能信手拈来,增加了生活的情趣,衬托了小说的文化氛围。"上幼儿园把天真弄丢了;上小学后把童年弄丢了;上中学后把快乐弄丢了;上大学后把追求弄丢了;毕业后把专业弄丢了;工作后把锋芒弄丢了;恋爱后把理智弄丢了;结婚后把激情弄丢了;修志后把自己弄丢了……"事实不是事情,而是对生活场景的描绘,一次谈话、一个动作、一个眼神都是生活的事实,都可以让人物散发出动人的光彩。学者谢有顺这样描述事实,"我一直认为,能否在最日常化、最生活化的地方,写出真情,写出生存的根本处境,这是衡量一个作家写作才能的重要标准。"《史官》在"最日常化、最生活化的地方"写出了官场生活中那些人物的处境,这就是作家写作功力的具体体现。

关键词三:真实。真实一直在考验着作家心灵的真诚度,经验真实与心灵真实问题的纠缠也成为阴碍作家创作的最大瓶颈。一位当代评论家尖锐地指出,"中国作家的写作之所以在不断地疏远真实,其原因在于他们相信自己的眼睛过于相信自己的心灵。他们写作的起点是为了记录下他们所看到的当代生活,结果他们被纷繁复杂的生活驱使着而从事写作,忽略了他们的心灵与这些现实的矛盾与冲突,从而也就无法在写作中给心灵做出定位。"李乃庆在《史官》的创作中遵循着心灵的真实,他没有被变化万千的生活现象所淹没,而是进行着心灵的拷问。真实不是看到的,而是用心灵体验到的。比如小说中专门写到一回司马万"男根"被撞掉的悲剧,作者写出了司马万一系列的心理活动,回到了童年,回到了历史与纪晓岚、司马迁对话,回到了科举时代,回到了《大河县志》,这些心灵的真实,作者写得荡气回肠,这是心灵的写真,这是心理的真实,荒诞的背后恰是心灵的倾诉,荒诞不是逃离真实而是逼近真实。在"拯救男根"一回里,我们同样看到心灵的真实:"司马万不知道自己又昏迷了多长时间才醒过来的。一醒过来,大脑里出现的第一个反应就是自己作为一个男人的标志性'建筑'轰然倒塌了,他作为一个生理意义上的男人已经成为过去。第二个反应就是因为修志他刺疼了某一个或几个人,不然不会下此毒手。想到因为修志而遭此毒手,刚刚闪现的没有男根的羞辱转瞬即逝,却陡然生出一种凛然正气。他不知道此刻他为什么会这样坚强和不屈。是骨子里的傲气?是对妄称为人的人的蔑视?"这就是心灵的真实,真实就是对心灵的发现。要知道,一旦具体实在可感的东西因为失去了心灵的超越、心灵的洗礼都是不真实的,那些试图照相机般把日常生活图景全部拍照下来的写作,是心灵不在场的写作,也是不真实的写作。心灵的真实不是"实"而是"虚",是对现实生活场景超越的"虚",那种把生活写得密不透风的自然主义写作是僵化的纯粹视角的写作。他们表现出来的与日常生活的亲密关系,注销了他们作品中的现实性。我们有理由认为他们只是在常识范畴的真实里打转转儿。

关键词四:现实。作家与现实的关系总是紧张而暧昧,尤其是与现实生活胶着很深的当代文学,如何处理好写作与现实的关系,这又是考验作家写作功底儿的一个基本标准。很多当代文学作家创作最大的困惑就是在庞大的现实场景里,作家不管是逼真地呈现或是真诚地再现,如何把现实玩转儿?《史官》描写的也是活生生的现实,也是时下热门的官场文学,如何把握现实?同样也是作家李乃庆必须面临的最大问题。《史官》里有现实的写真,也有对现实的超越。这种超越是建立在对官场生活个人经验的独特把握,作家以司马万为视角,透视万花筒般的官场生活,作品里有很多属于个体经验的精彩写作,如"列席代表"一章中,几位代表的对话非常合乎人物的身份和心理,戴春娇说:"现在是金钱社会,只要有钱,没有办不成的事。"司马万燃上烟,自言自语地说:"有些人就是这样,自己是蛆就觉得全世界就是一个大粪池。""戴代表,我相信你有钱,你说'只要有钱,没有办不成的事',你能把人民币上的毛主席像换成你的吗?"通过几句对话,现实中的人物就立体感呈现在读者的面前,作者把复杂的人物关系提炼成了这简短的几句话。现实是存在,但需要作家寻找的是表现存在的独特视角,找到照亮精神暗处的通道,把生活的伪饰去掉,映射出人物内心的真实图景,这样的文学,才是合乎现实又超越现实的灵魂的文学。

关键词五:质实。《史官》写作最大的遗憾就在于质虚,作家为了叙事的方便,把很多本来应该夯实的材料做了太多文学化的处理,结果给人一种太戏剧化处理的感觉,尤其是小说的后半部分,随着网络红颜知己居往怡的出现,本来很细密的叙事,结果给简单化处理了,这就造成了文质的虚空。作家驾驭长篇的时候,要时时提醒自己,写作不是演戏,巧合过多就会巧滑,故事性太强,就会削弱文学叙事的力度。抓住生活的每一个场景,宁愿不要故事圆满的结局,也要写出厚重质实的生活本真;宁愿舍弃那些美妙的情节,也要固守为贫乏的经验找到一条返回内心、获得意义的通道,使人类重新生活在构成我们自身经验的生活中。目前,很多官场文学的窘迫之处也在于摆脱不了惩恶扬善的道德怪圈儿,摆脱不了圆满收场的圆形思维的局限,这就把生活给戏剧化、空心化了。质实的意义就在于写出生命的困惑,写出生活的困境,不求问题的解决,只求问题的发现和提出,甚至我们把质实的生活和盘托出的时候,连作家本人也不能找到拯救的道路,一切都在质实的生活中,尊重灵魂、尊重质实的生活,这是写作永远追求的目标。密实的生活肉身,有很多东西在过分追求情节的过程中给过滤掉了,甚至在习焉不察的生活时空中,这些密实的细节已经逃逸出了审美的取景框,尤其在这个精神被拔根、心灵被掏空的时代里,作家应该书写的不是生活是什么样而是生活本来应该是什么样。

小说叙事是一种权利,权利就是作家写作的立场。所谓的"零度写作"本质上就是一种立场,作为情感叙事的文学创作,作家有自己的创作立场,本身再正常不过。可是回看当代很多作家总是避讳谈创作立场,甘当所谓的"冷眼人",追求所谓的"硬心肠写作",其实这是作家创作心理的扭曲,这也是创作良知丧失后患上的情感冷漠症,尤其是在底层写作的民间叙事策略中,更能看出作家创作的隐秘情感心理。李乃庆,一位植根于基层,甘当为草根阶层鼓与呼的民间作家,他没有像脱离基层、跳出农门、身居都市的"城市作家"那样在身份优越感中居高临下的审视,更没有像生于斯长于斯乡土作家般苦大仇深似的倾诉与愤懑,而是以自己身为"官人"却游离于官场之外,身为农家子却耳鬓厮磨于底层人群中的两栖身份角色,勇闯"禁区",脚踩"雷区",写出了真实的底层芸芸众生的真实生活形态,特别是不为我们关注或者即使想关注而又不熟悉的"另类"形象,如《史官》中县志办的"司马万"、《无路之路》中的上访专业户"钉子户"的"万留福",选材敏感独特,人物个性鲜明,叙事一波三折,气息质朴而又浓郁。作者时刻捍卫着自己拥有的写作权利,这种叙事权利是由时代给予自己的写作自由与身为作家的内在良知共同赋予的,拥有了这种写作表达的权利,就要用好这种权利,坚守自己表达民间疾苦的道义与责任,时刻警醒自己铭记要使胸中常朝气,须知天下苦人多的生命箴言。我们从《无路之路》的文本结构中,能够很自然感受到作家对"民本"立场的热烈向往与不懈追求。小说围绕人物万留福多年上访的人生经历,细腻准确地描绘了草根阶层那些真实得让我们心生疑窦的生活经历,这些被文学势利眼遮蔽的小人物通过作家倾注笔端的情感叙事跃然于我们的眼前。"万留福"这样的草根阶层,为了求得做人的尊严,在庞大的盘根错节的权利蜘蛛网中,如一只深陷网中的飞虫,挣扎不已,动辄得咎,四处碰壁。在自己妻子被污、揭发支书贪污被抓,反说其是诬告,揭开了生活表层下面那些藏在灰暗一隅的人性的丑陋;而且,我们发现越是身处中国底层的草民,本身就是压抑、信奉安分守己、沉默是金的一群,他们的声音被巨大的权力音响淹没了,就如喧嚣的闹市那些微乎其微的虫鸣,那些歌舞升平下面生命精神的叹息。"一声何满子,一吟双泪流。"这些被压抑的声音通过作家那犀利的笔触吼了出来,吼声力透纸背,振聋发聩,令人心碎。这是小说文学叙事的声音,这是纸上的声音,这更是文学叙事权利对抗世俗官僚权利的声音,但这声音却是比日常生活更集中、更真实、更嘹亮的怒吼。

李乃庆与那些虽然打着民间叙事旗号的作家划分开来,他没有遵循所谓的民间叙事中那种惯常的惩恶扬善、是非分明、皆大欢喜、圆满结局的中国传统叙事伦理套路,而是春秋笔法,既吸收了纪实文学的真实书写风格,又遵循了小说叙事典型集中的文学品格。"万留福"那曲曲折折上访路上发生的所有传奇故事,其实都是底层生活者处在庞大的政治权利游戏场中的一个小过场、小情节、小笑话、小恶作剧,甚至是被权利线团控制的一个摇摇欲坠的纸风筝,一个在权利棋盘上任人驱遣的过河小卒。万留福在权利构织的人际关系网中左冲右突,最终却是无果而终,那些暂时的一线光明,比如万留福得知自己的父亲是一名在他们村打过仗、并被母亲救过的军人,现是某军区的一位副司令员,他千里寻亲被告知是同名同姓而已;寻找能够证明自己从军经历的李村林却发现他早已是植物人,这就是生活的吊诡之处,也是草根阶层无可奈何之处。小说在这种悲凉辛酸的叙述氛围中戛然而止,留给读者的思索是深远悠长的。这部长达35万字的长篇小说动用了作家几乎全部的生活积累,更是倾尽了作家全部的写作情感,突破了素常的所谓专盯"阴暗面"所谓暴露文学的叙事窠臼,在时政小说的现实主义风格坚守中,形象地阐释了叙事权利的深刻内涵。文学不仅仅是表层的暴露,更是深层面的独特揭示;不只是盯紧"阴暗面",还应该凸显"闪光点",这都是生活的本真,都是现实主义文学应该关注的内容。

作家拥有的叙事权利就是要给生活中的每个人在文学叙事中一个位置,一个表演的舞台,也就是要尊重小说叙事中牵涉出来的每一个人物形象,让他们自己而不是通过作家的叙事控制来完成饱满的人物形象塑造。人物是文学叙事的主体,而不是任人操纵摆布的客体小木偶。李乃庆创作的系列小说,包括汇集其短篇小说创作成就的小说集《梦见了太阳》,一直坚守着尊重生活本真、尊重人物个性自我生成、发展、变化的脉络轨迹,杜绝个人感情好恶的渗透,摈弃小说叙事技法对人物命运过多戏剧化的干涉。小说的每个章节都是一个蒙太奇般的生活特写,情节集中,故事紧凑,信息饱满,悬念丛生,脍炙人口,阅读畅快。人物万留福上访的执着,家庭的变故,社会的复杂多变,都是在主动自觉地向前不断地铺开,毫无雕刻造作之痕,这就是作家对文学叙事权利的理性把握,也是文学叙事严格坚守的自律原则。虽然,这种对小说叙事权利的理性控制,会使小说沿着时空线索单一地向前推进,使小说叙事线索过分单一,但在李乃庆的这部小说中,因为他插入了很多"节外生枝"的故事情节,整个叙事结构就显得错落有致,阅读毫无生涩僵硬之感。

目前,很多时政小说写作最大的弊端就在于倾诉与控诉的把握失度,要么把人物置身于无比凄惨的社会环境中,长篇累牍地倾诉,愤世嫉俗地控诉,小说的叙事色彩灰暗一片,几乎没有一点儿亮色;要么就是把官民矛盾寄托在当代

"清官"身上,或者是生活奇遇上,庞大的文学叙事最后单一化为单薄突兀的人生"传奇"上,这样的叙事"色调"根子上在于作家的叙事视角发生了偏差,作家身处官场与民间的夹缝中,感情界限分明,民间一片疾苦声,官场全都是官油子,两极对立,剑拔弩张,不可调和,这就无形中削弱了小说叙事的力量,因为文学家不是道德的审判官,文学叙事更不是生活实景的写真,模糊性含混性是文学叙事最基本的策略,文学的呈现是立体交叉的多维度呈现,小说的厚重就在于意义阐释的多维性上。《无路之路》的成功之处好在作家没有可着劲儿地揭露与暴露,跳出官场与民间二元对立的传统写作套路,从人性的角度写出了人物的复杂性,通过新时期"上访"这一社会行为,展示出了人性的裂变过程,展现了一幅幅社会转型期各种复杂矛盾碰撞交融的宏大画面。"万留福"是新时期民主意识觉醒后的一代新农民的典型代表,他在整个故事中没有一直奔波于上访的路上,通过他的眼睛,来审视社会官场与民间芸芸众生的真实生存状态;通过他的生存境遇,来表现生命的坚强与生存的无奈,这是现实的拷问又是历史的追问。

时政小说不仅仅是着眼于现实的"立此存照",更是一种张载所言的"为天地立心,为生民立命"的历史担当。文学叙事的权利就是历史赋予的责任与使命的权利,因为如歌德语所言的"现实的一切都不过是历史凄凉的回响。"淡忘了历史使命的写作,只不过是一场无聊的写作游戏。李乃庆的系列写实小说,都是站在历史的高度,写出了动态过程中的历史嬗变。对历史负责,这就是小说家的权利与责任。作家李乃庆把多年的社会生活积累酿造成了《无路之路》这样一坛美酒,读之,醇厚绵软,老辣犀利,甘醇爽口。这与作家本人良好的创作心态密切相关,一个作家,要了解、书写宽阔的人世,有时需要把满腔的愤怒与深切的同情完美地糅合在一起,有时也需要通过把鲜明的价值判断与暧昧模糊的表达,敞开生活中所蕴藏的无限可能性,这就是说作家的叙事立场不仅仅是要表达什么,更重要的是要如何表达的问题。李乃庆这部小说的叙事策略是线型结构,万留福这样一位上访专业户,他为讨得清白、正义四处奔波,结果他最终发现中国人与人之间,沟通是多么的艰难,似乎每个人都能说出一套冠冕堂皇的话语,细细品味,又觉得每个人说的都是不疼不痒不着边际的一腔废话。尼采言,语言是一种巫术。政治话语的巫术性就在于词不达意、辞不达情的背后,是词不达心、辞不达旨。万留福的痛苦就表现在他永远摆脱不了这种语言巫术的痛苦。生活话语与政治话语表达纠缠的痛苦，是生命最大的痛苦。李乃庆用细腻深刻的笔触描绘出了天下苍生痛苦的根源，这部时政小说虽然处处是"时政要闻"，但是其背后更多的是对中国底层社会生活图景的深度解读，也是对心灵畸变的真切揭示。中国底层生存困境的复杂性，远远超过我们想象。《无路之路》呈现给我们的是在腐殖质深厚的底层文化土壤里那些蠕动着的草虫、碎屑、草茎、枯叶，万留福就生活在人性病变生活荒诞的夹缝里，哭喊挣扎，奋力抗争，结果发现，他最终难逃生活的大网，难以跳出话语编织的逻辑迷魂阵，深厚的腐殖质压抑得万留福喘不过气来。我们稍稍地浏览一下中国文学叙事中的农民形象，就会更加体会到李乃庆笔下万留福人物形象背后厚重的文化底蕴，万留福毫不逊色于《白毛女》中的杨白劳，鲁迅《阿 Q 正传》中的阿 Q，《故乡》中的闰土等农民形象，万留福是新时期农民形象的集中体现。但是，我们看到李乃庆在塑造这样一位人物形象时，还是有所保留，在追求人物情节快速推进中，缺乏从更深更宽的层面塑造万留福，尤其是在最后"寻父"及"从军经历"中显得唐突单薄。但是作为一部时政小说，瑕不掩瑜，它的文学经典性远远大于叙事策略的不足性。写作是一种宿命，这样的小说只能出于植根基层、体察民情、秉笔直书、血性十足的李乃庆手中，我们在为他深深祝福的同时，还对他寄予更大的期盼。

八月天:月光的模糊与隐匿

读八月天(尚伟民)的长篇小说《城市的月光》,我一直在琢磨作者小说题目里"月光"意象的文化内涵,在我看来,它是解读小说的阿里巴巴之门。"月光"对于光怪迷离的城市是模糊的,它在城市的生活里是隐匿的,模糊就是暧昧,隐匿就是"不在场"。欲望是钢筋水泥的城市里最疯长的生物,它把城市搅和得喧腾热闹,甚至人类最珍惜敬重的情感也都被欲望不断地蒸馏成纯净的肉欲,升发为漂浮在都市角角落落纸醉金迷的浮艳气息,简化为取消过程直奔目的的欲望之剑,缩略为买卖的直接交易。就如都市的月光,人们把它早已经看成了游离于身心之外的可有可无灰暗天空的点缀物,在模糊和隐匿里,人们陶醉在情欲那一缕缕的绿色幽光里。

《城市的月光》故事情节简单爽利,那一个个片段叙事,就好像是被分割成条条块块的街区,人们在被分割的活动范围里,在起起伏伏的情欲物欲里挣扎沉浮;又如夜晚那鳞次栉比的楼房里那一格格的窗户里或明或暗的灯光。月光被称为夜的眼,可是这个夜的眼却在都市里失明。人们如一尾尾在都市欲望之海里游弋的鱼,就如小说里的王浩天、杨子岩、梁慧云、程晓雪等人,他们的情欲在模糊里缓解了道德的紧张与焦虑,在隐匿里逃避着生命情感的饥渴与荒诞。"他们没有悲壮,只有苍凉。悲壮是一种完成,苍凉则是一种启示。""苍凉之所以有更深长的回味,就因为它像葱绿配桃红,是一种参差的对照。"(张爱玲)作家八月天先生同样没有沉沦于风花雪月的故事里,他告诉我们人性在解除道德的焦虑后,情感替换情欲后,人们情感在放纵后失重,在顺理成章中扭曲变形,比如梁慧云这个人物,她和千万个来都市打拼的靓丽女性一样,渴望快速地融入都市里去,她们在失去了道德的崇高感与行为的卑劣感后,也即是在角色符号变得模糊以后,惊喜地发现人在脱掉道德的紧身衣后,人性在疯狂的激情燃烧里会变得多么电光石火;她们知道,在都市的欲望之海里,她们这些美丽的"美人鱼"要么自觉地把美丽变成魅力,然后再把魅力变成资本,由"无产者"变成"有产者"。身份角色的错位与隐匿,便会因暂时的晕眩而"不知有汉,无论魏晋"了,就如都市的霓虹灯与各种发光体所交织的都市夜空,早把月光的圣洁给冲淡了,月光在都市里只是灰暗天空的一个伤疤,圣洁的情感与赤裸的肉欲全在这模糊的含混里形成了暧昧的色团,在浑浊的欲望之海里,谁能分清龙种与跳蚤呢? 分清了,又如何? 卑鄙与崇高这些精神元素,能转化为牛奶面包洋房钞票吗?

在《城市的月光》这部小说里,作家没有把她们拉到道德的审判席上,她们在模糊与隐匿里,人性的温暖亮光,人性意志坚强背后的脆弱与无奈,作家在描述这些模糊的都市"幽灵"们时,笔调充满人性的冷峻与苍凉,可能随着对都市内核的深入挖掘,我们得到的依然是猥琐与伪饰,荒淫的极致就是荒诞与荒谬。月光是阴性文化的符号,是女性符号所指,可是这些来都市圆梦的月光女孩们,她们很快发现,都市拒绝月光,月光在都市文化里是一个可以忽略不计的符号,就如这些青葱的少女,只是情感饕餮者的猎物,只是冒着硝烟的枪管上那朵枯蔫的小花,如一滴水,吧嗒一下就被迅速地蒸发掉了。白天的都市是坚硬粗糙的集合体,夜晚是都市最温柔最有风情的时段,在夜生活里,幽灵们才能显现,若明若暗,若即若离,模模糊糊,迷迷糊糊,隐隐藏藏,夜晚的都市最具有玄秘莫测之感。

这部小说的叙事风格是场景片段式的,时空似乎都是模糊的,在白天的都市里,机械的自然时间是锐利精确的,而夜晚的都市却是模糊的心理时间,在模糊与隐匿里,生命情感才会有滋生蔓延的空间,夜晚的黑色帷幕才会有更加神秘的色彩。都市的夜晚才有故事性与神秘性。我们看作家笔下的男人与女人,都是一群群情感饥渴的病狼,那美丽与风光后面内心的焦躁与焦虑,作者在一点点地解剖这些病理切片,放在显微镜下,让我们看到这些可怜的幽灵是怎样的沉沦与沉浮。近些年来描写都市的作品越来越多了,但一直有一个误区,那就是都市是阉割人性的地方,在金钱与情色里,人性加快了堕落的速度,人情的伪善虚假昭然若揭,说白了都是逢场作戏,都是一场场故事雷同或者是大同小异风花雪月般的柔靡故事。好色之徒与卖淫之女之间都是各有所图,各取所需,互相利用,假名假性假地址,假情假意假温柔……但这部《城市的月光》的小说,却突破了这种写作的误区,男人不仅仅是"采花大盗",男人也有儿女情长,也有侠骨柔情,人性是复杂的,风尘女也是人,第三者也有情,作者在写作时没有为他们辩护,而是尊重人性,尊重人物自身的情感逻辑,尊重每一个人物复杂的生活处境。例如从农村来都市闯荡的女孩儿程晓雪,"**自己虽然从事着这种工作,而对那些称谓又是多么敏感。**"这就是人性的尊严。我们平时看人要么用道德的眼光,要么用动物的眼光。就是不会用人性的眼光,实际上,都市也不仅仅是欲望的符号,都市也不是情感的沙漠地带,情感、情欲、情色在人性的视野里并不是小葱拌豆腐似的一清二白,泾渭分明。作家写出了它们的复杂性,模糊隐匿是都市情感的根本特征,也更是当代人情感的写真,模糊可能是世间最本真最到位的描述,隐匿是当代人最贴心的护身衣,比如小说中王浩天这个人物,他是嫖客色鬼,是花花公子负心汉,似乎是但又似乎不全是,他的角色符号都是模糊的。我们当代人谁敢从道德的角度认定自己是好人坏人是完人伟人是君子小人,似乎一切过于肯定的回答都是虚假不真实的回答,模糊的回答才是最接近事物本质的回答,但我们又会追问事物有本质吗? 有! 模糊就是事物的本质。隐匿是我们生存的一种方式与手段,婚姻、收入、住址、年龄都是隐匿的,情感、心灵、真诚、表白都是隐匿的,只有在隐匿里我们才能有一种生命的安全感,也才能抵御欲望对人性人情的无限剥蚀,才能摆脱功利对生命的无穷解构,在隐匿里,我们才不会变得赤身裸体。作家墨白描述我们这个时代是"裸奔的时代",是羞耻感降低的时代。《城市的月光》在剥离都市男女情感的时候,也是在模糊与隐匿里的曲折展示,作家拷问的是人性的走向,是人性的嬗变,是人性复杂中的良知,作家心灵深处的痛苦也是来自于这种人性解读的困惑。但是可能因为作家急于为人性的复杂寻找答案,所以在小说人物的归宿上又不自觉地回到了道德审判的老路上,人物的结局显得有点唐突窘迫,这也是道德对于模糊与隐匿的致命杀伤力,小说结尾的亮色恰恰是不真实的色彩。都市的月光有亮色吗? 当代人的生活里有亮色吗?

毫不讳言,我是越来越偏爱阅读八月天的小说了,简洁明快,寒光闪闪,犀利的笔锋如一把解剖刀,抓住一点,不及其余,直刺穴位,刀刀见血。就连这篇题目非常温和的《毕业留念》,作家八月天也是点穴到位,让我们看到所有的情爱缠绵在汹涌澎湃的社会浪潮里是怎样的不堪一击,庄重严肃神圣的后面又是怎样的荒诞滑稽,这个社会"没有爱,只有一层薄薄的温情面纱","一级一级的阳光暗下去。"(张爱玲)我们读八月天的小说有一种被剥去"面纱"裸露生活质地的感觉。小说的笔法,杂文的韵味,这就是八月天小说在当代中国文坛独树一帜的特色魅力之所在。

　　八月天的系列作品题材都是城乡交叉地带男男女女情爱的纠葛,似乎题旨不够宏大,作品空间狭隘,但是就在这种惯常的写作题材里,我们却看到了作家对社会理解把握的深度,作家腾挪跌宕,运笔如刀,把情感的碎片研磨成粉。《毕业留念》故事简单,主人公钟君在毕业前后的一段情感经历,先是大学时与欧阳平的情感纠葛,后与中学教师马文浩的情感缠绵,及走上工作岗位后情感的波折,一系列的情感故事使这位走出象牙塔涉世未深的女孩儿,得到了一次急风暴雨式的人生洗礼与启蒙,在左冲右突的情感历程里,她睁大了好奇的眼睛,就如她在情感激荡后心中的迷茫:"不知道为什么,我突然对我们之间销魂的游戏感到寡淡无味,马文浩也不再显得那么魅力无穷。之前,隔一天不见他我心里就空落落的,有一种如饥似渴的感觉。那时候我想我怎么都离不开他。几天的变故下来,我对马文浩的那种入心入肺的爱恋不知不觉变淡了。这究竟是一种什么样的感情? 这能算是爱吗? 如果是爱,又怎么如此脆弱,经历这么一点波折就烟消云散? 我在心里反复地问自己,却找不到令自己信服的答案。"这就是当代人生存的困境,在速效时代,情感的速效性也是这般"来得快,去得快!"情感的快餐化是速效时代的集中折射,我们找不到一块儿安栖灵魂牢固不动的土壤。八月天的小说似乎不屑于从更大的时代背景为小说叙事寻找更大的写作空间,而是以杂文家的眼光与胆识,直逼人物的内心世界,直接从人性的视角来审视人在社会洪流里是怎样的被动地挣扎沉浮,特别是情感在我们的时代变得矫揉造作般的疯狂与脆弱,甚至严肃的开始往往最终以滑稽草草收场,美好的憧憬却最终陷入了现实的泥淖里。

　　作家八月天之所以选择简单明快的叙事策略,就是因为我们现在的社会叙事都具备了"家族式"的类似性,所有风花雪月的情感游戏已经被过于物化的人们彻底解构,精神沁芳般的交流在这个赤身裸体的时代已经变得别扭与奢侈。钟君的情感在刘流、杨云、马文浩的交往中,体验着爱情快餐的便捷,精神家园无家可归的困惑,仿佛热热闹闹,应接不暇,却又空空洞洞,孤独寂寞,可是荒谬的当代人又把情感的维系当成生命救助的稻草,结果"两手空空,悲伤时握不住一颗泪滴。"（海子）就如钟小君的心灵剖白："在我感到无助与孤独的时候，马文浩的电话像一股沙漠中的清泉，浸润着我的灵魂。我不得不承认，我与马文浩的恋情虽然畸形，却也能给我温暖，给我力量。"八月天的小说为当代人心灵祛魅、情感把脉的同时，也许他过于冷峻的剖析，在寒光闪闪中，所有的叙事伦理都遭受了无奈的解构；在为当代人情感皈依寻找港湾的时候，港湾本身就已经变成了不堪一击的空壳，也即鲁迅先生所言的"梦醒之后，无路可走。"曹雪芹所论的"白茫茫大地真干净"，凛冽的肃杀悲凉浸透在了小说的字里行间。有时我在研读八月天的小说时，我会很奇怪地想象他创作小说的情景，就如这篇《毕业留念》的文字，他似乎不是憋着劲儿"很用力"地写出来的，而是在轻松随意的畅美尽兴的表达中人物故事汹涌而出，我们在轻快的阅读中，似乎把生活"白描式"地和盘托出来了。美国著名文学和文化批评家莫里斯·迪克斯坦认为"小说不仅是反映世界的镜子，而且是折射、分解世界的三棱镜。"在八月天的小说里，人物的"挫败感"实际上就是揭示了当代人个性的隐匿，面对日趋强大的工具理性，个性化的人变成了一个微不足道的符号，成了不断寻找家园的弃儿，不知道哪里才是自己真正的家园，作为一个最终的现代主义者，他实际上是被生活本身所流放的。

说了这么多八月天小说的"好话"，似乎就有个人的偏爱与偏见，但他的作品也有"美中不足"，因为优势之处有时恰恰是缺陷之所在。八月天的《毕业留念》对当代人情感简捷明快犀利的解剖，小说也把丰富驳杂的人性给简单化处理了，比如钟小君与欧阳平的情感故事因为缺乏对人物复杂内心的深刻挖掘，所以人物的"木偶化"现象就比较凸显。这在作家其他的作品里都会感觉到，过分地追求文学叙事的"短平快"，把细腻的质地与纹理都给打磨平了，就如一把刀在对人物命运过分地修剪砍削、整齐好看的同时也把那些旁逸斜出的枝条按照文学叙事的"合规则性"人为地给删削掉了。作家对生活的削剪，只剩下了孤零的主干和那些飘零的黄叶，形象就显得萧索单薄，气象纤细琐屑，甚至在追求可读性时，作家编织的故事情节也一样地删削掉了"边角废料"，情节骨架也就大致一样，甚至这些情节来龙去脉的走向我们也可以未读先知。小说写作拼到底不仅仅是情节的诱人，而是对人性内涵挖掘的深度与宽度，"去故事化"是现代主义文学叙事的追求目标。我们在品读《毕业留念》时，就会明显地感觉到作品对故事细节的"遗漏"，那些摇曳飘荡的枝叶，都人为地"缩略"了，这也许与作家的媒体职业有关,新闻报道的意识不知不觉地渗透在了小说文学叙事里了,才气炽盛的八月天,目前写作冲动裹挟着井喷式的才情,把大量的人生经历零打碎敲地切割成了很多中短篇,他在心气很高的才情喷射中,作品的"毛坯"性就显现了出来,缺乏心平气和的精雕细刻,就如热气腾腾的酒酪,缺乏进一步的冷却、蒸馏与过滤。"精细"是八月天今后文学创作要努力追寻的目标。

孙瑜：我不卿卿，谁敢卿卿

　　说实在的，我很佩服孙瑜两本书的名称，一个叫《空心床》，一个叫《千万别碰我的床》。"床"是一个隐秘的文化符号，直接干脆地揭示了私密的生活空间，也说明了当代中国人情感生活的两难处境，一方面随着公共空间对个人私密空间的挤占，我们很珍惜自己的私密空间，在誓死捍卫着自己的所谓隐私；另一方面，在这个个人符号被隐匿的时代，隐私又成了兜售、窥探的生活佐料，特别是情爱隐私。我们在私密化的同时也在公共空间被无限地放大、被无限地描绘和展示，如当今的女性写作、身体写作等，各种媒体的"情感倾诉""情感热线""相亲栏目"，公共空间对意义的消解性就在于我们对个人私密空间的妥协性、暧昧性。

　　孙瑜的这两本书，都是床帏情事、家事、房事、床事，我们会发现情爱的私密空间地盘变得越来越局促狭小，包裹在情爱上的各种社会伦理的外衣正在被一件件一层层剥离掉，还原成了赤裸裸的情欲。孙瑜的小说从文本学层面看，因为情感空间的狭小，我们会感觉到小说的叙事空间也变得非常狭窄，人物故事都在一个个情爱的夹缝里逐层推进。最难能可贵的是孙瑜没有放纵自己的笔墨，用通常的男性作家对男女情爱在淫亵目光的审视下，进行生理快感式的把玩欣赏，进行义正词严、道貌岸然式的道德审判，而是从人性的视角，从女性细腻委婉的情感感知入手，写得柔美、凄美，写得干净、纯净、洁净，俗中有雅，有自己的唯美追求，有自己的人性判断标准，虽然这些故事在实际生活中真真实实地发生着，但小说不同于讲故事，所有的叙事都是为了审美，都是为了人性的提升，使现实生活得到修正和提高。孙瑜在写作中，追求着诗意唯美的营造，但是赤裸裸的情欲又在冲淡着情爱的质地。我们在《女人制造》等小说里发现当代中国人的情爱已经开始走向了市场化的运作，一切情爱都是有预谋的算计，都是表象光怪陆离的眩晕。小说在为情爱营造喧腾热闹温馨的气氛时,市场化的功利之刃已经把唯美的情爱肢解得七零八落、遍体鳞伤。

作为女性作家,我们无法抛开性别对写作的影响。孙瑜作为 70 后女作家,对当代人情爱心理的挖掘深刻细微,当她的小说主人公大都是女性角色的时候,笔调是凄婉柔美的,对女性情爱,孙瑜的写作立场是带着痛惜与偏爱,没有斥责,没有挞伐,她笔下的情爱已经没有了过去故事化的架构,没有了宏大场面的铺垫和渲染,人物都在一种世俗化、情欲化的情感故事里游走,在浪漫的制造中爱情变得无足轻重,在彼此的猜忌和失信中情爱遭遇解构,情爱已经被压榨得只剩床上一丁点转瞬即逝的激情。

身体写作,本身就具有反讽学意义。从历史的宏大叙事跳出来,新时期女性写作,她们几乎都不约而同地转向了生活叙事,写作的视野狭窄了,写作的内涵却进一步得到了展示和挖掘;写作的野心变小了,开始了对生活细微深处情感的描绘。在这个小说叙事学观念多变的时代,女性作家以自己特有的细腻委婉的笔触开始了不厌其烦的深刻描绘。孙瑜的系列小说文本都是清一色的情爱梦幻的甜蜜惆怅和梦醒之后生活现实的冷酷与无奈。从《空心床》里的苏眉,《别碰我的床》里的郝敏、《和衣而卧》里的"我"等一系列小说人物,我们发现当代中国最大的问题不仅仅是经济问题、政治问题,而是精神问题,是情感问题,情爱的衰败感、挫折感、荒诞感的背后是当代中国人生活质量特别是情爱质量的下降,情爱已经被剥离成了冲动的游戏、虚荣的心计、美丽的泡沫、金钱的诱惑。这些当代小说与《金瓶梅》比较,我们会发现当代人情爱的激情正在丧失,葱茏的人性正在枯萎,欲望狂欢后是情爱意义的苍白。

孙瑜的小说给我们阅读带来的是快感的满足,是不曲折但却诱人的叙事艺术吸引着我们一直读下去,道德的审判力量在弱化,小说里的人物都是在道德捆绑约束松弛后一种情感的嬉戏与放纵,没有了道德气场的挤压,情感不能承受物质之轻,情感出轨后心灵没有了煎熬的惩罚,没有了道德的沉重感。《陌到陌生》里的邬眉,我们看这个人物情感的转变,几乎就是毫无设防的接受,"是她,违反了游戏规则;是她,自己找了根绳索,却当成围巾在脖子上自顾自地一圈一圈绕至现在;是她,只为了喜欢闻硫黄味而划着整根火柴,而不会计算划着这根之后,盒子里还剩下多少根。"我们总在剥离一切,剥离意义和实在,剥离表象和实质,剥离情爱与性欲。剥离是一种解构,在剥离中,小说变得支离破碎;

在剥离中,我们寻找到了意义的虚无和荒诞,每一个爱玩缠绵的人,似乎故事的结局都是被打碎被碾压。在无限的被剥离中,破碎就意味着我们找不到一个完整的故事,这也是我们时代社会最基本的特征,当意义的链条被剪断的时候,散落的都是这些忧伤的碎片。孙瑜的小说里,几乎看不到一个完美崇高值得我们一唱三叹的爱情故事,情爱快餐化就像风中破败的旗子,滑稽感远远大于崇高感,情爱在变成一个风花雪月的故事片段。情爱是当今中国人受伤程度最重被压榨得最零碎彻底的病变部件,也是感染社会病菌最多的霉变部位。孙瑜小说在当今文坛众多同类的作品中,高人之处还在于她没有沉重的道德说教感,没有羞羞答答欲说还休的道德伪善,大胆直接,没有对人物进行感情好恶的个性评判,而是尊重每一个人物,尊重每一个人情感的选择。剥离了崇高,留下了一段凄美的情爱烟云;剥离生活万象的复杂,简化为了"请你别碰我的床"。当我们用肤浅、游戏、轻薄等词语界定孙瑜等当代作家的情感小说的时候,实际上是在描绘我们当下生活的特征。

消费主义时代的最大威力就是对情爱的消解,它把一切都纳入市场运作规律的时候,包括情感在内的一切都被纳入了"利化"及"量化"的考核规则中去。我们看新时期的系列情爱小说,就会明显地感觉到情爱市场嬗变速度之快的确超乎了我们的想象力,男女情爱惯常的神秘崇高瞬间就被功利化的需求剥光了外衣,赤裸裸地呈现在我们的面前。伟大的爱情在汹涌的功利浪潮中不堪一击变得支离破碎,伟大也就具有了时代色彩的反讽意义。文化消费成为我们时代最奢侈、最大的消费行为,很多作家也从宏大的历史叙事位移于男女风月场的狭隘叙事语境中去,在这种模糊的情爱间色中去玩味拼装男女情爱由相知到相爱再到抛弃直至堕落的游戏套路,情爱消费成为文化时尚消费中最轻松惬意的一种。

《中国作家》2005年第3期刊载的孙瑜的都市风情长篇小说《隐隐作痛》是近年来描写都市男女情爱笔力最重色彩最浓描摹最深刻的佳作之一。作品通过女主人公苏眉的情感经历,揭示了"在这个什么都被吊起来估价的年头,贫穷的爱情不压秤"这一创作主旨,苏眉与初恋男友宁均刻骨铭心的爱情在金钱的度量中失重,"那些曾经指天对地的海誓山盟无非是手纸上的排泄物罢了。"小说开篇便是主人公苏眉在爱情受挫,怀孕在身却被男友抛弃,在做流产的手术台上忍受着身心的煎熬,"她的身体里已经没有了安放爱情的地方。""世上本就没什么爱情,说的人多了也就有了情,做的人多了也就成了爱。"成为了苏眉的口头禅,接着就是苏眉成为风月场与事业圈内的高手,开始了情爱的游戏,在与官员陈穆和作鸭子的萧冬阳之间获得了金钱与生理的双重满足,"管它靠身体还是靠脑子,能赚到手里钞票就是本事。""去他妈的吧! 有钱人的爱情是性,穷人眼里的爱情就是钱!"爱情崇高神圣的消解就是在这种去魅去羞的认知过程中被碾压粉碎。在苏眉的"觉醒"中,她感受着"沉沦"带来的轻松与刺激,"苏眉的哲学已经被生活调整得很能伸缩自如了。她想,这大概就是进化。"

这篇小说成功之处就在于作家叙事艺术的独特精炼。首先是作者避开了道德审判,直指人性。苏眉没有为道德祭刀,没有成为道德审判席上的被告,而是从人性的视角剖析人物的内心世界,这就可感可叹可信。消费时代的人性不是被遮蔽休眠而是被显露与唤醒,人性的善恶美丑都在人性的复活苏醒中得到了淋漓尽致的呈现。小说中做鸭子的萧冬阳就没有被写成阴暗猥亵的小丑角色,而是从他对事业衰败的苏眉的关照中,我们依然可以看到市场经济可能会消解爱情的神圣但却泯灭不了人性的光辉。以人性观照芸芸众生,我们就不会用道德的有色眼镜来二分看人,简单武断地把人写成完美无瑕的好人和一无是处的坏人。特别是都市风情小说,很多作家在去除道德的禁忌后,滑入了身体欲望的放纵里,人性被兽性取代,理性被欲望的疯狂所代替,精神写作变成了身体写作。《隐隐作痛》里的苏眉及诸多人物,在文化消费时代,他们摆脱了道德的追逼拷问,坦露出人性的真实可爱。

其次是作者在描绘情爱屡屡被欲望消解的同时,绝望中依然看到希望。都市在文化消费主义的潮流中,最容易激发人类对财富攫取的欲望,光怪陆离的表象最容易使人陷入享乐的泥淖里不能自拔。苏眉这样一位在商海与情场中孜孜以求、苦苦泅渡的女性,作者以女性观照的视角、以同性相知相通的真诚,比如苏眉与如自己父亲一样大的陈穆的恋情,完全就是在一种精心设计策划实施的情况下发展起来,"她可是视同战争一样慎重对待的,甚至把《孙子兵法》熟稔得倒背如流。"爱情就是在这种目的明确运筹算计的营销中,目的被手段代替,无价的情爱被量化为了有价证券,索取大于奉献,情感交流变成了情感交换。都市情爱小说,情爱只是一个抽空了内涵的美丽的消费符号,所有的鱼水之欢都是激情的表演,都是目的利益获取前的伪装与道具,风情万种,最终却归于功利化的目的。爱情已经褪色,但在市场化的油彩涂抹包装下依旧变得光华灿烂,令人晕眩。这很像都市蔬菜果品市场上那些涂漆的黄瓜、加色的大枣、催熟的草莓、染色的黑木耳、漂白的鲜菇般诱人眼球逗人食欲撩拨人无限畅想的情怀。象征性意义远远大于事情本身的实际意义。这里问题的关键在于作为消费符号的情爱获得了什么样的交换价值。苏眉这样一位事业成功的女性,让人艳羡她的本事与能力、财富与荣耀这些"结果"的时候,我们往往缺乏对过程的追问,缺乏人性的追问,这也是文化消费主义时代的显著特征。躲避崇高,消解神圣,取消深度。传统的爱情模式已经被打破,爱情放下了沉重的道德感,变得轻松自由随意,就如商品经济"一手交钱、一手交货"一样便当直接,那些虚伪的寒暄、如花的笑容、甜蜜的话语都是促销的手段,都是商品交易过程中的点缀。苏眉这样一位爱情至上者一夜之间变成了风月场上的江湖老手,玩男人于股掌,视男人为钓利的香饵,清纯的爱情经受不住物欲名利的轻轻一击,因为所谓清纯高洁的爱情在消费经济时代,没有转化交换都是压架货,爱情因为库存太久都会变成陈芝麻烂谷子。苏眉对公司里"娘子军"的训话就极符合文化消费的交换原则:"男人是需要勾引的,但千万要记住,我们不做赔本生意。你们个个都够漂亮,但漂亮女人在这世上更不好混,别看经常被男人苍蝇似的围着,真有个什么事儿屁用不顶。话是狠了点,可是靠男人的女人到头来就是个红颜薄命的份儿。还是年轻时利用姿色多挣些钱是正经,不然等人老珠黄了想卖都没人要。""隐隐作痛"的原因就在这里,男女情爱在"买卖"的关系里被血肉分离,完全变成了等价交换的皮肉生意。未泯的良知恰恰也在这种无情的切割中触碰到了疼痛的神经,苏眉在与张亚东这样一位情场老手的对垒中惨惨地败下阵来,复苏的情爱之花又一次被风刀霜剑摧毁,"让她在失望中不得不给自己的心套上一个个坚硬的外壳。经过这么多年的皱褶与障碍,不知道剥到第几层才是自己的真心。"但是她在绝望里无路可走的时候,做鸭子的萧冬阳却为她打开了一扇窗,幽暗的阴性植物却感受到了人性光芒的温暖抚摸。最后是故事情节戏剧化、游戏化背后的庄重严肃。这篇小说的笔调是深沉哀婉的,作家不是笔墨放纵地对都市风情肆无忌惮的调侃把玩,淫亵的场景描绘。作家在作品的布局谋篇中,始终揭示与批判并行,批判是对人性呵护与尊重前提下的批判。我们从小说中苏眉的保姆徐艳秋的人生裂变看,就能感觉到作家孙瑜的慈悲情怀,每个人行为的善恶美丑其实都是人性与现实环境妥协折中的具体表现。虽然作者在整部小说里,宏大的社会背景与个人的成长环境叙述不是十分充分明晰,包括人物关系间的起承转合戏剧化、游戏化的色彩还比较浓厚,似乎给人的感觉就是都市的舞台上活跃的就是以苏眉为首的宁均、萧冬阳、陈穆、张亚东、徐艳秋等几个人物,情节凝练集中但有失单薄,但这也许是消费时代碎片化的真实显现,消费的个人化行为、情爱隐私的呵护、人性觉醒后对自由的追求都在提示情爱支离破碎纯属正常,情爱忽离忽遇都是昙花一现。我们看到的就是碎片,作家们勾勒拼接不出一个完整却十分虚假的故事。就如都市街道到处是黑压压的人群,但却都是孤独的个体,每个人都在设防,每个人的故事都有自己传奇的色彩,但都被纳入到了文化消费的滚滚洪流中去了,"只有转起来才显得充实,才可以掩盖住那杂草般疯长的空虚与孤独。"当爱情被过度消费的时候,爱情也就只剩下美丽的外壳儿,就如当今商品,审美价值远远大于实用价值,表象掩盖了实质,都市的繁华喧闹遮蔽了人情的冷漠与功利的算计。我们看苏眉对情爱的解构最后只剩下身体,她遵从于欲望的指令,排斥一切与欲望相对立的东西,从基础上消除了物质诉求与精神满足的二元区别以及它所带来的紧张对峙局面,"以一种游戏的审美方式,在当代文化工业提供的大量文化幻象中就可以把内在的生命紧张与压抑彻底排遣出去。"(刘士林)

作家杨东明的《问题太太》这部长篇小说中的主人公乔果却是一种在事业顺利与家庭美满状况下的情感触雷,她在半推半就的生命状态下开始了欲望的疯狂。文化消费时代,传统的男女情爱也被人性本能的欲望唤醒了双眼,扔掉了羞怯,摆脱了道德审判的重压,乔果的生活周围到处都是色迷迷的眼睛在她的身上不停地挑逗窥探抚摸,公司老总宾馆开房间的试探,市长在房间内"一下一下地拍着她的掌心","乔果就这样手被拉着,不知不觉和刘仁杰并肩坐在了床沿上。"以后市长夜深人静时打给她的电话,"在静夜里,男人那厚重的声音从话筒中传过来,一喘一息都那么清晰,似乎带着湿乎乎的热气。那感觉,好像对方的嘴巴就贴在自己的耳朵上。"情欲鼓胀得如春天融化的雪水,溢满流淌在乔果的周围,随时都有没顶的危险。无数双情欲喷血的眼睛正在不同的角落虎视眈眈地与乔果发生着意淫。

文化工业设计的一个个商品橱窗前都是拉客的小手,兜售中建立着买卖的交换关系。消费的观念渗透到了生活的方方面面,尤其是把一些无法量化的意识形态元素也纳入到了可以交换买卖的市场秩序中来,在光怪陆离的物欲环境里,人的情欲也最容易得到刺激,物欲的陶醉可以让人的情欲燃烧掉一切盘根错节的道德纠缠,回到生命的激情中去,在激情燃烧中感受道德感被弱化后如释重负的轻松。乔果的情感历程在一步步从道德的沉重束缚里解脱出来,羞耻感和罪感的弱化,乔果在生命情感的诱惑中也摆脱掉了生活的庸常和乏味,当欲望消解掉精神理性的束缚也就意味着生命陷入了喜新厌旧的欲望范畴里,就如花样翻新的消费市场不断地刺激着人们的消费欲望,琳琅满目的市场激发起人无限消费占有的欲望。情爱也在消费指令下开始了无穷的全方位的解构。乔果与市长刘仁杰的朦胧而又风月无边的情爱,就是情感游戏化中的放纵,他们共泳在一池水里,她美丽的胴体"像一条困在玻璃缸中,任人观赏的金鱼!""像在看着一扇开启的窗户,一扇开启的门。"乔果虽然最终选择了逃离,但这只是现场的逃离,她在这个到处都是情欲涌动的文化消费时代,她在无数个监视器电子眼里早就成了网中之鱼,就如现在的网络不经意间一些情爱挑逗的画面及文字不时地映入眼帘,让你那被道德绷紧的神经一下子放松了,这种无偿的馈赠让你感觉到了偷窥别人隐私的快乐刺激。现在作家笔下的都市情爱场面变小,人物结构简单,故事情节几乎都是大同小异,所有的情爱都在半推半就中不厌其烦地上演着,循环重复着。这被很多学者界定为身体的苏醒,其实身体不管是革命化时代的压抑或者是市场经济消费时代的觉醒,身体都储藏着人类所有的情爱密码。在消费经济时代,身体既是消费的主体同时又是消费的客体,身体作为最具活力的文化消费符号,它渗透于生命个体的每一个细胞毛孔里。身体在无限庞大的消费市场里,成为一切消费行为发生学的最大渊薮。当情爱的心灵与身体的情欲混淆在一起的时候,在我们的错觉里身体就变成了情爱与情欲的复合体,身体的革命与消费的革命开始了合流,一切的消费行为归根结底都是身体行为的发生。

乔果的情感嬗变轨迹与情感消费时代的节奏合拍,她成了文化消费时代的一个符号。当她见到"奇玉轩"老板卢连璧的时候,她内心那羞答答的情欲开始了由含苞待放变成了灼灼其华的怒放。在情爱消费的洪流里,乔果身不由己地陷入了消费的洪流中去。"可是当她领略到与卢连璧的那种亲吻之后,她不得不承认旧物的相形失色。""在乔果的记忆中,还不曾有过如此妙不可言的亲吻。如今,丈夫的吻已经成了就餐前的湿巾,每次做爱之前总要例行公事地在嘴上抹一抹,然后再开始行动。留在唇上是一种湿漉漉的感觉,还有的就是夹杂着可疑的食物残渣的唾液味儿。"情爱的变质就在这种喜新厌旧的文化消费心理中完成了逻辑的思辨。消费时代的主要特征就是与现实的隔离,满足于一种虚幻的欣赏,就如杂志封面的俏丽女郎,食品包装袋上的诱人画面,服装柜台前做广告代言人的明星照片,一切都是那么诱人眼球逗人食欲。消费者也就在这种绚丽无比的画面中融入缥缈而又美丽的消费文化氛围里。当代人的情欲也只有在现实逃离中才能感觉到情爱的温馨刺激,情爱的疲惫厌倦源于消费时代用完即扔的瞬间快感,比如我们很多人的购物癖也只是满足于占有的欲望诉求,只有不断地消费,我们才能感觉到生活的乐趣。情爱是积淀培养的非卖品,情欲却是不断在移情别恋中追求着新鲜的刺激。情欲在乔果的生活里变成了她最偏爱的消费品。当刘仁杰抚摸她的头顶,此时她不是厌恶拒绝排斥,而是感到"一股温热从那大手的掌心里流泻而下,让乔果从头到脚生出一种触电般的酥麻感。继而,那只手在乔果的发际轻轻地抚着,从上至下,来而复去,宛如一柄神奇的梳子不停地梳理着她。乔果就在那梳理中生出一种温馨的软弱,渐渐变得柔顺而熨帖。"情欲的瞬间满足如美丽的罂粟一样,摇曳在眼前,品味在心理,幻想在脑海。"问题太太"的"问题"就表现在她走出了婚姻的拘围,走出了婚姻伦理的气压场,就如当今消费时代无数通俗歌曲,那对爱的缠绵呼唤虽然是演唱者的自我多情,但总感觉到它们让我们还保留着情爱的温暖。那些言情剧,虽然故事情节大同小异,但我们依然看得涕泪涟涟。现实中这些超越男女世俗婚姻的情爱,陌生就是诱惑,陌生就是刺激情感消费的因子。乔果这类消费主义时代的已婚女性已经在自觉不自觉地符合了生命的节律,在情欲的放纵里似乎才真正体验到了生活平淡里的无穷乐趣。

麦启:神秘气场的逃匿与消解

在阅读一切文学作品的时候,我习惯于揣摩作家心灵的柔软和强硬、善良与邪恶,以此考察我们当代文学作品,会感觉到当代很多小说家的心灵是近乎变态的强硬,硬起心肠写小说,小说叙事风格如一把寒光闪闪的切割刀,在片片地剖析着世界万象,在牙齿咬得咯吱吱响的愤怒中袒露出事物的丑陋与邪恶。小说叙事硬化风格追求的背后实质上是作家审美心理上出现了问题。新时期以来,我们的很多作品"审丑"远大于"审美",当代评论家李建军概括为"消极写作"、"非理性的幽暗叙事"、"可怕的冷漠与严重的隔膜"。作家"硬心肠"的"审丑"实际上也是价值混乱与伦理危机的精神生态呈现,是在价值多元化下的迷茫与焦虑。

麦启小说的"软心肠"叙事,让我们看到当代乡土小说叙事的另一风景。小说软化了生活的尖利锐刺,过滤掉了那些碰疼我们审美习惯的坚硬顽石,那种弥漫在乡野的神秘气场,温润着我们因为"审丑"而钙化的审美心肠。《朝圣》中"我"和"苏小小"那种酣畅淋漓、质朴狂放的生命张扬,《写给母亲的情书》里我身上"红"的神奇、梅娘、狼爷的生命传奇,让我们在科技理性日益消解乡村神秘叙事的今天,又仿佛置身于乡土神秘的气场中,去解读本真的生命感觉。从某种意义上来说,神秘气场就是人类生命的气场,麦启这本《把河水和海水分开》里面收录的八篇中短篇小说,叙事风格都是苦苦追寻那些正在被我们遗忘甚至抛弃的神秘元素,生命在一点点地被漂白澄明。作家墨白的小说《裸奔的时代》名字最能概括我们这个精神裸露的时代特征。学人刘士林先生把当代人的精神状态形象地描述为"赤身裸体""半推半就""背井离乡",都颇传神到位。神秘就是对生命真诚的捍卫,乡土小说叙事离开了神秘,解构了神秘,乡土叙事就会"缺魂""贫血"。长期以来,我们对干宝的《搜神记》、刘义庆的《幽明录》一直到蒲松龄的《聊斋志异》等古代"志怪小说"的研究,一直停留在叙事学与修辞学意义上的反讽荒诞层面,社会学意义上的鞭挞与揭露,忽略了从生命美学意义层面的深入解读。王阳明对蒲松龄写作心理的剖析就超越了这些粗浅的层面:"姑妄言之故听之,豆棚瓜架雨如丝。料应厌作人间语,爱听秋坟鬼唱时。"麦启乡土叙事小说上乘中国古代"志怪小说"的衣钵,下续当代文学叙事在"硬心肠"的"审丑"后面对神秘色彩冲刷与淘洗的生命追忆。神秘是模糊暧昧,是诗化的精灵。麦启的小说,在追寻那些正在被我们的文学叙事逃匿和消解的神秘气场里,诗化着乡土叙事。

"神秘"在麦启的小说里有着多维的文化意义内涵,首先就是"天垂万象"的生命写意。人和天地自然密不可分,融为一体,河流、树木、麦田、骷髅、花草、月亮、太阳都是生命的存在,都是直通人类心灵府第的生命个体。神秘是审美的孪生姐妹,审美不是为生命祛魅而是为生命复魅的过程。神秘就是对包括人在内的一切事物对天地万物的敬畏,敬畏才能神秘,神秘才能真正敬畏。麦启的乡土小说叙事最感人之处就是对这种神秘的敬畏。在麦启的叙事审美视野里,石榴花"开得特别用心,愤怒的红使劲地在院子里喷着,谁打它跟前一过,就能映出一脸好血。"麦田"能把你的眼睛绿死。空气里流着一股子一股子的青麦子味,要是使劲吸上一口,在嘴里能嚼出麦子的青汁。"三婶的手"像雨天里长在树上的木耳光滑湿润而又柔软。"神秘的气场里,人物故事交织在一起,恍惚缥缈,所有的乡村景象,天上人间,古往今来,在浓缩交叉反复的时空里构织成一团浓得化不开的神秘气团。"城市是住人的,乡村是住神的",书的封面上标示出的这句话可以看作是作者的写作宣言。我们研究当代中国文学叙事,就会发现文学叙事的最大问题就出现在敬畏的丧失,就如席勒所言:"我们的时代实际上是在两条歧路上彷徨,一方面沦为粗野,另一方面沦为疲软和乖戾。我们的时代应通过美从这双重的混乱中恢复原状。"麦启的写作宣言启示我们,"人"是神秘文化气息的破坏者、解构者。"人"的发展进化,文明史的书写往往是对生命"原状"的无限剔离,麦启的小说是在做"复原"的工作,"复原"就是"拯救"和"回归",就是"打捞"和"追忆",麦启的乡土小说在"过去时"的文本叙事策略里,把自己的乡村记忆"复活"成"标本"般的留存。在这个一切都被金钱物欲挤占算计的时代,麦启的小说具有文化的反讽意义,谁还把这些小人物、小事件、小感觉,当成我们唏嘘感叹的文化元素呢。《把河水和海水分开》里的汉清明,这样一个固守乡土的农民,他在顽强地抗拒着远在南方打工的儿子生活中发生的一切,"感到祖祖辈辈生活的村庄在变。"

其次,神秘的文化内涵是精神家园的诱惑。麦启的小说突破了虚构和纪实的叙事模式,而是一种文化精神的追忆,是那些埋藏在现实乡村内核深处的精神嬗变。《一半是真理,一半是狗屎》就是对乡土叙事精神深度层面的挖掘,许多看似冠冕堂皇行为的后面都潜藏着一个卑微渺小甚至阴暗的目的,贾市长以关心农村少女为名,让女孩青梅到家做保姆,却行非礼之事,小说让包公出来审案,结果却审出了乡村那波澜不惊下面涌动着的湍流。《阿莲》描写的是乡村生活不为人知的另一面,阿莲因一篇《父亲》的作文成为"名人",又成为众矢之的,她又后来与寺庙年轻和尚的微妙情感纠葛,离家出走,陷入路边黑店,成为一棵诱人的"摇钱树",成为基层头头儿们意悬悬色迷迷饕餮的对象。麦启小说的许多人物都在逃离乡土,却又在"背叛"中摆脱不掉乡土精神的观照与思想的羁绊。乡土家园的精神意义正在被现代文明一点点地消解,坚守中的游离,游离中的迷茫,神秘的精神家园只能在很多"傻子"的疯言疯语里得到呈现。麦启小说里的这些"傻子"们是真正乡村精神家园的守望者。麦启的小说叙事和作家莫言的叙事风格颇为相近,《红高粱》《透明的红萝卜》《天堂蒜薹之歌》其实都是在神秘气场的笼罩下,对精神记忆中乡土家园那些湮没的往事,那些散射着原生态生命气息的普通群体,作家以小说的名义为他们立此存照、缅怀珍藏。这种诗化色彩浓厚的记忆,在两位作家的小说文本里都是利用了色彩的浓墨重彩的描绘,甚至让人感觉他们都患有"色彩依赖症",以色彩的绚丽夺目来抗争精神家园失去后的心灵灰暗。色彩强化着记忆,记忆幻化着色彩的绚烂。从色彩学层面看,所谓的精神家园其实就是色彩的家园,失去了色彩的敏感,我们就会患上精神健忘症。

最后神秘气场的渲染,也是小说叙事学的基本方略。新时期的小说,特别是先锋小说式微的一个重要原因就是在抗拒现实中对神秘的恣意歪曲和猎奇解构,神秘成了荒诞,荒诞成了虚假;情感成了调侃,调侃成了放纵。麦启小说的神秘气场不是人为的渲染,而是心灵记忆的发酵酝酿,是作品自身飘散出的生命气息,是生命在天地万物的阴阳和合里激荡出的生命气场,小说里的每一个人物都是神秘气场的元素,对这些人物很难进行传统道德伦理的评判,他们都遵循着勃发的人性轨迹,演绎生活的苦辣酸甜和生命的悲欢离合。小说给人的阅读感觉非常顺畅,整部小说没有人为设置的弯弯绕的障碍,没有无厘头的疙瘩般障碍,荡气回肠,一波三折,磅礴浑厚。

作品的优势往往是劣势的深层显现。麦启小说在神秘气场的构建里,他的写作是耗竭尽乡村记忆资源的喷发,乡村叙事的视野还不够开阔,尤其是当他把神秘当成了写作风格追求的佐候,神秘就变成了刻意追求的作料,匠心也就遮蔽了原本天地万物为一体的本真自然纯朴之心,小说情节显得怪诞突兀,人物形象单薄瘦削。批评就是苛求,我们有信心看到麦启的乡土叙事会在今后的探索中根深叶茂、蓬勃葱茏、生机无限。

墨棣：一抔黄土掩风流

多年前，笔者同当代著名作家墨白先生小聚，谈起了作家与题材的关系问题，墨白先生说了一句意味深长的话，作家写什么是作家本人改变不了的事情。笔者豁然开朗，一个人置身的地域文化氛围、成长环境、人生阅历基本上决定了作家终身写作的范围。文学史上所谓的各种流派，其实就是作家不同地域文化深入骨髓的熏染渗透、生活视野拓展的范围、生命履历所运行的轨迹。这是作家写作无法抉择的宿命，也是作家写作义不容辞应该担当的使命。当我接过作家墨棣先生散发着油墨香的长篇小说《乐土》时，心底生发出由衷的感叹，这一片散发着小磨油香的黄土地，多少代农民的春华秋实，多少时代风云的沧桑嬗变，似乎都要悄无声息地尘埃落定、浮华散尽、随风而逝，历史在众多的偶然中必然选择了墨棣先生。一个叫金马寨的村庄，千百年来那根枯荣相续不断伸展的青藤，到了墨棣先生这儿终于瓜熟蒂落，结出了《乐土》这样晶莹剔透饱满鲜亮的硕果。这部小说取名《乐土》源于《诗经》里著名诗篇《硕鼠》中的"逝将去汝，适彼乐土"句。同样，一个叫金马寨的地方，无数的乡亲代代酿造代代发酵，到了墨棣先生这儿终于酒窖开坛，酿出了名叫"乐土"的琼浆玉液。墨棣是金马寨的"司马迁"，《乐土》就是金马寨的《史记》。文本的厚重，缘于她调动了墨棣先生所有的生命库存；文本的独特，是因为她几乎耗竭尽了墨棣先生情感血肉的历史交响曲。当代学人刘再复先生说历史是文化的长度，哲学是文化的高度，文学则是一个民族文化的宽度，"是一个民族的秘史"。（巴尔扎克语）无数作家的作品都是在默默地丰富着中国文化的宝库，都在从不同的视角不同的领域丰富着民族历史的内涵。从这层意义上看，墨棣先生的《乐土》是中国乡土文学史上不可更改、不可摹写、不可超越的唯一存在文本。

《乐土》之"乐"，意境悠远。笔者猜想，这部书早已经在作家墨棣先生的五脏六腑中酝酿消化无数次了，写作的冲动一直折腾着作家寝食难安。书中的人物故事、民俗文化，作家墨棣太熟悉了，文化浸淫太深透了。从作品那从容有致、不温不火的叙述格调里，你分明能感悟到作家是多么珍爱笔下的每一个文字，尤其是那本色精炼传神的方言俗语最能激发我们阅读品味的兴致。好像作者把一坛老酒，打开后一口口地抿嘴品尝。每一个场景，作者都像是坐在你的身旁，花间一壶酒，先生小酌人，阳光暖身，一缕飘忽的烟雾拉长了叙述的悠长思绪。"那时的金马寨还不叫金马寨。那时金马寨还没有寨墙。那时，人们把这个村子叫朱楼。至今金马寨姓朱的人还是这么说，他们这一支姓朱的人家祖祖辈辈就住在这里的草房子里，在黄土地里刨食儿。后来有一位老祖宗天天起五更拾粪，捡到了一块黄灿灿的马蹄金，一下子发了财，建了一座三明两暗出厦的两层楼。"通篇都是这种温暖而又舒缓的笔调，金马寨的角角落落都溢满了故事，作家以此老道凝练徐缓的叙述抗拒着时代的浮躁与世俗的喧嚣。写作之趣，就在于这种绵软柔韧自信自足的写作心态。

在这部悠长的历史画卷中，你也能分明感觉到那撇开历史宏大叙事后的乡村叙事魅力。在这些絮絮叨叨、家长里短、婆婆妈妈的乡土叙事中，作家自得其乐固守着自己的写作底气、写作姿态、写作心态、写作立场、写作操守。乡土叙事里面也有真金白银，乡土叙事也照样能活色生香、韵味悠长。当代小说创作中最大的毛病就在于所谓重大题材决定文本的重大意义，乡土文学也变成了进城打工文学，真正像墨棣那样潜心于描摹乡土变奏曲的厚重文本已不多见。最根本的原因就在于很多作家自身已经逃离了乡土，情感上背离了乡土，在整个中国现代化的进程中，乡土是被碾压吞没的领地，写作价值取向在"怎么写"的倚重下，作家们乡土文学叙事的能力已经弱化。作家们乐于历史的传奇、都市浮华喧嚣中的算计以及利益犬牙缝隙中那点葱绿般的脂粉柔情。情感的枯萎注定写作是一口枯井，打捞出来的除了泥垢还是泥垢。墨棣陶醉于他得天独厚的乡土文学创作资源，他不是长久漂泊归来的游子那种对故土陌生新奇夸张的打探；也不是跳出农门，坐在都市楼顶登高远望故土时的冷静，而是一位地地道道生于斯、长于斯的一位对黄土地一往情深的赤子。他太熟悉金马寨的风土人情，他贴着故土由表及里、由浅入深、由远到近剖析故土那细密的纹理，看似笔调轻松，但这缘于作家驾轻就熟、举重若轻的写作自信；看似无关大碍的细节，但这缘于作家对乡土生活的尊重。伴随着乡土里的很多细节都正在被所谓现代化的城市化给一点点"化"掉的背景,作家揭示出千百年来那古老的乡土文明正在消失和被遗忘,淳朴淡然的民风正在被蚕食,柔软质朴的心灵也正在被蹂躏玷污。就如作品里作家对正在消失的村野的感叹,"一阵小风,老榆树摇了摇头,发出一阵叹息,是不是这棵老榆树有了预感,要不了多久,这里的人就走了,房子就扒了,辘轳井也要填了。大榆树和那边的几棵槐树、几棵桐树和那棵树心已经空了的柳树一样的命运,被连根拔掉。小瓦房里的老人聚会,成为难以复制的历史。"作家把城市化中的乡土比喻成"空心柳树",贴切生动传神。

小说中的康长根、诸杰英这些走出黄土地的金马寨后生们,对乡土的逃逸是毅然决然的华丽转身,是在土地被城市化鲸吞过程中心甘情愿的皈依顺从。他们没有《人生》中高加林对黄土地的深深忏悔,也没有《平凡的世界》中孙少平那样对乡土和都市的双重情感,也没有阎连科《受活》里面人物对都市文明的抗拒与愤恨。《乐土》里的新生代人物发家致富的欲望已经成为人生最大的冲动,就如小说中朱家帮得知自己得了癌症后的内心活动,"人死屌朝天,这一辈子,吃也吃了,喝也喝了,早够本了。""实际一点,就是过好每一天。把每一天都当成生命的最后时刻,把一切都放下了,没有负担了,真正地轻松下来。那样的日子,才是真正的海阔天空。"价值被消解,人生就变成了游戏;意义被淘空,生活就变成让人自由堕落的无底洞。"乐土乐土,爰得我所。""乐土"对于金马寨的人们来说,在小说中不是安乐之所,而是逃离之所;不再是幸福的乐园,不再是"归去来兮"的心灵故园,而是发誓逃离的"荒原"。小说结尾,诸杰英带着为朱家帮借腹生子得来的孩子,定居加拿大,"孩子在那里成长,也许会更大气些"。

"乐土"在整部小说中就有了多重文化旨趣,一方面是上述所言的反讽意义,"乐土"成了"乐利","乐土"成了"乐活"。另一方面,人类精神家园的能指本身就是农耕文化的乡土文明。工业化的现代文明,只是对精神家园的解构。在这层意义上,小说命名为"乐土"还具有文化价值意义的深刻追问。作家通过金马寨的变迁史,在展现势不可挡的现代化文明对乡土文明狂飙突进的碾压剥夺中,人类千百年来固守的母亲般的乡土精神家园就这样快速地消失掉吗?谁来为这正在消失的文明精神家园唱一曲悲歌和挽歌呢?"硕鼠"般的城市化文明进程正在把这一块儿"乐土"咬啮得千疮百孔。"硕鼠"是现代化的绝妙隐喻,"乐土"是人类精神家园的美好称谓。

《乐土》之"土",意蕴深厚。土在五行中方位居中,可是世代在黄土地上默默耕作的农民却始终处于遭受拒斥被遮蔽被曲解被改写的文化边缘群体。"兴,百姓苦;亡,百姓苦。"一介草民,草多命贱,却春秋代序,岁岁枯荣。历史的刀笔吏们眼皮上挑,谁为这些芸芸的草民树碑立传,即使煌煌的《史记》面对众多为帝王将相充当炮灰的草民,也是笔尖生冷惜墨如金地草草书写"十万卒""四十万坑之"的字眼儿。流动的历史,定格的文学。金马寨是幸运的,因为有了墨棣的《乐土》。作家以悲悯的情怀、冷静的笔调,语调深沉委婉地讲述着金马寨一代代乡亲的稗官野史,老财主朱承训日子滋润,田园牧歌,接济两个本家外甥诸运海、诸运来,个人的历史命运随着民族历史起起落落般沉浮不定,朱承训的田园梦被击碎成了被打到被专政的对象,诸运来成了一村之长,成了呼风唤雨的知名人物;康金柱、康金梁、康长根、朱家帮、朱家骏、诸杰英一代代崛起,随着汪洋的中国历史潮流,朱家帮又代替了诸运来成为金马寨的掌门人。邮票大小的金马寨几代人物命运荣辱升降图,何尝不是一部浓缩版的波澜壮阔的中国历史画卷呢?

在中国文学史上,农民群像一直沿着三大写作路径被书写着:一条是群氓形象,这在《诗经》《论语》《史记》的《滑稽列传》等经典作品里,都能看到他们若隐若现模糊不清的身影。这个传统一直到《阿Q正传》《不能走那条路》《陈焕生进城》《红高粱》《受活》等作品中,作家描写的笔调是调侃的,着色是灰暗的,人物形象是被讥讽的。一条是群雄形象,这在描写历代农民起义的小说中,比如《李自成》《新儿女英雄传》及抗战经典篇目里甚至到《艳阳天》《金光大道》等文革作品中,人物形象"高大全",人物描写的格调鲜亮清纯,叙事风格简洁明快。一条是群逆形象,这在路遥的《人生》《平凡的世界》以及柯云路的《新星》、乔典运的《满票》等作品中,小人物正能量,小故事大内涵,新时期的农民形象赫然纸上。墨棣的《乐土》颇似陈忠实的《白鹿原》,她以史诗般的画卷,工笔细描出了金马寨在不同历史时期各色人物,集群氓、群雄、群逆为一体,写出了多侧面多画卷的乡土变迁史,写出了那皇天后土中让人留恋回味一唱三叹的乡风水韵的文化演变史,写出了一代代农民在家国同构命运驳杂纠缠中的挣扎史、奋斗史、兴衰史。《乐土》是研究中国农民命运史的经典文本,尤其是研究城乡一体化过程中所谓都市村庄变化的典型文本。

也许,在恍惚一瞬间的历史发展快节奏中,金马寨的历史细节早就被淹没在了历史的风尘里了,埋葬在了钢筋水泥肆意吞没的狼牙虎口中了。墨棣先生的《乐土》以翔实细腻的描绘留存了这段正在被遮蔽被尘封被淡化被遗忘的历史,正应了《红楼梦》中《葬花词》里"一抔净土掩风流"的诗句。实际上,包括小说在内的所有艺术创作都是一种历史书写的担当,失去了担当的文学都是短命的没有生命追问丧失历史价值的文学。墨棣在这个欲望叙事、身体叙事、先锋叙事引领文学创作潮流的时代,不为所动,牢牢地固守着现实主义写作的立场,为生民立命,为历史担当,为文学负责,真诚从容地写出了乡土史的厚重。在这部小说中,也许没有当代小说题材的怪异、叙事的新潮、情节的曲折离奇,作者却把平凡而又伟大、平淡而又真实、平静而又喧哗的乡土农民刻画得入木三分、活灵活现。在《乐土》这部长篇小说里,我们看到了民族心灵的演变史,围绕着一方黄土地,金马寨历代乡亲们都在上演着爱恨情仇,都在小心翼翼苦苦把握着个人荣辱得失与时代潮涨潮落的最佳平衡点,特别是朱家帮这样一个新时期金马寨波峰浪尖上的人物,他智慧空间的博大与他自身视野的狭隘形成了个人命运与金马寨命运永远解不开的悖论式的顽结。笔者在拙著《中国人的心灵史》一书中这样分析中国农民的心灵变迁,"一方面,中国历代农民因为生存所系产生的严重土地情结,导致中国农民抬头看天远远少于低头看地,所谓的面朝黄土、背朝天背后的精神文化意义就是情感空间的狭隘、认知问题的短视、心灵空间的猥琐;另一方面,中国历代农民在文化生产与文化占有方面的劣势地位,再加上对民间乡土文化的过分倚重,形成了中国农民与主流世界的巧滑对抗和时时处处马上寻找心理平衡点的滑头生存哲学。"我们看康金柱与康长根父子俩,就颇具代表性。他们是农民群体中的"能人",他们凭借自己的聪明才智生活富足,可是在他们身上也可以看出这种过分的聪明算计有时也是阻碍他们进一步发展的绊脚石。在《乐土》里随意一个角色,墨棣都是带着爱其深恨之深的情感描写他们,让他们留存在金马寨的历史记忆中。我们从这些人物身上,看到了我们的父辈,看到还依然活跃在乡村发展进程中的你我他。小小金马寨,作家铆足了劲儿地写出了不为外人知晓的复杂矛盾、生存境况、价值取向。

墨棣的《乐土》,是新时期中国乡土文学的重要经典之作,它追问了"乐"的背后精神家园的荒芜,它拷问了"土"深层里的文化主旨,是最有文化思考意义和文化价值意义的生命归宿地。

乔小乔：温柔纤细的唯美银针

小乔，一个文学韵味十足的名字。我是先认识小乔其人，再读其诗的。一日，友人相会，席间，娇小的诗人文静中流溢着深深的忧郁，汪汪深水的眸子，扑闪闪地看着四周，仿佛一切都沐浴在柔柔的文学诗情里。凭着初次印象，我断定，这是一位把文学当成生活过的人。在我看来，只有唯美的人才能过滤出红尘里那些晶莹玉润的诗句来。后来，当她发过来一些完全诗化的篇章，我读了第一句便知道了这是一位捧着花瓶过生活的人，是一位活在文学语境里的纯美诗人。翻译家王智量先生言"诗把人类社会上一切东西都过滤掉了，只剩下人与人之间最真挚的感情。"患有写作洁癖的小乔过滤掉了生活的污垢，活在纯净的诗情画意里。读小乔的诗，仿佛让人看到娇小的诗人用温柔纤细的唯美银针直击人类情感的穴位。

在这个诗意匮乏的时代，诗人已成了"另类"人群。如果说奥斯维辛集中营之后，写诗是野蛮的，那么在这个精神萎缩、价值缺失的时代，写诗就是神经错乱的表征。但是，我们应该坦率地承认，不管人类的心灵遭受多么大的蹂躏与摧残，一颗诗心永远怦然心动，诗情依然顽强地湍流式的汹涌澎湃。原因很简单，因为诗最接近绝对，绝对是对美好的永恒眺望。心不死，超越世俗，追求绝对美好的热情就不会消减，爱诗就是对生命纯粹不懈而赤诚地追问。小乔的这本爱情诗选，在我珍藏不多的几本诗歌集子里，是一本质量非常上乘的诗歌力作。我一直在揣测诗人为自己的诗集命名为"碎"的内在含义，"碎"是诗歌最本真的形体，一切诗歌都是情感超越中瞬间迸发出的吉光片羽，都是从零零碎碎生活间隙透射出的一缕缕温暖阳光；"碎"是诗人对社会人生真谛的感悟，一切有价值的都是零碎的拼接，一切震颤人心的精神事件都是诚如鲁迅先生所言的"把有价值的东西打碎了给人看"。"碎"莫非还是诗人一段刻骨铭心的情感历程，就如这本诗集中那些恍惚即逝的心情感悟。诗本身就是一个个残缺的情感碎片，诗人就是情感碎片的拼接者。

我惊讶于小乔对人类情爱叩问的执着，对情感瞬间把握的精准与犀利，甚至我从她那杜鹃啼血般的诗句里，分明能感觉到外表娇弱的小乔撕裂那些结痂情感伤口的果敢勇气。"你得让我，把一枚滚烫的霞霁，签上你的名字/从针眼里穿过去，而不至让午后，现出伤口/得让我，用最好的状态，暴露一次脾气/然后，倒出罪孽。从血管里流出月光/从手指的温度里感悟情绪。并恣肆放大缩小/允许我纠结，固执，反复/把这点儿任性张扬到极致。"（《如果爱》）诗人用审美的银针刺破世俗的纠缠，把情感的内核儿一点点地剥开，诗从生活的遮蔽中显现出纯净的质地。诗歌是什么？就是让灵魂赤裸裸地跳舞。诗人的个性就是诗歌的个性，这被学者董桥称为"文化的乡愁"，"没有文化乡愁的心，注定是一口枯井。"（董桥）多年以来，诗歌在群体与个体、广场与书房的矛盾夹缝中踟蹰徘徊，小乔书写的是"自我"，但这是人类"大我"中的"小我"，绝不是生命个体的自我，是把人类所经历的万千情感担当起来，这就是诗歌的重量，也是诗歌应该担负的职责。"用爱的姿势思念一个人/便是一点一滴收留月光的灰烬/零碎的片段，斑驳的回忆，病入膏肓的情绪/一触即碎。慢慢溢出黑漆的泪/而时光总是缓慢"（《思念的滋味》）小乔把诗歌写成了生命灵肉中那些晶莹闪烁的散珠碎玉，每一个句子都是经过病蚌成珠的磨砺，每一个诗句都是"字字看来皆是血。"正如诗人自己在诗歌里的剖白："多想把我精神里的骨头剔除骨髓/献给你叫作自由的追求/从黄昏里剔出光，从酒里滤出谷/用滴血的脚印，彰显坚持/用一朵玫瑰最坚硬的部分/刺入喋喋不休的怨气"（《我多想》）爱是什么？在诗人看来，就是摆脱物欲的缠绕，走出心灵的隔膜，穿破世俗的篱笆，回到"天不拘兮地不逝"的自由之境，回到"赤条条来无牵挂"的自由澄明之境。

有一种说法，认为当代人既不同于上一世纪80年代的"理性的人"，也不同于上一世纪90年代的原生态的人，或者"欲望化"的人而是"日常化"了的人，这种日常生活审美化倾向直接导致诗歌庸俗化、感官化的蜕变。诗是对事物的感受，而不是再认识，它揭示神秘。小乔的诗歌避开了对生活的粗浅解读，回到情感的神秘地带，回到朦胧的情感语境里，就如诗人自己的内心独白："即便如此/也要掬一把零落的流年/吟着写给你的诗篇/让翅膀的方向/在你的目光里拓荒。把你收藏到无法企及的高度/让一个句号，在心上，画上人生最初的苍老/

然后悄无声息/沉寂下去/直到被回忆掏空肺腑/一贫如洗。"(《是风吹乱了自己的方向》)小乔的诗是把"拧巴"的生活矫正到了情感的语法系统中去,让情感在理性的浸泡中发酵成酒,在诗人纯美的打磨里雕琢成句,在这种对生存环境的抗辩中,小乔的诗显出出了生命的骨感和质感。"我愿意/把所有的月光都省略/与天空各执一半寂寞/我愿意倾尽芬芳/让每片飘过的雨雾流岚冲洗到发白/我愿意/像鸟儿一样尖叫一声丑陋的惊悸/安插春天的倒叙"(《碎》)诗人都是感伤的完美主义者,都是追求纯粹的理想主义者。小乔爱情诗,完全深入到纯粹的诗歌灵魂中去,在"小我"的打探里显示出"一花一天国"般"大我"的博大与精致,甚至在小乔的诗句里,社会也被诗歌的纯粹追求给过滤掉了,时代的怜悯、公众的趣味,等等,这些诗歌流布的外在因素也被追求精神洁净的审美雅趣一笔勾销了。桀骜不驯、孑然一身的孤立存在本身,显示出了诗人柔弱的外表下那颗顽强的内心抗拒世俗的决绝,这些诗歌俨然是解读诗人内心情感世界真实的精神依据。当代学人谢有顺在一篇文章里动情地为像小乔这样的精神卫道士们发出了由衷的赞叹,认为诗人"是这个社会巨大的胃囊所无法消化的部分,如同一根精神的刺,又如一把能防止腐败的盐,一直在时代的内部坚定地存在着。优秀的诗人,总是以语言的探索,对抗着审美的加速度;以写作的耐心,使生活中慢的品质不致失传。"(《从密室到旷野:中国当代文学的精神状态》)小乔的诗,在对"日常化"的坚决抗拒中,依然保持者尖锐的发现,并忠直地发表她对人类情感的看法。"那就让水一样的思念漫上来/让疯长的孤独肆虐/这是一千年的等待/伸展出的焦灼和热切/是燃了无数次的烈焰烧成的灰/正在洋溢/只要一片絮,就能暖化这些固执/与世界的杂乱纷纭里/干净地瞭望海枯石烂的距离"(《那些梨花白了》)从小乔的诗里,我们感悟到了诗歌存在的价值就是冲洗掉一切生活肌体上的附着物,斩断一切缠绕思想生长的藤蔓。诗歌不是还原复制生活,不是解释生活,而是清理生活校正生活,给污浊不堪的尘世以飞尘不到的洁净存在,这是诗歌永恒的魅力及价值所在。当代中国诗人的堕落,诗歌的式微最根本的内在原因就是诗歌的"日常化",在生活的吊诡中呈现出诗歌灵魂的休眠,在语言游戏的追逐中使精神缺席。

活在唯美诗情意境里的诗人,总是不愿把生活的一切都坐实成柴米油盐、锅碗瓢盆之类物质的存在。意义的凌空蹈虚让诗人总是成为生活的另类,总是成为生活磨砺摧残的对象。是否可以这样说,真正的诗歌都是诗人在受伤中痛苦的呻吟,真正的诗人都是被生活的利剑屡屡刺中的人。豪放是伤痕之花的璀璨绽放,婉约是生命遭遇风霜雨打后情感蜗居内敛的暗自神伤。小乔是一位每次都被情感箭矢毫厘不爽击中的人(这莫非就是作为诗人的小乔的宿命?)"一年三百六十日,风刀霜剑严相逼",诗人都是用情感的银针一次次扎向自己柔软的情感穴位,只是为了捕捉住诗歌中那些酸疼胀麻的感觉;诗人一次次地撕裂自己情感的伤口,只是为了让生命的自虐、让欲哭无泪的感觉酝酿成美丽的诗句。小乔,把受伤的情感结疤成诗,舔舐受伤的生活,让生活的无奈绽放成诗歌的花朵。当代中国诗歌边缘化的原因就在于诗人已经失去了这种"窃天火,煮自己的肉"的果敢,失去了撕裂自己的勇气,失去了为人类情感精神"刮骨疗毒"的无畏,诗风柔靡,情感颓废,诗情枯槁。小乔的诗句撼动人心的原因就在于那如飞蛾扑火般的写作投入,在于凤凰涅槃般对内心情感的剥皮抽筋、剥茧抽丝。"就沿着这抹余温/携一阕七零八落的诗韵/选一个黄昏/把一个月亮,揣于袖中/只带着鸟鸣,清泉,和露水/不管青竹是不是在三月破土/梅花是不是在雪中迎风/那三两只鹧鸪/有没有在枝头叫出秋意/只把前世的山河开出这世的花朵/附在一朵野山菊的蕊里/享尽寂寞"(《归隐》)凄美的意境里裹挟着诗人对人类情感的苦苦追问,洁净的意象里蕴涵着诗人对至真至纯生命境界的孜孜追求。

如果说,小说是让人阅世的,散文是让人阅情的,诗歌就是让人阅心阅魂的。"享尽寂寞",这是诗人内心最真诚的独白,因为诗人在纵深的情感拷问里,惊异地发现曹雪芹在《红楼梦》里发现的情感悖论,"因空见色,由色入情,传情入色,自色悟空",情感附着在任何现实的机体上都会遭遇意想不到的摧残和打击,情感的"空"就在于它不能盛放在任何有形的器皿里,不能流淌在任何宽窄不等的河床里,不能具象化为任何意蕴丰富的实体来。"原来还以为这一笔一画写下的/都是从心田里剔除的羁绊/写出来,就能削减去一些疼痛/却不知,写下的每个字都纠结在骨子里/参不破的旧事/总是猝不及防地涌出来/发芽,开花"(《结绳记事》)在情感不真实的虚空里,诗人没有走向绝望,因为情感本身就是精神的存在,本身就是美丽的虚幻。情感的幻灭不是我们认清了情感的虚幻,而是在虚幻中我们找不到情感宣泄的出口,找不到情感皈依的港湾,认识不到情感在虚幻中那些温暖亮光的吸引。情感本身就是不懈地寻找跋涉的过程,情感只能开花而不能结果,一切情感之果都意味着腐烂和衰朽,都意味着旧情感的结束,新情感的开始,这种情感的撕裂又分明是情感本身无法绕开的悖论。情感在路上,情感在跋涉的过程中,这也是小乔诗歌无法躲开的写作陷阱,一方面,我们陶醉在诗人营造的美好情境里;一方面,我们又清晰地发现这些如雪花般美丽的诗句在现实情感焦灼的炙烤中多么不堪一击。小乔永远置身于情感的困惑与惆怅里。小乔的诗不是情感的启蒙,而是情感的觉醒与呼唤,是情感的发现与回归。小乔的诗句是朦胧模糊的,情感指向是多向的,就如小乔这个名字,幽谷乔木,凄怆江潭,"树犹如此,人何以堪"。

王婕：迷茫下的剥离、游离与迷离

解读每一个时期文学作品中的情感状态，可以清晰地看出这个时期人们的精神生活状态。我们看被孔子评曰"思无邪"的《诗经》里的男女情爱是泼辣大胆的，甚至到《金瓶梅》和《红楼梦》，"即骂尽春色，盖非独描摹下流言行，加以笔伐而已"，"盖叙述皆存本真，闻见悉所亲历，正因写实，转成新鲜。"（鲁迅）即是到谌容的《人到中年》里面主人公文婷的情感状态也只是生命之重及生活之累使情感陷入了疲惫困顿期，人物的情感指向依然是清晰可辨的，可是这一切都在包括王婕小说《再婚超市》及李洱的《破镜重圆》、孙瑜的《隐隐作痛》、杨东明的《问题太太》、八月天的《城市的月光》等作品里变得模糊起来，"那些坚固的东西都散了。"（谢有顺）这种文学叙事伦理的背后"意莫大焉"，这是当代人精神生态的标本化呈现，也更是当代人精神生活的缩影。

首先是在半推半就的情感饥渴中情爱与性爱发生剥离后的"挫败感"。王婕的这部长达二十多万字的长篇小说，故事沿着两位男女主人公李先后与杨冰倩各自的情感经历交替展开，开始都是情感"受挫"，李先后妻子遭遇车祸后，人到中年的他一系列的情感波折，最终还是陷入混乱与迷茫；杨冰倩也是在爱人有了"外遇"之后，由对再婚的矜持固守到最后爱情的受骗而迷茫挣扎。二人本属青梅竹马型的清纯情爱，他们在这种虚幻美好脆弱的爱情参照系下，进行了各自的爱情寻找，虽然艳遇不断，情感的火花死灰复燃，然后又瞬间火花四溅，在剥离开所有情感外衣后，赤裸裸的是温文尔雅里面那疯长的性爱与欲望的狂欢，最后是谜底包袱被揭示抖露后的无奈，美丽的开始，灰色的结束，美好的表演到曲终人散的无聊收场，"挫败感"如影随形地纠缠在人物起起伏伏的命运轨迹里，爱过了头就是毁灭。

可在王婕的小说里我们看到社会的光怪陆离下面以情感萎缩来作证当代

人格的萎缩，把精神当成了一幅戴着面具光圈儿的表演，"一切都预先被谅解了，一切也就被卑鄙地许可了。"（米兰·昆德拉）我们读张宇的《疼痛与抚摸》会明显地感觉到里面主人公水秀的道德负担，她的情感出轨是在与人性苏醒的撕裂中完成的，可是等到了王婕等新世纪作家的作品里，这种道德负担感就完全消失了，"其运动也会变得自由而没有意义。"（米兰·昆德拉）挫败感实际上就是一种价值迷失后的心灵溃败感，王婕之所以用"超市""货架"等市场经济的典型物象来命名小说，其实也就真实地说出了当代人情感的功利化与游戏化，坚固的爱情被功利淘蚀得支离破碎，似乎爱情的圣洁也如商品外面的七彩包装，形式大于内容，内容遮蔽了本质。"剥离"就成了我们解读当今中国社会的典型符号，尤其是作为社会精神元素里最温柔部分的情爱，也在一天天地剥离其神秘而变得赤裸，剥离其精神而变得物质，剥离其纯净而变得驳杂，剥离其珍贵而变得平常，剥离其奉献而变成了占有，在剥离生命承受之重后，王婕等新世纪的情爱小说都一律剥离了文学作品的批判功能，而代之以在逼真的呈现中，寻找恢复生命激情的途径，都不约而同地找到了性爱，试图以此最本真的"力比多"来拯救人们情感的疲软与乏味。在当代不管是先锋或是新写实的小说里，我们都可以司空见惯地读到作家以玩赏的心态对男女性爱不厌其烦，甚至是乐此不疲的性爱描写，但王婕的这部中年情爱小说，却在性爱上虽也有着墨，但她却以一种现实主义的笔调，写出了当代人为什么在严肃神圣崇高的不懈追寻里，收获的却是滑稽荒诞卑贱，就如小说中主人翁杨冰倩的质问："茶还是纯点好，新与旧，好与劣都不太重要，重要的是别跑了元气，更不能让它吸收到不该吸收的东西。"但是，情爱却总是在变质变味，浪漫的情爱最终会被荒谬的现实所肢解，王婕的小说揭示了人物爱得无力的焦灼感，爱得荒诞的挫败感，但是作家并没有为我们提供解救疗治的良方，人物在王婕的笔下不是走投无路，而是在纵横交叉的人生十字路口迷失了路而变得无路可走，这就是当代人挫败感产生的深刻根源。

其次是在若即若离的游离嬉戏中的撕裂感。我们读包括王婕作品在内的都市情爱小说，就会发现当代作家与社会历史的游离，作家们编织的爱情故事已经游离于作家批判的能力范围之外，作家们把握现实的能力收缩为平凡人物内心的情感变化，热衷于人物在代表现代工业化文明的都市里情感的焦灼，却恰恰忽视或弱化了生活的时代背景。我们只看见了几位主人翁在情场里游走的几个点,却看不到与人物联系的更多的线与面,或者这些线与面都远退成了背景般的衬托与点缀;作家笔下人物之间的情感交流也是处于游离的状态,人与人之间的信任感在降低,人与人之间的空间距离在缩短而情感心理距离却在变大。王婕小说里"再婚超市"的男女货架上,摆放了不同男女部落里的情感故事,这些故事看起来波浪起伏,就如超市里那些琳琅满目的商品,虽然无间却并不"亲密",虽然擦肩而过但却形同路人,尤其是当代人的情感在精神与物质、圣洁与世俗、情欲与物欲之间的游离徘徊,这种游离带给心灵的是一种无比强大的撕裂感。

看王婕小说里的李先后在进入人生中年后,他与自己的原配妻子发生了情感的游离,即是梅开二度地再有艳遇,"他一个劲地想自己现在的日子,到底幸不幸福,又跟原来的生活做比较,深深地感觉到有所得也有所失,有幸福更有心酸,最多的应该说还有许多无奈。"也许人在游离中才能保持审视自我审视周围的清醒状态,而一旦聚在一起,反觉得无聊无奈,这也就是豪猪现象。我们从李先后的情感轨迹来看,从他与第一任妻子"活着时,说实在话,他并没有多么爱老婆或依恋她,无论出差到多远的地方,哪怕是西藏,他总是说走就走,从不婆婆妈妈,老婆也总是例行公事的安排几句常规话。"到第二任妻子姜倩丽时,"他现在才明白,女人与女人原来有这么大的差别,在这方面算是真长了学问,还有点感叹而庆幸自己曾经不幸的遭遇。以前,同事们无聊地偷偷谈女人时,他还嗤之以鼻,心想,天下女人都一样,有什么好说的,结了婚都知道怎么回事了。如今他完全否定了以前的自己,更有些美滋滋、乐颠颠地,整天飘飘然好不幸福,真正生活在甜蜜中。"当代人情感的游离所形成的撕裂感,不是通过情感的弥合得到了疗治,而是通过性爱的参照寻找到心理平衡,在欲望的狂欢里人类获得暂时遗忘下的情感抚慰,作家们为当代人找不到再有效的方法,似乎所有形而上的精神救赎在这个功利世俗化的社会只是具有了反讽层面的意义。

在新写实小说家们看来,在当今精神生态日趋恶化的时代,谈论价值意义的本身就是荒谬可笑的,精神就是一种表演。一切都成了碎片,再完美的拼接都会留下斑驳的印痕。在王婕小说里,我们看到了撕裂感是如何由身心的剧痛到麻木再到最后的遗忘,因为所有的撕裂都可以在精神表演化的人生场景里得到释放与缓解,情爱也在游离中慢慢地变成了一种即兴的表演,所有圣洁的爱情建构都会在嬉戏化的假面舞会里变得妖娆多姿,都会在表演结束曲终人散后变得破碎不堪,真正完美的爱情好像遥不可及又好像触手可及。李先后与曼娜、小敏、阿慧等女性的交往,杨冰倩与韦民、方可曾、李成欲的交往中,我们都可以看到当代人的情爱在游离中变得只是镶嵌着美丽花边线条的内核是多么的荒芜脆弱,严格来讲,当代男女之间只有情绪而缺失的是真正的情感,情绪的烟花把天空渲染得惊红骇绿,转眼便化作一地纸屑尘埃,清洁车过后,世界依然故我。当代人的情感就是在这些灵魂迷失后的放逐,悲伤也成了游离于身心之外的表演,也成了包装的行头。我很喜欢王婕对都市男女情爱的深刻解读,在阅读的时候,我会被她曲折曼妙的细节所吸引,男女那种爱情表演暴露了王婕对古典爱情的留恋与向往,可是当她慢慢地把古典的爱情包袱猛的一一抖开的时候,那种让人不寒而栗的爱情骗局让我们真有点猝不及防,也许这恰是"超市""货架"的爱情诗学意义。英国学者齐格蒙特·鲍曼在其著作《流动的现代性》一书中揭示了都市男女情爱"脱域"后,"在可口的正在个体化的大锅里煮炸的自由油料上,有一只无能为力的、可恶的苍蝇;在自由理应达到的许可和授权范围内,这种无能为力是令人厌恶的、苦恼和恶心的。"我们播下的是爱情的龙种,收获却是跳蚤,也如张爱玲所言的那条爬满蚤子的美丽旗袍,也如刘震云所言的"生活是一地鸡毛"。

最后是在自以为是、自圆其说中的迷离。当代人的爱情已经在大众化的文化场域里,变得理由充足般的迷离,似乎一切爱情的背叛、亵渎、游戏的背后都有一支庞大的面容模糊的辩护队伍在窃窃私语在唾星四溅地辩论是非,都有值得同情、怜悯、宽宥的实足的理由。我们在杨东明的《问题太太》里,作家宣扬的是"肉体向理智宣布独立,惨烈的激情,哀婉的人生。"在李洱的《破镜重圆》《石榴树上结樱桃》等小说里,会发现作家的潜台词是"知识分子如何利用智慧作面具,对爱情进行意淫与想象补偿。"在孙瑜的小说里,我们看到的是情感出轨的无奈与宽容;在八月天的小说里处处揭示的是性爱就是情爱,而在王婕的小说里我读到的写作"潜台词"是情爱在中年人群体里是性饥渴与情感饥渴兼备的一碗大碗茶,咕咕咚咚仰脖喝下去,都能缓解饥渴的燃眉之急,饥不择食,渴不择饮,有病乱投医,有奶就是娘,在爱情的泥淖里越陷越深的时候,我们没有感到危险的存在而只是感到惯性下滑的快感刺激。

王婕的小说以女性作家细腻柔婉的叙述笔调,揭示了当代人是怎样在清醒的状态下走向情感的迷离。她通过男女主人公的爱情历险,让我们看到爱情是怎样变得惝恍迷离的,首先是初恋时不懂爱情但爱情的美好却根深蒂固,这成为爱情的参照系,也成为爱情的起点,到生活对爱情世俗化的祛魅,爱情的诗性被俗性所熏染变味儿,这是爱情迷离的基点;然后就是爱情的历险,历险之旅就是爱情复魅的过程,接着又是爱的祛魅,人物最后在幻魅、祛魅、复魅的过程里,爱情开始发生迷离,最后彻底放逐爱情。王婕把这个过程写得一波三折,她在保持对爱情美好的无限构建里,她同样感到困惑的是如鲁迅先生所言的"梦醒之后,无路可走"的尴尬,也许从某种意义上,小说里那些作家站出来进行的旁白对于小说文本恰是臃肿的败笔,但未尝不是王婕心灵对爱情的拷问?迷离成为当代人又一社会性的疾病,我们都是病着的人,除了迷离,似乎找不到解脱的理由。

王开凡：赤诚热爱结慧果

多年前，我就认识了个头不高、戴着眼镜、寸头板正的文人王开凡先生。后又了解得知他还是农人、军人、官人，但在我及众多文友的眼里，开凡是地地道道的文人本色，以文会友，便少了世俗色，多了高雅气。身上无官气，文气倒实足。每次见面，话题总是谈及读书与写作，说长论短，不亦乐乎？生命源于爱，开凡先生心中有大爱，用爱来丈量生命历程的长短，用爱来称量生活与工作的轻重。开凡先生用自己的赤诚诠释了爱的内涵，结出了事业的浆果。一本带着油墨香的《秘苑传真》又飞到了我的案头，深夜捧读，百感交集，这是一位把工作当成事业舞台、当成才情释放载体的"赤子"，这是一本饱含对事业至爱的生命之作。

人心焦躁，文心粗粝。开凡先生以爱祛躁，工作不仅仅是安身立命的饭碗，更是生命热爱的园地，点点滴滴，他都用心感悟，用情滋润，用脑思考。小舞台，大气象。小文章，大境界。我见过很多各行各业大大小小的官员，表达力屡弱，思考力枯竭，令人忧心，离开讲稿就手足失措，思维混乱；离开官话、套话、大话，他就讲不成话。原因何在？归根结底，职业倦怠，激情消弭，大爱缺失。收在这本书里的多篇文章，都是开凡先生亲自捉笔，伏案成文，在"素能培养"篇里，他娓娓道来，审名实，重佐证，戒妄牵，守凡例，断情感，汰华辞。在开凡先生心里，工作就是爱，每一个工作链条里都有诠释不尽的内涵，都是汨汨滔滔往外冒灵感与才情的泉眼儿。他有说不完的话题，有表达不尽的才思。在他爱的视野里，工作中处处是课题，遍地是话题，时时有激情，事事含哲理。

人之弊病，多在于职业与事业分离，诗性与俗性水火不容，尤其是久居某岗，眼光发飙，心浮气躁，怨天尤人，沉不下去，漂浮表面，咬舌头，嚼舌根，东家长西家短，心力耗散，品位下降，内涵淘空，终沦为"长舌妇"与"碎嘴男"，"手不溜,怨袄袖",最没出息,终被淘汰。开凡先生闲谈不论人是非,一心只觉爱珍贵。字里行间,爱泉流淌。行政事务,易空泛,难挖掘;易表象,轻内容;易走过场,难在分析感悟。开凡先生这本书,却有情故读之绵软耐品味,有理故读之入心入脑耐思考。情是温度,理是深度。言语质朴,活色生香。开凡是工作里面的一尾鱼,职业感悟,事业探索,冷暖自知,甘苦自尝。深水蛟龙,浅水鱼虾,他都一网打尽,悉收麾下。有容乃大,开凡先生胸有大气象,掌握大手笔,职业才不倦怠,事业才有景色。

这又是一本饱含开凡先生心血的作品。热爱工作,才能拥有工作。如今谁还能坐稳冷板凳,青灯夜育,一篇小文,熬得半宵苦寒?又有谁还能满怀激赏之心,"奇文共欣赏,疑义相与析"?文章虽满腹,不值一文钱。开凡先生有定力,有孜孜不倦的工作之爱,终能在平平常常的工作中,探幽发微,烛照一切,视通万里,思接千载,他对人大办公室工作的深入挖掘,已达到了新层面、新境界、新高度。真切的感悟,细腻的分析,质朴的表述,温和的心态,谦恭的人品,都在处处表征着他对工作爱入骨髓的生命写意。这本书处处洋溢着开凡先生生命的热气、血气、勇气、才气,文气贯通,天地澄明。这本书不是惯常资料的堆积,粘贴复制的拼接,各种文件的汇编,他那真诚的文字,让人感到他是"星斗其文,赤子其人",文章千古事,得失寸心知。开凡先生敬重文字,就像敬重他生死相依的工作,不为文造情,不为烦恼与苦痛而滥文,文从字顺,情理相通,有感而发,有悟而得,有思可写,故其文风质朴,不故能玄虚,不拔高升华,不人云亦云,不涂脂抹粉,不敷衍了事,不唱高调,华而不实,不附庸风雅。爱结生命果,爱更结智慧果。为文真诚,文心真诚,爱的真诚,开凡写这本书,才能从容有致,不温不火,心态平和,才让人心服口服,感喟感叹。开凡先生,无心建构思想体系,无意书写宏文华章,心中涌动的是生命的爱,书小乾坤大,书薄旨意深,值得在不同岗位的人们研读与深思。

思考是时间永远锈蚀不了的精神元素,开凡先生这本书里到处都是思想的散金碎玉。惯性使然,人往往疲于应对,尤其在行政部门,最易沾染情感冷漠,思维懒惰之病。开凡先生却在平凡的工作里捕捉住了感悟力、思考力、观察力、分析力、写作力四个工作基本支撑点,四个爱的价值表现形式。苍茫的人生有了亮色,死水般的工作荡起了涟漪。开凡先生把思考灌注到平凡的工作中去,工作有了张力,生命就有了活力,人生就有了成就感。现代人之所以工作乏力,进取心减退，也在于这种成就感的丧失，工作只为稻粱谋，便少了精神的张扬，便弱减了生命的内涵，生命枯窘，人生苍白。研读开凡先生这本书，你会发现他思考之细之深，令人惊叹，一个区级的人大办公室工作，他却眼格高远，境界开阔，他以"解剖麻雀"的精神，条分缕析，层面分明，理论与实践相通，事理与人情相融，单位与个人一致，国事与民情相连，休戚与共，坦坦荡荡，满腹是才情，浑身是干劲，向着太阳走，永远是阳光，怀揣大爱行，生命结慧果。开凡先生著书立说，一不为官，二不为宦，一心只为心中那对工作真诚的爱，对生命真诚的爱，心中充满爱，就会被关怀。开凡先生把人生做大了，把事业做大了，他就是一位顶天立地的人。祝福你，开凡先生。

大凡爱生活爱人生者，多有癖好。人无癖，不可交，以其无情趣也。有"文字癖""写作癖"的开凡先生，是吾之仁兄文友，盖以"癖"味相投，浸淫文字，嗅闻书香之故也。君子之交淡如水，我们相交只有书，彼此出本小书，应和酬唱，摩挲把玩，互相寒暄恭维，实乃小民生活之乐趣也。"岁月如歌"者，都是把生活当成诗歌的审美者。我偏爱阅读身边友人的书，以书看人，从人观书，互换视角，虽无经典之贵，也无巨擘之显，然终是近水楼台，以求观月之便；终是朝夕耳鬓厮磨、推杯换盏之近人，以求同声相应、同气相求也。窃以为，天下"癖"之种种，"文字癖"、"写作癖"是真癖，是人之性情的本真流露，活在文字里，这种幸福感体现在我们对写作的敬畏中，体现在我们对文字的无限信任中，文字的芯片里蕴涵着我们情感的真诚与虚伪、深度与热度。开凡先生为政多年，在寒暄的应酬中，在意识形态话语的熏染中，文字成了开凡安妥灵魂的小屋，成了他唯一可以聊以自慰的精神伴侣。

我傻傻地在揣测"岁月如歌"，这"歌"是什么歌？只能是从沧桑无奈的生活流淌出的一首首供我们夜晚无眠时独自哼唱的老歌，只能是我们追忆往昔时由喟叹与感慨交融发酵而成的诗歌，只能是我们置身于生命冷暖场流中对那些与我们发生着千丝万缕联系的人事的情歌与赞歌。开凡在这本书里，把工作、家庭、行踪都谱写成了歌曲，歌曲里面有生活的合唱，有生活的独吟；有淡淡的忧伤，有温暖的阳光；有追求正义的热情，有铁肩担道义的果敢。如今解甲归"商"的开凡先生，是把这些浮沉兴衰、灰白绚丽的生命轨迹，都谱成了歌曲，都提炼成了整整齐齐的文字，也许，这就是开凡先生独享而难于外人道的人生幸福充实的秘诀吧。书页中穿插的一幅幅生活的画面，这都是个体生命在无情的岁月流逝中深情的回眸与美丽的定格。生命，与其说是郑重其事的家国命运，不如说是个体生命的感同身受。不占领道德的制高点，不屈从世俗评价体系的定性定调。开凡在文字里享受着个体生命独特的温润与从容，诠释着他骨子里对生命的诚恳，对生活的虔诚。在这个人们匆匆忙忙、慌里慌张、风尘仆仆趋利避害的浮躁时代，写作是让我们心灵安静下来的重要方式。开凡在写作中寻找到了躲避喧嚣、独享宁静的人生法宝。

我也在痴痴地想，整天忙忙碌碌的开凡先生是怎样在片刻闲暇醉里挑灯看剑，书写出了篇篇精彩华章？是源于对写作不变的爱，是缘于对著书立说的无限崇敬，也是他走向本真的实然。写作是一种抗拒，是对世俗生活的抗拒。粗糙的生活没能磨平他柔软敏感的心灵，在开凡先生那率真质朴的文字后面由其不变的人格作支撑，没有学院惯常的掉书袋的学究气，没有那种前卫无知懵懂青年的冲劲，年龄已到知天命的开凡先生理通气顺，耳顺目明，大彻大悟的年龄段，走笔行文，刚柔相济，不温不火，如中国太极，练内功，运丹田，这就是中国文人的做派，这也是中国文章的气象。消弭了"做"的痕迹，全然一副文章本天成的悠然自得，全然一副我行我素天地任逍遥的形象，文字洋洋洒洒，大开大合，似无章法，但在这种放纵里却有着节制，平实中摒弃着浮华。开凡生巴蜀，布衣傲王侯。川渝灵气，中原厚重，精华全都被他吸吮在内心，发功于笔端上，流泻在文字中。

我也在细细地想，开凡先生在以后的岁月里还会这样醉余奋扫如椽笔吗？答案应该是肯定的。因为开凡已经为生活定下了"岁月如歌"的基调，五味的生活是歌，平平淡淡的生活也是歌，悲欢离合都是歌，一路走来一路歌。生活里有了歌，生活就有了亮色；人生中有了歌，生命就有了悲壮和崇高。这也回答了开凡身边很多友人的不解，点灯熬油，写这些文字，印刷成书，价值何在？缘于他对滚滚红尘的热爱，缘于他对生活理解的深度和宽度。也许在众多的书籍里，开凡这本书不算什么，但对于开凡先生却是生活的结晶体，是生命勃发的硕果。这就是个体生命的丰富，这也是个体生命的幸福。我们每个人与开凡相比，距离有多远，差距有多大？开凡是楷模，我们应该向他学习；开凡是高标，我们应该向他看齐。

赵俊杰：个人生命史与民族历史的辉煌激荡

所谓历史其实都是濡染了个人感情色彩的个体史。小说从文化史学的角度看，首先是个人生命史、心灵史的真实写照，然后才是民族历史碎片化、个案化的零散折射。我们看各种文学流派，民族精神的血液都是流淌在无数个有历史良知与文化终极关怀的个人私密文字里。从文化史学的意义层面看，小说的文化价值就在于作家个人生命史与民族历史的结合程度。一切文学经典都是寻找到了叙事学意义上个人生命史书写与民族发展史完美融合的最佳结合点。当代作家赵俊杰先生的《箕山小吏》就是上述两种历史结合得最好的代表作之一。

一个人的生命史就是他的生命成长史，她深深地楔入了民族阶段性发展的榫槽里。作为个人生命史的书写，《箕山小吏》带有明显的作家生命阅历自传体色彩，家乡地物风貌的魅力，乡风水韵的悠长，火热的军营生活，曲折的地方从政经历，作家赵俊杰用饱蘸感情的诗话文字呈现了生命行旅中那一串串深深浅浅的足迹。与其说所有的作家在创作中都有浓厚的生命自恋情结，不如说一切优秀的作品都是凭借抒发自己怀抱，来表达作家关心民瘼的悲悯情怀。《箕山小吏》精彩于作家把主人公何峰的生命史作为解读国家民族时代风云变幻画卷的切片，通过对何峰成长史的细腻描绘，缔造了民族发展史中一个视角独特、切口精妙无可复制的样本，完成了个人生命史与民族历史的辉煌激荡。

一、个人生命史的写真与民族历史的写实

一个人的日常生活怎样完成与民族历史的融合？《箕山小吏》中的主人公何峰以自己的人生经历为切入点，以自我的视角审视民族沧桑多变的历史画卷，模糊的日常生活有了清晰的边界，琐碎杂乱、性质不明的生活细节湍流有了正确的河道。一个理论家曾经将日常生活视为"个人再生产"的领域，俊杰先生

以家国同构的儒家情怀,把"个人再生产"与"历史再生产"作为小说叙事的基本观照点,找到了日常生活领域写作的动力源,生活不仅是维系个人生存意义的纷杂经验,个人与细节也是隐性或显性历史景观的一部分。《箕山小吏》成功之处就在于把个人生命的成长史即主人公何峰的生命史与中国历史完美地融合在了一起。从何峰家乡那乡风水韵的历史描绘,到主人公何峰随着村史、国史的变迁,他也从一个农村娃到上学、从军提干、战争的洗礼、边陲军营生活的磨砺再到地方信访、人大、纪检工作经历,他的个人生活史其实就是中国历史发展阶段的断代史、纪传史、纪事本末史。我们通过何峰的生活史看到了个人生命是怎样一点一滴地建构、参与、见证着一个国家历史画卷的描绘。这种建构,是国家民族历史大厦一砖一瓦的搭建,是民族精神心灵史的个性化书写,更是一个民族荣辱沉浮最细微隐秘最直接最形象的见证,这也是文学艺术最重要的历史学意义。

小说从被称为"稗官野史"的起源开始,就一直担负着民族心灵史书写的重担,而且因为它没有被摆放在宣扬"春秋笔法"的史官位置,它的历史书写笔调是从容有致、自由舒缓潇洒偶傥的,甚至在诸如"演义""戏说"的无限想象虚构中,在"满纸荒唐言"的所谓"曲笔"中,它获得了更加宏阔放达的历史书写空间。我们看魏晋南北朝那段历史,除了帝王将相的所谓正史外,《世说新语》也许更加逼真鲜活;我们了解明清历史,《金瓶梅》《儒林外史》《红楼梦》《孽海花》更能让我们穿透历史的烟云,让那段历史活色生香地常读常新地定格在每位读者面前。《箕山小吏》就是在主人公何峰的历史写真中不断地拓展民族历史那些鲜活的历史细节,那些被传统史学家删削的摇曳多姿的历史线条,那些被刀光剑戟、铁血鼙鼓所击碎的心灵情感的碎片,那些被历史烟尘所吞没的无数生民的欸乃,都在作家赵俊杰先生的笔下一一复活、坐实。"小吏"何峰,铁肩担道义,以自己的人生经历为叙事脉络,还原着民族历史细节的真实。但俊杰先生的这部带有明显"自传"性质的作品,显然不同于一些传声筒式的作品,比如"文革"时期一些图解政策的文学完全不是历史的写实,而是对于历史真实的漠视和对个人历史的遮蔽,"小我"完全服从于"大我",甚至不惜以阉割"小我"为代价,去曲意逢迎"大我"。新时期,中国文学却走向了另外一个极端,那就是完全撇开"大我"陶醉于"小我"之中,在"小我"自恋式泛滥化的书写中,作家躲进"小我"搭建的小屋里,或夸张式地呻吟或矫情式地呢喃,一时间,"底层化写作""私人化写作"成了作家逃避历史担当精神撒娇的一面迎风招展猎猎作响的写作旗帜。《箕山小吏》的出现,是对这种蜗居式写作的有力反抗和校正。

二、个人生命史的正能与民族历史的正值

《箕山小吏》还成功地处理好了文学揭露与颂扬这样一个在新时期文学被倒置甚至被扭曲变形的问题。在这部小说里,揭露时弊与正义力量的宣扬得到了完美的处理,实现了个人生命史释放的正能量与民族历史的正值取向最佳的重合。

主人公何峰形象是浑身充满正义感的"正面人物",这里的"正面"书写,不是作家对人物无所不能、无所不美、无所不善的过度美化,而是反映着作家健康创作心态的问题。近时期,我们很多作品,明眼人一眼就可以看出来是作家的创作心态出了问题,作家们津津乐道于"重口味"的作品,被现实飘来的一小块儿阴霾朦胧了双眼,堵塞了奔向光明与正义的渠道,伤害了健康的审美心灵,制造恶心成了一些作品炫人眼球的看家本领,人物形象的猥琐也变成了作品逗人阅读胃口的噱头。经典的文学作品都是在揭露的同时让人看到依稀的亮色,正如鲁先生所言的"绝望正如希望相同"。人物何峰形象虽然有着全知全能叙事者的脸谱化倾向,与那些时下欲望化、情欲化泛滥成灾的作品相比,《箕山小吏》太显正宗化、意识形态化,硌疼了一些看惯重口味作品的读者的神经末梢,但是,我们依然看到了这部作品悖逆于时尚写作潮流的大无畏勇气,人物何峰形象的出现,如一股清新的风拨云见日,神清气爽,温暖心灵。

个人生命史书写的内在动力必须是人格精神的正能量,正能量是人格精神健康的标志。同样,推动民族历史奋然前行的依然是正义的力量,是崇高的价值取向。虽然,在某些时候,可能历史会被强大的负面力量临时改变了走向,但民族历史的航道还会裁弯取直回归正确的方向上来。就像人物何峰,在某个时期,也有个人情感与理性此消彼长的较量,甚至还会有思想与行为的抗争,但是我们审视个人生命史与民族发展史的视角都是整体的宏观视角,都是在生命正能量与民族正确价值取向曲线图的叠加中来品评人物来丈量历史发展的轨迹。《箕山小吏》里始终都是这两种发展曲线或隐或显地平行前进着,或交叉或重叠地向前延伸着,通篇都是这样大气磅礴地凝结成了个人与民族匀质发展的粗壮绳索。

三、个人生命史的视界与民族历史的世界

作品境界的高低与个人生命视界宽窄密不可分。许多当代小说存在的最大问题就是过分从微观处着笔，忽略了宏观气象的审视，尤其是对情爱等细节的描绘，不惜笔墨，逞才使气，津津乐道于生活中那些无关痛痒的细枝末节，甚至滑向了审丑的泥淖，但这恰恰暴露出了作家审美认知的偏差与审美趣味的粗俗。俊杰先生的《箕山小吏》却从个人生命的视界来展现民族历史发展波澜壮阔的前景。

在何峰人生成长的观照中，叙事情节既有工笔般细腻的刻画，同时也有粗旷线条的勾勒，但始终都是把握事物发展的主流方向，而不是像通常一些作品，在自己一己悲欢的无限放大中呻吟沉溺，躲藏在自己一叶障目的黑影下，仿佛一切都是漆黑如碳，这其实都是源于作家心态的畸变，源于作家狭隘阴暗的审美心理。《箕山小吏》中也有阴暗面，但作品的基调却是阳光透明的，在主人公何峰的生命轨迹中，民族历史的世界到处都是阳光灿烂、昂扬向上，阴暗的斑点只存在于瀑布般阳光的缝隙中。但是，我们评论界多年来对这些口味纯正的作品关注度远远不如时下那些重口味的作品。欲望的叙事一时间成为评论家力捧的佳作，特别是那些满足人们窥探欲的隐私作品，那些迎合读者感官需求的猎奇猎艳之作，都能被一些评论家们涂脂抹粉地吹捧成经典之作。特别是在西方现代主义等文学思潮的影响下，在象征、魔幻、意识流等文学表现手法的影响下，现实主义作品已经变得陈旧落伍不合时宜。阅读当代中国文坛大量所谓现代主义之作，会发现这些作品在标榜向人类心灵宇宙挺进的同时，最大的弊端是土拨鼠式的洞穴躲避，在打着回到身体世界、心灵世界写作的指向标中，折射出的往往是作家干预现实无力后"躲进小楼成一统"的心灵畏缩。外在的社会化的个人生命史乏善可陈，甚至在社会时尚模式化的今天，中国人生命史叙事几乎都是千篇一律的雷同，唯一不同的是肉体情欲的复杂多变，是对个人隐秘生活空间的无限打探。民族历史已经被碎片化在了无数个人的生命史中，对国家民族历史的全方位书写已经没有了现实意义的可能性，民族历史的书写本质上也就是个人隐秘世界的书写。这种认识导致我们当前对现实主义作品缺乏足够的理性耐心观照，甚至我们还在贬低现实主义写作存在意义的同时，对一切现代主义作品陷入的写作误区缺乏足够的警惕性。特别是对公约性意义共同经验的漠视，迷恋于极端化的个人经验，叙一己事，表一己情，用自我代替一

切,缺乏对公共精神产品的写作自律,都是堆砌的符号,无任何精神产品价值意义的文本。

俊杰先生的《箕山小吏》突破了个人生命无限膨胀的狭小圈子,真诚地遵照现实主义的写作路径,抓大放小,自觉地充当起国家民族历史书记员的角色,表现着作家敢于担当的历史良知与勇气。用道德考量着作品的时代担当,发挥文学艺术化人的道德功能,让文学艺术释放出推动历史发展的正能量。俊杰先生长期在地方行政部门工作,但他笔下的人物形象都是有血有肉的活人、真人,而不是惯常官场文学中那种脸谱化、扭曲化、单一化的木偶式人物形象。这样口味纯正的官场文学对于文学创作与评论都是最直接、最有力的校正,这一切都源于俊杰先生有着健康的写作心态。"人有病,天知否?"一旦失去了健康的心态,作品就会发生病变,就会选择一种阴暗狭窄潮湿的写作路径。《箕山小吏》用现实主义的写作方法,写出了个人审美视界与民族历史世界的正义阳光与人格力量。

四、个人生命史的拘囿与民族历史的局限

批评即是苛求。俊杰先生的《箕山小吏》也有很多值得探讨和商榷的地方。首先是个人生命史与人物生命史的关系问题。作品拘囿于个人视野,导致作品自传式色彩过于浓厚,人物形象有失真的危险。虽然我们看俊杰先生在《箕山小吏》中塑造的何峰人物形象,在高大完美的塑造中,也没有置人物于人间烟火之外,而是从人性的角度写出了主人公的犹豫与彷徨,但是由于作家过分注重何峰作为人物形象正面性的书写,人性的挖掘深度不够,人物处处被"正面性"驱遣得失去了生命情感的真实性。这也是目前官场文学叙事中存在的一个共性问题,正面人物能否从简单的政客与百姓二元对立中跳将出来,少些迥异于一般人的"奇才"过人之处,多些人物普遍的一般的相同相通之处,把人物真正还原为人。其次是现实主义手法的运用与现实性书写的关系问题。《箕山小吏》在现实主义手法的追求中,因为过于追求时间序列的延续性,从童年写到当下,在多方面平铺中直叙的痕迹太明显,小说立体感不强,人物形象、社会场景、人物关系都显得宽度有余而深度不够。现实主义是一种宏观的叙事方式,同时更注重要写出现实的纷繁复杂来,写出现实高度与深度层面存在的本质性、悖论性、矛盾性的问题,文学不是追求问题的解决方式,而是着力呈现问题的尖锐性与不可调解性。最后是作品民族历史书写与时事书写的关系。现实主义作

品不是简单地贴服现实,而是从时事中分离出来,艺术高于时事,艺术应该是在世事的基础上写人写事,但这已经不是世事的简单铺陈,而是复杂奇妙具有公共空间意义的艺术品塑造。《箕山小吏》败笔之处就在于过分胶着于时事,思想的打击力度还不够,作品留给读者思考的空间还过于狭窄。现实是一种问题的存在,而不是答案的存在;现实不仅是时空的存在,更是一种多维度的存在。

《箕山小吏》应该从更深广处展示个人生命史与民族历史的辉煌激荡,也更应从自我视界与现实视界来透视我们这个时代个人与国家的关系,个人生命史的书写与时代发展史书写的关系。俊杰先生还有更多的写作资源需要为其笔下的"箕山小吏"丰满形象、强身壮骨。我们对这位人到中年写作风头正盛的作家充满期待。

高金光:"浅草"还须没马蹄

我与高金光先生有过一面之交。金光先生的一本小书取名叫《浅草集》,在谦虚中显示着作者还有文人的自知之明。多少文化界的二流子、混子们脸皮厚得涂脂抹粉自我炫耀,没了文品人品。诚如作者在后记中所言:"作品还比较清浅,离读者所要求的差距甚远。"读之心中有点感动。作者是幸福的,要知道多少教授青灯夜育呕心沥血之作却尘封箱底;多少视文学为生命的后生们文稿一摞摞也没有这"浅草集"的荣光与幸运。他们囊中羞涩,可怜兮兮,失魂落魄,自费出不了,徒遭人白眼哂笑。购得这本书是在郑汴路东段的图书批发中心,根本动机就是想通过同龄人之作,信息灵通,才华灼灼,也让愚笨的我取点经,长点见识,开开窍儿。晚上归来,灯黄如豆,篇篇读来,大失所望,令人喷饭,心中暗想,这就是诗人高金光的作品? 我不信,又细细看着封底那个站在太行山脚下充满一腔自信的作者,我真想给作者所马上拨通电话,说上百声千声万声"我不相信!"理论素养,行文法则,还只是停留在大三、大四学生那点水准线上。思想陈旧萎缩,文字忸怩做态,才情耗竭滞缓,当年写诗的激情丧失殆尽。大概是因为久溺那虚幻的"文人"报人场中,多了世故,多了四平八稳,多了人云亦云,多了说油的不咸不淡的擦边话、捧场话、应承话,读着揪心,扼腕长叹,一些近乎肉麻的谀词简直使人浑身长满了鸡皮疙瘩。凡夫俗子、无职无权的我平素偏爱读一些同龄人的作品,也深深浅浅接触过一些"写家"那种故作深沉的清高气,那种雍容富足养尊处优中流泻出的假悲悯、假多情、假崇高,自负得真可怜、真穷酸、真虚荣、真矫情、真做作。

收在本书中的大多作品是应景之作,"众多的同类仍是单一,众多的独特才构成丰富"。譬如某政治诗人的诸多诗篇,几乎全是政治烙印深深的"口号诗",他只不过是调动声嘶力竭的一点才情激情,分行排列,附庸风雅,连缀成篇,初读豪情万丈,再读"缘愁似个长",再读如面条柔长如清水白汤。而作者却大为其镶金边儿,射"金光"。读作者的作品看出了作者心态的浮躁,没了灵性个性,生压硬挤,皱巴巴地没有得到舒展。我也去你单位,那种衙门沉闷之气,松松垮垮的拖沓之气,"龙种便是我,你能奈我何"的霸气,你在里面浸泡日久,变软变酥变光滑。从你的作品里,看不出你那幽深内心情感的悸动,如你对河南诗人的"扫描",大多是一种装腔作势的涂抹,浮着的大多是一些生活的素描色快线条,看不出你思想的沉淀,看不出你读书思考的积累,看出了你读书寡淡,看出了你皮袍下藏着的怯懦与心虚,看出了你为赋新词强说愁的窘迫状,看出了你在文字排列布局中的种种焦灼与恓惶。而这些率尔操觚之作,竟然见诸报端,也是沾了"近水楼台先得月"之光,这既成全了你,同时也遮蔽了你,甚至毁了你写作的灵气。萝卜多了不洗泥,胡写乱抹上了席,久而久之,便看出了端倪,一个模子倒出来,眉眼身段全一样,香辣咸淡一个味儿。你"在诗意的丛林"一辑中,为那么多身边的诗友品头论足,遗憾的是除了谀词赞语外,无非是摘引原文再加些不咸不淡的套话,理论苍白,借花献佛框框设定,填些棉絮加点肉,语言粉饰,装模作样;情思绵绵,一头雾水;捕捉一点,敷衍成篇,诺诺复尔尔,隐隐何甸甸,"流水作业,如法炮制。

实际上,很多蹲居报刊编采之位的人,写作早已成耍耍笔杆儿生怕别人淡忘了自己的作秀,而很多人没有你那天时地利人和的优势,文章写得再是琼思玉想字字珠玑,谁又识货给予发表。远离报刊,不以编辑好恶而马首是瞻,直掳血性为文章,坦露个性,是这些弱势写家阿Q式的反抗吧。你的很多文字,梳理妆扮得像模像样,修修剪剪,躲躲闪闪,拘谨得很,显出你的乏相,如《读冰心的一封信》一文,本是一篇赏析文字,该写得文字质实,意蕴充盈而你却写得"飘","像一道闪电,划过一百多年的时空,仍直刺我的眼睛。像一股急流,涌过一百多年的长河,仍撞击我们心胸",开篇便以诗人干嚎的架式扎了下来,雷声大的震耳欲聋,按说接下来,你该有血有肉地娓娓道来条条分析了,可你内心的空洞,诗兴的逗引,又意犹未尽地把迎风而舞的诗人长衫抖擞得更加起劲,接连用三个排比句式大过诗瘾,"这不是一封普通劳动者的信,因为它饱盈着一个有爱的西方文学大师对于东方梦幻艺术的理解与钟情、热爱与敬仰、崇拜与向往。这不是一封普通的信,因为它满期含着一个无良知的西方文学大师对于强盗掠夺中国瑰宝的丑恶行径的愤懑与谴责、讽刺与嘲弄,揭露与鞭挞。这不是一封普通的信,因为它那丰富的内涵,让世界人民尤其是中国人民世世代代也读不尽。"诗情瘾过足该书归正传分析了吧,不,关子还没卖完,又开始大段大段地介绍起雨果的生平作品的时代背景。要知道,至此文章已过大半,读者除了被疯子般的排比抒情忽闪得一头雾水外,那封直刺眼睛,撞击心胸的书信还是难睹其庐山真面目,14 个自然段,只有两段介绍书信梗概,文章末尾便又开始了中学生腔式的议论来:"一百多年来,我们的祖国被毁灭的岂只一个圆明园? 前事不忘后事之师。我们中华民族只有自强不息,勇攀现代化高峰,才能永保我们的神圣江山不受欺侮,永保我们灿烂的文化不受侵犯。"金光先生,我之所以不厌其烦地剖析这篇文字,窥斑见豹,是为了让初学写作的人以此为戒,少步后尘少走弯路。

写文章不是寡妇再嫁,慌什么。左右逢源悠着点,滴水不露彻底点。"板凳要坐十年冷,文章不写半句空"的古训不能废。催命鬼似的生压硬挤出多少篇多少字,把写作当成了码字;写出来不愁发表,敷衍成篇,过过写瘾,充充门面,这两类写家是当前文字垃圾的主要源头。记得当年沈从文到书店说的那句自谦自卑中裹着严谨的自律:"看到那么多人写了那么多的书,我真是什么也不想写了"。当今几人操笔为文时在用这句话为自己加压呢? 到处充斥的都是"做戏的虚无党"式的狂妄自负状,令人可悲可叹。有人归纳出当前散文随笔的十大病症,抄录如下,以供你作自我审视的参照物吧:"家长里短太多,忧国忧民太少;故弄玄虚的太多,货真价实的太少;牢骚太多,针砭太少;愤怒太多,见解太少;业余的票友太多,出色的专家太少;痞子太多,才子太少;老师太多,大师太少;有架子的太多,有学问的太少;文抄公太多,文体家太少;胡编的集子太多,单篇的杰作太少。"你的作品中对此有所警觉,"目前文坛上好像患上了营养不良症,一些弱不禁风哼哼唧唧的作品不断见诸各地报刊。不少作者每天关注的都是自己眼皮底下那一点事,不是琐琐碎碎的鸡毛蒜皮,就是貌似多情的温柔缠绵。他们的眼里没有崇高,没有英雄,也没有正经,有的只是痞气,只是调侃,只是玩世不恭",可你笔下的文字却是朋友的殷殷托付,工作上的顺水之便捣弄出的粗糙"下水文"(俗语叫"一遍成"),没了自控,缺乏谨严。

此书通篇读下来,更看出你知识的"贫相"来,很多东西,其实你并不全懂,却总爱装作"门内汉"来写,内行人一看便看出其破绽。我有时爱看河南卫视的"梨园春",总爱留心琢磨几位戏剧评论家:荆桦、朱超伦、程理远。三人中荆桦最次,此人戏曲理论素养瘠弱,几句干巴巴的词句,诸如"嗓音甜美,声情并茂",翻过来,正过去,就这句擦边话,农谚云"话说十遍比狗屎都臭",荆华最终被理论素养厚重,话能说到点子上的程朱二位先生替换了,自在情理之中。而在你的这本书里也有几篇戏剧评论的文字,也是学得荆华的不二法门,如《京腔京韵送真经——观现代京剧〈骆驼祥子〉》,也只是绕着弯子说了一些不咸不淡的话,开篇是消息式的写作,再是《骆》剧故事梗概,可紧接着那沾着戏剧边儿的话语苍白乏力:"我们观《骆驼祥子》,在领略演员优美唱腔的同时,也感受到京韵大鼓的风采和现代舞蹈的风姿……各种手段的巧妙综合运用,使这出戏剧别开生面,不同凡响,赏心悦目,引人入胜。"读过此段后能过滤出多少"京腔京韵"呢?后两大段是浓墨重彩的主体部分,也多是浮泛空洞滑溜的大话套话废话,可以说这是你作品的通病,根源就在于你读书偏窄寡浅之故。前时看贺雄飞先生写的系列文章,给人的冲击和思考是很大的,他一针见血地指出当代散文随笔(包括评论)的弊病在于"没有摆脱旧有的话语体系,还是一种单一的、呆板的、腐朽的思维方式问题",而通篇看你的作品(语言/思想)染患此病更重,语词陈旧空泛,"无骨"感,语言油滑,语义干巴。这里略举一例,如书中的一些"书评"文章几乎都是一些书刊广告语,泛泛介绍,哪有评论家自己理性之光的俯瞰观照;如对《中国当代散文精品大观》一书的评论,也只是浅浅地从该书的选收作品地域之广,品种之多,篇幅之短,编排之精几个方面略述一二,而且这都是明摆着的表象,江郎才尽的你是到了急需大补"充电"的时候了。你细细领会一下学者毛喻先生的愤激之语:"语词是一种精神,不仅仅是一种能够规范意识边界的精神,更是一种能够突破这种边界,让意识向更多的维度拓展的精神。汉语从没有顾及、垂怜汉人生活世界的存在真情,国人的罪孽,在汉语中找不到表达,在沉重的现实生活面前,汉语所表现出的那种莫名其妙的潇洒、逍遥和飘逸确实让人吃惊。"

贺雄飞先生将中国的文人分为四种类型:休闲文人、腐朽文人、进步文人和反动文人。他撰文解释说"所谓'反动'乃'正动'的反义词,凡追求自由、民主、人权、法治、市场经济、科学、人性、理性、智性的文人乃'正动'文人,其文能够推动历史的进步,推动人类文明的进程,也即'进步文人'。凡与此相反,乃'反动文人'。现在中国的大部分文人是休闲文人,写些不痛不痒的文章,发些无关紧要的牢骚。目前较活跃的余秋雨和贾平凹是腐朽文人,王朔、柯云路、梁晓声等则是'反动文人'。"你的文章大多是插科打诨的休闲之笔,不疼不痒,速朽呆板,你真该潜下心来自知之明地建构自己的知识体系,增大自己的知识储备量。依笔者遇见,你急须大补的有文学(古典)、哲学、文化学、社会学、伦理学、美学、语言学、写作学,尽快让自己的文章达到"及格"的水平。

牛文丽：审美写作的当下意义

对于中国当代文学，我粗浅地分为审丑与审美两大类，所谓审丑就是人为地"制造恶心"，在道德冷漠症中，审丑的写作风头正盛，人性堕落中的丑恶，物欲泛滥中的龌龊，都成为很多当代中国作家津津乐道的事情。固然，审丑写作反衬审美，但过分地对审丑的描摹，是不是也折射出面对社会价值的混乱与伦理的危机，作家审美建构的疲软乏力以及道德拯救的绝望与无奈？当代评论家李建军先生坦言："*正是由于道德的高尚，一个作家才足称伟大；正是由于精神的健康，一部作品才堪称优秀，才有可能受到人们的喜爱。*"文学的本质是对美好的呼唤，所谓的悲剧也是如鲁迅先生所言是把有价值的东西打碎了给人看，所谓的滑稽剧也是在生活的调侃中呼唤人性精神智慧的自足与自信。审丑式的写作归根结蒂是作家在心灵的阴暗中自己遮蔽了外面投射进来的阳光，本质上也是作家在道德边缘的焦虑叹息。当代女作家牛文丽的小说《苦楝》一反审丑，高扬起了审美的大旗，我在阅读的惊喜中微微一愣，这是不是女作家柔软心肠中的唯美梦呓？这是不是作家在审美精神洁癖的追寻中白日梦般的写作逃逸？这是不是作家对往昔生活阅历的审美过滤？一连串的疑问，诱引着我和众多的读者在愉悦的审美快感中，破译着这些萦绕心头的众多疑虑。

语言是小说审美建构的基石。这部完全用诗化语言写作的小说，是对当今中国小说创作的一种有力反驳。诗化的语境下是人物叶怡芳、李志明那美好纯净的精神苦恋（小说"苦楝"的谐音），小说格调高扬向上，人物的心灵世界在不断提升的过程中揭示着小说封面宗旨性的旁白："*男女之间将世俗之爱成功转化，就是一种更纯净的感情，这将会影响一个人一生的生活与发展。*"小说在诗情浓郁的叙述氛围中，透射着洁净、爽利、美丽的审美亮光，构建着作家内心晶莹透亮完美的情爱乌托邦、审美乌托邦。这种对世俗乌托邦式的超越，摆脱了当下很多作家显微镜式的审丑观照，摆脱了因为过分帖服现实生活的逻辑真实，关注到的都是生活肌体上那流水的脓包、丑陋的雀斑及累累的伤疤，摆脱了紧跟现实、赶做现实生活跟屁虫式的纪实式的写作喘息征。小说写得简洁、飘逸、从容、洒脱。当代中国文学创作不但需要脚踏实地，更需要仰望星空。即使描写与主人公叶怡芳相对应的那些缺乏生活超越、沉溺于生活物欲湍流中的沉沦人物如水美枝、舒欣时，作家也是以冷静理性的笔墨写出了生活中人性自身透射出的美好光斑，最终这些人物在经历了欲海泅渡、情爱出轨的疯狂后，"*不管是匆匆地归来，还是匆匆地离去。家，是她们启程的地方，也是最温暖最幸福的期待。*"

我们阅读《苦楝》的过程，也是一个心灵得到不断升华净化的过程，最大的感觉是作家叙事格调里有太多保守主义式的的道德审判意味，迥异于当下都市文学作品里那些过多的性事渲染、情欲纠葛，人物的堕落、逃离、疯狂，而是把人物重新拉回到家园的怀抱里，放置在传统伦理道德的自律王国里。这恰是作家紧紧恪守的写作道德准线，是作家时时遵守的小说写作纪律。小说写作的意义重在对人世间最宝贵的精神元素的苦苦坚守。小说不是失去理性驾驭后的欲望叙事，不是道德失守后生命无所顾忌的放肆与沉沦。文学艺术的魅力在于她对人类心灵世界的拓宽度，在于她对精神世界的提升度。当代中国文学创作正是在美与丑的纠缠中迷失了方向，作家们也在对生活美好因素的质疑中滑向了非理性阴暗叙事的暗洞里，所有的生命阳光全都被吸进去，于是乎，生活世界一团糟，精神世界一抹黑。

视角是小说叙事美学的核心。《苦楝》描写了女主人公叶怡芳事业与情感的曲折变化过程，特别是她与市长李志明事业与情感的纠葛。在这样一条起起伏伏的明线中，还写了舒欣与王海、水美枝与贾奇这样两对儿与之相反的情爱沉沦觉醒的过程。沿着这两条或明或暗的线索，我们看到了当代都市生活中物欲与情感、事业与社会、家庭与道德等复杂多变的动人画卷，这与我们通常看到的都市生活小说在主旨的揭示上看没有什么区分。但是，这部小说的可贵之处就在于她没有沉溺在都市生活灯红酒绿的场流中，津津乐道于情欲的堕落，而是始终以叶怡芳与李志明情感的理性把握来传达着社会的正能量，以审美来校正着社会审丑的偏向。我们看一部作品的写作视角，是审美的视角或是审丑的视角，实际上同作家内在对社会的认知有关，也即同作家的社会价值取向有关。回顾中国小说创作，写作视角问题一直是纠缠于作家与作品间的核心问题。要么就是在男女情欲的风月场里乐此不疲"窥阴癖"般地生花妙笔的描绘，要么就是在官场宦海的沉浮和社会商海里描写人性的险恶与叵测，中国作家们似乎都心照不宣地回避着紧贴时代主旋律、反映社会意识形态的写作路径选择。作家不是图解政治的传声筒，作家应与现实政治拉开距离。一时间，官场小说、情场小说、商场小说都以揭露暴露为主，都以作家对上述"三场"解构力度的深浅，来衡量作品成功失败的基本标准。官场一定要写出官员之间阴谋和阳谋的较量，声色奢靡的感情生活；情场一定要写出男女之间露骨的床上激情戏、放荡多变的多角情感纠葛；商场一定要写出利益与情感扭结在一起的生死决斗、两难抉择，作品在以这些咖啡因大麻似的情节佐料来吸引读者的眼球、赚取足够的作品卖点时，作品就沦落为了商品，作家就演变成了兜售隐私的狗仔队员。题材无范畴，视角有高低。作品不管是传统的现实主义和浪漫主义，或是批判现实主义以及各种现代主义艺术表现手法，一切伟大作品的视角都是反映人性的作品，都是传达出作家必须担负社会良知的拷问与道德的批判等多重任务。失去社会担当的作品，一定是作者随心所欲放浪形骸的笔墨游戏。牛文丽的这部小说，口味纯正，写作立场分明，写作视角一直坚守在爱憎分明、褒贬分明、美丑分明、正邪分明、表里分明的正确批判立场之上，作品洋溢着昂扬奋发之气，作品没有暧昧不清的模糊地带，没有作家因为个人偏见，人物描写夸张变形妖魔化；也没有因为个人情感的偏爱人物描写的脸谱化木偶化。这部作品，在当代众多的小说中，她清新雅致，唯美通透，态度明朗，叙述简洁有力。没有像一些作品那样，唯恐作品太庄重严肃，唯恐作品太少滋没味，总要人为地添油加醋，要么是添加些"肉蒲团"式的情戏佐料，要么就是添加一些吊人胃口扑朔迷离的悬念，要么就是荒诞不经的传奇使作品云遮雾罩，朦胧一片。牛文丽，在写作中，小心翼翼地避开了这些雷区，让作品回到阳光投射、芳草茵茵的开阔地，作品气场宏大，人物描写健康疏朗，即使小说中与叶怡芳相映衬的人物如舒欣、水美枝等人物，作家笔下的她们也是从正常的人性视角具体呈现并尊重理解她们独自生活方式的选择。人物形象是阳光的而不是阴暗不明的。

表现是小说叙事美学的关键。同样的社会生活，同样的故事情节，因为作家表现方式的不同，作品也就呈现不同的写作风格。当代很多中国作家在小说表达上走向了内视角叙事的小道，写作在"向内转"中，偏重过多的人物心理挖掘，小说变成了人物内心形态的呈现，这固然是小说写作重要的表达手段，但是问题在于,小说中的人物不仅仅是一个自然人,一个内心世界丰富的人,同样也是一个社会表现多样化复杂化的人。新时期,意识流、荒诞主义等西方表现手法的运用,大大提升了中国小说家的表达能力,但是,传统现实主义的艺术表现手法是否就意味着落后陈旧?换言之,我们在借鉴西方这些舶来的现代主义艺术表现手法时,是否就要抛弃传统的现实主义表现手法?牛文丽这部小说,采用的依然是现实主义手法,中国功夫,正宗地道,不求洋味,泥土芳香。现实主义手法不但不落后,而且接地气,符合中国读者的阅读习惯。实际上,任何艺术表现手法,都必须服务于作家写作的需要。对于这样一部官场、情场、商场糅合在一起的长篇小说,牛文丽采用现实主义手法,整部作品就摆脱了过分内在心理描写的沉重。在向外转的过程中,小说场面的布置、情节的转换,都能收放自如。向外转,也是人物社会性格的呈现。作品中人物李志明形象鲜明,情感丰富,没有惯常官场小说中官员形象的萎缩、灰暗、阴险。虽然作品中也描写了李志明内心复杂多变、细腻婉约的情感世界,但是,作家始终从正面形象,从整部小说中人物所处的位置来规范人物的情感走向。小说不仅仅是塑造人物,更是要雕刻人物,人物形象才会饱满真实。对于一部长篇小说,社会的真实要远远大于心理的真实,因为社会的复杂要远远大于个人心理的复杂。对于一部长篇小说,社会的真实是全部的、整体的、情节的,心理真实是局部的、个体的、细节的,优秀作品都是现实主义和现代主义结合得最为完美的作品。从小说篇幅长短论,现实主义适合长篇小说的宏伟建构,现代主义比较适合短篇小说的创作。一些中国小说家泥"洋"不化,把现实主义当成一切小说创作的法宝,削足适履,死搬硬套,小说就会变得不伦不类,面目全非。牛文丽长篇小说《苦楝》为中国小说创作带来的启示,文本的意义要远远大于作品主旨的意义。

当然,这也不是十全十美的作品,依然还有很多值得商榷的地方。这部长篇小说,最大的缺陷就是作品理想主义色彩过于浓厚,弱化了现实社会复杂的矛盾冲突。作家的笔触虽然涉及人物之间的各种矛盾纠葛,但是,因为作家过分迷恋"转化"的功能,特别是主人公叶怡芳和李志明情感交往,过分理智的"转化"使人物失真变形,变得可敬而不可爱,可佩而不可信的地步。过分断然的"转化"使人物形象变得单薄瘦小,变得有人气而没有血气,有故事而没有内涵。我们应该给予牛文丽更多的期待,因为她的好作品是"下一部"。

听文丽说要出一本诗集,我就开始了长久的期盼。当我拿到文丽惠赠的这本带着油墨香的诗集时，我便亟不可待地一口气读完。临近岁末，乙未年将至，年味日淡，我却陶醉在文丽那浓香扑鼻的诗韵中了。文丽的诗，浅白晓畅，似乎没有当代中国个人化写作话语方式的那种偏执，清澈见底，裸露的情感如雪层中偶然冒出的娇嫩芽苞。我已经好久不读当代人写的诗歌了，我甚至武断地认为中国当代诗歌到了北岛、舒婷、海子、食指，已经开始走下坡路了，尤其容我不恭的是那些肮脏下流的先锋诗歌，就像是鲜果上被虫蛀空的一个个虫眼，少女清纯眸子里扎眼的眼屎，帅哥嘴巴里两排黑黄的垢牙，看着磕碜人。诗歌是美好的，即使像"胡笳十八拍"一样的悲旷诗歌，其韵律也是美的。在所有的艺术门类中，诗歌的洁净度纯度最高，诗人也是所有艺术家中精神最为圣洁的一类人。当所有的艺术被污染的时候，诗歌是最绿色最低碳的艺术门类。当所有的艺术家都向世俗频抛媚眼的时候，诗人是最不缺钙最风骨铮铮的一类人。什么是诗？诗就是打开那些因为情感缺失而被物欲、世俗等尘封或堵塞心门的钥匙。心门打开，与世人呈现心灵大门内的风景。缘何当今诗歌式微？根子上就在于情感已经退化成了一种情绪，一种我们谈之色变的怪物，就如雾霾已经成为我们描述这个时代生态环境最让人心惊肉跳的关键词、流行词一样。实际上，人类精神生态尤其是情感生态雾霾污染更严重，当中外或土或洋的情人节被商家炒得热辣烫手的时候，我们都知道所谓的情感早已简化成了玫瑰花和巧克力，甚或是简化成了宾馆里让情人销魂的双人床，就如鲁迅先生说的那句煞风景的话，"现在是粗俗了，在路上遇见人类的迎娶仪仗，也不过当作性交的广告看，不甚留心。"鲁迅先生的粗口似乎也可以比附当今人类的情感，婚礼无非就是两个木偶式的男女花大把钱让人摆布，满足不同年龄段看客的意淫心理。当牛文丽这本醇正淡雅的诗集呈现在众多读者面前的时候，如雾霾散尽久违的阳光温暖着我们，如在情感的污淖里猛然拱出的一片鲜绿峥嵘的嫩芽。"只愿母亲放下／一生的疲倦和苦难／只愿那里／留有一方安宁的乐土／让您静静安息长眠"（《母亲是根》）"十七年了，无数个寂寞的日子／哥哥，你静静地躺在荒郊野外／一抔黄土裹体／任凭杂草覆盖、清冷夜风吹拂／再无缘世间繁华／再不能与亲人对话"（《告慰天堂里的哥哥》）[HT 情感健康与否与社会文化生态环境的恶化和友好程度密切相关，诗歌是社会文化的晴雨表，当前中国诗歌写作的低迷状态就与国人情感的颓废疲软密切相关。当今社会，中国传统文化精神中被冲击得七零八落，物欲化的情感开始磨蚀掉所有纯净的本质，享受着自虐与他虐所带了的生理快感。诗歌也合谋参与了情感堕落后疯狂的假面舞会，就如都市的白天人与人之间的利益关系,晚上再把这种利益关系裹上休闲娱乐的面纱,骨子里依旧是各取所需的交往,依旧是含情脉脉中的锱铢必较,依旧是温柔的钱权色交易,诗歌死在了利益的攫取中。居住在都市的诗人们也失去了咀嚼情感的耐心与从容,就如现在城里的孩子谁还有青梅竹马的童年趣事?像快餐一样的情感枯竭了诗人多愁善感的心泉,板结了柔软肥沃的心田。在这种青黄不接人类情感饥荒之季,牛文丽的诗歌仿佛是都市水泥地缝中旁逸斜出的一株绿色的生命,年轻葱茏、蓬勃峥嵘。

这些年,我遇到的文人很多,但是其中的诗人越来越少,即使饭桌上别人介绍谁是位诗人,给我的也是恍如昨日黄花的感觉。在刊物上,偶然看到诗歌,也是眼睛瞥了几行便索然寡味。看来,诗歌阅读的味觉在钝化,诗歌似乎还处在冬季的休眠状态,冬天来了,可是春天还遥遥无期。诗歌要经历过漫长的冬季,只有当冬天里的腊梅发出油脂性的嫩黄花苞时,春天的气息才扑面而来。文丽的诗篇就是冬天里那悄悄绽放的腊梅花,"你不让我唱悲伤的歌啊/便在坟前开满了花/把芳香的祝福、绿色的希望/伸向我生命的天空"(《爱》)"爱,不是紧握手中/而是让生命/在冬天孕育,在早春绽放"(《雪花》)文丽以女性的细腻与真诚,让诗歌的冬季泄漏出几缕春的信息,文丽的浅吟低唱让诗歌慢慢睁开了眼睛。诗歌在文丽的笔下是返青的麦苗,吸足了丰沛的情感汁水,向着无限的心空生长。我也写诗,常被人问起喜欢诗歌的理由时,我总是笑着反问:喜欢需要理由吗?就如我手中文丽的这本诗集,她打开了锈蚀斑斑的情感锁眼儿,让我们看到了深不可测的人类心灵深处还有那么多紧紧关闭的门,每一首诗歌都是一把钥匙,温柔地打开了一扇扇关了太久的心门,文丽在"风"中、"牵牛星"、"落叶"、"浮萍"、"小溪"、"雪花"、"萤火虫"、"无花果"、"青苔"、"风筝"、"脚印"里,打开了一个个情感的锁眼儿,普通的物象里有着这么多迷人的风景。情感的病灶原来在于我们的自闭症。已故当代著名诗人苏金伞先生晚年写过这样一首诗,"站在山口,调整一下呼吸/试一试想象力是否丰富/快些进山去吧/山口不过是春天的咽喉。"(《山口》)由此推之,情感也是诗歌春天的咽喉。情感的生长不需要激情的放纵,不需要过多外在因素的干扰与阻挡,只需要我们放开歌喉真诚地呼喊。牛文丽的诗歌不是写出来的,而是从心灵深处流淌出来的。人到中年的牛文丽,依然保持着一颗热爱生活,吟唱生活的童心与诗心。诗歌是青春的防皱霜,让青春超越年龄界限,超越时空阻隔,与美丽的人生同行。

傅爱毛：走进人性的深渊

我注意到作家傅爱毛，是从某期《莽原》上其撰写的《到鲁院学什么》的文章开始的，我惊讶于当今社会还有如此大胆剖析自己心灵世界的女作家，还有这样让我一口气读完然后时不时地想再次品读的好文章。结识傅爱毛，阅读并研究其作品的念头与日俱增。机会来了，那次，在著名作家孙方友先生的追悼会现场，经过好朋友引荐，我认识了傅爱毛，并留了电话。儒雅文静的爱毛额头高耸，镜片后面的眼睛透着温和的亮光。后来，我向其索书，爱毛寄来了五本小说集：《最后的情书》《你是谁的剩女》《天堂们·米香》《贵妇与少年》《男女关系》，我又是马不停蹄地阅读。我深深地为其流畅的文字所吸引，这是一位有写作潜力的女作家，这是一位把所有心性与才情都投入到写作中的女作家，这是一位写作胸襟坦荡、走进人性深渊的作家，这是一位不沾染不参与当今中国文坛制造绯红新闻噱头大胆暴露兜售个人隐私风气的作家。傅爱毛有自己的写作阵地，她关注的是城乡最底层的社会群体，在他们身上呈现出人性最复杂最诡秘最深邃的内涵。傅爱毛熟悉他们，描述他们，文笔带着思辨诗意的色彩。一个普通的故事，在外人看来不是故事的简单生活场景，傅爱毛就有点石成金之功，她写得很从容，时而惜墨如金，时而泼墨如雨，腾挪跌宕，摇曳生姿，叙事喧腾得如秋天的棉花地，柔柔白白的棉絮从荚中炸开，白莹莹的如涂了粉底儿的姑娘的脸。《北京媳妇》中的"顾老太"为了迎接从北京回来的儿媳，一番折腾，被作者刻画得入木三分，"忘了在扁食馅儿里放盐"，"费尽心机预备下的年夜饭白瞎了。小两口眼看就要到家，只吃一顿年夜饭就要离开。怎么呢？怎么办呢？"叙事紧凑，人性挖掘深刻，显示傅爱毛扎实的写作功力。傅爱毛的系列著作，似乎很容易就会被人划入传统写实主义的小说类别范畴中来。对于先锋叙事，傅爱毛坚守的"讲故事"似乎有点落伍陈旧，但是，当先锋因为过分淡化故事,对人性缺乏更深入层面探索的时候,"先锋"就变成了掩藏自己讲故事能力不足的遮羞布。"故事"依然是心灵真实的避难所,"讲故事"依然是我们抗拒现实虚幻表象的有力工具,"会讲故事"重新成为作家写作功力的重要指标。当新时期小说家们把小说的功用从宏大叙事转移到私人叙事甚至身体写作直至下半身写作的时候,小说并没有随着身体写作时代的到来而显现出对人性挖掘的深度。恰恰相反,却因为一味满足于感官写作,遮蔽了对人性的呈现。傅爱毛不紧跟时髦的"怎么写",而是依然笨拙执拗地坚守"写什么",她注重的是讲故事要讲出什么来,她要在故事的狭小空间中做人性的道场,让你看出也许平淡也许离奇的故事背后那无底的人性深渊。

小人物是人性表现的渊薮。通观小说史,如果我们按照社会角色地位来划分,小人物的比重肯定会远远大于大人物,作为"稗官野史"民间叙事话语的小说,自古以来就以表现小人物为自己的基本宗旨。处于社会底层的小人物身上人性元素保存得更完整充分,小人物更少受社会意识形态话语霸权的洗礼与钳制。回望古今中外小说发展史,不朽的小人物角色可谓群星灿烂,耀眼夺目。作为处于 21 世纪新时期的中国小说写作,小人物依然是不管是前卫或者是传统小说家们热衷描写的对象。傅爱毛小说中的小人物身份多样,有"盲人按摩师木耳"、"卖凉粉的刘瘸子"、"大憨"、"职业狐狸精"、"抑郁症患者胡闹"、"女大学生王蔻子"、"艾滋病患儿"、"死去的李清海"、"遗体化妆师"、"嫁死女"、"剩女"、"老羊倌"、"哑巴"、"丁克先生"、"山妹子豆苗"、"蒸豆沙包夫妇"、"姑婆"、"顾三爷"、"毛线女"、"代孕女",等等,在这些小人物身上,傅爱毛表现出了驾驭生活的高超能力,一个普通的生活场景,作家傅爱毛就能写出波澜不惊的人性之光,就能描绘出出人意料的生命图案。在这些或健康或身体畸形的小人物身上,傅爱毛极力挖掘出人物身上人性的深度,探寻出人物情感蜕变的轨迹。这些处于边缘化的小人物,他们以自己的生存方式诠释着人性。《洞房花烛》是傅爱毛诸多短篇小说中最能显示其写作功力的小说之一,故事平平常常,小说讲述的是山妹子豆苗与复员军人王石根短暂的婚恋生活,作家以少女豆苗的内心活动为主线,把人性点点滴滴的光芒慢慢聚拢成一团火,烧烤人心;在平坦的叙事中硬是呈现出山花烂漫般人性之美的花朵,迷人眼目;硬是把"洞房花烛"这样本来普通撩人遐想的男女"床戏"升华为人性美的极致,让人震撼:

> 出门的日子愈近,她愈害怕。怕得不敢往人前站,更不敢跟人搭话。她觉

得周围的每一个人都看出她的心思来了。尤其是嫂子。嫂子一见她就抿着嘴笑，笑得不怀好意。她吓得不敢去看嫂子的眼睛。她不看嫂子，嫂子却追着她一个劲地看她。到后来，她只得像老鼠躲猫一样，一天到晚把自己藏在小屋里头不出来。出了屋门，即使不见人她也脸红，跟刚刚生了蛋的小母鸡一样。

傅爱毛小说语言质朴瓷实准确有力到位，细节描绘真实生动，寥寥几笔就把山妹子少女人性深处羞涩之美的内心刻画出来。洞房花烛之夜豆苗的羞涩更是深入人性深处，"她浑身痉挛着，像一条蛇一样，紧紧地缠绕在那个人身上。"可是当王石根因修拖拉机跌坠悬崖而死的时候，羞涩之美瞬间转化为了生命的大美：

> 石根的身子很凉。她乖顺地躺着，一动也不动，像个熟睡的孩子。豆苗说："石根哥，我知道你累了。你不想说话。也不想动弹。那你就好好地躺着吧。我来替你暖身子。"豆苗泪流不止地说着这些话的时候，就把自己滚烫的身子结结实实、严丝合缝地贴到石根的身上。在她的身子触到石根身子的一瞬间，她大叫一声："石根哥啊，我的亲人！"就晕厥过去了。

傅爱毛叙事剪裁得当，简洁明快。作家傅爱毛笔下的小人物要么是来自山野，他们朴实得如山沟涯畔茂盛绽放的小花，山枣树上挂着的水灵灵的果实。《豆沙包》里老陈夫妇要为儿子在家办生日宴，妻子精心做了一锅豆沙包，"一个豆沙包上一个字，一共写了九个字，分别是：'生日快乐，欢迎同学们。'写完了，她得意地想，儿子一定会为她的这个创意而高兴的。"儿子要求父母回避，老陈夫妇在寒冷的冬夜大街上溜达，等回到家，不见儿子，妻子素梅痛心地看到：

> 有两只豆沙包滚在桌子下面的地上。不知道被谁踩了一脚，里面的馅儿龇牙咧嘴地露着。她心疼地弯腰捡起来，把踩脏的馍皮揭下，准备把里面干净的馅儿留下来自己吃，往垃圾篓里，却发现，垃圾篓里居然也扔着两个豆沙包。她捡起来看看，一只被吃掉小半拉，一只仅咬了一小口。但上面却沾上了酒和菜汤子，已经不能吃了。看着自己精心蒸出来的豆沙包被糟蹋得不成个样子，她的心像被谁拿了刀戳了几下似的。嘴里一连声地说着：造孽啊，造孽啊！

傅爱毛擅长把握人物的心理，不动声色的冷冷笔触一点点地走进人性的深渊。她是中国当代的契诃夫，对世俗人情，她从容耐心地一点点地呈现出来，让你感觉到这些表象下面深刻的人性内涵。傅爱毛爱选取一些很熟很俗司空见惯的社会生活片段，似乎信手拈来，就地取材，但却是精心雕刻打造成了艺术珍品。儿子生日宴，普通的生活场景，结局却是那样让人心发冷。夫妇的辛苦折腾换来的却是儿子的委屈：

街上到处都是卖馒头卖烧饼的，五块钱就能买一大堆。你为什么要蒸豆沙包呢？蒸就蒸吧，还要在上面写字。你自己看看，你写那字像什么样子？搭眼一看就知道，你连小学都没念完。欢迎的"迎"还多写了一撇，弄了个错别字。差一点被同学们笑破了肚皮。我告诉他们，你们在研究所工作，晚上加班搞课题。他们一见到豆沙包上的字就知道我是在撒谎。我以后还怎么有脸在班上待下去呢？儿子说着，脸上的泪流得更欢了，简直像小河流一样，仿佛比死了亲娘老子还伤心。

人性就是在这样的社会摩擦下一点点被磨蚀掉。傅爱毛笔下的小人物还有明明灭灭隐匿在都市狭缝里的那些幽灵，这也是目前代表傅爱毛写作水准的代表作品。这些人物是都市文化肌体上出现的麻疹，是都市文化深处最赤裸的人性表演，是都市霓虹灯下挥之不去的影影绰绰的暗影。也许，都市白天的一切都是虚假的表象，都是伪人性带着虚假面具的表演。要想走进人性的深渊，就必须走进暗处，人性的深渊没有光亮。很多作家热爱描写都市的夜晚，只有夜色的遮蔽，人性中那些潜藏的真实因子才会在夜色的笼罩下活跃起来。夜色是人性表演的舞台。傅爱毛的很多作品也是以夜晚作为作品的底色。《天堂门》里的"端木玉"晚上上网名字叫"子夜丁香"、"月夜鹦鹉"，白天就是遗体化妆师"端木玉"，长得很丑的她只能花钱找一个陪聊，向他讲述殡仪馆里守尸人"老张"的故事，"老张"喜欢从女尸头上剪一缕头发，他"心里感觉苦焦的时候，就拿出来摸一摸、嗅一嗅，对他来说，那每一缕青丝都是一个鲜活的女人，他就是守着这些女人度过了几十年漫长而又孤寂的岁月。"傅爱毛通过这样阴森的场景，表现出了都市人与人之间的孤独隔膜，孤独的"端木玉"只能拿钱找人陪聊，寂寞的"老张"只能和"死人"对话。傅爱毛小说中乡野小人物着色是明亮清澈的，都市小人物着色却是阴暗阴冷的，冷暖色调的不同抉择，反映了作家傅爱毛对都市与乡村人性观的差异，乡村人物身上体现出的更多的是健康的人性，而都市人物身上呈现的更多的是病态的人性。《你是谁的剩女》里的"端木惠"孤独饥渴地花钞票找男人践踏自己，但是疯狂堕落的背后，她依然感觉到：

隔着那层"塑胶制品"，他给予我的感觉是，更加孤独、更加无助、更加寒冷，也更加透骨剔髓地绝望。表象上，他深入到了我的最内里，实际上，他距离我灵魂的最表层还相差十万八千里。他让我切肤入髓地体会到,什么是陌生,什么是距离,什么是寒冷,什么是:别人。

阅读傅爱毛的系列小说,当我们陶醉于作家一波三折的动人情节时,还会惊异于作者那敏锐的洞察力与表现力。傅爱毛在当代中国众多的女作家中,她不是前卫另类的美女作家,也不是徐坤、残雪类的先锋作家,而是有实力敢担当的批判现实主义作家。她不愠不火地描写着我们这个社会那些隐藏很深的人性聚合体的小人物。《职业狐狸精》里的"我",干得是"顺手牵羊地'艳'那么一下,浪漫美丽地'遇'那么一回","从业愈久,我们对男人愈缺乏信心。"《男女关系》里"端木春阳"的恋人"张笑雪"却嫁给了自己的父亲"端木林",以此来"探究人们面对生与死、爱与欲、信与背的血淋淋的考验时,人性陷沉的深渊,人心衍变的脉络。"傅爱毛在《到鲁院寻找什么》一文里表述自己的创作心态,"在很长的一段时间里,文字之于我不是一种表达,而是一种躲藏,亦或是一种寻觅。在我意念中,每一个方块字都仿佛一块沉甸甸的石头,我在电脑上叮叮当当地敲出一行文字,就如同石匠在地上垒起一堵坚实的墙壁。一道道墙壁垒砌起来,我就有了一间属于自己的小屋。这小屋别人进不来,只有我可以躲进去,独自玩味,自得其乐。"写作其实就是一种躲避,在躲避中构建自己的写作领地。傅爱毛的小说创作就是要在这些城乡小人物身上挖掘出那些扭扭捏捏、若明若暗、恍恍惚惚、躲躲藏藏的人性因子,让它们在小说里聚变成形。每一篇小说,都是傅爱毛与小人物对话的私密小屋。

江嫒:让生活在诗中瘦身

　　如果我们从诗歌身体意蕴学的角度来评判诗歌的"胖瘦",会发现当代一些诗歌患上了"虚胖"症,意蕴干瘪,语言膨胀虚张声势。实际上,在虚胖的外表下包裹着一颗瘦弱的诗心,这也包括一些所谓叫嚣"返回内心"的诗歌,其实只是返回身体,返回了身体的某些器官,紧身衣裹在了空洞无物的诗体上,或如在所谓现代诗歌意象的啤酒泡沫里灌大的将军肚,臃肿得很。至于,那些现代人附庸风雅对照词牌字数、平仄押韵凑出的所谓古体诗,更是如患了浮肿病的患者,挤压一下一句诗,一压一个坑,到处都是意蕴的塌方。还有那些紧跟时代鼓点的所谓政治诗,更是把铿锵作势的假情假意无限度放大,如大型超市开业做宣传,那些身穿动物式样肥胖衣服艰难踱步的推销员,肥硕的外衣里站着一个瘦小的躯体。好的诗歌意蕴饱满、诗体瓷实,诗人在庞大的生活场景面前,不是一味地描摹生活,而是描述内心,让庞杂的生活在诗歌中瘦身。诗歌创作的过程就是如何给生活瘦身的过程。

　　我第一次见到江嫒,是在一次文友聚会上,给人的感觉好像很文弱,言语不多。友人介绍说江嫒来自新疆,是写诗的。友人先入为主的介绍,恰如一把冰凉生硬的标尺,让我不由得画地为牢从诗人的行当里来打量这位新疆女诗人。但是,给人的印象是,这位不是吃腥膻牛羊肉长大的哈萨克女儿,而是喝了羊奶长大的新疆喀什的一颗柔弱的小草。随后的日子,与江嫒又断断续续见了几面,瘦削的面庞,文静的声音,让我坚定了这一定是位被文学缪斯彻底俘虏的女子,文学缪斯女神把绳套勒紧她生命活动的脖颈上,从此,粗大的嗓门变成了纤细匀称的吟唱,个体微小脆弱的生命与文学同呼吸共命运。在读江嫒的诗歌之前,我是先拜读了其文学评论的文章,果然不出所料,通篇都是星星草般的不俗见解,随处可见大段大段薰衣草般晶莹透亮的文字。江嫒在众多的当代女学者队伍里,是和艾云、刘海燕、鱼禾并驾齐驱的优秀作家、评论家。后来,参加一次文友的作品研讨会,会后,友人送我一本由光明日报社出版社出版的江媛的《喀什诗稿》,散着油墨香的书,一首首带着异域风情与柔情的诗歌,让我又一次探寻诗歌后面站着的这位女诗人神秘的情感世界。因为每一首诗都是诗人心灵秘密的解码,每一首诗都是诗人对世俗人心的有力概括与提炼。

精瘦的诗体里有一颗跳动的诗心。江媛的每一首诗都显得非常精瘦,喀什生活在诗人的眼里都过滤成了在诗心中周流不止的血液,那些现实生活中坚硬锐利的物件也软化成了诗心能够感受得到、承受得起的生命符号。"**都在五千米的雪线上/想到活着的意义**""**草原长满诗歌/一些花朵随风漂泊/一些种子居无定所**"(《告别伊犁》)诗心不是有多么超乎世人之心的包容与宽广,诗心在于它的消解融化力,能够在能指与所指间自由转化,在现实与心灵间随意转换。我们可以说,诗心有多大,世界就有多大。我们更要说,诗心有多大的消化力,世界就有多大的辐射力。江媛精瘦的诗体中蕴藏着巨大的天地之精气与灵气,聚集着外在世界强大辐射的生命磁力场。"**我在生活的伤口处缝缝补补/直到我穿上开满花朵的纱衣**""**我的两只眼睛在泪水里漂泊世界/它们要拥抱太阳背后的光明**"(《短歌行》)诗歌的生命力在于诗心跳动的强健有力,这种起搏有力的源头在于诗人生命与一切生命的合而为一,生命之间没有了界域,回到大一统的生命原点,回到整体的生命之中,没有了个体生命与群体生命的区别,没有了物性与人性的纠缠,万物归心,万心一心,心心相通,心心共鸣,诗歌才能摆脱情感的虚胖、语言的虚胖、形式的虚胖。"**日渐衰败的乡村/以夕阳的速度滑向贫瘠/乡村的孩子啄食光地面上残留的麦粒/跟着离家出走的鸟群/一个接一个飞出故乡薄薄的身体/留下母亲独自挂在四面透风的墙壁上/冻得瑟瑟发抖**"(《短诗五章·之一》)在这里,"鸟"与"人"、"乡村"与"母亲"浑然一体,甚至"麦粒""夕阳""透风的墙壁"等都互相交叉融合,形成一个血肉相连、心灵相感的诗歌世界。当代很多诗歌质量不佳的原因就在于意象游离于诗心之外,如人为地安装了一个心脏起搏器,虽然电力很足,起搏有力,但是因为界定在我与他之间,悬空在情与景与理的隔离中。分行排列的诗词意象也只是秋天离开树体飘零的枯黄叶片。意象不是人为地嫁接在心灵的枝头,而是应该长在心灵的枝头,绽放在心灵的枝头。

微弱的躯干里有一腔坚守的情愫。当代很多诗歌没有持久的情愫,而只有转瞬即逝的情绪。这就如热火朝天、温馨融洽的舞会，人与人之间，只有兴起的情绪，而没有深刻久远的情感。诗歌不是情绪的发泄，而是情感的坚守。现代中国诗人在游离多变的价值取向中，内心深处那些朴素的情感因子也因为失去了精神的支撑，变成了情绪化的一地碎片。诗歌的式微，本质上是诗人情感的贫弱，是诗人情感力的钝化。江媛诗歌的魅力就在于她一直站在诗歌情感的中心地带，用诗情来打量整个身心交融的世界。"翻出一件石榴红毛衫/母亲织它正在春天/而今她已逝去6年/我潮湿的目光穿越这些虫洞/依然感到虫子锋利的牙齿/嘎吱嘎吱地啃咬我的心。"（《灵魂与虫洞》）这些朴素的情感已经为一些前卫的诗人所不屑，他们在解构颠覆的过程中，抛弃了情感的砖瓦地基，用冲天的愤怒、乖张的意象、荒诞的思维把诗歌打造成了语言暴力的容器。江媛的诗歌不追求形式的前卫，而是坚守情感的家园，每一首诗歌都有粗大的情感根系扎根在心灵的沃土之上。"诗歌就是我与远方举杯的时刻/凋零的自己""安静下来，我是水/辗转流过每一块石头的孤独/寻访受难的人"（《短诗十八章》）情感是诗歌强身壮骨需要不断消化吸收的钙片，没有情感支撑的诗歌是软骨无力瘫痪的诗歌。一切优秀的诗歌都是情感饱满健康的诗歌。亵渎了情感的诗歌创作糟践了诗歌，丧失了情感忠诚的诗人只会演变成风尘浪子。抽空了情感等于抽空了诗歌的精髓，诗歌变成了排行的木乃伊。情感不是假情、矫情、造情，而是诗人感悟世界的忠诚与坦诚。江媛的诗歌，在于她对生命整体的痴情、专情，跳出了个人的私情、群体的无情，在西北的辽阔疆域中守护着如天山雪水般纯净的真情。"春天的喀什噶尔/青麦翻滚/花朵无边/这太阳的情谊/绿洲的情谊/叫我如何偿还/我愿意住在贫寒的村庄/一生只做一朵桃花/开在爱人的心房里/我愿意/一生只做一朵桃花/与喀喇昆仑的肋骨永不分离"（《一生只做一朵桃花》）这些纯净的诗句源自于诗人情感的纯净透明。诗歌不是装载个人情绪的水罐，而是映照诗心、折射诗情的镜子。诗歌是一切美好事物的载体，而不是刺穿别人、中伤他人的语言利器。诗歌的暴力源自诗人内心的暴力倾向。尼采说："从句子的步幅可以看出一个人健康的程度。"江媛把诗歌的写作当成寄托自己最隐秘情感的芯片，"返回内心"的诗歌是最本真最柔软的诗歌。

单薄的身体升腾起诗的火焰。当代作家黄灿然先生断言，几乎所有的诗歌史都是农业史。诗歌进入城市后都会扭曲变形。江媛的诗歌同样也固守着农耕那片柔软的沃土，钢筋水泥的都市硬化了诗人的心灵，把诗歌的炊烟变成工厂排放毒烟的烟囱,把诗歌的丛林变成封闭的楼群。诗歌是农耕文化的产物,是与时代发展脱节的产物。繁杂臃肿的生活里,美丽的风景、心跳加速的时刻几乎微乎其微,江媛把它们珍藏起来当成诗歌创作的柴薪。诗歌是缕缕从心中升腾起的美丽焰火,把慵懒无趣的生活一刹那间都照亮了。"春天/一群少女游进东湖公园/送来阵阵欢声笑语/满园桃花盛开,柳条翠绿/17岁的爱情刚刚发芽/她们盯着泛起涟漪的湖心期许/如果爱,就嫁一个大胡子/和他并肩穿越塔克拉玛干沙漠/一路弹响都塔尔琴弦/如果爱,就做一株玫瑰/守在他必经的路上/不顾死活地开"(《喀什东湖公园的回忆》)时光荏苒,这些记忆的火星已经升腾到天空变成了眨眼的星星,定格成了我们永远遥望感叹的风景。也许作为诗人的江媛,作为喀什女儿的江媛,把内心深处刻骨铭心的记忆火星布散成漫天的星斗。每一首诗歌都是燃烧发光的透明体,她们是诗人精神之夜的守护神。与其说,我们阅读诗歌,倒不如说,我们是在擦燃诗歌,每一首诗歌都是聚集光明与温暖的火种,我们在光亮中和诗人一起仰望心空上美丽的星星。"我的亲人我的姐妹/节日流过我门前的小河/掀开你们的眼睛/请你们再次打量我/这个想与苍鹰比赛飞翔的孩子/从远方的雨水中跪倒在你的门前埋下思念和悔恨/风从四方吹动我遍身的苦草/节日从我的骨骼里抽出泪水/我站在玉门的风里/亲吻泥土带给我干净的安慰/睡进胎房不灭的小灯"(《流浪者的节日》)诗歌是诗人情感能量的聚合体,这种能量的源泉是诗人对往昔生活的感悟度、敏感度、感悟度,越深刻,它们形成的铀层越厚,聚变的能量越强。诗歌是诗人情感的浓缩铀,蕴藏着巨大的能量。诗歌的写作过程,实际上,就是这些浓缩铀发生核聚变燃烧的过程,它们威力巨大,摧毁那些生活中忧郁的沉闷与窒息的沉重,产生的核辐射穿透时空,让往昔的一切都在辐射的嬗变中变异成诗歌的物种。诗歌是一次性的燃烧,诗歌都是诗人情感燃烧的火堆。诗歌是一次情感生命的涅槃,浴火重生的诗人已经把这些诗歌当成了第二次生命。江媛在这本诗集的后记中写道:"我试图在工业化急速向喀什推进导致西域性逐渐消失的大背景下,运用日渐消失的喀什元素,表现工业化与游牧生活、现代城市模式与喀什伊斯兰老街区、城市价值观与宗教信仰、城市生活习惯与西域习俗的融合、碰撞及撕裂过程所造成的精神痛苦、城镇单一模式泛滥、价值观混乱及人格裂变,进而通过挽歌式抒写,留存最后的喀什牧歌记忆,净化自我的心魂。"这些"牧歌记忆"会成为我们研究解剖的标本,或是当成火种,薪火不灭,代代相传,这是很难定性的难题,就如当今式微的诗歌,是休眠火山喷射前的静寂,或是活火山变成死火山的前兆?是一粒被风吹燃的火星,还是被风吹灭的火烬?是黑暗中种子孕育发芽,还是在黑夜中种子慢慢地死去?诗歌前途未卜,就如人生命运吊诡,叵测难料,明天的一切都是未知,未知是诱惑,未知是希望,真如鲁迅先生所言,绝望正如希望相同。走吧,让我们与绝望与希望并肩而行。

汪淏:自白下面的精神救赎

在中国男性世界里,"她"和"她们"从来都是被身体界域不断夸大扭曲变形的符号,以至于千百年来,"她"这样一个本属于性别所指的文字符号也被"他"所遮蔽。直到近代已降,五四时期的刘半农先生首创"她"并写出《教我如何不想她》的推介诗歌,"她"和"她们"所代表的女性群体才慢慢挣脱男性视域的束缚,文化身份的确认被提到了历史发展的进程中来。"水浒"流溢出的流氓气和"三国"折射出的奴才相,随着《金瓶梅》中"她们"的情欲疯狂和《红楼梦》中"她们"那"质本洁来还洁去"决绝般的审美超越,身体和审美成为女性清算重估乃至颠覆历史最寒光闪闪的两把利刃板斧,劈开了男性世界构筑的坚硬文化板块,显现出一直被男性文化所遮蔽的松软细腻唯美缠绵的女性文化的内在质地。西方"女性文学(化)""女权运动""女性批评"等女性主义浪潮狂飙突进、云蒸霞蔚、灿烂成景。"她们"成为文学叙事中广受关注的群体和文化历史书写中不容忽视的编码符号。但是在这样一个符合历史和逻辑两条文化发展脉络的"她们"在复魅的过程中,作为女性对称物存在的男性应该有怎样自觉的文化担当和宽广的文化包容呢? 换言之,"她们"群体的崛起,本身就意味着对"他们"文化角色的重新界定和历史功过的重新清算;"她们"革命性的姿态,其实也就包含着"他们"必然要成为被革命的对象。在这样重新寻找"他们"和"她们"历史命运平衡点的文化对垒中,"他们"的队伍开始发生了戏剧性的变化,价值立场发生了断裂,呈现了纷繁复杂的文化镜像。《红楼梦》中的"贾宝玉"退去惯常的男儿英雄本色,发出了"开辟鸿蒙,谁为情种"的千古叩问!"他"从"他们"中分离开来,被"他们"嘲笑为"古今不肖无双""于国于家无望"的"孽根祸胎","他"模糊自己的性别角色,由"忠孝节义"的伦理本位位移于"各美其美,美人之美。美美与共,天下大同"的审美本位,甘愿成为"百口嘲谤,万目睇眦"的"绛洞花主"和"怡红公子"。但是,贾宝玉所置身的文化语境依然显得非常的窒息沉闷,他的心灵倾诉是在一种压抑状态下片段式的默默自语,是被人误解的"呆话""傻话",是受庞大社会伦理语境挤压的边缘话语,是与真实的社会现实语境相隔离的梦幻语境。作为第三人称的"他"和"她们"也时时处处被歧义钩织的语境障碍所阻隔,这固然增添了文本内涵的能指性,但也影响了我们对贾宝玉心灵世界的深入打探。汪漠的小说《我和她们:贾宝玉自白书》大胆地超越上述语境,以第一人称"我"作为文本叙述视角,以"我"和"她们"之间发生的故事来展开,清新通脱,淋漓尽致,耐人寻味。

"道者,反之动。"在文化学的范畴中,正文化与反文化相辅相成地存在着、对峙着、斗争着,它们在一正一反的较量中,相互妥协,相互促进,相互抗争。实际上,在中国男权霸持的正统文化下面,一直有一股女性文化的湍流与正统的男权文化在不懈地抗衡着。女性文化的发展主要有两股湍流汇合而成:一是男权社会中的女性主义者,他们主动承担起了女性话语的代言人,这在《诗经》里有大量反映女性情爱的篇章,如《摽有梅》《绸缪》等篇章,它们构成了"诗三百"里面最温暖的亮色,也奠定了中国女性话语的基本表达方式。在以屈原、宋玉为代表的楚辞浪漫文学流派中,以香花、美人为代表的文学意象首次成为女性话语表达的方式和手段,也成为与政治话语相对抗的最重要的话语表达系统。文脉不断,先秦后,从五言诗、唐诗宋词、元曲、明清小说等一脉相承,婉约性的文学队伍中,一直活跃着男性诗人的身影,他们以女性的笔调,站在女性的立场,发出了女性话语的最强音,特别是这一滥觞一直赓续到曹雪芹的《红楼梦》,《红楼梦》把这种潜滋暗长的女性话语表达系统发扬到了极致,成为女性话语表达的集大成者,贾宝玉的《芙蓉女儿诔》是这一话语最典型性的代表。

《红楼梦》超越《金瓶梅》最显著的特征是话语表达系统的不同,前者是女性话语的表达,后者依然是男性话语的表达系统。另一股是女性自身的话语表达,这种声音虽然很微弱,但依然在顽强地存在着,这也形成一条绵延不绝的女性表达链条。从蔡文姬的《胡笳十八拍》、李清照的《声声慢》、秋瑾"秋风秋雨愁煞人"的诗篇到《红楼梦》中林黛玉的《葬花吟》都是女性话语的最强音。以女性话语为代表的反文化表达在新时期的小说家的创作中并没有得到深刻的挖掘和阐释,尤其是在以贾平凹的《废都》为代表的男性话语依然以自身强势的地位压制着女性话语的表达。汪漠的《我和她们:贾宝玉自白书》开始了彻底完全地开始了话语表达方式的转变,作家抛弃了固有熟稔的男性表达方式,大胆地开始了单枪匹马式的"我"和"她们"的表达,把《红楼梦》原来的女性话语系统和男性话语系统的两套语义系统,合并成单一的女性话语系统。话语系统转换的背后是作家价值取向的转变,是作家创作观的转变。汪淏在对原著《红楼梦》话语系统整合的过程中,实际上是对《红楼梦》的再创造。

在这部"自白书"式的小说中,作者通过宝玉"自白"式的表达,戳破了男性话语表达虚伪娇饰性的表皮,揭示了这种似乎"天然合理性"表达后面的荒诞性、残忍性和欺骗性,特别是在《红楼梦》里各种冠冕堂皇话语下面所掩藏的不可告人的阴谋,比如,我们看《红楼梦》中王善保家的对晴雯的攻击完全就是一套典型的男性话语系统,"天天打扮得像个西施的样子,在人跟前能说惯道,掐尖要强。"这几句话包含着几层意思,一是对美的摧残;在整个男权话语系统中,美丽是一种罪恶。二是对女性话语的压抑。因为只有男性才有表达的权利,女性"能说惯道"就是罪恶,就是不合时宜。三是对女子能力的否定。"无才"便是美德,"掐尖要强"就为男权社会所不忍。精神生成语言,在这部"自白书"里,我们发现中国男权话语系统经过千万年的发育,已经盘根错节地渗透到了中国文化生活的方方面面,包括语法、语汇、语词、语境等。最可怕的是这套话语系统已经严重腐蚀了中国女性,成为男权话语的代言人。这些被"男性化"的女人们满嘴都是把男性话语的能指和所指运用自如,如王熙凤、王夫人、王善保家的,等等,都是男权话语的忠实表达者。

汪淏在这部"自白书"里,借宝玉之口,对千百年来的男性话语系统进行了深刻而又猛烈的攻击,"我原本就是一块顽石,可他们偏偏总想把我雕琢成什么宝玉,哪知顽石不可雕也。说到底,于贾府,我可不是什么宝贝——宝玉,也不是一个传承者,而是一个窝囊废。"把天机点破其实就是就是撕破男权话语系统虚伪脆弱的本质,在撕破的同时,宝玉又完全回到了女性话语系统的语境中来,"我的那枚玉里,有瑰丽的花儿,有如花的女子。说来难以置信,有一天,在正午的阳光下,我无意中发现那枚玉里有一朵花,一朵很美丽的花,再仔细地看,仿佛有一簇花,很灿烂的一簇花。"从《红楼梦》那强大得简直令人窒息的男权语境中挣脱出来,回到心灵相通的女性话语中去,"她们就是我心目中的鲜花,一朵又一朵,花团簇拥着,一直盛开在我灵魂的原野上,或者说她们永远绽放于我情感的花园里。"剥离了男权话语包裹的外壳儿,回到了心灵对话的语境里,汪淏完全把《红楼梦》的男性话语系统给清除干净了！通篇都是沁芳温馨怡人的心灵倾诉，看不到了男人目光的淫邪，话语表达的伪饰，行为作风的诡诈与淫荡，作者追溯着情感心灵的轨迹，让话语表达沿着灵魂的河床顺流而下。如描写宝玉与秦可卿的一段就颇耐人寻味，"我一边看花，一边看可卿。我看一眼梅花，再看一眼可卿，或看一眼梅花，再看两眼可卿。我看可卿时，觉得她也在看我。我用眼睛问候了她，觉得她也用眼睛回答了我。我用眼睛悄声诉说着我的思念，她送给我一个神秘的微笑。"这种彼此心领神会的肢体语言，传达着心灵的声音，剖白着言有尽而意无穷的内心情感。

这部贾宝玉的"自白"实际上是宝玉与"她们"的"对白"，这种对话是建立在人格平等、心灵相通的基础之上，作者打破了话语系统之间的壁垒，剥离掉了社会元素对话语的包装与遮蔽，开始了完全自由和谐对等式的心灵交流。我们看中国话语表达史，会发现自古以来，男人端坐于话语强势的宝座，建构着一套套统治者的话语牢笼，女性从来都是《孝经》《女儿经》的倾听者、服从者、驯顺者，"对话"缺乏平等交流的基础。女性对话的权利被剥夺了，女性对话的欲望被残酷地遏制了。在中国当代文化经典话语表达系统里，没有女性对话的平台，在实际的日常生活中女性也在诸如"头发长见识短""碎嘴婆娘""长舌妇"的百般侮辱与打击中失去了对白的可能性空间。我们看《金瓶梅》，里面的众多女性根本就没有对话的权利，甚至只能通过变态扭曲的控诉才能寻找到窄细的表达渠道，如"两只玉碗千人枕，一点儿朱唇万人尝"之类的话语。只是到了《红楼梦》我们才看到了在"满纸荒唐言"中男女对白的一丝亮光，所谓的"荒唐言"其实就是迥异于男性话语表达的女性话语表达系统，就是贾宝玉与众女儿的"对白"。这种对白因为破坏了千百年来男性话语表达的权威性、稳固性，以至于被贾府里的众多男人以及被男性化的女人所不忍，就成为了所谓的"荒唐言""疯话""痴话"。就连宝玉身旁的小厮茗烟、王熙凤身旁的兴儿也读不懂宝玉，如兴儿对宝玉的评价，"说的话人也不懂，干的事人也不知。外头人看着好清俊模样儿，心里自然是聪明的。谁知是外清内浊，见了人，一句话也没有。所有的好处，虽没上过学，到难为他认得几个字。每日也不习文，也不学武，又怕见人，只爱在丫头群里闹。再者，也没刚柔，有时见了我们，喜欢时，没上没下，大家乱玩一阵；不喜欢，各自走了，他也不理人。我们坐着卧着，见了他也不理，他也不责备。因此没人怕他，只管随便，都过得去。"这里面我们看出宝玉对男权话语表达的厌恶,所以"见了人,一句话也没有。"但是他在众女儿那儿,他的话语表达却是那么流畅,"说的话人也不懂"其实就是我们对宝玉话语表达的隔膜,对宝玉与女儿对白的不解,对宝玉经常夫子自道式"自白"的误解。因为话语系统的不同,宝玉就成了所谓"于国于家无望"的另类,成了贾府里最孤独的人,也成为男权世界中被嘲讽的孽根祸胎,"古今不肖无双,天下无能第一。"

汪淏的这部小说,不是对原著的简单改写,而是对男性话语系统的彻底颠覆,是对男权世界的彻底决裂与背叛,让宝玉话语如瀑,在自白中完成着他对女性的忏悔,在对白里实现着他情感世界的彻底裸露,这就把《红楼梦》的女性话语系统推向了无人望其项背的极致。固然,汪淏的小说有可圈可点之处,但是,我们有更多的理由来挑剔这部小说,比如小说在很多细节上对原著的进一步阐释解读,虽然让我们看到人物更加复杂丰富的心灵世界,但是也让我们看到了小说过度阐释中模仿的痕迹,在宝玉的自白中,消减了很多人物外在活动的成分,变成了倾诉,削弱了女儿话语表达的力度。

杜禅:当代知识分子的"时局图"

在省文联作家麦启先生的办公室里,我结识了当代著名作家杜禅先生,他把自己新出版还散发着油墨香的《犹大开花》送给我一本,随后我和作家墨白先生、杜禅先生、麦启先生在一家夜市摊上小聚,夏夜,凉风习习,我们始终围绕着文学的话题展开,谈了很多中国文坛、河南文坛的人和事,看着身边熙熙攘攘的人群,我们这些文人仿佛是这个夏夜都市里突然飞来的几只萤火虫,微弱的光亮淹没在华灯初放的都市夜生活中。后来,我又从杜禅先生那儿得到了他的新书《有啥别有病》,细细捧读杜禅先生的这两部长篇小说,我感到在当代中国文坛,杜禅先生是描写当代知识分子力度最大深度最深的作家。杜禅先生笔下的人物群体都是从事各种职业的知识分子,在《犹大开花》里作家杜禅描写了一群办期刊的文化人之间的是非恩怨,《有啥别有病》描写了作为病人的知识分子人物方程的复杂心理历程。这是一幅幅描写当代知识分子的"时局图",实际上,在中国文化发展史上,"知识分子"是现代化发展的产物,他们不同于历史上"士"和"吏",尤其是在当前中国全面推进现代化的历史进程中,知识分子开始了迅速的蜕变与分化,他们身上诸多病变是在和社会的缠绵厮混中沾染的病菌,是在身份错位中产生的撕裂感。杜禅先生笔下的"知识分子"已经大大不同于柔石《二月》里的萧涧秋、杨沫《青春之歌》里的林红、谌容《人到中年》里的陆文婷,这些小说中的知识分子的痛苦烦恼还是社会知识分子遭遇到的共性的烦恼,个人理想与社会理想的矛盾、个人与组织(群体)的矛盾。而杜禅先生笔下的知识分子却是身份阉割后的心理畸变。就如《有啥别有病》中"导演"对"方程"的开导:

人没了灵魂,就是一具空壳,一副臭皮囊。这是人生理上一再出现问题的重要原因。一个人没有魂,皮囊就长虫子。就像房子,只要有人住,它就活了。

没人住它就破了，老了，毁了。人呢，就会生这样那样的病。革命时期，人们被一种激情灌注，身上的小毛病像洪流里的小草一样被冲得抬不起头来。

　　杜禅先生的这两部书描绘了中国当代知识分子在时代洪流中挣扎沉浮的"时局图"。《犹大开花》围绕"黄帝巨塑"问题，描写了田稼安、万主任、秦之娅、吾颖达、祝贺、春秋、陆丁九等人物，他们似乎是"一群没有痛感的群体"（孟繁华），甚至连贾平凹《废都》里的"庄之蝶"那样的身份错位感也荡然无存。比如"范例愚弄田稼安已经抽掉了道德的内核，在他眼里，田稼安只是一个行走的工具，或者说是他智力游戏的道具，只有这个工具和道具才使他的智力游戏有了依附。"这些知识分子蜷缩在自己营造的一个个逻辑小屋里，为自己的各种社会行为寻找了一套套似乎非常合情合理的证词，所有的人都在一个个社会的太极图里左冲右突，"人和物都是那么虚幻、重影、叠印，甚至自己也不是真实了。"这种晕眩感源自知识分子价值判断的迷失，似乎一切都在阐释与被阐释中变得都有自己存在的理由，似乎一切都能找到自己存在的佐证材料。小说中，人物"祝贺"与"草帽"的对白，可谓一语道破当代知识分子灵魂被抽空、精神被连根拔掉之后依然活得心安理得的根由："我的面前矗立一个飘渺虚幻的金钱世界，每到深夜人睡之际，我的耳旁总能听到来自金钱方向神秘的爆炸。这感觉真的挺像初恋的春潮。""虽说人们形形色色，可是在本质上我看还是一样的。"《有啥别有病》中的"马太""黄紫""方程"们也游走在社会心灵的边缘地带，"灵魂曾经存在，而现在这个存在已经枯萎成一个词了，在物欲和肉欲的双重挤压下，变成文物般的标本。""方程"这个患有一身病的人物，处处为自己身上的病寻找疗救的良方，可是他最终发现"现在的商品社会对我不合适，高速度、快节奏对我不合适，我的内脏不接受，我的骨头不接受，我的负荷不接受。我要找适合自己的路。"知识分子从没有像今天这样，在当今社会变得这样迷茫与焦虑，焦虑的根源就在于知识分子身份地位的被颠覆，被边缘化到了一个可有可无的位置，知识分子的没落导致生理与心理上的不适应感，身心俱疲，浑身乏力。杜禅先生在这部小说中，对人类疾病进行了深入透彻的病理分析。当代"病态"型的知识分子应该如何走出疾病的阴影，关键是知识分子如何适应时代社会的发展，如何确立知识分子在时代和社会的位置，如何重塑知识分子的形象，杜禅先生在这部书里没有提供具体有效的答案，因为"人是一眼井，尽管位置和深度有别，源头都一样。"杜禅先生在小说中描绘了社会系统对人的钳制，随着市场机制体系的健全完善,"机械运动比肉体活动强大,肉体比情感强大,情感又比理性强大,理性比时间强大,时间比权力强大,权利比金钱强大,金钱比女人强大,女人又比机械强大。社会就是这个强大的系统里循环的生物链。"在这样的社会系统中,人的主体性地位被隐匿了,人们活在系统运转的惯性中,形成了对心灵的严重挤压,"有些病是无法治疗的。许多生理性的病的根源是精神和心灵上的。"可是推动这个社会系统运转的内在动力是以"肉欲"为基础的各种欲望,因为"肉欲一旦形成,男女之间的清纯和精神上的清澈变混同于常规。"精神被肉欲一点点"氧化"掉了,人物"方程"一直在逃避社会对自身的挤压,他发现"在雪地漫步,给他一种沁心的凉意和凄美的质感。这是一个红尘中人正在做一次必要的净化活动,一点一点滤掉身上的污秽和杂质,以便感到自己还是个挺不错的人。在物欲横流的社会,需要时常对自己检修一下,于是呼唤那个叫灵魂的圣物漂浮出来。"杜禅先生在小说《有啥别有病》里探讨着当代知识分子身上疾病发生的社会文化哲学内涵,是当代研究知识分子心态和精神生态的珍贵文本。

刘再复：西风欧雨中的学术嬗变

　　四五年前，我到汴京出差，闲逛一家三联书店，偶得刘再复先生的《红楼梦悟》一书，心甚欢喜，此书以全新的视角解读红楼，观点超拔，不落俗套，给人耳目一新之感。说来惭愧，我阅读有限，记忆混乱，一直把写散文诗的刘湛秋先生与搞文学研究的刘再复先生混淆一起，倍感汗颜。后来我读到刘再复先生的《读沧海：刘再复散文》，才发觉二位先生都有一颗敏感温柔的心灵，都能写出无言的大美。就这样，我开始搜罗刘再复先生的各种著作，近些年来，再复先生的著作如井喷式的进入我的阅读视野，浏览书架上，我陆陆续续购置的各种各样刘先生的著作不下二十多种，我全都一一读来，深深感受到这是一位与时俱进，永远走在思考道路上的思者、智者、学者。某媒体记者采访目前最走红的青年评论家谢有顺先生，问及"还在世的人当中，你最钦佩的人是谁"时，谢有顺谈到了刘再复先生，"他的思想一直在进展"。刘先生在海外漂泊二十多年，心胸开阔，视野远大，在世界文化的洗礼中，跳出了狭隘的民族主义藩篱，以全新的视角，博大的赤子情怀，真诚坦荡的思考，明心见性的清澈文字，把自己的所思所想全都表达了出来。

　　我最喜欢阅读的还是刘先生对中国文学经典研读的五本书：《双典批判：对＜水浒传＞和＜三国演义＞的文化批判》、《红楼梦悟》、《共悟红楼》、《红楼人三十种解读》、《红楼哲学笔记》，这些对经典解读的专著，不是一般学术意义层面的解读，而是调动了刘先生全部人生阅历及阅读经历的心智型解读，是一种穿透古今中外思想隧道的大解读，是一种尊重人性的生命解读。文字熠熠生辉，醍醐灌顶醒人耳目的见解如杂花生树，扑面而来。刘再复先生离国二十多载，没有在西风欧雨的异域文化环境中放弃了对祖国文化的深重思考，没有剪断与祖国情感相依的脐带，而是跳出了国内闭塞的学术天地，摆脱了板结的学术土壤的贫瘠,躲开了近亲繁殖的学术风险,思路宽广,洞府开启,其道大光,澄明耀眼,心中原来存在的国内与国外的鸿沟填平了,异域文化带来的排异反应慢慢消失了,血脉混合融通,境界飞升,思想顿悟:

> 在海外几十年,一直觉得自己的灵魂布满故国的沙土草叶和纸香墨香。这才明白,祖国就是那永远伴随着我的情感的幽灵。无论走到哪里,《山海经》、《道德经》、《南华经》、《六祖坛经》、《红楼梦》就跟到哪里。原来祖国就是图画般的方块字,就是女娲补天的手,精卫填海的清枝,老子飘忽的胡子,慧能挑水的扁担,林黛玉的诗句和眼泪,贾宝玉的痴情与呆气,还有长江黄河的长流水和老母亲那像蚕丝的白头发。

刘再复带给中国学人的启示是多方面的,他启示我们学术无国界学界之分,学术需要多方面的滋养才能变得博大贯通融通交通相通,学术没有自设的篱笆墙,没有天然的分水岭,更没有自私的门户之见,学术是生命的事业,学术必须与生命合而为一,才能走出狭小,走向域外的阔大。学术是心灵的事业,必须涵盖千古去除心灵的阻隔,才能拨云见日,看到更美的景致。长期以来,我们对经典的阅读,往往是在中国过于偏窄的思想范围内过于拥塞的小圈圈内打转转儿,路径狭窄,徘徊不前,进展的幅度不大。一部《红楼梦》我们往往是在索隐派与考证派之间逗留,而没有从佛学思想、世界文学的大视野以及人类整体思想的宏大背景下对包括《红楼梦》在内的一切中国经典著作进行全新多视角的解读。刘再复先生斩断了国内学术研究各种人为设置的羁绊,跳出了思维的拘囿,开始了无拘无束天不拘兮地不羁的逍遥思考,到处都是目不暇给的吉光片羽,到处都是让人豁然开朗提神醒脑的精彩分析:

> 中国文学史上一些精彩的生命,诸如嵇康、陶渊明、李白、苏东坡、李商隐等,并不是儒家文化塑造的。儒家讲究"秩序优先",并非"个性优先"。秩序优先自有他的道理,但往往给个体生命带来屈辱。《红楼梦》中的林黛玉尚"个性优先",薛宝钗则崇"秩序优先"。人类永恒的困惑,也可说是思虑中最大的一种悖论是"重天演"还是"重人为"的悖论。前者重自然、重自由、重生命;后者重意志、重秩序、重伦理。中国的庄禅属前者,儒家属后者。《红楼梦》中的林黛玉与薛宝钗是曹雪芹灵魂的悖论,也是人类思想永恒的悖论。林薛之争,不是善恶之争,也不是是非之争,而是曹雪芹灵魂的二律背反。

刘再复先生的文字通透,没有丁点学究气,率真洒脱,一语中的,石破天惊,直指鹄的。没有繁琐的考证,而是和盘托出自己的观点;没有故弄玄虚的掉书袋,而是直白地亮出自己思考的结果。学术研究尤其是人文社会科学研究,更需要学者有囊括古今中外思想成果的胸襟,才能站得更高看得更远。刘再复先生的文字,汇融了人类一切思想成果,系统思考,纵横捭阖,左右逢源,包括刘再复先生的几本纯粹学术著作,如《性格组合论》、《传统与中国人》、《鲁迅传》、《罪与文学》、《文学的反思》、《人论二十五种》、《人文十三步》也都是视角独特而不偏执,思想犀利而不失温和,观点新颖而不故弄玄虚,委婉清通的叙述,流露出一种儒雅谦卑的学者风度。没有惯常学人真理在握、唯我独尊的霸匪之气,娓娓而谈,没有生涩的学术词语砖块,完全是一个布道者,没有国内学人一腔悲愤之气、肝火很旺的愠怒之气,思考着五四运动对中国历史进程利与弊的影响,反思着"革命"这个闪光字眼儿里面的血腥之气,温和地回味着"改良"这个灰色字眼儿后面的积极意义,品尝着"共悟人间"的温馨与美好,刘再复先生是目前中国学人中难得的一位身心健康,学术品格健全的学人,他是真正把学术思考与家国命运、民族世界发展紧密地融为一体的优秀学人。这些深邃而又明晰的思考体现在他的几本书中:《走向人生深处》、《思想者十八题》、《随心集》、《回归古典,回归我的六经:刘再复讲演集》、《李泽厚对话集:与刘再复对谈》,在这些书中,刘再复先生全面地阐述了对一些问题独特的思考,完全超越了国内学人最容易患上的体制懈怠症,最容易卷入的派别利益的争斗,最容易感染上的意识形态病,超越了一切人为的边界,特立独行地思考,勇敢地完成了思想的破冰之旅,就让他在一本书的序言中这样为自己定位:"没有国界的流浪汉,精神上的吉普赛人,思想者种族中漂泊的一员,正是我的存在状态。"他是罕见的具有世界公民意识独立而又清醒的学人,他的很多思考早把国内的很多学者抛在了身后,思考的奔跑,让思想永远充满生机与活力。

目前,很多学人视散文写作为学术研究的副产品,可是刘再复先生多年来一直坚持散文写作,取得了骄人的成绩,尤其是近些年他的语录体散文写作更是达到了一种浑然天成的高度。刘再复的散文除了具有文笔细腻,情感真挚等一切优秀散文的共性外,还具有学者散文的特点,那就是处处闪耀着的思想的灵光,这些思想的灵光温润而不刺眼,不是寻章摘句的引用,而是化识为智的渗透,是随心所欲的心灵感悟,是学人思考轨迹的完美呈现。刘再复先生在一篇文章表述了他的散文观：

  无论是散文还是访谈，我都没有压抑自己和扭曲自己，也没有面具，该说的话就说，不情愿说的话就不说，身心是完整的。人生这么短，能敞开胸怀说说由衷之言，能不迎合潮流与风气而保持一点生命的本真与锋芒，就是幸福。虽有锋芒，却不是高调。

  学问、思想、文采，三者我都喜欢，都默默追求，而让我最醉心的还是思想。我知道自己的本质乃是一个思想者，一个把思想的自由表述视为最高尊严的思想者，一个被许多当代猛人、伶俐人、套中人所不容的思想者。

  刘再复的散文主要集中在由三联书店推出的《师友纪事》、《槛外评说》、《八方序跋》、《审美笔记》、《天涯悟语》等卷本中，这些散文没有逞才使气的词语堆砌，没有学人欲说还羞欲说还止的吞吞吐吐，而是敢于抖搂出自己真实的思考，没有书卷气，没有才子气，没有冬烘气，洒脱自然，温润平和。很多学人的散文要么是学术研究之余把丢下的边角废料凑合成散文，一点典故，几缕幽叹；要么是几声忿忿不平的牢骚几个不疼不痒的人间琐事，散文气象不够，心胸狭隘，缺乏刘再复先生散文中那种悲天悯人，把小我与大我融为一体的气象，缺乏那种贯通天地古今中外的气魄。刘再复早期的一些散文诗，也不是对一些唐诗宋词意境的生发，而是完全进入到了一个物我两忘天人合一的生命大境界：

  生命需要氛围，我喜欢生活在大自然的氛围中，也喜欢生活在书本的氛围中，尤其喜欢生活在孩子们天真的空气中。当孩子的晴光暖翠照耀的时候，我仿佛从冬眠中苏醒，人间的寒冷立即就会消失。每个孩子都是太阳，它能化解把人类引向坟墓的暮气。因此，呼唤"救救孩子时"，也该呼唤"孩子救救我"。

  刘再复先生的散文也超越了一般学人散文的窠臼，通篇都贯彻着明澈的诗心与纯净的童心。很多学人散文往往散发着一种暮气沉沉的腐朽之气，缘于心灵的老化与思想的枯萎。散文是心灵得艺术，它最能呈现写作者心灵真实的状况。好散文都有一颗永不衰老的诗心与童心，它们使散文写作始终具有一种自我净化的功能。可是，这种净化功能往往被人误解，错误地认为散文写作是一种对丑陋污垢的躲避，散文就伪。净化是用诗心与童心的化解，是自我心灵的提升。刘再复先生坚持散文写作，不是文体的需要，而是生命的需要，在他看来，学术的最高境界都是诗性的美好，都是返璞归真的童心的圣洁。刘再复先生的散文不是无病呻吟闲来无事生压硬挤出来的，而是源自内心汩汩流淌出来的，带着作者自己的体温，冒着自己生命呼出的热气，文字活泛而不僵硬，思想深刻而不吊诡。学术不是闭门造车的冥思苦想，而是生活行进中面对一个个问题自己真诚的解答。作为学者，散文写作不是精神生活的点缀，不是插科打诨的附庸，而应该是自己生命活动中最重要的有机组成部分。

耿占春：思考在梦幻里

耿占春是当代中国从事诗学研究的重要代表人物。他本身就是一位诗人，诗歌创作的实践使他的诗学研究更具有扎实的经验基础，诗人的才情又使他的一系列著述犀利而又深刻、独特而又丰富、清新而又超拔。在这个人们越来越堕向俗性渊薮的下滑过程中，耿占春那充满诗性的文字仿佛是浓雾中那一声翠鸟的鸣叫，嘹亮通透醒豁。诗性是一种神性，如烟似梦，耿占春的诗学探索使他自觉地超越生活的表象，在诗性构筑的梦幻王国里做自由的散步。

在这个货币"起起伏伏"的时代里，诗学何为？在俗性与诗性构成的人生张力下，耿占春早期的诗学研究的导线就是这种张力所形成的心灵剂压。他没有如鲁迅先生所言的"微醉合沉沦""白眼看鸡虫"，而是一种决绝的对抗。紧抓住诗性梦幻的手，在朦胧里去软化那"人生的刺"（钱钟书），去捍卫那圣洁的诗性尊严。

诗性就是对终极的无限追问。所谓智慧就是人类挣脱混沌走向澄明的过程，它类似于一种分娩的阵痛。我读到耿占春的第一本著作名字就叫《痛苦——挣脱？忍受？》（深圳：海天出版社1993年8月第1版），他思考的起点就是从痛苦开始，这也许是一切思考者绝望的虚无。痛苦是人生存在的本真，拒绝痛苦其实就是拒绝生命麻木的沉沦，"因为沉沦是痛苦更汹涌的源泉。"

上帝也许就是一个阴谋家，它用人致命的弱点即留恋生惧怕死，现实的无穷诱惑来遮蔽那死亡之鸟扇动的黑色羽翼，用遗忘来逃避那人生有限性的追逼，痛苦如影随形。"当内心世界正在无限拓展的时候，生命却一步一步走向终点。""一切经验之物都在凋零，而属于梦幻与影子的事物却在增加。"耿占春在哲学的思辨中拓宽着思考痛苦的视域，拷问着人生的悖论。"在先知和圣者的朝代，痛苦具有一种令人想起人性之高贵的那种古典精神，但在现代人这里，痛苦开始变得苍白,痛苦变得有点暧昧不明,有点嘲弄意味,像某种莫名的烦心、厌倦、焦灼、无聊和麻木。""事实上,在这个寻欢作乐的并以此自夸于世的时代,痛苦像一桩在道德上令人羞愧的丑事在回避着。"悖论又是痛苦的根源,就像我们追求诗性那梦幻般的美好,可梦醒之后面对这个功利喧嚣的世界,我们会更加绝望痛苦,痛苦真是个"欲说还休,却道天凉好个秋"的无奈话题。

在这个学术研究越来越浮泛巧滑的时代,耿占春这种诗性的思考本身就是"另类",谁还纠缠于生死、痛苦之类永远"剪不断、理还乱"的问题? 这也是区分有良知的学者与无良知的学者的试金石。不断地追问、拷问那些形而上的问题,不断地向形而上攀升,与现实保持一种对抗的状态也是学者良知与使命所系;绕过形而上的叩问,与现实握手言和,或在现实的田野上叽叽喳喳如秋后原野那一群麻雀,这样的学人终究是没有出息的学术懒汉与学术投机商。每次读耿占春的文字,我的内心都涌出莫名的感动与欣慰。在这个学术研究批量生产、模具复制的时代,耿占春无疑在自觉地承担着学术研究守夜人的角色职责,出身平民世家的耿点春在形而上学的挺进中同样保持着一颗"为生民立命"的平民情怀。我读耿占春那诗意精警的文字,往往会感动于他对芸芸众生悲天悯人的关怀:"像草一般常见的,是普通人的死,没有光荣,没有悼词,没有不朽的预言,悄无声息的死。如同她们来到世上一样,不为任何人所想象、觉察、纪念。没有任何历史记载这样的生和死。""历史不会记住平凡得像草一样的人的生活,人的深情、眷恋、痛苦与死亡。"

人生有梦总难醒。耿占春的文字有一种穿透梦幻、敲打人心的震撼力量,就在于他用"梦幻的絮语"来抵抗现实生活中庸常的健忘、人性的残酷、世俗的冰冷、历史的遮蔽,在梦幻中说出他内心真诚的思考。就如他在《话语与回忆之乡》中所坦言的那样,"我写,我是时光碎片的收集者,然而我知道,有一种力量在悄悄地抹去,它总在漫不经心地抹去一切。时间、死亡、忘却、淡漠,在抹去一切存在之物。"声明自己的写作是"创造光芒,使看不见的事物在其间隐约现身,试着显形。"生命中那逝去的东西只有在梦幻里"复返"聚焦,才能重新回到"话语和回忆之乡"。每次细细研读耿占春那从梦幻的絮语中结晶而成的文字,我都会暗暗感叹从学者内心发出的最隐秘、柔软、灵性的颤音。现如今很多学人皇皇大著除了那舶来品的西域经典,就是那真理在握、言之凿凿的学术僵硬、霸道之气,文字只有理性而没有血性,只有深度而没有温度。在他们那长长的欧化式的时髦语句里,你感觉不到学者内心那痛苦的灵魂拷问,学术在他们眼里也只是一堆堆学理僵尸的堆积。《痛苦——挣脱?忍受?》和《话语与回忆之乡》两本薄薄的小书,却同样可以当成哲理散文进行不断的解读,可以说是当代哲理散文写作的一大收获。

我有一种不成熟的看法,一个人在年轻时会写诗不会写诗,或者换言之,他对诗爱或是不爱,往往会决定他以后思考力的强弱。大凡青春少年痴迷于写诗或者读诗者,思考追问的根扎了入他生命的沃土里,而且慢慢会变成生命的血肉,他的言谈举止,他的读书行文,点点滴滴中总会触摸嗅闻到诗性的气息与因子,爱追问爱独立的思考,爱以简驭繁,爱发出自己独特而又响亮的声音。从诗人耿占春到学人耿占春,这种诗性一直没有弱化,诗歌写作的历炼,使他的系列文字处处可以看到那诗意才情的流淌痕迹,可以感受到那种浸入文字骨髓的诗人气质与秉性。生命中的一切都在梦幻中重新排列有序,重新镶镀上温润的色彩花边,重新发酵成酒。"我体内一切有感情的部分都在受苦","姥姥在我的生命和精神上占据着一个故乡般的位置,一个来源,一个无限关怀的世界,而今这个圆满的来源的世界逝去了,圆满就是内心与存在之物的同一,它意味着幸福。是存在恰恰所感的那种和谐一体。"耿占春在梦幻中打捞着生活的碎片,并用诗语的穿透力到达情感的最深处。

从某种意义上来说,诗语就是梦语,它不受现实逻辑的制约,而只听从于情感的支配,天马行空,语言的跳跃性恰好吻合情感的搏动性。在梦幻中诗语会因为与世俗之语拉开距离而变得更加纯净,更加灵性,更加厚重。诗性让平凡变得伟大,让生命变得珍贵,让生活变得芳香,让我们的心灵变得静谧博大,让我们的眼睛变得更加明亮。它涤除了生命的尘埃污垢,点石成金,化腐朽为神奇。耿占春以诗眼看人生,人生就有了质地,人生就有了"如切如磋如琢如磨"的故事,人生就敞开了它那"阿里巴巴之门"。《观察者的幻象》便是耿占春用诗性观照"破碎的陶片""悲哀""离散的记忆""童谣""炉火和油灯""梦""天上的姥姥"之后对生命本体更深入更透彻的诗性感悟。如果说"回忆是赋予个人的经验以意义的方式,回忆性的叙述也是给予生活的秩序和结构的方式。"那么在观察者的幻象中,他要从句子中"分泌出一种液态化的感觉物质,使它的所有词汇变得无限细小、活跃、柔软而又尖利,以便找到感觉的细微在整体上的吻合,"他在"看,听与触摸"中捕捉这些细微状态,至此,耿占春的诗学研究的个人风格已初露端倪，不同于一般的学理层面的诗学审视，而是从更加诗性的身体哲学根部去发现生命那"感觉细微状态"。因为我们懂得，"看，听、嗅、触摸"，这是我们拥有和亲历事物的方式，也是人相互爱、享乐和受苦的方式。视与触，是人与事物的基本接触，是人的及物的活动。

耿占春的《观察者的幻象》依然可以当成哲理散文来研读，他依然以"看、听、触摸"来诗性化地观照生命中那最隐秘、最温柔的部分。精神粗糙导致文本肌理的粗糙。耿占春以诗性"观察者"的身份看到"幻象"背后真实深邃的镜像，透过生活的白光折射出七彩的幻象。深夜细读耿占春先生的文字，恍惚隔世，"不知有汉，何论魏晋。"五色令人目盲，作为生活者，其实，我们都是对生活习焉不察的"马大哈"，都患上了感情粗糙的夜盲症。那些细微细腻进入精神时域的文字，如深夜田野中幽幽暗暗倏忽飘散的蓝光。"时光与经验消失之后，我们对人生应会形成另一种目光。它不再仅仅是人世的或我们自身的目光，而是糅合了时间本身的目光。经验自身的目光。它既不是真理也不是偏见的目光，而应当是躯体意义上的目光，是目光本身，是物的目光。"写作就是目光的发现，写作的目光穿透一切现实的障碍，进入事物内核，内核不是实体，而是一种幻象，一种存在的"场"。耿占春的诗学探索不是揭示事物本质的意义，而是呈现本质的虚空。虚空就是语言的实体。最近，耿占春先生的系列著作，如《隐喻》《沙滩上的卜辞》《失去象征的世界：诗歌、经验与修辞》等著作，反复阐述的诗学命题就是我们如何剥离了语言表达的能指，如何抽干了语言隐喻的内涵。象征"不能再次获得社会层面上的、群体视域的事物，再被社会以诗歌写作活动进行的回收之外，成为个人作为'精神病'而残余下来的象征能量，日益成为精神分析学所要处理的心理残余。"耿占春先生的诗学探寻文字，在这个表象化崇拜的后面依然是寂寞的文字表述，他的诗学忧思也变成了他自己深夜的呓语，他这样精粹凝练的文字在当前大量污浊混乱的表达场域显得有点悲壮与崇高，他只有沉浸在诗学的"幻象"中才能找到一种在场的真实。我每次从书架上找出我购置的所有大大小小耿先生的著作，随意翻读，总是隐隐约约发现写作对于耿先生也许是一种躲避，一种精神的自慰。他躲在表达的硬壳儿里，获得生命的保护。"文字是某种灵物，通过既是媒介又是灵力的物，采集来自自然的灵力的灌注。"

耿占春先生的文字，是诗人本身写下的没有分行的诗句。这是一位用诗歌和诗论建造自己诗学大厦的思者。他粘稠的文字需要我们在阅读中慢慢稀释，他针脚细密的表述需要我们慢慢触摸思想的纹理。诗性的文字特别需要我们静下心来，慢慢咀嚼。诗学的发现需要慧心的领悟体会。近年来，耿先生的很多文字，都有醒人眼目、启迪灵符的作用。许多文字，关乎我们的社会生活，诗人敏感而深刻的表述，让我们在司空见惯中有了新发现。在《道德和审美之间》《书的挽歌与阅读礼赞》《群岛上的谈话》《改变世界与改变语言》《中魔的镜子》等著作中，耿先生更表达了作为当代学人的当下关怀。他发现"最美的消费品是以人的身体为对象的附属其中的激情、欲望、迷恋和其他深不可测的秘密。""男人和女人之间的相互需求是古老的神话与诗歌中就已反复深情讲述的。通过自己的深情打动对方，通过展示自己美好诱人的一面吸引异性，无论是情歌、健康美好的肌肤、教养，都要通过一个引诱的过程。"耿占春先生的文字，有一种唯美诗性般的纯净感，清澈得容不得我们过于世俗眼光的染读，唯美得拒绝我们过于浮躁内心的接纳，甚至他的文字不是当下学人键盘敲击下快感发泄表演式的流水文字，而是自我梦呓自我满足自我思考自言自语式的私人化文字。这些年来，他一直在思考探索一种百科全书式的"叙事美学"，就在于他发现"讲故事的艺术在小说叙事中衰落，为广告所充斥的商业社会却到处都在讲述商业神话，用讲故事的形式向人们描述商品世界的乌托邦"，他"渴望像小说家那样进行虚构叙述写作，是为了寻找真实：这不是赤裸裸的真实，这是需要虚构和想象甚至梦想，才能追寻的真实。"耿先生的《叙事与价值》《叙事与抒情》两本探讨"叙事美学"的著作，一直试图留住那些"美学的剩余价值"，因为"文学艺术的批判能量被过滤掉了，它的乌托邦精神被中和与稀释为私人的幸福生活幻影"。也许，只有文字的私密性才能保证表述的纯粹性，那种外在的广场式的文字表述是藏有机心的表述，是一种作秀的虚伪的语言巫术。耿占春先生在《改变世界与改变语言》《叙事美学：探索一种百科全书式的小说》等书中反复强调的就是语言表述方式的变化，随着古老叙事艺术的没落，叙事行为的工业化、市场化，"现代社会对虚构叙事的热情突然间消失了"，我们活在所谓新闻的真实中，故事意味着事故，在这种叙事语境转换的背后，是我们的生活方式发生了根本性的逆转，丰富细腻的情感，广阔无垠的想象空间，健康心灵对世界一切生灵的敬畏，艺术审美的无穷魅力，都在文化工业的过程中被蚕食般消解掉了。叙事问题严重地影响着中国人精神生活质量问题，它消解掉了生活丰富深刻的内涵,扁平化了我们的文化空间。

在当代众多学人中,耿占春先生的文字风格是高洁纯净的孤本,文字充满浓厚的精神贵族气息,他似乎一直执拗孤傲般地陶醉在文字的梦幻中,借此抗拒着这个"失去象征的世界"。柔软的文字抗拒着过于坚硬的现实。孤独的充盈与丰富,他找到了自己表达的立场,虽然曲高和寡,但是尤其显得悲壮和高贵。他活在自己的文字乌托邦中,活在自己自足自信的诗学精神的坚守中,就如耿先生面庞那茂密的胡须,是否也是他抗拒这个修葺得过于规则整齐社会形态的一种方式?阅读先生的文字,我时时产生不忍心一口气读完的感觉,我想在先生的每一句话面前驻足思考,认真地品味先生字里行间密集的信息密码,悠悠地把玩先生独特的思想表达方式,独自分享耿先生那种雅致自足的精神生活。

谢有顺:常识后面的历史真相

在众多的当代文学评论家中,谢有顺是我喜欢的批评家之一。谢有顺的书第一次进入我的阅读视野,是他的第一本文集《我们内心的冲突》,语言畅达,说理明晰,很有才气,随后便开始留心谢有顺的文字。我常常从《当代作家评论》《文艺争鸣》等杂志上看到谢有顺的文章。在郑州的几大书店,我也陆续买到了其《我们并不孤单》《活在真实中》《贾平凹谢有顺对话录》《于坚谢有顺对话录》《先锋就是自由》《从密室到旷野》《从俗世中来,到灵魂中去》等多部著作,案头翻阅,床头捧读,雨夜细品,很是受益。

夏夜一日,与河南某一作家在一小吃摊点小聚,当我言谈中表示对谢有顺文字的激赏时,在座的一位仁兄一脸不屑地说,"什么呀,谢有顺说的那些话都是一些文学常识呀。"但是,我细思忖这话倒也真说出了谢有顺的可贵之处,当我们的批评家们津津乐道于那些西方文论的时候,当众多的文学批评变质为文学表扬的时候,谢有顺如安徒生《皇帝新衣》里面那个说出历史真相的小孩子。当代文学评论界最大的不足不在于文学批评理论的匮乏(恰恰是理论的过剩),而在于对文学批评常识的轻蔑与忽视。谢有顺,作为一名青年评论家,他敏锐地发现中国文学批评界的最大问题就在于对文学基本理念的漠视,对文学本质问题的轻视。当谢有顺义正词严地指出这些问题时,在理论标新立异的文学界,必然会遭遇很多人诧异中的冷言冷语,在很多人看来,这些常识性问题根本就不是问题,但谢有顺多年来追根溯源地为文学批评清理常识的基面,终于让我们发现常识后面的历史真相。"所谓回到常识,就是要我们经常反思自己身边所发生的每一件事,经常质疑那些似是而非的教导,那时我们会发现:许多的事情,我们都要从头再来;真正的革命和解放,应该从常识开始,从每一个习焉不察的生活细节开始。"(谢有顺《从常识开始》)常识,是生命的基本规律;常识,是奠定我们一切认知的基石;常识,也是文学批评的出发点和落脚点。谢有顺"从常识开始"找到了中国文学批评的症结所在,也形成了他朴素而坦诚的文学批评风格。

现在的中国文学批评家们,在一味地追逐洋名词、洋观念、洋语言中,使文学批评变成了文学批评技巧技法的表演,变成了套牢作品的铁皮靴,变成了自言自语的独语者,变成了与作家、作品情感模糊的暧昧者。"几十年以言治罪的历史早已教会了中国的知识者该如何见风使舵,如何当面一套背后一套,如何操用一种滴水不漏的方式说话而不留下任何把柄。这种畸形的谨慎与敏感,使得许多知识者不再习惯用'是'或'否'来回答一些常识问题,习惯把一个简单而直指内心的判断句衍化为四平八稳的长篇大论,它的直接恶果是,把最重要的事实判断偷换成了优美而空洞的说话方式,充满暧昧而平庸的气质。"谢有顺的文风清新俊朗,显豁通达,朴实而有锐气,锐气而有定力,点穴到位,直入病灶。上述话语依然是被我们忽视的常识,通过谢有顺的文笔表述简洁有力,碰疼心弦。"暧昧而平庸",表述得准确到位,这种功力源自于他沉着冷静、坚守中国评论话语方式的立场。他指出了中国文化界"暧昧而平庸"现象背后的文化秘密。

谢有顺的文学批评是要清扫包括诗歌、散文、小说等多个文体那被遗忘的常识界面。他清扫的是那些附着在诗歌上面的时尚文化污垢、散文人心外面的浮尘、小说叙事中的垃圾,让我们的作家们看到一个健朗、洁净的文场。他呈现的是文学批评的常识图景,而不是我们当下文学批评对西方小说理论的无缝对接或对号入座式的图解。谢有顺的批评文字不是广场式的社会文化学批评,也不是密室里私人密语式的娓娓交谈,他的文字纯正通畅,道出了人之不屑于言、欲言而不得的事实真相;他的话语表达忠厚坦诚,没有惯常批评家真理在握的粗暴霸气或取悦作家的媚俗之气,清正无邪,劲拔秀颀,质朴无华,很有一种拨云见日的勇气与清朗,有一种坦荡无私的果敢与清澈。谢有顺所坚守的批评立场就是他几本书的题目:《文学的路标:1985 年后中国小说的一种读法》《被忽视的精神:中国当代长篇小说的一种读法》《文学如何立心》《文学的常道》《抱读为养》,等等,在这些书中,他反复阐明的常识性问题就是,"真正有价值的文学应该是人性的,非常人性的,而非像一些作家那样动不动就向往别处的生活(所谓的理想),却拒绝出示自己在当下生活中的立场和体验。"(《传媒时代的话语空间》)这些貌似常识性的话语却在中国当代文学书写中被扭曲被冷落被忽视，中国当代文学创作抛开常识的宽阔大道而热衷于沿着崎岖狭窄的羊肠小道，这背后的原因是什么？谢有顺在各种正本清源的批评文章中指出了各种外在因素对文学创作的干扰，他发现多年来，小说创作肌体上沾染附着了很多污垢，这些污垢已经长在了小说、散文、诗歌等文体的皮肉里，成为包裹文学肉体的一层层厚厚的死皮。任何清污去垢的祛除死皮，都会引起连皮带肉撕扯的痛苦嚎叫。不管是"怎么写"或"写什么"，中国当代文学要建构自己崭新的文场都需要自身开展一次净化活动，荡涤污垢，回到"文学的常道"，恢复文学自身本真的容貌，廓清文学发展的路径。谢有顺充当的是文学批评的外科手术师，而不是刮骨疗毒的治疗师，即是这样祛除死皮植新皮的手术，已经让文学肌体发生剧烈的痉挛。因为死皮已经连通了文学的血脉，植皮的痛苦让文学产生新的阵痛。"在价值层面上，只有崇高与颓废之分。颓废起源于对消费主义的认同，对理想主义的摈弃，它与虚无一道，构成了我们时代境遇的基本镜像。"在当代中国评论界，我们已经很少读到这样批评性的文字了，率真直截，批评到位，语言没有霸气，而是很有节制的理性思辨，看不到学院派纠缠于概念、体系的繁琐，读不到那种酷评文字的生猛与霸道，而是细细说理，娓娓道出了很多批评家不屑一顾的常识性问题，"我尤为重视文学写作中那些精微的、地方性的、小视角的、生机勃勃的经验和记忆，那种无法被粗暴的消费文化所分割和抹平的记忆，我觉得这才是文学写作中最动人的景观。"文字圆润而不雕刻做作，才气弥漫而不花哨峭拔。谢有顺坚守自己的批评立场，他坚守在批评的根系部位，从那些细枝末节、司空见惯处看到了文学的真实生态，从根部培育文学的生长，从中国文学艺术现有的土壤中寻找到新的生长点，关键是"如何在这样一个地基上发挥自身的创造性，让我们的文学真正具有伟大文学的品格，是值得任何一个有抱负的作家思考的问题。"谢有顺没有职业批评家易染上的凌空蹈虚的毛病，对市场体系中风雨飘摇的文学没有发出悲观或乐观的断言，没有轻易地为文学家的作品及文学现象轻易地下判断占卜辞说谶语。他的批评文字言辞恳切，点穴到位，"很多中国作家写作的价值，从来不是用写作本身来证明的，而是要被这个社会所证明，被这个主导的意识形态所证明。"常识性的问题却往往是最容易被忽视被忽略的盲区，是认知的"灯下黑"。谢有顺在当代中国批评界的意义不是他提出了多么前卫的观点，开出了多少药到病除的方子，而是呈现问题的本真,回到常识性共性的问题原点,"如何才能像一个真正的人那样活着,像一个真正的人那样写作——这个简朴的问题,恐怕仍旧是作家们所要面临的主要障碍。"

谢有顺批评的文字让人惊叹之处也在于他在似乎不是问题的地方发现了问题的病根儿,而且没有弯弯绕般复杂的考证,没有学术拿捏作态的腔调,没有惯常批评家居高临下的惊惊乍乍。比如他对先锋派小说的认识,一针见血地指出一些先锋小说家们,"他们集体颠覆故事,把小说弄得乖张深奥,哪怕是一个短篇都必须经过专业的破解才能够阅读。"谢有顺不回避问题的存在,而是直面问题存在的批评。但是,谢有顺在当代批评界因为他坚守的常识性批评立场,还没有引起足够的重视,他内心的孤独是因为中国当代作家们面对常识性问题不屑一顾般的冷漠,在歧途上越走越远,错把歧途当成文学的常道。谢有顺对很多问题的阐述不是因为"新颖别致"而抓人眼球,而是因为对常识常道问题的深刻解剖,让我们突然看到熟悉地方的陌生,常识性问题下面的深奥。例如他对先锋小说的认识就颇有独到之处:"现代艺术的形式变得复杂而隐晦,实在是因为现代人的内心越来越复杂、越来越深不可测所致。惶惑不安的卡夫卡,怎能像巴尔扎克那样信心勃勃地花许多篇幅来写人物生活的环境呢?疾病缠身且生活在闭抑的法国书房里的普鲁斯特,也不可能动不动就写什么'波澜壮阔的社会画卷',他只能写下记忆的回声,并且使一切的回声和潜伏的线索都消失在一个梦幻般的宫殿里,以达到对他们的诗性保存。"谢有顺文字没有细密的推论,而是顿悟般的揭示;不是环环相扣的逻辑推演,而是点评式的眉批。文字带有自己的性情与温度,不僵硬冷涩,不高调超拔,正如庄周著的《齐人物论》里对谢有顺的评价:"谢有顺的文学才情不仅远高于大部分吃批评饭的文学教授,而且高于很多吃创作饭的作家。他批评过的、甚至经常加以肯定的作家,文学才情大都远逊于他。这是在作家大都不称职的情况下,称职的批评家难以避免的尴尬:巧妇难能无米之炊。"谢有顺文字难能可贵之处也在于他对批评职业的捍卫,不依附于任何作家,不攀附于任何文学门派,横溢的才情使他在诗歌、散文、小说等多个艺术门类中都能发出自己独特的声音,而且他文字爽利纯净得让我们看到了很多作品的粗俗与破绽,他的追问深度让我们看到了自满自足自恋的中国当代文学的浅薄与贫瘠:"作家是不是应该有更健全的精神和艺术上的维度,来保证他的写作接通的是一个更伟大的文学血脉?""只有当叙事实验不再成为一个外在的标签,而内在到了作家的精神之中时,文学探索的意义才开始真正显露出来。"谢有顺的批评文字,是超越于时代超越于文学的文字,他从人类精神的维度来把握文学艺术的走向,从文化社会学的视野审视文学的风景,从人性的高度来看待艺术创作的价值与意义。"人是一个复杂的存在。人的烦恼与喜悦,不仅来自内心深处那些琐琐碎碎、不可名状的小感受、小欲望、小暧昧,也来自于生存世界中人与人的碰撞、摩擦、不可理解,生活境遇的不如人意,对他者的关注、同情和包容,对家国民族的忧虑和热爱。这些共同构成了人心的感受,也丰富着人的内心世界。"谢有顺是一位真正把批评当成职业与事业的批评家,他保护着批评的圣洁性,遵守着批评的法则,坚守着批评的底线。文字干净圣洁源自于精神的纯度与高度。

何向阳：笔力重、才情盛、思想寡

知道何向阳，是在某媒体上得知她是一位才女，是老作家何南丁之千金，是鲁枢元先生的研究生。地缘之故，随后的日子，我就开始留意这位中原才女的相关文字，林林总总购买了其《肩上是风》《朝圣的故事或在路上》《向远道》《梦与马》《彼黍》等数本著述，但是不知怎的，每次兴冲冲地买来，兴冲冲地阅读，却总是读不下去，煞是苦恼。那次我游学到陕北榆林，路途遥远，包里塞了何向阳的几本书，火车向北奔驰，我开始系统地阅读何的文字，几次书卷抛落，昏昏欲睡，再度拿起，还是读不进去，索性硬着头皮强读，一书阅尽，终不知所云。又从包中拿出一本何的著作，干脆来个解剖式的阅读探秘，终发现我读不下的原因：何的篇篇文字，大都存在笔力过重、才情过盛、思想太寡的问题。

首先是笔力过重。何的文章给人的感觉是端着架子精雕细刻出来的成品，是不断润色修整拿捏出来的蹩脚工笔画，是举轻若重煞有介事般的沉重写作。过于雕琢用力使何的文字显得疙疙瘩瘩，过重的笔力把本来很是普通平常的一句话生生雕琢得佶屈聱牙。逞才使气中过于冗长的句子几乎窒息了阅读者的兴致，散溢的才情与扭结的句子完全遮蔽了文字背后的思想。提纯锤炼精心钩织的文章如隔绝地气的硬化水泥地，生硬光滑，再也没有那种松软柔细的感觉，路面平整，剪裁适当，但是我们却看不到了作者茂盛疯长的思想情感，看不到了才女思接千载的真实心理颤动。文章"做"的痕迹过于严重，表面上看，固然何向阳的每一篇文章文饰涂抹得浓淡适宜，修剪得中规中矩，理论把握得有度有节，"完美"得无可挑剔，却无形中破坏了文章本天成朴素本真的自然之美，减损了文章平淡显奇崛、"老僧只说家常语"的生命气场。

作为学人，何向阳的手中之笔在凝重中用力于那些弯弯绕的语句表达中，"时尚流程中的顺从与叛逆，终是取消与虚无，连时尚本身都逝梦一般，将人幻化,成烟成雾,终至于无,以此惊世骇俗,在那冷漠的脸上,写下否定与拒绝,而拒绝后面,是更大的邀宠,或者,是遗世的决绝,而世人已读不懂两厢的区别。"这些学理色彩极浓的笔墨,看似很有理论味儿,实际上通俗的话语说就是"时尚随着时间的流逝而发生着各种变化"。我们吃力地品味着这些疙疙瘩瘩、明暗闪烁的文字,似乎感觉到她费尽心力狠挖学理深度的努力,好像这些学理的表述必须依附于这样晦涩的语句中才能够得以存在。但是,语言表达风格的背后与书写者的性格密切相关,何向阳是一个急欲表达个人观点的人,她永远"在路上"的生命姿态决定了要用拧巴的语言呈现出一位"肩上是风"奔走者的真实心态。正如她在《夏娃备案:一九九九》一文中所言:"喜欢这种本分,正如我喜欢能有力地表达社会框架中的个人经验的作品。能够在人性完整的基础上重建完整人格的作品,我也时时警觉于任何理论与派别对我独立思想的控制,哪怕它打着性别主义或者更新美的旗帜,它的力量也不足大到裹挟我去,因为深知任何成见都有自我毁灭性一面,因为深知理论定型后的类玄学的杀伤力,正如深知文学因其多种可能性的相对存在才可称其为文学一样。我珍视它戏剧性的过程,我不希望幕还未拉开就有一个全知全觉的人站出来说出结局,而以此剥夺我们观察体验才能得来的东西,那是不存在的,如果有,它也是虚假和强权,我不对之抱有好感。"何向阳在用力地捍卫自己独特的表达权利时,让她陷入了具有表达快感的自恋陷阱,很多文字只是奔走者个性化的宣扬,是她在树立各种假想敌人之后的一种时刻处于备战状态的真实写照。当一位学者还在用力地完善着表述也就意味着他还只是徘徊于学术的边界地带,笔力过重的表达是在内功虚弱的情况下自我营造的坚硬外壳儿,是学术生长中的作茧自缚,只有这种生硬的表述才能获得画地为牢般的心理安慰。

其次是才情过剩。才情对于学人来说是一把双刃剑,过剩的才情会冲淡学术的理性力量,会遮蔽学理探讨的过程。在一片火树银花的才情笼罩下,学术研究无意中转化为才情的泛滥,造成情大于理,情变成了理,情内化于理。读何向阳的文字,我往往陶醉于其汪洋般的才情里,迷恋于其冒着滚烫热气才情喷发的语句中,震撼于其凌厉闪光的漂亮言辞里(虽然这些句子有时晦涩,但是晦涩有时也是一种阅读的诱惑)。何向阳的每一篇文章其本质都是诗化的,这种诗化是情感的诗化表达,是在情感涌动下面流淌的湍流,是作者本人在寻找惬意语句中的畅意表达。这些语句的形成是被作者情感不断升华、情化、修葺的结果。比如下面的句子就是一个很好的例证，"我们总在真伪、正负问题上纠缠不清而一再失去可贵的机会。理想被悬于至高无上、不容批判和怀疑的抽象层次，由此带来的理想本身的虚弱与抽搐使得我们追寻的焦虑层层加深。"何向阳文字的魅力也在于她总能把自己饱满的才情表述为情感心灵化后的颤音，表述为一种情感虚无化后的哲理阐释。上述句子中问题的"正负"、理想的"抽搐"、追寻的"焦虑"等情绪化心理化的修饰词语，为作者的才情找到了最合适的表达路径。这种路径还在于作者很会"聚情"，围绕一个"情点"四处散射情感的火花，紧扣一处"情景"四面渲染烘托，形成一种浓厚的情感氛围，凝聚成一种"情愫"，升华为一种超拔的学理高度。比如下面一段围绕"自由"的语丛，"自由给了我们选择的空间，也给了我们选择的艰难，我们选择后要走上一条茫茫无止境、自己无法把握成败的路，它的目的地不确定与不能确保成功，使我们既勇敢又迷惘，既充满刺激又危险丛生，这种选择无疑被蒙上了一层沧桑的色彩，辉煌在此，悲怆在此。过程哲学由此被推为生命至真的地位。"何向阳的诸多篇目，得之于情，失之于情。才情形成表达的惯性，推动着作者沿着惯性不能自控地向着才情的深处下滑，不能自拔地陷入才情的泥淖。

作为一名学人，一味地靠才情的喷发来著述行文，会把自己逼入一条才情耗竭后的死胡同。才情炽盛，会烤化掉思想蓬勃的生长点，会患上梦呓般的才情狂想症。何向阳还在燃烧着自认为永不会枯竭的过剩的才情，在唯美唯情的诗化追求中，她会时时陷入刻意表达的困窘之境里，限制了她向宽阔的学术空间发展，阻碍了她向更高层面的伸展。才情往往与人的青春胶着在一起，文学史上、文论史上，凭借才情创作的文人学者往往会在青春写作后期走向如火山喷发后的静止休眠状态。

最后是思想过寡。我在阅读何向阳的几本著述中，总感到她说了很多道理，提出了很多观点，但是没有几种观点让人眼前一亮印象深刻，让人醍醐灌顶豁然开朗。以她几篇很有分量的作品为例，先以她论述张承志的《朝圣的故事或在路上》为例，如果说批评是一种发现，那么，在这篇长长的文章中，作者发现了什么呢？只是才情化的点评，是借张承志系列文本一种个人感情的宣泄。"追寻的焦虑来自分裂的痛苦，更多的是自我分裂。在城市与草原之间，理想与现实之间，现有存在状态与应有生存方式之间，理想的正负之间，追求目的与实现方式之间，本我与自己之间，身与心之间，张承志所承受的内心冲突和由这无法解决的冲突带来的撕裂感，使得其创作表现出的风格始终沉郁、悲怆。"女性的细腻感觉使这篇长文熠熠生辉，通篇的情感温度远远大于思想的深度。作为一名感性思维发达的评论家，何向阳把这种情感化的解读发挥到了极致，但同时也使她失去了更多思想层面的深度分析。从上述摘引她的文字里，我们也能够清晰地看到这些温热的文字里思想资源的匮乏。何向阳思想表达意识很容易就被那些女性心里深处的情感资源所蒙蔽，即是思想也会被情绪化掉，变成情感的附庸。

阅读何向阳的很多文字，也会发现她似乎偏爱于那些游击式的点评，她还没有划定自己的研究领地，没有明确自己的研究范畴，甚至还没有对自己研究方法有客观审视的意识，"在路上"是何向阳目前学术研究的真实位置。再以她的《枯树的诞生》长文为例，我认为这是目前何向阳最好的文章，在这篇文论中，何向阳发挥了其专于感性思维的特点，全面地解读了作家张宇小说内在丰富的意蕴，用力适中，情感节制，不再游走于思想的边缘，不再铆着劲儿地用力书写，不再泛滥过剩的情感，而是心态从容，笔触放开，显示出了作为女性评论家那最真实的感觉、最美好的描绘、最散文化的结构，还原了何向阳文字最本真本色的批评质地。"理性的'软弱'造就着这个时代，造就着这个时代的创作和作家。欲望取得文学合法地位后一跃而为皇后，日常的无烟之战终于摆开，敌人真正成了'无物之阵'，哪里去指认和批判？悲悯当理解为无边无际时，其间的痛苦与哀伤就真在这个文字时代成了虚伪做作的代言。然而如此，就投入这生活的大海，寸折换了绕指，认真换了无谓，吴钩换了罗衾，或者像别人的最终妥协谅解，怀了一份记录的忠实，却也成全了对理想的背身？"何的文字一旦用在了感性化的解读中，就会由僵硬变得活泛起来，变得熠熠闪光起来。从这一点来说，我们对何向阳的创作前景完全可以充满乐观的态度。

李建军:吹皱中国文坛的一池春水

多年来,我一直保持着对"圈"的警惕。"圈"是一个封闭性结构,画地为牢,霸占一方领地,形成一个外人莫入、外人莫论的独立帝国。所谓的文学圈,同样,也是这样一个自足自乐自得自恋自为自卫的铁圈子。我只认作品,只要"认死理儿""敢较真"的评论家,我都保持着对其职业的尊重与事业的敬畏。李建军,就是这样一位评论家。虽然圈内很多人对其颇有微词,说东道西,但是我在阅读他的系列著作中,发现非常"对胃口""接地气",就开始搜罗其书,研读其书。

我喜欢李建军,还因为他总爱在死气沉沉的文坛,折腾出一些事来,总爱在平静的文坛水面,投进一个个小石子,荡起层层涟漪。文坛沉寂,是文坛沦落之征兆,文坛"有戏"就好看热闹多了。李建军的系列书籍进入我的阅读视野,是因为在读作家贾平凹系列作品的时候,贾平凹不点名地说出了对李建军的看法,隐隐约约,我感觉这是一位有个性的文坛侠客。在我看来,文学批评,力戒"文学表扬",对一个作家,与其说一万句恭维吹捧之词,还远不如对其说一句虽然偏激却不乏真诚的话语;对一部作品,与其进行所谓整体观照得出印象颇好的结论,还远不如猛击一点不及其余以引起疗救者的注意。长期以来,中国当代作家与评论家的关系暧昧模糊,缺乏独行侠式的批评家,缺乏慈眉善目宽宏大度的作家,缺乏如《红楼梦》般经得起折腾经得起敲打拆解的伟大作品。李建军,一位西北汉子,黄土高原的质朴浑厚,京城读博的皓首穷经,杂糅成了他宏阔细密、坦率犀利的批评文风。我陆陆续续购买了他评论陈忠实作品的《宁静的丰收》以及《时代及其文学的敌人》《必要的反对》《文学因何伟大》《小说的纪律》等几本书,李建军的文学批评,在于他在看似没有问题的地方看出那些被人为掩饰的真问题来,在于他以敢在太岁头上动土的勇猛与果敢,如他在《关于酷评》这样坦陈自己的批评观——

说实在的，中国的文学批评之所以不发达，一个重要的原因，就是缺乏展开批评的健康的心理环境和良好的社会氛围。事实上，文学的发展固然需要适当的称赞与鼓励，但是更需要"攻击"与批评，因为，不自满是上进的车轮，而指出不足和问题的鞭策，正是促人上进的动力。这样，我们就不能笼而统之地把一切尖锐的批评称为"酷评"或"骂派批评"，更不要急于扑灭这种风格的批评，否则，就会像鲁迅先生所讲的那样："谩骂固然冤屈了许多好人，但含含糊糊地扑灭'谩骂'却包庇了一切坏种"。（《漫骂》）而比较起来，说好听话的"捧"比所谓的"骂"更为有害："现在被骂杀的少，被捧杀的多。"（《骂杀与捧杀》）鲁迅所说的"现在"，并没有过时，它就是现在。

批评的勇气从哪儿来？来源于批评家永远矢志不渝的职业操守。在这个包括"玩文学"在内的"玩时代"，似乎一切都卸掉了包括道德在内的一切社会规范的约束，以游戏化的心态去亵渎一切职业的神圣，以圈内人的世故与市侩来为一切平庸之作摇旗呐喊涂脂抹粉。鲁迅曾说过做一只天堂里的苍蝇，让那些在天堂里优哉游哉的人们，认识到天下不幸福的人多着呢。喜欢李建军的人，是因为他点中了文坛酸疼涨麻的穴位；不喜欢李建军的人，是因为他说出了大人头上的疤痕，指出皇帝黄袍上的灰尘。有人说，李建军不懂文学，尤其是不懂小说创作，言外之意，李建军的批评都是门外汉的扯淡。但是，我们细读李建军的文本，恰恰发现这是一位很有职业操守与职业眼光的真正批评家，是以他为首的博士们"直击中国文坛"，刺耳的话语震醒了昏昏沉沉的文坛，是他在铁板一块的贾平凹评论圈中扔进一颗炸弹，搅动得周天寒彻；又是他在作家路遥去世十五周年编辑《路遥评论集》，让我们明白："路遥的小说之所以受到读者的喜爱，从某种程度上讲，就是因为他的小说内蕴含着这种令人愉悦的美好的道德情感。而中国当代文学的一个严重的问题，就是对道德上的淳朴和善良这些美好的东西漠然视之。"这些话语，在以淡化主题为写作时尚的今天，的确有振聋发聩的作用，但是在道德被伪饰的今天，却显出堂吉诃德般的悲壮与荒诞。目前，中国文学批评的式微，很大原因就是因为批评家们在价值观多元化的时代，丧失了自己的文化信仰，丧失了自己的职业操守，丧失了自己的文化地盘。作家与批评家一同沦落为市场经济社会中一个寄生阶层，他们寄生在学院等体制的硬壳儿中过着一种画地为牢的自恋生活。李建军虽然也在体制之内，但是他总是试图游离于体制之外，游离于批评家们惯常的批评路径之外，无畏地走向一条崎岖不平险象环生的批评者之路。

批评的文化价值在哪里？最根本在于校正着作家的写作路向，维护着写作的健康。当众多的作家在文化启蒙使命感丧失后，纷纷转向社会审丑的私人化写作中的时候，李建军鲜明地提出作家一定要遵守"小说的纪律"，指出所谓的"零度写作"，"是一种异化的反人性的小说写作理念，它在理论上是错误的，而在实践上，则是有害的。它贬低人的主体地位，否定理性的价值，切断现代与传统的联系，鼓励一种形式主义和游戏性质的文学态度。"尼采说："哲学家是文化的医生。"那么，我们是否可以说，批评家就是作家与作品的医生，批评家应该为作家写作心理的健康提供各种各样疗救的良方，因为只有写作心理的健康，才能最终保证作品的健康。目前，中国文学创作中出现的诸多问题根源上在于作家的创作心理健康问题。随着作家们文化精英角色的暗淡，随着文学干预人们日常生活能力的弱化，尤其是随着作家在私人化写作、底层化写作旗帜的遮掩下，退回内心狭隘空间的蜗居式写作，中国文学创作的游戏化、情欲化、荒诞化愈演愈烈。当众多的批评家们津津乐道于"小说叙事美学"的诸多范畴时，恰恰是对作品文化价值取向的遮蔽与逃避。"道德狂热症"与"道德冷漠症"其实都是目前小说写作中出现的两种极端化倾向，都是文学的敌人。当李建军发出"正是由于道德的高尚，一个作家才足称伟大；正是由于精神的健康，一部作品才堪称优秀，才有可能受到人们的喜爱"这样的话语时，在现代主义小说叙事美学盛极一时的今天，李建军的作品评判标准不时髦前卫，甚至在一些人看来有点不合时宜的酸腐陈旧，但是，如果我们看一下现代很多标榜"身体写作"的作品，除了陶醉于感官描写，除了陶醉于欲望的放纵之外，几乎看不到作家的文学趣味，除了这些形而下的肉欲没有任何道德的坚守与批判。"大而化之谓之圣"，李建军不屑于对作品叙事艺术做更精微的分析，而是从"叙事的瓦解与意义的危机"等方面界定出了小说创作的自由边界。"如果说健康正常的趣味感让一个小说家关注真正有价值的东西，表达值得表达的主题，从而赋予作品一种合乎审美尺度和道德尺度的内在品质的话，那么，病态、畸形的趣味感，则降低他审美想象的旗帜和道德自持的底线，让他把反讽变成挖苦，把批判变成侮辱，把庄严化为笑谈，让他的作品因为缺乏高贵的气质与纯洁的品质，而成为失败的文本。"李建军指出中国作家精神的健康与文学趣味的健康问题，实际上，也是他为中国当代文学批评提出的基本价值评判标准。当前文学批评被人诟病的原因也在于批评丧失了自身本应该牢牢坚守的底线,把文学批评变成了一种娱乐化、嬉戏化的游戏,文学评批失去了它本应该保持的贞操,成了文学膝下的婢女。

批评的思想资源在哪里?在于批评家跳出文学看文学的人类文化视野中,囊括所有的人类思想资源。文学是属于形而上学意识形态中最重要的有机组成部分,也是人类思想传承与生成的最重要的载体之一。对文学的评判应该放置在人类建构的整个思想资源大厦中,才能发现作品的位置,也才能称量出作品分量的轻重。很多批评家没有占据足够的人类思想资源,批评视野狭窄,自信丧失,观点臆断,标准混乱,看似言之凿凿,真理在握,实际上只是大而无当,附庸风雅,隔靴搔痒,臃肿驳杂掩盖着思想的贫弱,咋咋呼呼装腔作势的花胡哨里榨不出多少干货来。文学批评,其实就是思想的求证,就是作品文化功用的探寻。李建军的文学批评根植于文化思想的基座上,显得厚重挺拔大气。思想是文学批评赖以生存的根基,他的批评文字坚实而不艰涩,明快而不恣肆,畅达而不浮华,率真而不偏激。有时候,我们阅读李建军的文字,会看到他作为批评家的尴尬与无奈,面对中国当前鱼龙混杂的小说文本,他那无畏的批评拳头猛击一拳却击在了那些棉花堆似的文本上,他那愤怒的声音大喝一声却消散在无边的聒噪中。庄重被消解,愤怒被稀释,真诚被愚弄,批评与被批评的不对称性,日益显示出李建军内心的孤独与悲凉。如他在对包括俄罗斯文学在内的一切经典作品的解读中,面对中国小说现状,解读时的窘迫和无奈,仿佛是一位大师面对牙牙学语的孩童。思想资源是文化资源的重要组成部分,也是文学批评展开的主要动力源。有思想的文学批评才是最有文化价值的批评。思想的本质就是永恒的怀疑,思想的基本表现形式就是面对一切认知结果的追问,思想的基本形态就是对表象背后本质的永恒探寻,思想产生的动力就是对于现实状况的不满。李建军在一篇文章中用带着生命热气的文字坦诚自己一贯坚持的"反对观":"我们应该意识到,很大程度上,正是由于缺乏必要的愤怒和反对,我们时代的作家才会写得如此肆无忌惮,如此粗俗无聊;正是由于缺乏必要的愤怒和反对,我们时代的文学批评才会如此俯仰随人,如此信口雌黄;正是由于缺乏必要的愤怒和反对,我们读者的鉴赏力才始终停留在幼稚而简单的水平上。"思想一生下来就是为了接受人们的怀疑与反对。批评就是苛求。批评家就是文学的反动者,不是为文学提供一种写作的远景,而是提供一种写作的愿景。

李建军的文学批评，可能碰疼了我们的阅读神经，但是他所倡导的"**真正的批评，从某种程度上讲，就是它的时代和文学的敌人**"的批评立场，就是要摆脱时下那种温暾不明的朋友式的批评，就是要站在对立面，在撕破脸皮式的文学批评坚守中，风乍起，吹皱文学批评的一潭春水。"敌人"的角色，恰恰表明李建军要重塑文学批评家角色的努力，他要为批评家们找到自己应该站立的位置，应该扮演的角色。正如他所言"**拒绝温文尔雅，拒绝公允妥洽，拒绝不偏不倚，拒绝四平八稳，拒绝跟风趋时，拒绝随顺妥协，是所有那些对知识分子的使命和文学批评的精神有正确理解的人的共识。**"我们应该正确认识作为文学批评家角色的李建军这样的"敌人"，相信他只有公敌而没有私敌。

孙郁:苍茫的生命底色

　　阅读是一种心灵的寻找,在繁多的书籍中寻找与自己灵魂最相契与共鸣的一种。孙郁先生的系列专著,就这样自自然然地走进了我的阅读视野。一本本地搜罗殆尽,摆放在书架上、书桌前、床头儿旁,时时品读,摩挲玩味,褶皱的心灵得到了舒展,慵懒的思维被慢慢激活。生活与生命、生存与思考、职业与事业、学术与性情,在孙郁先生那柔性与血性、才气与灵气的文字里水乳交融,勾画成了与天下文人学者心灵交感悲悯与共的苍茫画卷,用最柔软细腻的笔触呈现出最具人性的生命温暖亮色。

　　剥去学术坚硬的外壳儿,嗅闻才情馥郁的芬芳。长期以来,学术一直被所谓的理论硬壳儿紧密包裹,思考必须钙化为思想,情感必须被遮蔽为清贫,才能完成学术的嬗变。其实,这正是目前中国学术的缺陷,扬理性贬感性导致学术面目可憎,同时也给大量唯理论至上的学术赝品制造了喧嚣尘上的遁词。在经过上世纪八十年代西方蜂拥而至的思想启蒙后,食"洋"不化的学者奉西论为圭臬,在对以感兴为本土特色的中国文论拒绝中甘愿成为拾人牙慧的西崽。孙郁先生的著作,在很多所谓正统学者眼里似乎不能算是纯正的学术著作,只能算是读书杂感,即使本应该成体系的学术专著,如《鲁迅与胡适》《鲁迅与陈独秀》《鲁迅与周作人》等著作,也是松散体系后面带有自身体温的感悟。在这些皇皇巨著中,孙郁先生似乎放纵情感,逃离理论那紧绷的锁套,在心灵的敞开与情感的逼近中,在时代的维度与人性的视角下,解读人物,剖析思想,品评得失,躲避先入为主的理论对历史人物人生维度削足适履般的剪裁,解除概念钩织的理论气场对时代社会及个人片面的观照,消解正襟危坐的学术对自由倜傥的生命思考的拘囿。在《鲁迅与周作人》开篇"初梦"一章中,孙郁先生直言:"旧的时光永远的逝去了,但它依稀的旧迹和朦胧的记忆,却使往日的一切成为永恒。我快意于这寂寞的漫游,虽然我未必获得昔日的原本的存在,但重新经历或体味已逝的灵魂的历程,使我感到了巨大的满足。"当今很多中国学者热衷于坚守这种理论癖,所谓学术纯正,严格地划定学术与情感心灵的界限,洁身自好般地蜗居在那一方自我设置不敢僭越的雷池中,其实,这是一种情感的幽闭症与思想的败血症。孙郁先生在《求疵与废话》一书的《广东有个林贤治》一文中,这样表露自己对思想的认识,"思想并不依靠权威与地位,不属于媒体与学院。只要那颗鲜活的心还在跳动,只要直面着上苍与大地,精神便会与人结伴。"学术在体制机制与自身建构体系怪圈儿中,宁愿成为学术的木乃伊,也不愿起死回生为有血有肉的生命个体;宁愿在僵硬的理论游戏中打转转儿,也不愿回到"独抒性灵,不拘格套"的生命气场中与生活闹市里。

软化学术僵硬的语言质地,复原筋骨血脉的生命肌理。从学者语言的表述风格最能看出他的学术态度。很多学人语言僵硬的背后,是他把学术当成了远离本体生命的局外物,没有生命的热气与温度。学术是个体生命精神贯注的学术,是充满个人体温与品格的学术。近些年,孙郁先生和很多学人都一样沉浸在对上一世纪二三十年代学者的追忆之中,实际上也就是追忆那些学人做人与做学问所流露的真性情。"每每想起五四那代人,就觉得我们在许多方面不及他们,实在是一种历史尴尬。"(《真假闲适》)孙郁的学术语言不是概念的堆砌、逻辑的推演、材料的罗列,而是一种随心所欲的个人评点,一种生命与生命邂逅的娓娓交谈窃窃私语。"不热衷那些生硬的大概念,没有学院派苦涩难懂和僵板的冬烘气,而是把外壳剥离,于温文尔雅中见锋芒,只留下温情。更没有那种现代人俯视前人的傲慢心态。他是用心去书写,因此每每有新鲜的、带血肉的见解。"(于仲达《孙郁:用文字抵制精神的粗糙》)阅读孙郁先生的文字,没有惯常学术语言的生涩僵冷,甚至没有那些学术著作形貌的庄重与严肃,或者坦言之,孙郁先生的系列著作似乎都避开了惯常学术研究的路子,著作都是"读后感"式的思想碎片。但是,恰是这样的路径选择让我们感觉到了学术文字表述的别样风情,让我们看到了学术文字温暖的亮色。他对很多作家的评点,都流露出他对这些作家人性的尊敬与理解,如对丰子恺先生的评价就颇具人性的理解与体悟:

学过美术、音乐的丰子恺,他看世界的角度,与只弄文学的人不同,多有艺术家散淡气,不像趋势文人那么事功。他满脑子里装的都是禅士的理趣,这样一来，文章就自然而然地流出一股清淡幽深的情调，如同远离都市、独居山上的闲人，对人间林林总总的世态谈笑风生。但又不是隔岸观火的不食人间烟火的人，说一些不痛不痒的话。丰子恺有很浓的悲悯精神。他的散文是真的情感的流淌，是从俗界中升起的一缕超俗的性灵之光。你简直可以在那里闻出从生命深处溢出的醇香的气息。（《灯下闲谈·悟性》）

这些柔软的文字，仿佛春夜的萤火，点点的明亮，丝丝的温暖，掠过心头，酥酥痒痒穿透人的筋骨血脉。"行文之中那种历史的沉重，笔触之处流散的那些深沉的思辨。他的文字里仿佛散发着某种消逝已久的韵味，轻轻地按摩着我焦灼的灵魂，文字背后对前人的虔敬与敬畏让我动情。"（于仲达《孙郁：用文字抵制精神的粗糙》）孙郁先生不屑于或者是不善于做那些建构学术体系的皇皇巨著，他喜欢感同身受地贴着人物的情感肌理寻求与生命的息息相通，不喜欢或者不善于从整体观照人物事件，偏重于从那些细枝末节的片段体悟中来书写。因为，也许在孙郁先生看来，整体观照有时恰是对复杂生命个体的简单化，生命是由一个个微不足道的细节组成的，由一个个碎片化的生命场景组成的。人文学术研究决不能动用解剖刀进行人为地肢解，而是要用体温计去测量同类生命个体的温度，用生命的邀约走进人物心灵的深处。他说扬之水女士的研究"文字很温和柔软，又不泛滥哲思，有时点到为止，鲜见漫溢。"（《文人的胡同》）他认为"萧红是个天籁。从寂寞的北方一落脚到上海，便有异样的韵致袭来。她几乎没有受过什么国学训练，可文字天生的好，是晨曦般清晰的感觉，照着灰暗的地带。北方枯燥而可爱的生活，就那么如诗如画地流来，带给人的是野味的遐想。"（《写作的叛徒》）文学研究靠的是灵敏的艺术感知，这种艺术感知不是靠先验理论的比照，不是靠对生命个体切片式的化验。而是生命与生命的对话，是生命与生命彼此心灵的烛照。

孙郁先生对张中行、汪曾祺等先生的研究，在同类的著作中，孙郁先生的《张中行别传》《革命时代的士大夫：汪曾祺闲录》就更有特色和份量，在这两部著作里，孙郁依然是从自己的文本阅读及个人交往的过程中，向世人呈现出孙郁视野中两位老人内心复杂多变的生命轨迹。他对两位老人的追忆实际上是孙郁先生试图为自己寻找到情感赖以维系、心灵赖以慰藉的对象，他们身上的那些文化基因正是孙郁安身立命的资本。"生命中不可缺少文化之性情，它是内心的需要，是对精神家园的焦灼渴望。孙先生以臻于炉火纯青的笔法，向你描述一个个远去的文化巨人的背影：章太炎、鲁迅、苏曼殊、陈寅恪、张爱玲、林徽因、钱钟书、沈从文、孙犁、张中行、孙福熙、孙付园、张廷谦、李秉中、荆有麟、高长虹、李霁野、台静农、韦素园等。"（于仲达《孙郁：用文字抵制精神的粗糙》）在孙郁先生的笔下，从两位老人身上牵扯出丝丝缕缕的文学青藤，那些如烟往事背后生命情感的嬗变。他认为沈从文，"这是一个纯情的人，没有教授腔与文艺腔的人，而且他的驳杂、多趣，又带有淡淡的哀伤的情感方式，打动了汪曾祺。"他从张中行身上看到，"精神被宗教式的的东西裹持，就不免浅，是匍匐在前人的躯体上的，玩的不过是小玩意。与哲学相比，文学已让人陷在情的井里，从情感到情感，是解决不了灵魂的问题的。所以张中行要追问的生命的原态，时空里的有限性在哪里。"孙郁的文字往往在不经意间点破天机，让人豁然开朗，"那种细腻沉郁的文字流露出来一种寂涩的情感，仿佛静夜河边的微风，让人心动。孙先生的文字里，没有常见的八股气息，没有学院枯燥的辩论，没有抽象的概念，仿佛领你去做一次心灵的遨游，引领你去谛听，去体会一个个复杂而又痛苦的灵魂。""孙先生知道该扬弃什么，该守住什么，他的文字挥洒自如，任心闲谈，以一颗诗人之心，去聆听品味他的研究对象。先生的文字，是纯正的文人随笔，平实、冲淡、沉静、老到、书卷味很浓。在冷静的叙述中潜藏着感情的暗流。像这样有体温感带有真性情的文字，真的是太少了。"（于仲达《孙郁：用文字抵制精神的粗糙》）也许，在所谓正统的学人眼里，孙郁这些感悟的文字，显然有悖于学术的正道，路子太野，文字太个人感性化，观点缺乏缜密的考证，似乎孙郁的学术路数人人皆可为之，言外之意，孙郁先生对研究对象的解读太旁门左道，个人随意性太强。但是，一旦模仿其笔调，却又往往走了样，没有孙郁文字内在的韵味。这是因为这些人没有孙郁那种宽广的胸襟、没有孙郁先生那种深厚的学养，没有孙郁先生那种体察入微的细腻与从容。孙郁内心深处有一种文人士大夫的浓厚情结，这种情结使他对传统文人学者有着一种血缘家族式的亲近感，与其说，孙郁是凭借对他们的研究为自己圈占一片学术地盘，倒不如说，是对这些学者文人心灵的呵护，他对他们的解读是在打通与他们心灵相通的道路。这些著述是他坚守传统文人学人立场阵地的堡垒。《百年苦梦：20世纪中国文人心态扫描》《文人的左与右》《远去的群落》《新旧之变》《苦境：中国近代文化怪杰心录》，这些著述依然是对现当代文人学者的解读，看出来孙郁先生内心的悲凉与孤独，悲凉缘于与自己对话的人物内心图景，在时代的喧嚣聒噪中被深深地遮蔽了,他们正在变成历史发黄书卷里那几行盖棺论定的冰冷文字;孤独缘于在很多学者躲进书斋玩弄学问丧失的心灵感应,他喷吐出的热血文字在翻手为云覆手为雨的时尚变迁中,没有更多的人响应与对答。内心的落寞是可想而知的,他不倦的文字书写也许是他镇痛的丸药,是他聊以把玩的生命念珠。他从尼采身上发现,"中国人的许多文章,读后印象平平,像是被人工堆砌的。但尼采与鲁迅的文本,是以血肉之躯支撑的。那里汨汨流动着生命之流。这个时候,也唯有这样的时候,你才觉出个性之美。人在绝望里的不安于绝望的苦叹,是永远让我们为之心跳的。"他在剖析别人,实际上也是在提醒反思自己,"多少年来,像患了腿疾的病人,还没有学会自由地走路。那些工作之余偶写的文字,不过蹒跚于小路上的足迹,和真的人生,是有些隔膜的。"孙郁文字的味道是薄荷般的清透爽朗,夹杂着一种苦丁茶的淡淡苦感,还有一种淡雅洁净的佛香味道。他读王国维,"看透了人间的芸芸众生,世俗的利禄早已淡化到历史的黑洞里。他的精神的深层结构,遇到了深切的难题。"孙郁切入人物内心世界,文字直抵人心,三言两语,便胜过学者引经据典的无限考证。

穿透鲁学研究的历史雾霾,呈现鲁迅生命本色的质地。最能代表孙郁研究成就的当数那一系列研究鲁迅的著作了。孙郁先生研究鲁迅最突出的贡献表现在他那三大比较书系中:《鲁迅与周作人》《鲁迅与胡适》《鲁迅与陈独秀》,在这三部书里,孙郁先生用细腻的笔调把人物"复原到一种有血有肉的形态里",周氏兄弟的性情、鲁迅与胡适、陈独秀的往来及各自思想的变化都细致地写了出来,没有文学史书写依据时间推演的单一维度,而是以随笔的写法写出了自己最真实的感悟:

当鲁迅回到国内,开始沉浸于古代,被绝望的情感包围着的时候,胡适正在美国承受着人文精神的沐浴。

鲁迅似乎站在地狱的门口,不断向人间发出惨烈的吼叫;周作人则仿佛书斋中的道人,苦苦地拒绝着人间涩果,把无奈化为轻淡的笑意,超然地弹奏着人性之歌。

陈氏似乎更喜欢将问题推至极端,如晴空响雷,滚动于人们的心头。不同于陈氏的是,胡适有点温文尔雅,周作人沉着、平淡,鲁迅峻急、沧冷。

这些中肯而又优美的评判让人叹服。孙郁的语言儒雅风致,超然练达。配合这三部书,再阅读孙郁先生其他随笔式的的著作,如入民国画廊,那一幕幕消逝的镜像重新鲜活地呈现在读者面前。《在民国》《鲁迅藏画录》《微笑的异端：影像中的胡适》《对话鲁迅》《周作人左右》《周作人和他的苦雨斋》《鲁迅书影录》《鲁迅忧思录》《走不出的门》《混血的时代》《鲁迅与现代中国》，他的文字依然圆润依然拥有独特的诱惑力。孙郁文字净化心灵，升华境界，可以随意地或躺或卧，随意地拿起一本书，便会自然地进入到那种由孙郁文字酿造的读书意境中来。我读孙郁的文字，大多是在心境不好的时候，这些文字能减缓我心灵的焦虑，看到很多比我更加痛苦的灵魂，看到更加美丽的学术风景。偶然读到我喜欢的当代中国作家凸凹先生描写孙郁先生的一个细节，"孙郁厚道，他虽不同意我的观点，但也不反驳，只是儒雅地笑，放任黄口小儿发狠。也许，有了孙郁这样的雅量，又有了我等不知天高地厚的性情，中国的文学，至少是中国的散文，才不缺钙质、血性，给读者几分喜色。"（《石板宅日思录》）孙郁的文字值得我们一读再读，孙郁的胸襟值得我们永远的敬仰。

葛红兵：学术丛中的"青麻头"

　　如果说，一切艺术门类都是一道宽窄深浅不等的河槽，那么，古往今来，总是有一些冲破河槽，漫溢而出的横流，这些横流在不断地修正着河道的走向。回顾中国文学艺术走过的道路，诗歌的变异也是在一代代诗歌先锋们，如初唐四杰、苏轼等的推陈出新下，变得支流纵横。新时期，中国文坛横冲直撞的另类更是层出不穷，王朔、余杰、摩罗、伊沙，文坛有了这些"青麻头"，才显得生机勃勃。葛红兵，是众多"青麻头"中一个性格最为桀骜不驯、闹出声响颇大的一位。我陆陆续续、寻寻觅觅购置了其多种著作：《正午的诗学》《障碍与认同：当代中国文化问题》《身体政治》《横眼竖看》《我的 N 种生活》《直来直去》《人为与人言》《葛红兵海外日记》，在世故文人眼里，这些文字固然生猛青涩，笔锋凛凛的寒光锐气杀伤力太强，尖刻苛刻未免失之温和厚道。在学究气浓郁的学者眼中，这些奇谈怪论酸风射眼，冲味呛鼻，失之学人应有的敦厚以及学术应备的大度，以致于一些学者声称只要有葛红兵参加的学术会议，一概谢绝参会，看不惯，听不惯葛红兵那口无遮拦、轻狂发飙的"横劲儿"。心态老化、僵化、畸形化的文艺老朽，可曾想过，自己年轻的时候，何尝没有过磨刀霍霍、单刀赴会的果敢？葛红兵，学术的"跳蚤"也罢，学术的"龙种"也罢，我们都应该以宽容的胸怀，给予无限的宽容与包容。葛红兵，还有漫长的路要走，他能不能"踏平坎坷成大道"，修成正果，我们只能拭目以待。

　　实际上，当我们面对喋喋不休、华山论剑式著作不断的葛红兵，我们能体会到，这样一位如鲠在喉，必吐之而后快的青年学人，他在畅快淋漓的表达快感中，寻找着自己学术的位置，辨别着自己的学术走向，试图在坚壁清野的学术园地中开拓出属于自己的一道独特的风景来。对于葛红兵来说，目前，最需要的不是吹毛求疵的无情打压，而是静观其变的耐心等待。何况，葛红兵书生意气，指点江山、挥斥方遒的文字，到比那些口味中和、观点四平八稳的文字，要清爽直率可爱得多。他对当今中国社会明星崇拜的认识，比那些愣头青式的酷评文字要深刻尖锐得多。"明星的出现使社会结构出现了一种变化，产生了大众与精英的等级制。个体平等共在的局面因此也不能了。"葛红兵的文字有学人的学理辨析，又有思想者的理性拷问，文字洋溢着青葱蓬勃的朝气。这是一位全身心投入到文化艺术建构与社会人生探求的学者。他一直在试图挣脱沉闷压抑的文化艺术怪圈，一直在试图摆脱道德高悬之上，心灵受到挤压的自由表达，渴望在一种无拘无束、天马行空的表述氛围里，酣畅淋漓，知无不言言无不尽，追求一种"无拘无束的文字和词语而已，不卑不亢的人生而已。""中国知识分子病得最严重的地方是道德。他们的道德太多，他们试图为社会建立道德秩序，他们乐意充当社会的道德总裁判的角色。"在一些人看来，葛红兵的这些观点并不新颖独到，而只是在无畏果敢中发出了自己嘹亮的声音，由内在的心声便成了白纸黑字的文字，打破了世人那心照不宣、看透而不说透的沉默。葛红兵，坚守自由表达的阵地，捍卫自身表达的权利，文字就少了无形或有行的羁绊，在自己划定的表达界域中享受着没有顾忌的表达幸福。"我知道上帝让我们来，是因为我们次要，不是因为我们重要。"葛红兵的观点，没有学术逻辑的清理与打磨，但是，句句可谓点穴到位，振聋发聩，字字可谓通透玲珑，率真透明。他在表达自己对当今学统、道统愤懑与不满的同时，也在深情地传达着对包括自己在内的中国传统知识分子的悲悯与热爱。葛红兵的诸多文字，都是在考证中国知识分子身上隐藏的诸多"劣根性"，"就是这些文人杀死了原始的安居于这个世界的灵肉统一不分的身体本真地处于安妥状态的人，建立了两个妖怪：灵魂的人、肉体的人，并为这两个虚想出来的怪物编织了无数的神话。"这种灵肉二分法，是不是真如葛红兵分析得这么可怕，姑且不论，单是他对中国人身体文化学、政治学的考证，就很有新意，到可自成一家之言。"如果一个知识分子要强调自己对皇帝的'忠'，那么，他实际上就必须强调自己身上阴的属性，而不是强调自己身上阳的属性，这是中国古代身体政治的属性决定的。"这是因为"力量型的身体不符合中国古代强调柔弱，依靠忠顺的政治美学。"读葛红兵的系列著作，总是有一种突如其来从草丛中跳出一只"青麻头"的惊喜，比之那些繁琐考证、引经据典的学究论文要清新明快得多，启迪智慧，提神醒脑，这样多汁多水的文字，映射着明丽的学术亮色，不灰暗，不雕饰，不混沌，这是葛红兵文字的灼人眼球之处。

　　葛红兵最烧灼中国当今学术界的两大过人之处是他以无比的英气与充沛的才气，斗胆抛出了两份"悼词"：《为 20 世纪文学史写一份悼词》《为 20 世纪中国文艺理论批评史写一份悼词》，"悼词"文体的新奇别致，"悼词"的犀利勇猛，为葛红兵带来了毁誉参半的名声，也让沉闷如一潭死水的中国学术界荡起了层层涟漪。"道者反之动"，批评的力量就在于在沉寂中吼上一声，在暧昧模糊中射进一束刺人眼的亮光，在为尊者讳名人讳的虚饰矫情中，揭破名人身上的伤疤，在大量的学术表扬的鲜花掌声中，夹杂进刺耳的啸叫。"中国作家的人格垮台了，他们失去了一个作家的良知，进而是一个人的良知，正义消失了，勇气消失了，留下的是一份苟活于世的圆滑与世故。"葛红兵的批评文字，固然缺乏更加深入的理论探寻，缺乏表达方式的圆润，但是，情感却是坦诚真挚的；固然缺乏更加细微的比较分析，但是，总体上还是打蛇打到了七寸之处。长期以来，20 世纪的中国文学界，"这里根本就没有立场上的冲突，甚至连观点的交锋都没有，有的只是义气之争、名位之争。"在论及中国 20 世纪中国文学批评史时，葛红兵更是斗胆放言，"充满着你死我活的斗争气息，充满杀戮和血腥，这里根本就不是讨论问题的学斋、讲坛，而是宣判别人的法庭，处理囚犯的法场，相扑力士角斗的战场。"我们不管是否完全认同葛红兵的观点，但是，他揭示了 20 世纪中国学术界存在的基本问题，引发我们思考学术生态的建设问题，何谓健康文明的学术生态？ 学术争鸣应该框架在一个什么样的范畴之内？ 我们如果按照葛红兵的观点，不满意 20 世纪学术生态，那么进入 21 世纪的当代学术生态就好吗？ 缘何我们现在爱提及 20 世纪二三十年代那个群英荟萃、文坛热闹的景象呢！ 实际上现在的学术生态恶化得更加严重，学术良知丧失得更加彻底。再推而论之，中国历史上，哪一个时期是学术生态最好的时期？ 每一个时期，我们都能看到"斗争的气息"、"义气之争、名位之争"，看来，学术问题本身就不仅仅是纯净无暇的美玉，而是一棵棵生长在充满杂质污垢的社会土壤中的乔木，要生长要生存，就必须耐得住人世间的风雨，耐得住明枪暗箭流弹的袭击。葛红兵对 20 世纪中国文坛、学术界的悲观失望，实际上是剑走偏锋的心理折射，是他个人化的考察，是过分夸大一面而缩小另一面失重失衡的表现。葛红兵的"悼词"其实是他抓住一点而不及其余的悲凉之音，凭吊的不仅仅是 20 世纪文学的游魂，还是对现实中国文坛生发的祈祷之词，包括他对钱钟书的评价,何尝不是青春型的粗浅评价,"20世纪中国思想史没有对世界思想史,甚至中国思想史构成新的冲击,没有遗世独立的人支撑其20世纪中国思想史的大厦。在这种情况下,钱钟书的被高估不是一种荣耀而是一种悲哀。"哀叹其实质是感叹、惊叹、喟叹。失望其本质的向度是期望、渴望、盼望。"20世纪中国文学创作未能摆脱青春冲动型写作的粗线状态。所以精神上的主潮文学作品,在20世纪中国文学史上恰恰没有表现出主潮文学所应当的成就和气魄。"字里行间,我们读到了作者对文学的殷殷期望。也许,包括文学在内的一切精神形态都是处于绝望的身旁,精神是绝望的诞生物,艺术精神的完美性与现实世界的残缺遗憾性构成了我们对人类精神文化艺术完美渴求的内在动力。批评就是精神的苦求。葛红兵,在这种精神的苦求中,寻找并建构着他心目中盼望已久的健康的文化生态。他在精神的苦求中也逐渐认识到,"在这个世界上,谁能摆脱绝望的纠缠? 只有老人。他们失去了希望;只有和回忆联系在一起,这个时候,他就可以不绝望了,而一个年轻人,当他想到未来,当他发现未来已经被他一夜之间用尽,但是他又必须在那个似乎已经用尽的无穷无尽的未来到来之前活着,他必须这样暗无天日地延续下去,直到年轻而死,他难道不该绝望吗? 对此,他还有什么呢? 除了绝望,他所剩无几。"当葛红兵振臂一呼发现应者寥寥的时候,他折戟沉沙的心态开始变得沉稳平和;当他发现自己左冲右突十八般武艺轮番耍弄的时候,小说、随笔、评论都喷吐而出的时候,他的青春之火也在慢慢地熄灭,随之而来的是无限的惆怅无奈。

钱钟书：文化昆仑上的雪莲

说来惭愧，我是从一本杂志上第一次读到钱钟书先生的文章，记得题目叫《论快乐》，这是一个容易被庸常文人写得熟烂平溃的题目，可是，钱钟书先生却通篇才情散逸，文笔纵横，剥皮入骨，气象饱满，给我印象深刻。后来，我又读到先生的《围城》，很是为先生犀利的文笔、深刻的思想所击倒。后与一位以研究所谓女性文学而名声赫赫的教授谈及《围城》，谁知，她是一脸的不屑，"钱钟书的文字太尖酸刻薄了，我几次读《围城》都读不下去，我受不了钱对知识分子那种无情的挖苦。"此论，很是滑稽可笑。长期以来，中国文坛，如钱氏那样一语中的、鞭辟入里的文字，不是太多了，而是太少了。我们读多了那些温吞水般的文字，钱氏辛辣幽默的文字，我们久违了；钱氏这样逞才使气的文字，我们罕见了。庄周的《齐人物论》言："敢于轻视《围城》的当代作家，在《围城》之后并没有为读者贡献出多少值得一提的玩意儿，因此《围城》依然是 20 世纪中国小说中最有特色的一部杰作。如果说《管锥编》为钱钟书加了冕，那么《围城》就是这顶学问王冠上的宝石。"固然，一部作品，任人评说，本属正常。钱学依然是中国文化史上"只可有一，不可有二"的文化昆仑。钱氏散文，在我看来，就是这座文化昆仑山上绽放的美丽雪莲。我一直想从事钱学研究，平时也购置了钱氏几乎所有文本及钱学研究著作，总感觉自己才力不逮，只是在闲暇拿出来欣赏，尤其是钱氏散文，我偏爱有加。浙江文艺出版社推出的《钱钟书散文》是目前钱氏散文最好的版本。

钱氏散文内容宽泛，书评、论学、书信、序跋、杂说等各种文字琳琅满目。这些宏观意义上的散文，相对于皇皇数卷的《谈艺录》《管锥编》都是先生随手写下的丛残小语。但是，却字字珠玑，让人爱怜。钱氏散文，风格独特，自成一家，在中国当代散文史上的贡献不可小觑，为散文写作提供了珍贵的借鉴。

钱氏散文不是传统散文写作中那种点的定位、线条的勾勒，而是囤囵完整的面团。传统散文围绕一景一事的"点",通过"情""理""趣""思""论"等线条的细密交织,形成了文章的经纬。钱氏散文,是削山取石般的切割,是从中西文化的璀巍之山上任意切割成的文化思想方石,堆砌在一起,形成一座座文章的城堡。表面上看,钱氏散文似乎不讲究写作的章法,诸多的才情汩汩而出,形成了汪汪的一泓清泉。清泉清澈明朗,洁净爽利,深幽厚重,湖面上是一团团浓得化不开的才气。信手拈来的文字,团聚成明亮的色块,文章气韵饱满,酣畅淋漓。钱氏散文丰腴肥厚,得之于作者占有文化资源的丰赡,文化生态环境的蓬勃葱茏。所有的题目,作者都可以随时随地地切割出一篇篇巨石般厚重的文章。当今散文形容枯槁,源于散文作者们思想的贫瘠,在虚张声势的语言表情达意中,文章内涵虚空,使散文成了华而不实的空架子,成了虚弱的美丽盆景,成了花瓶里的插花。文化历史散文的兴起根源就在于思想内涵的充盈,衰落也在于其思想的贫血。很多文化历史散文有其皮而无骨肉,文化生态贫瘠羸弱,才情气脉虚弱,气喘吁吁中,把庞大的文化历史散文拖拽进了逼狭的胡同,虚胖的外表里裹藏着瘦弱的思想。目前,很多写人写景散文写作失败的原因就在于其单一的文化思想认知维度,如园丁喷灌,水过地皮湿,肤浅得很。钱氏散文写作是一种掘井式的"滴灌",根根梢梢,都要浇灌其中,文章水分充足,思想营养丰富。在《谈交友》这样惯常的题目中,作者也能够引出新见解,开拓出新思路:

假如恋爱是人生的必需,那末,友谊只能算是一种奢侈;所以,上帝垂怜阿大(Adam)的孤寂,只为他造了夏娃,并未另造个阿二。我们常把火焰来比恋爱,这个比喻有我们意想不到的贴切。恋爱跟火同样的贪婪,同样的会蔓延,同样的残忍,消灭了坚牢结实的原料,把灰烬去换光明和热烈。像拜伦,像歌德,像缪塞,野火似的卷过了人生一世,一个个白色的、栗色的、棕色的情妇,缪塞的妙句的血淋淋红心,白心,黄心(孙行者的神通),都烧炙成死灰,只算供给了燃料。情妇虽然要新的才有趣,朋友还让旧的好。时间对于友谊的磨蚀,好比水流过石子,反把它洗琢得光洁了。因为友谊不是尖利的需要,所以在好朋友间,极少发生那厌倦的先驱,一种餍足的情绪,像我们吃完最后一道菜,放下刀叉,靠着椅背,准备叫侍者上咖啡时的感觉,这当然不可一概而论,看你有的是什么朋友。

钱氏散文是典型的学者型散文,引经据典中往往围绕一个论题,旁征博引,论述清楚。钱氏散文不同于一般学者散文的就是,他能用精警幽默的语言化解掉学术语言的沉重,用饱满的比喻来软化学术阐释的沉重。王吟风先生编著的

《走出魔镜的钱钟书》一书中，某学者认为钱氏散文"文笔遒劲有力，含意深刻；能够酣畅淋漓地抒发自己的思想感情。运意遣词，新奇独特，产生了石破天惊的效果。"上述引文中"恋爱跟火同样的贪婪，同样的会蔓延，同样的残忍，消灭了坚牢结实的原料，把灰烬去换光明和热烈"的论述入木三分，这样的描述也许只能出自钱氏之手。同样的意思，在别的学者笔下，就会变成艰涩的考证和繁琐的引证。钱氏把通俗的"爱情如火"铺陈为精妙的哲理，凝练成了生命的预言。这种化腐朽为神奇，化通俗为典雅，化学术为常理的功夫，是钱钟书先生"才气纵横，学贯中西"的结果，"运化于指掌，形成的篇什，读之使人胸次豁开而又感到深邃高远，受益殊多。"（何晖、方天星编《一寸千思：忆钱钟书先生》）

　　钱氏散文不是传统学者散文那种画地为牢式的"圈子写作"，而是打通学术与生活，开阔了散文的视野，冲破了散文纯美唯美的禁区，打破了散文新时期以来气象萎缩的禁锢，发挥散文之"散"的特点：散淡、散发、散体、散射，形成一种魅力四射的硕大气场。吴泰昌先生在其《我认识的钱钟书》一书中引用柯灵先生评论钱氏文章的特点颇能引证上述观点。在柯先生看来，钱钟书先生的"散文也罢，小说也罢，共同的特点是玉想琼思，宏观博识，妙语珠联，警句泉涌，谐谑天生，涉笔成趣。这是一棵人生道旁历尽春秋、枝繁叶茂的智慧树，钟灵毓秀，满树的玄想之花，心灵之果，任人随喜观赏，止息乘荫。只要你不是闭目塞听，深闭固拒，总会欣然有得，深者得其深，浅者得其浅。"柯灵先生把钱氏文章比喻成一棵使人目不暇给、手不暇采的"智慧树"，可谓切中肯綮。长期以来，由于近代文体划分过细，历史上与韵文相对立的大散文，逐渐被小说、戏剧圈闭成了所谓形散神不散的记人散文、记事散文、写景散文，散文文体的瘦身运动，使散文写作由一棵完整的文学树分解成了树叶、树枝、花朵，散文气象变小了，散文在清理门户中把自己清理成了闺房中羞涩的女郎，现实生活图案中的花边线条，掩丑饰非的遮羞布，自我包装美化的胭脂。钱氏散文因为远离文体瘦身减肥运动，这些写于上世纪 30 年代的散文一直保持着大散文的浑厚博大，还流淌着先秦散文、唐宋八大家散文的文化血脉，散文之树根系依然茁壮，树冠依然葱茏。钱定平先生在其《破围：破解钱钟书小说的古今中外》一书的序言中这样描绘阅读钱氏文章的感受："好像，钟书先生的著作就是一座大花园，一片小宇宙，那里多不胜数的美丽花朵盛开着，繁茂晶莹的星星在闪烁着。当我仔细观察一朵花儿，它会突然地向我展开它的花苞、花蕾和花心，那构造是如此精妙绝伦；当我拿起一颗星星把玩，它忽然大放异彩，向我祖露它深藏久远的秘密。"钱氏散文不是当今中国散文写作那种惯常的直线结构或者圆形结构,所谓直线结构也即由事到情再到理的结构方式,如杨朔式的散文及当下泛滥成灾的哲理散文:所谓圆形结构也即以自我为圆心,向四周辐射的结构方式,如当今大量的文化历史散文。钱氏散文是一种螺旋式结构,围绕一个话题,由外在到内在,由大到小,由低到高,层层上升,直抵话题七寸之处。周振甫先生在其《周振甫谈〈管锥编〉〈谈艺录〉》一书中,把此结构方法概括为"阶进法",认为钱氏文章"内容生动丰富,层层深入,富有说服力。"如钱钟书先生的一篇《论俗气》的散文,开篇便是采用这种螺旋式的"阶进法":

找遍了化学书,在炭气氧气以至于氧气之外,你看不到俗气的。这是比任何气体更稀淡、更微茫,超出于五官感觉之上的一种气体,只有在文艺里或社交里才能碰见。文艺里和社交里还有许多旁的气也是化学所不谈的,例如寒酸气,泥土气。不过,这许多气都没有俗气那样难捉摸:因为它们本身虽然是超越感觉的,它们的名字却是借感觉中的事物来比方着,象征着:每一个比喻或象征都无形中包含一个类比推理(annology),所以,顾名思义,你还有线索可求。说到酸气,你立刻联想着山西或镇江的老醋;说起泥土气,你就记忆到下雨初晴,青草池塘四周围氤氲着的气息。但是俗气呢? 不幸得很,"气"已是够空虚了,"俗"比"气"更抽象!

钱氏散文文体舒展,汪洋恣肆,气象饱满,在于作家没有写作的架子。钱氏散文似乎信手拈来,文笔却不轻飘。相反,读钱钟书先生散文,却感到文字瓷实,思想通透。劈面而来连珠炮式的语句,让人读之有种阅读探险之感。跳跃的思维,让人有深谷通幽,柳暗花明之感。整篇散文美不胜收,单个语句,也是可圈可点,有一种步步生莲花之感。丁伟志先生主编的《钱钟书先生百年诞辰纪念文集》一书收录了范培松、张颖撰写的《钱钟书、杨绛散文比较》一文,该文认为钱氏散文"显示出了一种潇洒的气度。这种气度跟作者学贯中西的视野有关。丰富的中西阅历让钱钟书的散文具有一种开放性的思维:比如在文体上,他旁征博引,不大注重散文的起承转合,而是想到哪写到哪,遵循的是思维的顺序而不是文章的规范。"钱氏散文成为别人不可超越的自成风格的独特文本,就在于钱氏把散文与学术论文、小品文、学术随笔进行了杂交培育,形成了自成一体的钱氏散文。散文贵在写作边界的模糊,散文越是越界,才能跳出写作的窠臼,写作的空间才能变得宏大,才能有更加旺盛的生命力。

　　钱氏散文的语言表达风格迥异于当今散文的语言表达。钱氏散文语言是一种典雅有致的学理语言，庄重而不失幽默，锐利而不失纯正，深刻而不褊狭。沉冰主编的《不一样的记忆：与钱钟书在一起》一书中，某先生引用钱钟书文章中的一段话，来表明钱先生文章的语言风格也是由自身学术追求形成的。"学问跟他整个心情陶融为一片。不仅有丰富的数量，还添上了个别的性质；每一个琐细的事实，都在他的心血里沉浸滋养，长了神经和脉络，是你所学不会，学不到的。"形成钱氏散文语言风格，骨子里的原因还在于作者挥洒才情的写作自信，这种写作自信形成作家孤傲的表达，形成语录式的警句表达。钱钟书表达的幽默是写作自信的"自我"幽默，是俯瞰人间再超越人间的性灵幽默。龚刚在其著作《钱钟书：爱智者的逍遥》一书中，把钱氏幽默界定为由书卷见闻，化为性灵，融入思考的幽默。钱氏散文的深刻也是缘于其思想认知的深刻，完全是由自己的心性自发流淌出来的。我们读钱氏散文会感觉到他"史蕴诗心"的文化建构，会感悟到钱钟书先生对学术的酷爱，字里行间洋溢的"理语"与"理趣"。（许龙《钱钟书诗学思想研究》）当今中国散文语言表达"情语"大于"理语"，"情语"泛滥，造成散文为文造情、为文夸情、为文凑情的现象，散文为"情"所害，在"情"的渲染中，散文走向了远离本心的浮华。李洲良在其《古槐树下的钟声：钱著管窥》一书中引用温源宁先生的话来描述钱氏散文的语言风格："由深沉的智慧观照一切事物的哲理味；由挚爱人生而来的入情入理；严正的意思而常以幽默的笔调出之；语求雅训，避流俗，有古典味；意不贫乏而言简，有言外意，味外味。"个性化的语言才能够形成有个性化的散文。钱氏散文的语言是经过心性阅历的全方位锤炼，语言"在凌驾一切的解构意志面前，所有文本中的符号能指都获得了空前的解放，生发出无限的文本意义。"（季进《钱钟书与现代诗学》）钱氏散文重在学理的思辨，避开了散文写作中情的泛滥，以理成文，文质兼美，理趣横生。学者田建民在其《诗兴智慧：钱钟书作品风格轮》一文中概括了钱氏散文的主要特点："精巧的结构是其骨骼，丰富的知识是其肌肉，幽默诙谐的语言是其血液，贯穿于全文的独特思辨则是其神髓。"钱氏散文同样也是浇漓的社会中一种心情的宣泄，生活中的温文尔雅，会对内心形成压抑，写作同样是无言的抗拒。"立身之道，与文章异。做人处世要谨慎老实，文章却应当写得富有机心，委婉多变。刻薄人善做文章。"（程帆《我听钱钟书讲文学》）钱氏散文的刻薄下面包裹着一颗他热爱生活的滚烫的心。

张中行:人至晚景文臻精

　　我最早听说张中行先生是在大学读书期间,因为任课老师有事,搞古典文学研究的毛德富先生便偶然客串一次课。毛先生以闲聊的方式不知怎地说起了张中行先生,毛先生对其《负暄琐话》很是激赏,又说起张先生与女作家杨沫的恩怨情仇,张先生最不能原谅的是杨沫不该在其小说《青春之歌》以反面人物于永泽来贬损自己。张中行的名字,从此定格在我的心上。能被搞古代文学研究的毛先生推崇备至,此人可是了得。我在书店里寻觅中行老的著作,只淘得一本先生的《禅外说禅》,那时我还青春年少,偏爱青春美文的我还不能进入禅学那种凄苦清幽之境,胡乱粗浅地翻阅一下便束之高阁,此书伴随我大学毕业后几次搬迁,一直保存在书架上,偶尔动了兴致,试图从容镇定系统地精读一遍,可总是兴尽而合卷,书卷泛黄还是尘封依旧。那一年,我去青岛参加全国大学语文研讨会,会上学者单正平先生主讲散文,说起当今很多散文啰唆唠叨,令人读之生厌,便以张文为例,从此对张先生的书更加疏远。随后的日子,我人到中年,万丈豪情早已灰飞烟灭,倒是换得一份老僧入定的暮气与沉静。孙郁先生的书最合我的口味,孙先生几篇随笔都涉及中行先生,尤其是中行先生驾鹤西去后,孙郁先生的《张中行别传》,细细阅读,对中行先生那一代人的人生情怀才有了更加深刻的认识。年龄渐老,我也能够更加深刻地与先生的心灵相通,书架上多了先生的几本著作:《负暄续话》《民贵文辑》《张中行散文选集》《文言津逮》,我经常一本本地摩挲玩味品读,才知道先生内心作为一位读书人那独特的生命操守,才慢慢地感受中行先生心灵深处最隐秘的悸动。

　　先生浸淫中国文化很深,深得文化个中三昧。学问不仅是生存的资本,更是血脉相连的生命,是生活的一部分。身置浮躁喧嚣的时代,他那一代读书人的个性与趣味,今天的我们很难理解读懂他们,这些"老古董"们与在电脑前敲文打字的学者们大异其趣,格格不入。可是,"老古董"们写出的是艺术,而电脑中敲打的文字多是垃圾,二者岂能同日而语。中行先生笔下的忆旧文字如老酒启封,绵软甘洌醉人。辜鸿铭、梁漱溟、张东荪、叶圣陶、俞平伯等人物,在中行先生的笔下那么个性鲜明,逸闻趣事让人唏嘘感叹。中行老,晚年心境淡定,含英咀华,从容喷吐,苍苍茫茫,自有一番韵味让我们咀嚼回味,就如中行老所言自己"中了故纸堆的毒,说夸张些,是觉得连胜贤也是昔日的更出色。另一方面,以表演的时装为例吧,自己缺少适应性,也说夸张一些,有时看了简直有点茫然,目前如此,'来者'也就不想看了。不想看,只好放弃'后不见来者',单单吟味'前不见古人'。"(《前见古人》)文化水准定格人生。很多时候,文化的滞后性往往让人思想情感永远地停留在那种不免画地为牢的文化气场里不能自拔也不愿自拔。理解一个文人,走进一位读书人,实际上就是走进他独特的文化语境中。不同的文化语境形成了不同的文化气场,不同的文化群落。中行先生活在他自己构建的文化语境中,外人只能看到那模糊的身影,没有足够的气场激荡,没有足够的文化感应,我们对中行先生的任何解读都不免是一种雾里看花的误读。俗语云,树老根多,人老话多。对于中行先生的文风,"老年体"似无贬义,思想需要发酵,情感需要过滤,记忆需要沉淀,老境撰文,点石成金,似乎絮絮叨叨,不讲章法,但是文章之道已经融化其中,大音希声,大象无形,出入化境,我辈鲁莽懵懂,看似平常实为奇崛;看似新手拈来,但是却腾挪跌宕错落有致,笔力技巧大雪无痕,蕴含其中。我们只能模其皮而不能入其骨。文章拼到底,拼的是人格、是境界。写作拼到底,不是技法,而是思想;不是理智,而是情感。中行先生骨子里的清高,源自于他通晓所有伟大崇高下面的渺小,在于他早就看透很多人在"信"的道路上天目开启般地轰轰烈烈实则蝇营苟狗浮皮潦草的生命图景。中行老坦言自己"可怜","是因为不能脚踩两只船,而习惯于由怀疑始,一以贯之"。人一辈子,有的人走的是"信"的道路,仿佛只要有了"信"才有了活下去的精神支柱,如所有僵化的意识形态说教,其实都是让人"信"的僵死哲学教条。信仰是某种意义上的精神鸦片,怀疑才是人类前行包括文化生长最为根本的动力源。如中行老却走的是"疑"的道路,"疑"是过程,"信"是结果。人生是在"疑"中走向"信"再走向"疑"。没有疑问的人生其实是最干瘪无味的人生。因为"疑"的眼光最能看穿伪装,看穿生命的底色。"疑"也最能揭破世间"瞒"和"骗"的游戏,"疑"才能保持鲜活的生命个性,避免盲信盲从的诸多人生陷阱,避开历史与时代社会宏大叙事那垂天之翼的遮蔽,在尊重个体悲欢的生命情调里,我们获得生命独有的欢愉。"人总是人,为天命所限,对于稀有的才女,就难免,或无妨,有所思,有所愿,甚至有所爱,或更进一步,拿起笔,颂。爱、颂,兼挖掘所以如此的来由,可以冠冕,如政治的复明大志类;也可以不冠冕,那就是桓大司马的尊夫人所说,我见犹怜。在这种地方,我宁愿行孔门的恕道,对于不管复明大志而犹怜的诸位,包括自己在内,是一贯起于怜悯而归结为谅解的。"(《柳如是》)中行老这种"怜悯"情结,是中国意识形态话语中最遭排斥也是最为稀缺的文化情怀。"怜悯"是对人性的理解与尊重,也是人性最为核心的内涵。我们从这种"怜悯"中看到了人性里那些烛光般摇曳的温暖亮光,看到了我们人性中那些最为脆弱柔软的地方。

鲁枢元：沉醉于学术的岔道口儿

鲁枢元先生是最早影响我最深的中国当代著名学者之一。当年鲁先生在郑州大学教书的时候，作为一名中文系学生的我就在极力搜罗阅读先生发在各种刊物上那些通脱朴实清澈的文字。人到中年的我，基本上已把先生的各种著述收藏品味殆尽。还记得，我通过陕西人民出版社邮购先生的《生态文艺学》一书，几次电话索求，在渴盼中我手捧新书，久久不能放下，夜色阑珊，我先翻阅"解渴"，后细读品味"过瘾"。还记得在古都开封一家旧书店，我无意中看见了久觅不得的《隐匿的城堡》一书，喜悦激动的心情，如滚沸的开水。《精神的守望》《猞猁言说》《蓝瓦松》《生态批评的空间》《心中的旷野》《文学与生态学》《文学与心理学》《文学与语言学》《梦里潮音》《陶渊明的幽灵》，这些著述成为我书屋里最珍重的收藏。闲暇时光，先生的这些书让我滋润心灵，开启智慧；心烦意乱的时候，先生的书，让我远离喧嚣，获得宁静。先生文字里流露的思想滋润启迪熏陶了我，先生文字里的学术静气是我摆脱喧嚣与浮躁的镇静剂，先生著作中洋溢的学者情怀一直在激励着我，先生把文学研究向语言学、生态学、心理学领域拓展，取得的骄人成绩，一直让我高山仰止般的信服与钦佩。

我一直认为，包括学术在内的一切精神创造，都是人类生命血气的蒸腾。有时很纳闷儿，以感悟与顿悟为主要特征感性思维发达的中国学人，作为关注生命生态的文学研究，为何变得越来越冷冰冰般的僵硬？为何文学研究土壤的板结化现象变得越来越严重？温度的失去是道术分离后的技术崇拜，土壤的板结是心灵感悟能力的丧失。我一直很赞同激赏鲁先生的学术观，他谈到《生态文艺学》的写作，"书的名字原想定为《回归之路》，只把'生态文艺学'作为副标题，内心其实是在回避做成一门'学科'的艰巨和沉重，并试图借助文学的笔法偷懒、取巧，把研究与写作变得轻松一些。我大半生的治学，就像一棵生长的树,什么时候从什么地方冒出一根枝条来自己也说不清。"学术研究的沉重就在于游离于生命之外,把学术变成了干瘪的木乃伊。枢元先生的文字质实圆润,没有惯常学者故弄玄虚晦涩难懂的文学术语,没有学术霸主居高临下的盛气凌人,儒雅中充溢着淡定的学术魅力,恬淡里流淌着生命的元气。学术是个体生命的真切体悟,是带有生命温度的真切感知。先生一直在挣脱着学术僵硬的外壳儿,剥开学术里面柔软的艺术内核。枢元先生文字不花哨,不故弄玄虚,极像先生故乡开封人,淳朴练达,浑厚细密,气定神闲,娓娓说理,斯斯文文,风骨犹存。一个极普通的社会现象,经先生学理的提升,便变得楚楚动人,让人眼前豁然开朗。比如当代人往往重视身体的上部而忽视了身体的下部,去一个城市,发廊肯定比厕所干净豪华。"'顾头不顾腚'的成语,在这里可是现了眼的。试想,一位发型翘然、发露芳菲的小姐或太太,蹲踞在这样的厕所之内,说'方便'其实又是多么不方便。"枢元先生总是能够在平常的生活里发现学理的胚芽,总是能够发现朴素但却精警的生活哲理。枢元先生的学术文字处处洋溢着生命的气息,文字里有一种生活的烟火气,温馨明亮,柔和舒缓,学术风景春光迷人。

我一直有一个读书人的偏见,认为包括学术在内的一切文化活动,本质上都是诗性的,都应该灌注作者的才情之气。枢元先生学术的魅力就在于他有一副生花的好笔墨,每一篇随笔、每一部著作都是经典的散文诗,深刻的学理与有文采的语言完美地交融在一起,丰沛的信息与瓷实饱满的语句完整地结合在一起,到处都是散金碎玉,到处都是灼灼动人的风景。如对"蓝瓦松"的描绘:"贫瘠的瓦垄上没有人浇水,没有人施肥,甚至连起码的土壤都极为稀缺,有的只是烈日与暴雨,寒风与酷露。然而,这些小生灵却不知在什么时候,由于什么原因飞到了房子上,它们已经比我更接近蓝天。"学者散文风格多样,但是枢元先生的散文随笔却是自成一格,文字洁净,思想通透,风格清新,耐人品味。在《东坡与刚峰》这篇人物论的论文里,先生以饱含生命热气的文字从容道来,"我们从苏东坡与刚峰之间的比较,也许可以看到'完整的人'与'理性的人'之间的差异。'法律'使法官海瑞变成了一座'执法如山'的'刚峰','诗歌'则保持诗人苏轼化为一座'氤氲幽微'的'东坡'。有没有这种可能:人类那绿色的生命波谷在抬升到理性高峰的同时,那突兀的理性高峰也生长出绿色的葱茏。"单是从"东坡"与"刚峰"的名字视角来论述苏轼与海瑞的人生轨迹,就的确让人耳目一新,但是鲁夫子挖掘内涵的学术功力让人叹为观止,丰富的信息密度,活力四射,四面出击,层层叠叠,螺旋上升,深度掘进。如对野草的描述,"城市里为何不能保留一些原生态的草地? 原生态的野草会显得高低不一,品种错杂,色彩斑驳,形态各异。然而,换一个审美的视野,换一种欣赏的趣味,这野生态的草地,难道不更加优美动人吗?"(《心中的旷野》)先生文字就是这样在漫漶的叙述中保持着学者审视事物的高度与深度,坚守着自己学术的理性审视。同样是描写野草的文字,在鲁迅先生笔下却是另一番心境,另一番观照。枢元先生总是坚持着自己的学术阵地,海纳万物于自己的学理照射中,采百家之长于自己的文脉中,摇曳扶疏,风流写尽。枢元先生的文字,篇篇都是精美的华章。说实在的,品读先生的文字,我几乎不忍读完,就像儿时品尝一小块儿糕点、一个桔瓣,点点蚕食,细细吮吸,希望永久地保存美食之香、口舌之味。先生的著述值得一生一世的品读、精读、研读、诵读。

我长久地陶醉于先生学术的氛围里,源于先生学术拓展的勇气与功力。枢元先生以文艺学为学术原点,逐渐发现文艺与心理学、与语言学、与生态学有着其内在学理贯通的空间。文艺与作家语言密切相关,先生在文艺言语学方面延展,其后发现文艺又与作家心理紧密相连,先生遂成为中国文艺心理学的拓荒者,可是先生最终发现文艺研究不能只停留在作家的语言、作家的心理层面,更是与整个时代的精神生态有着内在的联系,先生又率先在中国开启了文艺生态学的研究。先生在文艺语言学研究方面,《超越语言》横空出世,在文艺界掀起波涛巨澜,在语言与言语的概念界定中,先生操斧伐柯,发现了言语内在的秘密:"要表现人的心理深处那片缊缊混沌那种潜意识的团块,那决定了人的本性的原生体验,看来也是需要一种非无非有、不缴不昧、亦虚亦实的东西,需要更为自由灵活的音乐,更加抽象写意的绘画,更加心理化、情绪化的语言。"先生在东征西引中,发现了语言的秘密在于它的多义性、含混性、情绪性、语境性,语言的能指与所指间存在着诸多介质,形成了多维度的发散性关系,作家本人的心理活动实际上是一种"情绪化记忆","较之人的生理方面的动物属性规定的需要与人的心理方面的社会属性规定的需要,较之人的缺失性需要与人的超越性需要,人本主义心理学家更重视的是后者。这是人本主义心理学与弗洛伊德分析学所不同的地方。人本主义心理学避免了行为主义和精神分析心理学从机械还原论与生物还原论的观念寻求人类本质的错误,而是坚持从人类发展进化的观念寻求人的本质。"先生对于中外语言学、心理学研究成果的娴熟把握与深刻而又家常化的解读,让人感觉到先生那强大的消化吞吐能力,学术的胸襟决定了学术的视野与学者的气魄。学术是"学"与"术"的结合,学养决定着一个学人的素养。鲁枢元先生的所有争鸣文章,都是在不温不火中不骄不躁中保持着学人的那种镇定,没有学术的霸气,只有对学术与学人的无比尊重,从与曾镇南先生、孙逊先生等人的学术辩论中,都可以看到枢元先生赢得了同仁尊重的长者之风,那宽阔的胸怀与宽厚的性格、高尚的品格,都在滋养着先生学术的品格。先生把学术植根于现实生活的沃土,梦想成为一棵树,接地气,有了人间烟火色,先生把学术从象牙塔移植到生活的方方面面,就像作为废都的开封,能够把普通的包子做成菊花型、灯笼状,能够把普通的花生加工成馈赠亲友的花生糕、麻辣花生米,能够就着一碟小菜,一瓶小酒喝得生活滋滋润润活色生香,喝得平淡淡的日子有滋有味。

先生亲切随和、晶莹明澈的学术文字,源于他把学术安置在了看似平淡的生活中,安置在了那温柔敦厚的学术生命里。先生在精神生态学的系列著述中不止一次地表明他的这种生活学术与学术生活的观点,"摆脱商业消费的强大逻辑,发挥个人的创造精神,寻求另一种生存的境界,高扬另一种生命的价值,可能会成为走出生态困境的另一条途径。"在一些人眼里,似乎鲁夫子一直排斥现代文明,站在了现代化的对立面,一直对商业化的世俗社会忧心忡忡,其学术研究似乎倡导的是文化复古主义,其实,这是对先生及其学术的误解。恰恰相反,这是先生对生活的无比热爱,先生没有把学术悬置于生活之上,而是要用学术来消解生活中的毒素,用学术来唤醒人们更加理性地匡正生活,学术的本质就是对生活的理性解读,是对生活更加明晰的界定。鲁枢元先生是当代中国学人中为数不多最有生命本色的学者之一,是最有普世情怀的作家之一。因为先生坚信,"精神之花注定是要扎根于社会物质生活的土壤之中的。但是我们又不能不注视到,在整个人类社会架构中,文学艺术正因为高高地悬浮于上空,像天上的云彩一样,所以文学艺术这类意识形态才有可能更充分地显示出人类精神的灵幻性、微妙性、丰富性、流动性、独创性。"(《大地和云霓》)冥冥中,水脉地域,文脉心境,我结缘于先生的文字,幸莫大焉。有了先生著述的相伴,我此生思想不再困窘,精神不再枯寂,生命不再孤独,幸甚至哉。

鲁枢元先生是我精神生活的导师。多年来,对其著作,我一直痴迷地搜索研读。老实说,我是把先生的系列著作,当成散文随笔来品读的。因为,在我看来,先生是当今中国学术界真正把学术研究与个人生命体验结合得最好的学人。从学术与个体生命的关系,可以看出一位学者是否对自己从事的学术是真爱,是为稻粱谋的小爱或是为求解自己精神生活中诸多困惑的大爱。在我看来,那种游离于个体生命之外的学术是僵硬、僵死、僵化没有前途的伪学术,是二道贩子、鹦鹉学舌、道听途说、拾人牙慧式的浅学术。学术的后面也应该站立着一个活生生的人,一个"究天人之际,成一家之言"的人。鲁枢元先生的系列著作,"自由自在、无拘无束地写出自己生命的直觉与感悟",他的学术总是不断地越过边界,迷恋于"文学的跨界研究"。他在语言学、心理学、生态学领域不断延伸文学研究的藤蔓,发现学术研究原本是交叉纵横,触类旁通的丛林,发现"文学研究不只是单一的思维活动,更是一种特定的、持续的心境或精神状态,是一种对研究对象的悉心体贴与无端眷恋,一种情绪的纠葛与沉溺,一种心灵的开阔与洞悉,那应该是一种发自生命深处'思'的状态。"(《陶渊明的幽灵·后记》)

鲁枢元先生的文字是"思"的结晶,这种"思"是"情思""慎思""悟思",没有滥用术语的学术腔,没有在引经据典中发出那种洋腔古调,没有故弄玄虚的云遮雾罩,率真厚重,平实生动,才气氤氲弥漫,又不花哨迷离。学术研究难得有这样一副好笔墨,好笔墨又难得有这样的学术境界。鲁枢元先生形容自己做学问的路子是"种树"而不是"盖房","种树没有盖房那样严格的规范性,也说不准什么时候什么地方就发出一个新杈、长出一蓬新叶。"(《猞猁言说:关于文学、精神、生态的思考·代序》)在鲁枢元先生的很多文字中似乎都有"树"的形象表述,在《陌生的椰子树》一文中,发现"'重复'无疑是生命价值的分母,而'陌生'却有可能将人生引向一条新的路途。"在《姚拓是一棵树》一文中写道姚拓先生,"他就像一棵生机盎然的文化之树,在南洋的海阔天空中尽情地拓展着自己的枝枝桠桠,在南洋的华人子孙中播撒着文化的绿荫。按照瑞士心理学家古斯塔夫·荣格的说法,人类的灵性之根总是深扎在集体潜意识之中的。树大根深,根深才能叶茂。"甚至在一篇文章中先生表明自己来生要做一棵树,一棵蓬勃葱茏的树,一棵有着生命精灵的大树。

鲁枢元先生在文学的三大跨界研究之余,写下了大量的生活随笔、学术随笔,篇幅虽然短小,却语言精警生动,活泼儒雅,充满情趣和理趣,尤其是先生大量的忆旧散文,古朴苍桑,点石成金,耐人咀嚼品味。《斑驳》里"老屋"的故事、

《洞中蛇》中的蛇"黑质红花在幽暗中独自蠕动""甜丝丝,多了些青泥气息"的"荇藻",还有"狼城岗"、"皂荚籽"、"泥字"、"狗尾巴草"、"烧饼"、"风灯"、"澡堂",等等,都充满了耐人思索的人生沧桑。《老照片》中开篇写道:"我们家堂屋当门的那堵墙上,早先悬挂的是观音菩萨像,后来则贴满了父亲荣获的名目众多的奖状。奖状下面还曾有过一张一尺长、四寸宽的照片,是集体合影,一排十九人,全都正襟危坐,中间坐的是父亲,穿一身皱巴巴的棉布中山装。"寥寥几笔,便写出了人世的沧桑变迁。

照片上的那个新华书店经理万梓卿,即使在当"分子"的时候,父亲也对他相当尊重,父亲曾经给我说过,万梓卿可是个有学问的人。有一年的暑假我曾到基建队干点零活挣下学期的学费,和万梓卿一道拉过车。后来,万梓卿对父亲说,你家枢元有静气,将来会有大出息的。

父亲给我学过这话,我的觉悟要比父亲高些,我说父亲,老万这话是讨好你的。

二十多年后,"文化大革命"过去了,改革开放开始了,万梓卿的"右派"早已平反,并且又回新华书店当了处长。有一天,他突然跑到开封市无线电元件五厂的传达室,找到父亲,给我父亲看一本书:《创作心理研究》。他说:"我们书店卖的,枢元老弟写的!"看上去他比我父亲还要兴奋。

文字不重渲染,不动声色,却力透纸背,字字千钧,先生静静地叙述着那些沧桑往事,"飘渺的记忆,悠远的思绪,它们的力量也许正在于它们的细小柔弱,'细'方能入微,'柔'亦可克刚。或许,这些细微柔弱的文字还能够渗透进现代的庞大的、坚硬与冷漠中,为协调现代人的精神生态平衡,多少发挥一些作用。"在先生看来,"人类的生命活动中有一条连贯的、绵延不绝的线,那是人类的精神链,早在一万年以前它就非常成熟,再过一万年之后它仍将继续年轻。"(《蓝瓦松·后记》)鲁枢元先生文字本色本真,没有惯常散文家那种铺陈皴染、抒情描绘,而是以学者的眼光来打量这些往昔岁月故事,试图从这些"个案"中寻找到人类"精神链"的柔韧续接。"在五光十色的色彩世界中,我最喜欢的是本色。本色当然不是一种颜色,但举凡本色,无论是拂晓的朝阳、子夜的素月、初春的花蕾、深秋的红叶,还是蜻蜓的翅膀、乌龟的甲壳、斑驳的城砖、锈蚀的铜鼎,我都能感受到一种舒心的愉悦。""有生气则有精神,有生气则有神韵,在我的感觉里,崖头沟畔的一支叫不出名字的小花,雪层枯叶下的一丛破土而出的草芽,比起一束价格昂贵的塑料花、绢绸花更美,因为它本色、它有生气。"(周熠散文集《水之湄·序》)鲁枢元先生的学术随笔,深刻幽深,明丽明理,往往素常的题目,先生也能拨云见日,透析出生命的深味,解读出学术的至理。文字活色生香,言语雅致,表述的功力与学术思考力完美交融,简朴的叙事与深刻的学术命题交融在一起。在《说鱼上树:精神生态与人类困境》一文中,作者纵横捭阖,调集了密集的知识信息库存,以简练的语言、透彻的分析,准确地表述出了何谓"精神生态"。

"精神"是一个很难下定义的概念,然而她显然存在着。精神,可以是弗洛伊德"力比都"的升华,可以是荣格的"原始意象",可以是詹姆斯的"意识流",可以是马斯洛的"高峰体验",可以是老子的"道"、孔子的"仁"、墨子的"爱"、达摩的"禅"、海德格尔的"思",也可以是绘画中明灭不定的"意境",诗歌中无法言传的"神韵",也可以是"结构主义"的筛眼下遗漏的"天使的微尘"。

"精神"还可以是别的许多许多。但统而言之,宗教、艺术、哲学注定是精神领域的主要表现形态,也是文化的最高涵义。所谓"文化问题",说到底仍不过是一个精神价值问题。"信仰""憧憬""心境""意向""情感""想象""直觉""颖悟""沉思""良知"或许算不得"物质"算不得"生产力",然而对于每一个人的实际生存来说,它们又绝对是一种"能量",一种"动力",一种运转着、生发着的体系,这大致就是我所说的"精神生态"。

鲁枢元的学术随笔亲切平和,取物类比,形象生动,情趣与理趣完美结合,学理与情理彼此深透,文字就耐人咀嚼品味,不但能获得知识的熏陶、情感的熏染,也能思想的深化、精神的醒豁。他的各种学术专著,实际上,拆分开来,也是一篇篇美不胜收、妙不可言的经典随笔。信息饱满,描绘精当,气度不凡,气韵生动,如美味的珍馐,让人不忍一口吞下,须得细细咀嚼,才能入心入肺入味;如入万花丛中,目不暇接,手不暇采,移步异景,令人流连忘返。枢元先生文字平和蕴藉,不温不火,学者的书卷气渗透在迤逦婉转、凝练传神的文字中。我们可以随手摘引先生《生态文艺学》中精彩片段,发现这些披着学术外衣的著作,其实还是先生精彩的随笔文字,它们比通常的散文家的文章,文笔更加简约,内涵更加丰富,叙述方式更加灵活,"内心其实是在回避做成一门'学科'的艰巨和沉重,并试图借助文学的笔法偷懒、取巧,把研究与写作变得轻松起来。"(《生态文艺学·后记》)学术文章随笔化,这也是学术走向生活走向生命的必由之路,就如鲁迅先生所言,伟大也要使人懂。学术表达方式也不仅仅是高堂讲章,也可以是娓娓叙谈的家常语。在《生态文艺学》一书的"第三章 文学艺术与自然生态"中,先生文字更加充满诗情画意的描绘,没有生硬的学术腔调,柔和摇曳多姿的文字,让人珍爱无比:

> 故乡是一块自然环境,是天空,大地,动物,植物,时光,岁月;故乡是一支聚集的种群,是宗族,是血亲,是祖父祖母、外婆外公、父亲母亲、邻里乡亲、童年玩伴、初恋情人;故乡是生命的源头、人生的起点,是一个由受孕到妊娠到分娩到呱呱坠地的生长发育的过程;故乡又是一个现下已经不再在场的、被记忆虚拟的、被情感熏染的、被想像幻化的心灵境遇。在"故乡"这个语汇中,蕴含着丰富的生态学、生理学、心理学、诗学、美学、文艺学的意义。

> 诗人的怀乡,象征着人类对于自己生命的源头、立足的根基、情感的凭依、心灵栖息地的眷恋。

学术随笔在这里没有浓郁的抒情,却揭示着深刻的哲理。情的感染度,理的征服度,情理的结合度都穿透在这样芳香馥郁的文字中。读鲁枢元先生的文章,让我们能够感受到从学术里面飘散着的生命元气,带着生命温度的热气,带着学者终极关怀的大气。鲁枢元先生的系列著作,值得我们今生一读再读,这些出神入化的文字,值得我们一品再品。

鲁枢元的文字里,充满了学人生命的热气、学术探索的勇气、文笔洒脱厚重清丽的才气;在我的阅读感觉中,鲁枢元先生是当代中国学界的勇士、卫士、志士、学士。鲁枢元先生是一位身上最能体现中国学人精神传统的勇士与卫士。在这个众多学人躲进书斋成一统、进行所谓"书斋里的革命"的今天,先生以真诚的学术良知与无畏的学术勇气,"为天地立心、为生民立命",他开创的生态文艺学,意义与价值在我看来早就超越了学术研究的范畴,对中国当代哲学、社会学、政治学、民俗学、心理学、文化学的研究都具有开疆拓土般里程碑式的时代意义。鲁枢元视野中的生态文艺学,不是纯粹学术层面上的概念推演、繁琐考证、体系建构,而是在对人类与自然关系的考察中,灌注着个体生命的热气,他从"蓝瓦松"中看到人类精神生态的恶化,在"隐匿的城堡"中,做"精神的守望",在"猞猁的言说"中,寻找着那一片飘荡着"陶渊明幽灵"的"心中的狂野",在"大地和云霓"的映衬下,他走在"苍茫的朝圣路"上,开拓着"生态批评的空间"。在当今雾霾遮天自然生态环境日趋恶化的今天,人们对之忧心忡忡怨气冲天,而人们对当下时代与社会精神生态环境的严重恶化却熟视无睹漠不关心,认为无关痛痒,"现实关怀"远大于"终极关怀",生活之重远大于精神之轻,在这种轻重失衡、关怀失当的时代背景下,多年来,执着于"生态文艺学研究",为人类精神生态建构与保护鼓与呼的鲁枢元先生,显得多么勇敢与悲壮,执拗与决绝。好在先生并不孤独,随着政府对生态文明的倡导,公众对生态环境的重视,学者也从对自然生态环境的关心慢慢位移于对精神生态的审视与观照,因为越来越多的学者们发现,自然生态环境恶化的总根源来自人类对精神生态的漠视与破坏,而且这种精神生态的破坏程度更重、速度更快、结果更坏、影响更深远。单是对中国文学生态的污染已经触目惊心,打着张扬人性的旗号,在"身体写作""底层写作""青春写作"等等的背后,我们看到的是作家心灵的粗俗化、精神的侏儒化、情感的荒漠化、道德的冷漠化,而且精神生态的恶化已经蔓延到了文艺生活的点点滴滴、里里外外、方方面面。

鲁枢元先生也是一位敢于超越自我、超越前人的志士与学士。在我看来,鲁枢元先生有着宽广的学术胸襟,有着当代学者稀有的学术静气与定力,有着很多学者稀缺的执着追求,为之奋斗的学术目标。在阅读先生的《梦里潮音》这本薄薄的日记中,我看到了先生几十年来奋斗的足迹,看到了在风云变幻的时代风潮中,在驳杂艰险的各种意识形态环境中,先生坚守学术良知的勇气与毅力,先生风雨中跋涉前进的身影。多年来,先生的"跨学科研究",以文艺研究为学术原点,横跨心理学、语言学、生态学多个领域,建构了自己独特的"文艺心理学""文艺语言学""生态文艺学"三位一体的学术体系,打通了学术画地为牢的狭小边界,视野宏阔,论证清澈,启迪心智,润泽心灵。在阅读先生《创作心理研究》《文艺心理阐释》等多本著作中,我读到了先生对中外心理研究成果海纳百川的吸纳,没有厚此薄彼的取舍,没有食古不化的偏爱,没有浓得化不开的学究气。《超越语言》是先生众多著作中我最喜爱的一本书,对文艺语言,先生切分为线型语言、面型语言、场型语言三个层面,给人耳目一新、醍醐灌顶之感,这种划分解决了困扰语言学的诸多问题,对中外语言学研究都有破天荒般的意义。在众多研究陶渊明的著作中,先生的这本《陶渊明的幽灵》,可以说开启了陶渊明研究的新纪元,先生从陶渊明身上看到了中国精神生态荣衰消长的轨迹,从这位"归隐之宗"身上,看到了"精神生态"与"文化生态""政治生态"的密切关系。在当今众多中国学人的著作里,我偏爱鲁枢元先生的著作,就是因为先生文字朴实厚重,观点超拔而不突兀,就如先生祖籍地古都开封的文化,如开封那刚出炉的带着热气焦酥可口的芝麻烧饼,如开封那劲道绵软香甜的小笼包子,如开封城里那浩淼荡漾的一汪汪湖水。这些年,我之所以追踪阅读先生的系列著作,也是因为我在阅读众多中国当代学人的著作中,在不断精挑细选,不断比较淘汰,不断挑剔摩挲中,我最终选择了鲁枢元先生的系列著作。在我看来,先生的文字里有人间的烟火气,有生命大悲悯的情怀。先生的心是炽热的,文字也是滚烫的;先生的学术研究不是书斋里高头讲章的兜售与卖弄,而是始终在尝试着解决盘绕在他心头脑海的诸多困惑,研究就是解决心灵的困惑、认知的困惑。当今学术研究最大的问题恰恰是背离了这个学术研究最基本的准则,变成了获取名利,提升职称的手段,变成了躲避自身心中真实困惑的学术表演,变成了卖弄才情、附庸风雅的文字游戏。学术式微,根源在此。鲁枢元先生的著作,解决了我作为社会人、文化人的困惑,我从先生的文字里汲取了人生前行的力量。在这个明星崇拜的时代,我把先生当成照亮我人生之路的一颗明星;在这个浅阅读的时代,我把先生的文字当成滋养我生命成长的精神干粮。

2014 年 12 月 13 日,我终于在河南省文学院见到了分别二十余年的鲁枢元先生,已过古稀之年的鲁先生精神依然矍铄,声音温和。这是我平生第二次聆听先生的教诲,先生从电视剧《星际穿越》谈起,"人类把地球糟蹋完了就要向别的星球超越,这传播的是什么理念? 美国作家梭罗的《瓦尔登湖》,这些年在中国成了一本流行书,作家苇岸、诗人海子甚至把这本书当成人类的《圣经》来看待,梭罗相当于中国的愤青。上一世纪 80 年代中期到 90 年代初期,我是中国学术界关注生态文艺学较早的人。我写的这本《陶渊明的幽灵》也是中国较早研究生态问题个案分析的文本。我发现,给我现在的研究生讲陶渊明效果最差,40 岁后的人大都喜欢我讲陶渊明。陶渊明也是 40 岁后才回归田园,辛弃疾、陆游、苏东坡等人也都是到了晚年才认识了陶渊明的价值,现在的文学爱好者也几乎都在四五十岁以上。在中国被称为伟大诗人的也只有屈原、陶渊明、杜甫几位。陶渊明留下来的诗文只有 100 多篇,但是,却是世界上最优美的田园诗之一。陶渊明被金岳霖先生称为'千古第一人'。陶渊明的自然哲学思想主要是委运任化、随顺自然,惟求融合精神于运化之中,即与大自然为一体,这与西方海德格尔、荷尔德林、怀特海等提出的"自然的观念与诗意的栖居"的后现代主义思想非常接近。陶渊明是中国古代的荷尔德林。在陶渊明的诗句中,经常出现'樊笼''网罗''密网'等字眼,这种自然主义哲学思想揭示了人类生存的困境,人类自己创造的文明往往成了囚禁自己的牢笼,正如卢梭所言:'人是生而自由的但又无处不在枷锁之中。''回归''田园''乌托邦'都是解读陶渊明自然主义哲学思想的关键词,《桃花源记》在钱钟书先生看来'两晋文章,惟此一篇'。中华文明五千年实际上就是农业文明五千年。也许只有'归去来兮'的道路才有望把我们引向前方。中国哲学中只有老庄哲学才是自然主义哲学,孔孟哲学严格意义说只能算是伦理政治哲学。老子言'知白守黑''负阴抱阳',就是要求人们委运化迁,随顺自然,才能身心和谐,意态从容。这里的'白'在我看来就是指已知世界,属于知识领域;'黑'就是指未知领域,是信仰的空间。陶渊明的名字就含有'知白守黑'的思想,'潜'和'渊'、'明'和'亮',出于《易经》'鱼在于渚,或潜于渊','渊明'就是深潜于幽暗中的一丝光亮。当代科学家李政道先生发现宇宙中的'暗物质''暗能量'占宇宙总质量的95%,是已知总能量的14倍以上。'暗基因组'原来被当作'消极的''负作用',实际上起着很大的作用。秦始皇就是'强粒子''重粒子''正物质',陶渊明就是'弱粒子''轻粒子''暗物质''暗能量'。秦始皇的兵马俑,这些珍贵的国家文物,原本是高效的杀人机器,人们却宁愿花费不菲的门票参观,而陶渊明那些清风白云的诗歌一样为我们传诵,可是他的坟墓不收取门票却几乎人迹罕至。现代人们的生存方式只求升迁,不求隐退;只顾眼前,不顾将来;只知白不知黑,只要强不要弱;只要进步而不懂退步与回归;只知追求光明的事物,而忽略了幽暗中潜隐的奥秘。所谓的'启蒙'也就是认为以前的历史都是一片黑暗,就如现在都市的'不夜城''整容'热。现代社会恃强凌弱、趋炎附势,柔弱轻虚幽静者几乎无立锥之地。文学实际上就是一种很柔弱的东西,但却是恢弘的柔弱,就如陶渊明的诗歌1600年后依然存在,只是被现代化太大的光亮置入黑暗中的幽灵。法国哲学家德里达创建了'幽灵学',认为人死了,精神也死了,最终变成了一缕不死的幽魂。列奥·施特劳斯说:'当人类走到现代性的尽头,实际上就必然会回到古代人开始所面临的问题。'我们盼望着成为昨夜星辰的陶渊明'魂兮归来'"。先生的话语如冬日的暖阳依然温暖着我们的心灵,先生的文字值得我们反复咀嚼和品味。

陈平原：平原地貌的学术景观

中国人文知识分子的心中隐隐约约都有一种北大情结，北大的学术气场左右着中国的学术氛围。我在郑州大学中文系读书时，北大中文系的教授们都是我崇拜的偶像，谢冕、陈平原、钱理群、孔庆东、王岳川等先生的著作，我是广泛搜罗，细细品读。教授们的学术研究水平是我向往与追求的目标。陈平原先生的著作，我陆陆续续购置了《茱萸集》《触摸历史与进入五四》《学者的人间情怀》《当年游侠人：现代中国的文人与学者》《学术随感录》《读书的"风景"：大学生活之春花秋月》等多部著作。平原先生的著作，素朴的文字中有一种很浓厚的人间情怀，重史料求证，学术观点表达温和有度，如一马平川的旷野，没有高山的气势，却有一种包容博大的胸襟，有一种把人的眼光引领到天际交汇处的悠远深邃。如平原上的一棵棵树，蓬蓬勃勃地向着蓝天无限地生长，没有高原山巅树木的奇崛，但是却有一种挺拔向上的伟岸朴实。"我以为，作为一名学者，大可不必执着于提高学问的地位，而是把学问从生活的目的降为'手段'。不是为了学问而活着，而是为了更好地活着而做学问。这当然不够崇高，可我想对大多数人来说，这更实在些。"

平原先生著作的可贵之处不在于他提出了多少让人耳目一新的观点，而是如他所言的"辨章学术，考镜源流"，在对学术研究正本清源的基础上，清扫出一个学术的大平原，少点"山头"，多点宏大的视域；少点门户之见，多一点人间情怀。平原之美，在于平原上田畴相连，村庄相望，平和博大，安静恬淡。学术从某种意义上来说，不是各自占领山头，旌旗招展，处处以山大王自居；也不是攀登悬崖，高处不胜寒。学术不是堵塞，而是打通；不是探险，而是拓展。"所谓'触摸历史'，不外是借助细节，重建现场；借助文本，钩沉思想；借助个案，呈现进程。讨论的对象，包括有形的游行、杂志、大学、诗文集，也包括无形的思想、文体、经典、文学场。入口处小，开掘必须深，否则意义不大；不是所有琐琐碎碎的描述，都能指向成功的历史创建。我曾经引胡适和王国维关于学问的两段话，辨析学术研究的'大'与'小'。一说'学问是平等的'，一说'考据颇确，特事小耳'，抽离具体的历史语境，呈现出某种张力。"陈平原先生的学术研究重在对学术研究地貌的清扫，重在回到学术研究应有的路径上来，重在回到常情常理的学术研究范畴中来。学术研究不是沿着崎岖的思路登高望远，而更多的是回到常识的理路上，让我们看到更多的与人类生命息息相关的学术风景。

陈平原先生的著作，如平原上无边的青纱帐，蓊郁苍翠，生机无限。作为学术史研究，平原先生也是重在追根溯源地梳理，重在对于史实条分缕析地分析，重在开疆拓土地铺路，重在奔走在学术研究的"路上"，没有张牙舞爪的学术霸气，完全是一种文雅的平原胸襟，直白朴实，没有故作高深地兜售佶屈聱牙的学术概念，没有高高在上唯我独尊的学术权威的傲气。很多学术观点，看似是家常话，是平常语，但是我们的学术研究因为长期以来剑走偏锋，少了人间烟火，画地为牢，学术变成了游离于生活之外的案头讲章，变成了高人雅士秘不示人的学术游戏，变成了一小撮人高谈阔论的谈资。我读陈平原先生的著作，主要是用来抚慰自己焦躁的心灵，用来提醒自己学术研究要时时接地气。翻一翻先生的著作，会让人产生学术研究的幸福感与纯净感。"学者以治学为第一天职，可以介入、也可以不介入现实政治论争。应该提倡这么一种观念：允许并尊重那些钻进象牙塔的纯粹书生的选择。"对学术研究的尊重，是陈先生文字里最动人情怀的部分，"纯粹书生"这是对学术纯洁性的坚守。中国学术研究杂质太多，赘肉太多，负担太重，越界现象严重，耗时伤神，误入歧途，学术研究不伦不类，学者形象朦胧模糊，学者身份难以确认。因为在陈平原先生看来，"人文科学无时无刻不受社会人生的刺激与诱惑，学者的社会经验、人生阅历乃至政治倾向，都直接影响其研究的方向与策略。如鲁迅撰小说史而不做骈文史，胡适研究禅宗只谈史实不论教义，都有其思想史背景，但从学术理路说不清。不过，由人生体验而来的理解与感悟，对学者来说很可宝贵，但不能代替严谨的学术思考。我强调的是对学术传统的尊重（可以反叛）、对学术规则的理解（可以超越），以及具体研究中操作的合理化。也就是说，学者选择学科选择课题时不可能不受现实人生的制约，可一旦进入具体研究，从搜集资料、设计理论框架到撰写论文，都要依循理性和科学的原则，尽量避免因为政治见解或现实需要而曲学阿世。"回顾中国自古至今的学术史，学术质地不纯比比皆是，"借经术以文饰其政论",借学术打击异端,借学统来为道统、政统鸣锣开道、渲染粉饰。学术的工具理性压倒了学术的学科理性与文化理性,学术在工具化的过程中自贱身价沦为世俗的风尘婢女。如果说,学术长期以来谄媚于政治,到了当代则效劳依附于经济,成为经济的马前卒。学术话语委身于经济话语,人文精神失落,经济学专家大行其道、如日中天。学术乃天下之公器,学术失诸野,必断绝天下文化之根。陈平原先生坚守学术的清正也是在呵护中国文化相传不灭的薪火。"在我看来,在研究过程中,政与学,合则两伤,分则两利。谈学术时正经谈学术,这样有理路可依循,有标准可评判,争论时也容易找到共同语言。弄成杂文漫画式的学术著作,你不知道他的游戏属于哪一类,无法对话。有政见或牢骚,可以写杂文或政论,为了'出一口气'而牺牲学术,实在不值得。"学术在陈平原先生看来不是一锅烩的大杂烩,而应该有自己的学术操守,有自己神圣不可侵犯的地盘儿。可惜,这样一个极普通的道理,很多学者一辈子都执迷不悟,学术不是政治经济的附庸,不是可有可无的生活点缀。

陈平原先生的研究领域也让我们感喟。散文史、学术史、游侠史、大学教育史等诸多方面都有可圈可点之处,特别是对于大学教育,置身当前大学氛围之中,大家对大学教育现状不满,但是,有几人能够把大学教育研究得如陈先生那样充满生命的色彩呢? 大学是学术的重镇,可是如今大学文化生态的破坏,许多学者已经司空见惯、熟视无睹。陈先生以北大为考查中国教育的原点,在"北大往事"里咀嚼我们正在失去的教育传统,没有乏味的说教,在对如烟往事的细细打捞中,温暖照亮我们尘封已久的心灵。陈先生的文字,如平原上流淌的河流,宽阔的河床,不急不缓的水流,向四处漫溉开来,像大地母腹上祖露出来周流不止的动脉血管。学者孔庆东先生一篇评论陈先生的书评,题目就叫《平原下面有海》,形象生动,印象深刻。"陈平原的文辞功夫属于上佳,而且经常有'人间情怀',即他自己所说的:'有历史的感慨,也有现实的忧思'。于是,他就必须时时小心学者们把他由通人的楼头推下文士的地牢。所以,他一直声称自己是'两副笔墨',一副是'正经规范的学术文章',这证明他不是通人,是老实的学者;另一幅是'学者散文',他叫做'学者的人间情怀',这证明他不是文士,但可以做文士的朋友。"陈先生的"人间情怀"使他不屑于做一位不食人间烟火的世外高人,他沉浸在自己有滋有味的研究中,就如他行走在天宽地阔的大平原之上,不用担心前方有高山深谷、有激流险滩,因为他坚信这个世界是平的。

刘小枫:开启神学研究的另一扇窗

　　知道刘小枫,我是从一位与现实格格不入的友人那儿。友人极力向我推荐学者刘小枫的著作多么好。友人眼格很高,又愤世嫉俗,能够入他法眼的书自然规格很高,于是,我就开始注意刘小枫其人。后来一位教育界同仁谈及读书,她对刘小枫的《拯救与逍遥》激赏有加,这位女同仁平时也是读书非常注重品位,她推荐的书,能够入她慧眼的,我当然要急着抢先阅读为快,于是,我就开始购置刘小枫先生的书,华夏出版社推出的刘小枫系列著作,我购置了六本:《这一代人的怕和爱》《罪与欠》《圣灵降临的叙事》《儒教与民族国家》《拯救与逍遥》《诗化哲学》《沉重的肉身》。甲午仲夏,我参与了某省高考命题工作,手提包里装了刘小枫的两本书,在"禁闭"与世隔绝的二十多天,刘小枫的书伴我度过了孤寂的日日夜夜。刘小枫的文字颇耐人寻味,他先从事美学研究,后又出国从事神学研究,文风依然典雅别致,需要静下心来认真地揣摩与品味。偶读由周实、张远山、周泽雄们共同撰写的一本《齐人物论》,里面有对刘小枫著作评论的文字,"学者刘小枫的散文成就远远高于许多职业散文家,他是新时期极少数勇于当担却决不哗众取宠的思想者之一。宗教性的表述导致了浅薄时代对他的冷落,但也同时使他的文章具有当代罕见的人性深度。新时期以来采取宗教维度的作家非止一人,但仅有他显示了宗教的温情。"刘小枫文字有一种书卷气与精神贵族气相揉和的典雅儒雅高雅之气,丰厚的学养使他的表述不再顾及读者的接受力与理解力,相反,只要我能够酣畅淋漓地快乐表达,我就独立表达,没有一般世俗学者讨好读者的媚俗气。对于刘小枫这样修行得道、道行很深的学者,表达只是自我精神生存的方式,"无关他人风与月",学人水准高低不同,自然表达的境界也不同。

　　我是从阅读《沉重的肉身》这本书开始走进刘小枫的精神世界。刘小枫文字表述绵密细腻，学养很高，观点前卫有锐度但不张狂。在《丹东与妓女》一文中，作者分析"*其实，任何国家都是人治的，是人依法而治。问题在于依的什么法。自由民主国家与人民民主国家的区别，不在于一为法治国家，一为人治国家，这两种政体都是人治，差别在于人所依的法不同。*"刘小枫没有当代中国学人走笔行文时种种欲言又止吞吞吐吐的顾虑，文笔洒脱，论述深刻犀利，诗化的表述方式，美丽的文字迷人眼目。优秀的学者不但有深刻的思想、自由的表达，还要有独特隽永的文字表达本领。刘小枫的文字同样是优秀散文随笔式的灵动文字，这些文字让我们感受到了思想的魅力，总是让我们在严密的逻辑推演中看到从缝隙中旁逸斜出的思想枝条，在自以为是的地方看到本来存在的"非"，从肯定的一面看到否定的另一面。刘小枫的文字表述往往依托个案来阐发他独特的思想解读。在《牛虻和他的父亲、情人和他的情人》一文中，一针见血地指出了青春激情如何被社会道德利用，"*时代中时兴的道德理想总是充满吸引力的，没有鉴别力的年轻人以为时兴的道德理想就是自己性情的脉动。个体性情的脉动与某种道德理想的结合，其实是很偶然的，正是这种偶然性决定了个人一生的命运。*"这种论断，让我们幡然醒悟了多少青春莽撞与懵懂背后深刻的原因。刘小枫温润的文字点穴到位，碰疼了我们阅读的神经。学者的使命就是穿透历史和现实的雾障透射进思想的光亮，在迷茫的十字路口，为迷路的人们抉择出正确的人生走向。刘小枫的文字表述给当代中国诸多学人的启示是，要汇通古今，东西思想兼收并取，不断地开阔学术的视野，提升自己学术的境界，问题的思考才能有了深度与宽度。学者永远是人类思想资源的开掘者、提炼者与传承者，学者思想资源的枯竭是学者走向灭亡的绝路。刘小枫先生的文字耐人咀嚼品味之处就在于，他能把思想资源转化成一种表达的能量，而不是如一些学者一样圈地运动式的盲目占有。这种能量就是自己独有的表达方式，刘小枫选择了散文化诗化的表述方式，艰涩的思想有了附着的温床，潮湿的思考见到了明媚的眼光。

刘小枫先生的文字意义还在于他为我们国内普通读者打开了神学的另一扇窗，让我们思维僵化的神学认知有了鲜活如初的生动和如水纹般的柔美。他引用舍勒的观点认为"*身体是圣灵寓居的殿堂，一旦身体之所在生成为身位之此在，它就变得神圣，被接纳进上帝国。相反，当现代人割断了身体之所在与身位之所在的关系，身体就成了不可承负作为单纯肌体性的存在不可避免的死和*

受苦的负赘；由之难免的是，现代人在这种负赘感中生发种种处于自然生机恨，指向精神、理念等被视为身外之物者的怨恨。"我们久违了这种学理精警的表述，身体是物质（"身体之所在"）与精神（"身位之所在"）的复合体，当代人过分强调身体的物质性存在，把精神的支撑作为身体的对立物便会产生"怨恨"，因为"人的存在是自然性的，自然生命本身既是价值。"刘小枫为生命本体辩护，就是要维护身体作为生命载体的意义。刘小枫的神学研究，不是宗教信仰维度的研究，而是宗教哲学维度的探寻，是为日益精神贫瘠的中国哲学提供更多的宗教哲学资源的援助。对于中国文化思想资源来说，宗教哲学是应该亟需补充的思想钙质。"诗人能否被历史挽留，不在写得多，而在是否以尖利的文字刻写下让历史刻骨铭心的感觉。"刘小枫为当代中国学术界吹进一股清新的风，我一直惊叹于他那些饱含生命哲理的精辟论述，说理透彻，语句简洁有力，启迪心智。在《这一代人的怕和爱》这本书中，刘小枫先生认为"人的生存是一个没有根据的深渊"，"没有最终的陈述，只有瞬时的解释。""爱是活出来的，不是论证出来的。"阅读刘小枫先生的文字，需要静谧的心境，需要有一颗温润敏感的心灵，才能咬破每个字词的深邃内涵。刘小枫的文字有一种清洁自足的高贵气，需要我们去污涤垢后清爽、心无挂碍地阅读品赏刘小枫先生每一部书，才能接通思维的路径。阅读刘小枫先生的文字，时时处处都有精神灵光的乍现，甚至他的见解表述远远超越了我们认识的高度极限，超越了一般学人那种固有的思维方式。"我把'五四'一代和'四五'一代看做本世纪中国文化的实质性社会岩层，它们标志着中国现代文化社会的实质性断层。""自从出现报纸杂志这样熙熙攘攘的集市，市民的气味就走进了知识分子的感觉。早上起床念报纸，就像踏着吸取了头一天城市所有尘灰的淤泥，走在迷蒙的湿热晨雾中。"刘小枫先生的文字诱人，就在于他能捕捉一种纤细的生命感觉，用诗性的文字传达出他对学术的热爱，这是作为一位优秀学者应具备的可贵品格和素质。刘小枫文字给我们的启迪还很多，需要我们对其文本进行细细的品读和研读，我们才能感悟何谓清洁的精神，何谓锦心绣口、含英咀华。

单正平:平坦中的崎岖思考

认识单正平先生是在某一年青岛召开的全国大学语文骨干教师培训会上,赴青岛开会之前,我从书架上抽出一本《边缘思想:〈天涯〉随笔精品》里面收录了先生的一篇题目为《开会》的随笔,文笔纵横洒脱,意蕴深刻,泼辣犀利。青岛会上,我见到了带着七岁儿子参会的单正平先生,先生素朴谦和,坦诚爽利。先生为参会的来自全国各地的大学语文教师做了散文写作与教学的讲座,语言浅白,很有见地,他认为"对于思想者和愿意关注现实的读者来说,思想随笔是我们这个时代文化艺术的神经所在。"随后,我们又到其下榻的房间促膝交谈,谈散文创作、谈文学批评。言语款款,其乐融融。返郑后,那时负责单位学报组稿的我,便急匆匆地向单先生索稿,不久,我便收到了单先生的稿子。随后的日子,我陆续购置了单先生的四本书:《膝盖下的思想》、《闲话女人——迷你男权主义》、《左右非东西》、《晚清民族主义与文学转型》,先生的文字犀利深刻得有点尖刻,文字血气里有一种蓬勃的才气,小言碎语,直指鹄的。如他在《女人的称谓》中,他提出"什么叫老夫老妻? 其实就是夫妻关系在各个方面都达到了老实、老成、老到、老练、老辣的水准,可以接受任何质询、批评、调侃、谩骂、攻击挑战,挑拨离间,都会稳如磐石,不受影响。而且,你跟别人谈自己家的事,倘若你说我夫人如何如何,人家大概只能聆听教诲;说我太太如何,人家只宜敬而远之;说我爱人如何,人家需要板起面孔。唯有一说到老婆,说者跟听者立马就有一家人的感觉,放松而且放肆,开放而且开明。胸无城府,心无芥蒂,腹无算计,坦坦荡荡,最合乎新世纪全球化时代改革开放的潮流精神。"语言放达,思维跳跃,观点超拔,不落窠臼,很有韵味。单先生的文字坦诚质朴,鞭辟入里。在平坦无景中能够发现奇绝,在司空见惯中能够发现别致的风景。随笔写作需要作家有丰厚的积累,有远见卓识。单先生的文字里有自己独特的思考,有自己探幽发微的发现。比如他发现劳动和工作的区别："劳动的基本意义是人以肢体与自然发生某种直截的关系，而工作则是主要是人以语言文字和符号性动作与他人、与机器发生关系。劳动是自然的，工作是文化的。劳动意味着体力的支出，工作则不一定是体力活。劳动使人的肌体强健，而工作则可能使人变得虚弱。"单先生喜欢较真，喜欢在纷繁复杂的事物中探寻其中隐藏的朴素道理。我们习惯于追寻那些凌空飘渺的东西，而忽视了那些环绕在我们身边司空见惯的东西。单正平先生却在"身份证""户口""护照""人事""政治面貌"等社会现象中，剖析出自己独特的见解，这就是单先生随笔写作的功力。文章之道不在于见解的另类，而在于能在朴素中见奇崛，在不是问题处发现问题。写作的意义不是要求证出什么，而是重在要发现什么。对于单正平先生来说，写作本质上就是一种发现，他认为"我们不能成为一个真正的普通人，一方面是因为我们缺乏善良而美好的信念和信仰，不能对自己负责；另一方面是因为我们没有健全而理性的公民意识和责任，不能对社会尽责。"这些发现，不是因为它不存在，而是我们缺少发现的见识和眼光。写作不是铺平崎岖不平的道路，而是要在平坦中发现问题的泥淖与逻辑的陷阱。写作不是平面的铺设而是立体的点射，不是为问题找到出路，而是为问题找到思路。不是回避问题驱散问题的阴云，而是要直面问题拨开问题的乌云让其透射进来阳光。人类的思维偏爱逆着生活的常情常理，回到崎岖小道上。写作也是寻找回到常情常理路径上的过程，写作不是"认死理"而是要"论活理"。比如在《人口危机漫议》中，单先生认为"马寅初先生考虑的是比较纯粹的人口与社会发展的问题，毛泽东先生则是从整个国家的情势来看一切问题的。简单说，毛泽东之所以不重视计划生育，是因为他从解放初一直到七十年代初，主导思想是随时准备打仗。"这样朴素的道理非得要经过作者的点出才能引发我们读者的思考，才能回到解决问题的正确道路上来。单正平先生在《红楼的赘疣》一文中这样表述自己的文风观："我喜欢看明明白白的批评文章，不喜欢读含沙射影的暗箭文字。暗箭文字一般说来是在专制高压下无可奈何的选择，我们虽然没有生活在具有完全的言论自由的国度里，但毕竟已经不是噤若寒蝉的恐怖时代，因此要么有话就说，要么就保持沉默。我认为过分的文字弯弯绕不但是一种不良文风，而且最终甚至会使一个人的性格扭曲，起码使人丧失了本来应有的勇气。"文风问题是时代问题更是个人人品问题，单正平先生文风率真朴茂，缘于他对写作的正确认识，写作不是纠缠于个人恩怨的发泄,而是对问题存在本身的解惑。率真缘于心底的澄明。就如周泽雄在《齐人物论》一书中对单正平先生文风的精确概括:"老单有着西北人狂悍淳厚的性情,却也难得地兼备一副狐毛制成的狡黠笔墨,足以应对南国多变的烟云湿气,为人豪爽,为文却较为低调,豪爽时不失敏锐,低调处不见低沉,这自然与他的幽默感有关。"

单正平先生的最新随笔集《左右非东西》收文最多,最能全方位展现单先生的才情。他几乎对社会各个方面都能发出自己嘹亮的声音。"读图""看书""观风""忆旧""说教""生态""阅世""经济""序跋",在这繁花似锦的篇章里,单先生才情纵横,视野宽阔,才情汩汩滔滔,展现出作者宽广的知识面和炽热的人文情怀。在《学术腐败之我见》这篇文章里,作者一针见血地指出:"学术腐败的根子是教育腐败","要使学术研究良性化,只有从改革教育管理体制入手,我认为这才是釜底抽薪的治本之策"。文字真诚才招人喜爱,单先生的文字不拐弯抹角,而是单刀直入,鞭辟入里,直抵人心。阅读这样的文字给人痛快淋漓之感。在《聆听叶嘉莹》一文里,文字率真得如知己谈心,"至少,她会让你明白,什么是自以为先进时髦的嚣张恶俗,什么是浑然不知历史世事的粗鄙野蛮,什么是搔首弄姿的小家碧玉,什么是摆谱拿大的人狗模样,什么才是真正的典雅、高贵、温婉、优美、善良。"率真的文字最见人之血性最见人之本色,读之过瘾痛快。单正平的文字没有老学究的冬烘气,他多年在社会闯荡打拼的经历,让他的文字有一种阅尽沧桑始得真的可爱,没有唯唯诺诺的世俗滑头气,没有吞吞吐吐的世故态,没有疙疙瘩瘩的拘谨与扭捏,文字若水,汪洋一片。随笔写作如此,学术专著《晚清民族主义与文学转型》,也写得很有可读性,该书没有繁杂晦涩的学术表述,而是通篇都洋溢着清新直白流畅的随笔气息,可读性强,这也是目前单正平先生最见学术功力的一本书,观点论证有力,文字直白透明,有淋漓的水汽。阅读这些文字,不必正襟危坐,可以放置床头,随手翻阅,都能获益。老单的文字不欺世盗名,更不故作深沉,追求所谓的大框架、大体系,而是大处着眼,谨慎落笔。作者抓住"陆沉""睡狮""自杀"等关键词,深刻地剖析了民族主义产生的历史渊源,尤其是科举的废除对中国传统文人心灵复杂的影响,通过秋瑾、刘师培、冯桂芬等个案的分析,探寻了民族主义与个人主义纠缠在一起的复杂关系。单正平先生的文字总是在不经意间给人意外的惊喜,这就是单正平先生文字诱人魅力之所在。

余世存:体制外的思想坚守

不知什么时候,开始阅读余世存先生的文字,记得最早的一本书是作为"曾经北大书系"丛书之一种的《我看见了野菊花》,思想犀利而有锐气,气宇宏阔,很对我阅读的胃口。随后我就开始盯紧这位出生于七十年代末,北大毕业后先做教师,后做杂志主编再做自由撰稿人的年轻学者,开始在出差途中,在各地市的书坊遍寻其系列著作。于是,《黄昏的缤纷》《重建生活》《常言道》《非常道》《老子传》《大国小民》《中国男》《家世》,收入囊中,成为我书房中的镇宅之宝。业余闲暇,酷暑消夏,我时常把这些书堆在床脚、案头、沙发旁,我分明感到,这些书是世存先生带有个人血色与体温的生命书写,他以一位学人宽阔的胸襟,开始个性化地深入我们这个民族灵魂的深处,重新勾勒那些不被外人所道的文化风景,重新打量那些尘埃落定盖棺论定的历史人物,重新掸去那些历史飘落下的风尘,"复活"人物真实生命的气场,"复原"人物真实生活的驳杂厚重。

余世存先生游离于体制外甘做一位民间学者,思考少了禁锢,文字少了沉重,精神就多了挺拔向上生长的力量,思想就有了掷地有声的坚实根基。在当前出版业被市场妖魔化的今天,世存先生的著作很有市场缘儿,几乎每一部书的出笼,总会搅动图书市场的一池春水,激荡起层层涟漪,好评如潮,甚至一度达到洛阳纸贵、奇货可居的地步。余世存先生著述的魅力就在于他给当下那些被层层世俗功利压抑得艰于呼吸视听的人们打通了精神的透气孔,为在窒息沉闷中苟延残喘的人们寻找到了自我拯救的希望,为在利益角逐中分斤拨两精神疲软的人们注射了一针强心剂。余世存先生以自己坚守独立思考与写作的良知,赢得了有民族忧患感的读者们的尊重,唤醒了人们麻木中的思考,甚至在目前很多学者津津乐道于探索虚无的"道"和实在的"术"结合的大语境中,余世存野狐禅式的写作为很多正襟危坐的学者所不屑,但是,余世存著作的意义恰在这里,"边角废料"式的系列话语录,是文化缝隙中生长的藤蔓,是冲破坚硬学术外壳的松软菌蕈。就如刘义庆的《世说新语》,是对魏晋南北朝历史最生动最鲜活的历史记录,"话语"穿透历史,回荡在历史的时空中,回响在我们的耳鼓旁,飘散在我们对历史的讲述中。对那些历史烟雾中模糊不清身影渐行渐远的人物生命元气的复魅,是对干瘪历史的生气灌注,是对枯槁历史的血水滋润,是对人类个体生命的无比尊重,"家世"里面有生命的春秋大义,有历史书写最容易忽略的细节,有解读我们民族心灵世界的密码。余世存随笔式的书写,也是要摆脱浓厚的学术色彩,试图走出一条民间化的学术道路,缝合学术与民间的疏离,让每一本书都能走进普通读者的心中。余世存的文字就处处充满了民间烟火气,充满了悲天悯人的民间情怀,精英意识与民间意识得到了有机的统一。

余世存先生的文字没有学究气,而是以温润细腻的笔触娓娓道来,笔力似重若轻,那些历史人物不是历史叙事僵硬的面具,而是人性化的柔软线条,是作者与人物抵掌而谈的平等。没有繁琐的考证,一切都是依据史实自由的言说。余世存作为新一代学人,思想没有挥之不去的沉重的历史阴影,没有单一僵化的道统与学统的禁锢,前卫而不偏激,犀利而不放纵,难得这样潇洒俊逸倜傥隽秀的文笔,才气洋溢在随笔写意、天马行空的文字里,朝气漫漶在那自信自足指点江山的个性化评判中。正如他在《我们的主义》一篇小文中所言:"我们都不属于某种知识谱系,但我们属于脚下这片热土。"余世存的文字立场是社会人类学的范畴,而不是政治伦理学的界域,他看到了"很多知识分子完全抛弃了民众,也为民众所抛弃。好像他们已经变成脚踏在前现代土壤上,脑袋却已伸进后现代云端里的大恐龙。"有时候,我在阅读余世存的文字时,常常有阅读鲁迅先生杂文时的惊悸之感掠过心头,他以自己极具个性化的文字捍卫着作为学人独立发言的立场。余世存先生的文字没有同龄人余杰、摩罗们的尖锐愤激,而是偏重思辨的力量,偏重文字后面理性的支撑,字里行间有一种悲天悯人的情怀,一种点评历史的情愫。"阅历教育了我们,对生活不要怀抱理想主义。理想终归是理想,现实依然是现实。那不曾有过的终不会再有,那曾经发生的还将灿烂。执拗地将理想强加于现实,只能使理想扭曲、变异,使现实荒诞、不堪回首。这就是你我的经验，由此我们走向成熟。"(《古风不存》)文字的成熟是心态的成熟，是理智的觉醒。阅读余世存先生的文章，可能有一点不适应感，原因在于他的文字不是才子式的才情的挥洒，而是才情与理智的结合，文字处处充满思辨的色彩，就如余世存先生谈及自己的文字，"发现自己还是极为中国化的文人，虽然谈不上有什么国学的底子，但仍是老庄韩非的同志，时而峻急，时而随便。从写作情况看，我很少受时尚的影响，这自然可以说没有媚世媚时的东西，但同时也失去了与传媒切磋磨合，接受训练，以人们认同的文章模样抒发情理的机会。"(《黄昏的缤纷·跋》)

余世存先生近年来对历史进行了个性化视角的评点，在历史中打捞那些闪光的历史碎片，微言记录历史的真实。余世存先生的文字接通了历史与现实的通道，他在《家世：百年家族兴衰》一书的"自序"的末尾写道："是的，活在这个世界上，我们都将以自己或家人为起点，游走世界，往而有返，忆苦思甜也好，慎终追远也好，当我们'回家'时，我们都应该扪心自问，我们是否解答了'人类情感和认知的急迫性'"。历史感，使余世存先生的文字里有一种历史的气场，《老子传》里有作者自己的影子，有自己激荡于心心的情怀。执着于历史深处那些细微散金碎玉的重新打磨，还原它们历史的本色。文字直通人的血性，让人血脉偾张，震颤不已。庄周著的《齐人物语》一书中这样评述他的文字，"他的见解未必总能启人心智，却是从大处着眼的。较之所有他阐述过的思想、观点，隐匿在这些思想、观点身后的人格化形象，无疑更值得刮目相看。某种与他的年龄似乎不相谐调的宏大关怀，总能时时地把你打动，使你惊悸。他是否能成'大器'当然言之过早，但有一点可以预判：他即使什么也不是，也不会沦为'小器'。"余世存的文字不仅在学人圈里被人称道，而且在书坊中也非常走红，根子上在于他的文字表述没有才子气的清高孤傲，而是有一种与民同思的拷问良知，他陈述观点不偏不倚的个人化立场，没有"山头气"，没有"学究气"，没有政治的派头气，格调高雅纯净，表述清澈明达。作为学者，才胆力识四元素中，文胆尤为重要，坚持一己之见，不人云亦云步人后尘，不亦步亦趋唯美元与大刀的马首是瞻。余世存游离于体制之外，思想少禁锢，文字去雕琢，泱泱学者风范，铮铮学人风骨，笔下文字随心所欲，任意驱遣。余世存先生如今每出一本书，大都短时间内售罄，原因就在于他的这种让人耳目一新的表述方式，让我们看到原来历史本可以多视角地看，可以这样充满人文关怀地看，可以从历史人物言论集锦中看到原来历史是存活在我们生活的中间,活在我们每个活着的人与死去的人的身上。原来历史不仅仅是器物、著述的存在,更重要的还有这些人物言行的存在,历史比美女更耐品赏与打量,历史不是"过去"的代名词,而是"永远鲜活"的载体。余世存的文字让历史重新回到我们的生活中来,成为我们精神生命的呼吸。

敬文东：化识为智的诗性学者

　　我有一个阅读偏见，一直固执地认为学者的文化出身很重要。一个学院派出身的学者会按照正常的学术路径来修房盖屋式地扎扎实实地建构自己的学术体系；一个由文学创作走进研究门槛的学者，会更加感性片段式的探寻理论的生成。在各种文学门类中有才识的学者首先必须是一位有才情的诗人，由诗人到学者，学术研究才会充满青葱蓬勃的才气，才会用诗人的慧眼发现同常人不一样的认知问题的视角。敬文东的文字引发我阅读的兴致就是缘于其文字里面的诗性智慧。好的学术著作一定是文字和思想俱佳的上乘品，是才识与才情最完美的结合。在众多的当代学人中，我偏爱阅读与我年龄相当、置身高等学府、虎虎生气的学者文字。作为同时代同年代出生的敬文东，我更有一种身份的认同感。文字水灵灵不干巴，文字，尤其是那些诗歌研究的文字，不断涌现直抵人慧心的句子，就如雨后果园里那些挂着晶莹露珠的鲜亮果实，惹人爱怜，不忍采摘。"诗人散文写作是诗歌写作迈向沸腾生活的桥梁。通过散文写作，诗歌写作有可能包纳进生活的原始性，从最初的直面整体命运，到稍稍转向生活的细节。但细节之所以充满光芒，是闪光的蜜而不仅仅是折射了阳光的露，原因还得到诗歌写作中去寻找。"被称为最接近上帝声音的诗歌本身具有血统的高贵性，高贵是文化的本质属性。同样，没有高贵也没有学术的立身之地。我收藏了文东先生的六本书：《写在学术边上》《失败的偶像》《被委以重任的方言》《诗歌在解构的日子里》《灵魂在下面》《牲人盈天下：中国文化的精神分析》，这些书虽然研究视角不同，但都充满了让人感叹的诗性智慧，不弯弯绕直接点穴到位，没有学究气而是用诗化的思维鞭辟入里，揭橥要义。"传统是活的，在对传统进行真正打磨的勤劳的儿子那里，可以为儿子生出自己的父亲，这是丹麦哲学家克尔恺郭尔的话。"好的学术文字不在于用术语概念堆砌，而在于学者所坚守的立场,在于他学术研究的心态。很多学者把学术当成了个人的私器,而不是为天下立心的公器,格局就小了,气象就狭隘了。有人把学问分成君子之学和妇人之学,区分的标准就在于学术是为公或是为私,学术是"立德""立人"的公器,学术不是书斋里的文字游戏。敬文东先生的学术文字是从自己的身体里喷涌而出的血性文字,"我一开口,就能抓住生活的实质,就能开门见山地说出事物的真相。"学者最根本的使命就是在一切貌似合理的地方进行苦苦地追问,学者不是证明"是什么"而是拷问"为什么"。学者最基本的社会身份就是怀疑论者,是黑格尔所言的"夜晚起飞的猫头鹰",是人类精神的守夜者。敬文东先生坦言:"作为一个怀疑主义者,我不配有任何信仰;对于一个怀疑主义者,任何信仰都不配我。"阅读敬文东的文字,总有一种智慧觉醒的顿悟感,他的语言表述文质兼美,很有智慧之光的穿透力,不是惯常学者"掉书袋"般的罗列,是知识的兜售与卖弄,而是化识为智,醍醐灌顶,菩提树下的静思默想。他把人类历史上的思想都当成了自己思考的燃料,重新点燃起自己思想的篝火。这些篝火因为有辽阔的学术视野,燃烧得更加蓬勃旺盛。随举一例,他在《从野史的角度看》一文里揭示了小说话语表达的历史渊源:

> 小说作为文本,始终和以野史角度观察世界的思维方式相适应。这既证明了以儒道互补为基础的正史话语和以杨墨互补为根底的野史话语,各有文体上的承担者,也证明了小说与它代表的野史角度何以能永存人世。

> 正史话语和野史话语还有着各自不同的时间形式。时间是一个阐释性的概念,是人类的胎教,虚无、庞大、永远流动而不着痕迹的时间是没有意义的,除非有人。但是,对时间的不同阐释决定了、生出了不同的关于时间的话语系统。对正史话语来说,时间永远是一维的,它只是伦理的时间和儒道互补的时间。

这些结论性的文字不是皓首穷经研究出来的,而是悟出来的。人文学者最大的优势不是发明创造力而是超凡的感悟力。人文学科要求的不是有多么严密的逻辑考证、多么详实的资料,而是举一隅而反三的感悟力,它需要学者打破惯常的历史逻辑线条,在逻辑的断裂处找到感悟的着力点。敬文东先生文字表述绵密细腻,论点直接而不突兀,那些掷地有声的结论不是要证明什么真理,而是要表现出他对文体的独特探索。"大多数人生都是以通俗的人生演义为方式而展开,只有极少数的人生是以经典为形式来进行;诗歌毫无疑义地属于经典的展开部。在这里,不独命运被吟唱,被反击,被鞭挞,而且命运的直接产物——它那戏弄人、奴役人的苦难本身——更直接地被转化为诗歌的要素。就命运和苦难而言,任何时代的人其实是同一种人;而为命运立此存照,为苦难人生的生命作证,是诗歌的良心和使命,也是构成诗歌时代最主要的元素。"敬文东文字没有惯常学者文字的生涩坚硬,而是处处充满诗性智性的光芒亮色,"诗性是激情的产物",人文学科研究需要学者充分调动自己的激情,才能与文学艺术的创造激情相和谐,才能感同身受地捕捉到作家艺术家内心情感的波动。敬文东的文字单刀直入,没有躲躲闪闪欲说还羞的暧昧,没有欲言又止的胆怯拘谨,畅快淋漓,射中靶心。他在对新写实主义集体叙事的表述就很能代表敬文东那独特的语言表达风格:

分享艰难的良苦用心或曰法宝是同情心。它也能写出重大社会问题中男男女女的艰难生活,也会为他们掬一把同情泪,也能煽动读者热泪长流。但他们的表现十分清楚,那不过是廉价的同情——同情而又廉价,则终不免流于哼哼唧唧的自作多情。同情并非不重要;不过,单单只有同情而无其他猛药比如批判、反思作伴,同情充其量也只是毫无疗效的小"药引子"。在新现实主义眼中,许多重大社会问题都在"艰难"着,可又为什么不施以降火泄病的猛药呢?

敬文东先生的学术表达还建立在他有良好的职业操守和学术品格。他对鲁迅先生的解读,就很有代表性和时代性。在敬文东的学术视野中,不但要还原鲁迅为"人"的形象,还要再彻底地还原为"病人""战士""爱人"的形象,"疾病是鲁迅无可奈何的忠实朋友。疾病教会了鲁迅认知世界的几乎所有特殊方式。它是他永恒的发动机。"对鲁迅的解读几乎是贴着鲁迅的生命体征进行了带有生命体温的表述,"鲁迅的不幸在于:他遇上了一个残破的时代,这个时代需要他有足够的力气去做揭露和批判;鲁迅的幸运在于:他的确是遇上了一个患病的时代,这个倒霉的时代可以充当他在不可战胜的疾病那里受到的鸟气的出气筒。""鲁迅的时代首先是一个有气想出的时代。"鲁迅走下神坛,走向我们生命的同类中,敬文东认为鲁迅是一个矛盾体,也是一个病态体,鲁迅精神遗产的最大作用就是教会中国人如何学会精神的免疫,如何完成精神躯体的消毒。他在《牲人盈天下》一书中,对中国文化的精神分析,还依然带有鲁迅式的解读余脉,"牲人"是对中国人"自我侮辱特性"的有力概括,也是敬文东从管理学的视角探究中国文化统治的"畜牧管理学"如何"成功地造就了一个超稳定的社会局面。"观点新颖别致,语言生动传神,这是一部中国文化的精神分析史,也是敬文东目前书写得最好的文字。在这部书里，敬文东调动了他所有的才情，对中国文化精神进行了一次彻底的剖析，文笔更加泼辣大胆，文思更加汹涌澎拜，文采更如泼墨的油彩。我们有理由期待敬文东先生有更多更好的力作问世，相信，这个期待的实现不会很遥远。

艾云：用文字滋养心灵的葱茏

那是大学期间，青春年少的我，有一个阶段对研究女性的著作很感兴趣，购置了诸如李小江的《女性审美意识探微》、潘绥铭的《神秘的圣火》、周力、丁月玲、张容的《女性与文学艺术》、艾云的《女人自述》等多本著作，试图通过这些书籍的阅读，缓解青春心理的饥渴、思想的困惑、生理的骚动以及对写作的帮助。当时，我写了很多所谓青春情感感伤的文字，这些书无疑为我写作提供了丰厚的学术滋养。艾云的这本《女人自述》，我曾在无数个晚自习摘抄过、引用过。后来，再也没有读到她的文字。再后来，我无意中从朋友处得知艾云原名陈爱云，郑州大学中文系毕业，我为有这样的师姐感到高兴和自豪，但至今仍无缘识荆。这两三年，我又从书店淘得艾云的另外两本书：《玫瑰与石头》《寻找失踪者》，坦率地说，我喜欢艾云的文字，在我有限的阅读中，艾云、刘海燕、鱼禾、傅爱毛都是我欣赏的女学人、女作家。她们把自己天赋的女性敏感力、女性感悟力、女性柔韧力全都用在了她们珍爱有加的文字中了，尤其是，艾云的文字，在中国学术思想界，艾云的思想随笔最为精绝，最为耐人品味。艾云的文字，滋润心灵，南国的氤氲水汽与北国呼呼而过的罡风杂糅出了艾云这样青葱蓬勃、掷地有声、珠圆玉润般的文字。

心灵枯槁，已成为当代中国人思想情感与历史断裂后的社会流行病，疗救的根本方法就是用文字滋养心灵，用思想呵护心灵，用思考培育心灵。作为一名学人，应该用文字表述来不断明晰并挖掘丰富学人心灵健康的内涵。"**女人的内心纹路总比男人细密绵长，女人正是靠了这种柔柔的感觉而品味出世界的多彩。**"学术思考的边缘化，不是贬低了学术的价值，而是回归到了学术应该有的位置，学术最基本的作用还是求诸内心，让我们的内世界变得青葱蓬勃健康起来。凌驾于个人心灵之上的学术是无根的学术，是为学术而学术的假学术。

艾云文字平和锐利，"语言就是坐下来养气，养蓄住语言的金脉，在无人叨扰的默想里，就可以把气攥住把神蓄住。"艾云享受着文字表达的快乐，"要知道，只有在失去俗世认可的人那里才能产生灵魂孤独中的思，产生诗，产生哲学。"学术养生，关键在于心灵滋润。"记下文字，就是抗击虚无与死亡。"艾云以写作守护精神的圣洁、思想的崇高，她砸碎了长期以来套牢学术自由思考的硬壳儿，露出了心灵柔软的质地。艾云在思想随笔的写作中，感性与理性交融的笔触，文字泼泼洒洒，摇曳生姿，既有理性的深度，又有感性的温度，没有屈从于男性学者把持的批评界，没有端起学术架子行走在学术的边缘；没有放纵女学人感性的闸门，文字汹涌而出，如疯长的庄稼，在感性的绿色里，大片大片的理性匍匐在地。艾云细密柔韧的文字串起了那些宏大的问题：知识分子的认知限度、历史决定论及其幻灭、职业及阶层的心态分析、俄罗斯知识分子的精神气质及命运，等等。艾云文字空灵洒脱而又质地坚实，仿佛行走在雨过天晴的原野，辽阔深邃，天色碧蓝洁净，空气过滤，微风吹拂。艾云才情饱满，文字铺陈汪洋恣肆，汩汩滔滔，笔酣墨饱，语流畅行无碍，形成一种雷霆万钧不可阻挡的语势，水面宽阔，如在论述"性不是罪恶，而是危险"的观点时，大笔如椽，风生水起：

> 当性从国家看管稍稍撤离之后，家庭对性的看管以契约形式存在。除非这个人干脆不要家庭，不要婚姻。婚姻伴随人类文明一起到来，自然有它的的合理性。婚姻犹如隐匿的城堡，是经济共同体，也是生育单元。同时它又是人歇息、憩养、遮风避雨的去处。人在生机盎然时体会不到在倦乏、病恙、惨败之时对此的依赖。人现在诋毁婚姻的存在，却不知正是它为自由提供着可能。人已处在这古堡了，觉出憋闷，拘囿。人在古堡想象着冲出去，去看堰上那老树有力的虬枝，那塍边嬉戏却又倏地飞过的鹭鸟。在古堡，想象力在无限延伸。但如果解除或干脆拒绝婚姻，那是无拔无藏的广阔地平线，只有瑟瑟的风。你尽管可以恣意奔跑，不再有蓊郁丛榛的隐曲，全裸露于野，人不再有僭越冒犯时的刺激和挑拨，一切反倒倦惰下来。人类看来并不适宜绝对自由，而只是想要相对自由。

作为一名学人，锤炼语言之举，好像已经显得幼稚过时，但是，有多少学者语言表达的基本功过关呢！艾云有这样属于自己表达的好文墨，这是作为学人莫大的幸福。要知道，会表达是人生幸福的最高指数。作为优秀的思想随笔，第一评判标准就是看这位作者是否有一手属于自己表达风格的成熟的文字；第二评判标准就是能否把古今中外的思想贯通在一起,没有思想流淌的文字是空壳的文字,是秕糠的文字。第三个评判标准就是能提出自己的认知,而不是仅仅嫁接或拾人牙慧。艾云的文字,思想锋芒柔和温暖,一束光柱射向人类很多司空见惯的思维天空深处,我们能感觉到她对一切问题的思考都不是踢翻在地,一剑封喉,而是把玩于心把玩于思再把玩于笔。艾云的文字是母性的,慈爱、温和、平静、大度、包容;艾云的文字也是属于大地的,坚韧、坚实、厚德、开阔。她有本领把历史中那些貌似剑拔弩张势不两立的各种对立逻辑如母亲缝补衣衫般针脚细密地缝合在一起,把那些四季不同的风物都秋收冬藏在自己的文字窖洞里,把那些水火不容的概念经过自己细心的穿梭转换成了血溶于水的文字。试举一例,再与各位看官"奇文共欣赏,疑义相与析",如艾云在"缓慢地迈向公民之路"一章中,分析英雄与庶民、朝堂与民间问题时,文字楚楚动人,让读者怦然心动:

一般来说,在朝者的政治权利不那么集中强大,有飘摇薄弱之嫌时,民间的在野势力会逐渐形成其某种抗衡。无论东北的莽密丛榛或江西的层峦叠嶂,无论中原的一马平川或上海繁华绮梦的地界,都可能出现黑社会势力的猖獗或扯旗造反者的蜂拥。这或许是盗梁者铤而走险的黑色游戏,或是被逼无奈的人们在无公理社会的自卫自保。但这也都不是持续的职业行为,不可能一直这么干下去。他们要么被权力招安,要么自己成为强势以后掌握权力。一俟进入文明社会,就得按理性法则行事。如果依旧是在野者冲冲杀杀的思维,只会形成极权势力。

看起来,越是壮烈的、属灵的事业越是短暂的、难乎为继的。如果是刺激和亢奋,都注定是一种燃烧,如果持久下去,岂不一切都化为灰烬? 越是属灵的,以激情和浪漫等虚拟的精神逻辑为要义的事业,都只能是电光石火般的,璀璨的刹那照亮暗暝。但这不会长久停留,仅仅是刹那缤纷。

这样朴素的道理,在艾云的笔下却是跌宕起伏。思想的呈现也需要有很好的表达形式,就如美酒也需要装在精美的坛子里。形式本身就是内容的重要组成部分。艾云的文字轻柔飘逸诗化唯美,女性的一腔柔情绕指,回肠荡气,文字信息密集而不滞涩,活泼而不失谨严,雅致不失风范,典雅不失俚语,庄谐兼备,文质兼美,气韵饱满,语言晶莹剔透,洁净练达。"视野开阔,思想纵拔深远;语言温润如玉,讲求美感;伴之以细腻的生命肌理和生动细节,在小心翼翼的虚构与想象中,将问题写得贴近人的真实呼吸,具有引人入胜的在场性。"艾云的文字如秋后硕果累累的葡萄园,成串成串的葡萄悬挂枝头,逗人食欲。我们读艾云的文字,就如面对一个庞大的葡萄园,陶醉在这美好的丰收景象中。正值文字成熟、思想收获的季节,艾云享受着写作的快乐,就如她在一篇文章的结尾所言:"若是现在有人对我说,让我返回那时,返回青春年月,我将断然拒绝。我不想过那挣扎太苦的日子,即使那是为了一个崇高的目标,在进行刻苦的精神训练。我在后怕那时节为寻求生存的高蹈性,把自己逼向绝壁。但是,这种精神训练后,人看问题想事情的眼光全变了。没有这种训练,那些经验依旧是一堆烂泥和干瘪的谷屑。"文字是精神的食量。我们在艾云的文字里,获得精神滋补的营养,让我们的身体不再缺钙质,心灵不再贫血。艾云的文字,让我们的精神躯体变得丰乳肥臀。

刘海燕:柔韧的批评锐度

　　认识刘海燕是在文友聚会上，海燕衣着质朴，身体柔弱，说话很柔和，不事张扬，大家酒酣耳热的时候，她只是象征性地举杯喝茶酬和，淡淡地笑着坐在那儿，话语不多，谦和地让你看不出她心中藏着多少丘壑经纬，低调地让你感觉不到她那单薄的身躯里蕴藏着多少文学批评的能量。随后，我就开始搜刘海燕的书，一本是从网上购得的《理智之年的叙事》，另一本是从书店购置的给海燕带来极大社会声誉的《如果爱，如果艺术》，艾云为这本书写的的序言，记得是刊登在某一期的《大河报》上，文字味道浓郁汁水充沛、表达的思想籽粒饱满、流露的才情如珍珠散落，对海燕文字发自内心的激赏如闺蜜的窃窃私语，"我读海燕那饱满的呼之欲出的文字，我想，我们都要求自己写出这样的东西，可这得多么强大持久的心力和体力啊。我读这些文字，有极度亢奋下来的疲累。在她文字罅缝的生长性中，揭示与呈现的很好处理，唤醒了阅读者的记忆性细节。"有一次，我和一位文友谈及海燕，觉得她的写作能力不次于当前风头正盛的某女评论家时，文友语气肯定地说："绰绰有余，后劲很足！"只是海燕偏居一隅，在某所普通的学府编辑学报，深闺未识，磨练意志，苦练内功，终有可接云霓之势。

　　业余闲暇，我爱品读海燕的文字，文字依然柔韧有力，她那瘦弱的身躯里埋藏着势不可挡的巨大能量，不是喷涌而出的火山浆，而是流淌出的一泓深泉；不是攻势咄咄的梅花桩，而是柔中带刚的太极拳；不是寒光闪闪如刀如剑的语言霹雳掌，而是嘈嘈切切的莺歌燕语。海燕文字清秀劲拔，外慧秀中，有天才般的孤独感。"我这个成为文字生涯郁闷人质的女人，这个在周围找不到精神资源的女人，这个热情一年比一年递减的女人，被生活黏腻着，被写作牵扯着挣扎着不要向下一步抬起中庸和疲惫的额头。"才女内心的孤独与生俱来，无法改变。

能改变的只有穿梭于历史,与那些过往的才女们进行心灵的对话,现实龌龊,精神孤独的海燕只能把"对话"当成自己精神放纵的道场,把困惑的疙瘩结慢慢地丝丝缕缕地解开,把冲天的才情释放在那早已虚拟得如入"无物之阵"的历史对话中。她在探讨"家庭怎样才能跟上天才的方式",发现"无论是索尼娅还是别的什么更杰出的女人,无论是美德还是美丽,都不可能永远牵住天才的目光,他要向前去,向彼岸去,这是天才的禀性;和天才在一起的女人,如果不能理智地调整自己,难免会神经质。"接着,她又与莎乐美、杜拉斯、伍尔夫、黑塞、梭罗、波伏娃、卡米耶、阿伦特等一起探寻着"如果爱,如果艺术"的生命抉择难题,这些远去的消逝在历史时空里的模糊背影,为海燕才情的施展与思想的穿透提供了更广大更自由的表达空间,与其说与古人对话,倒不如说,写作是为自己寻找精神驰骋的草原,是与现实隔离的逃避。因为,对于才女,她在现实生活中还找不到能够与她才情相匹配的评论对象,找不到才情可以无边漫漶的广阔原野。大才情偶遇小时代,才女找不到华山论剑的道场。这种困兽般的才情压抑与苦闷,外人岂能理解之?

目前,困扰刘海燕批评视野的还是她在中国当代众多的作家队伍中,找不到更适合她释放才情、心灵对接的对象。给人的感觉是,她一直找不到自己能够跟踪一生进行研究的重量级作家。这些年来,她在对蒋韵、李佩甫、李锐、墨白、艾云、李洱、汪洽、杨东明、何弘、孙荪、鲁枢元、田中禾等作家学者写作进行细密的观照、认真的勘探、细心的梳理,但是,她还是处在找准箭靶练习匍匐、瞄准、射击的初级阶段。虽然在对这些作家学者作品的考察评判中,刘海燕已经奠定了她作为评论家的地位和身份,已经显现出了她作为评论家得天独厚的禀赋与资质,但是,这一切都还是牛刀初试的准备演练阶段,给人的感觉是,刘海燕文学批评的"大动作"时代还没有来临,她才情的释放还只是水管的喷射,还只是细水长流的滴灌,写作的闸口还没有完全打开,写作的渠道还没有得到进一步的拓宽。但是,我们从对上述作家惊鸿一瞥式的描述中,就可以看到,刘海燕柔韧中的批评锐度,她坚守着自己批评的操守,传达着自己独特而又敏锐的立场观点,应景之作很少,形成了专属于自己的批评风格。柔韧也是一种批评的力度,这表现在刘海燕一直坚持的个体意识心理批评立场,支撑作品内在骨架的是人性是作家的社会良知,而不仅仅是外在的社会意识形态,外在的颂扬与批判,而是作家心智逐渐发育成熟的过程,批评就是要寻找出人类精神绵延不绝的这条精神的常青藤。柔韧也是生命活力的象征，更是作品生命力的表征，因为作品的内在品质是属灵的，凡是属灵的都是柔韧有力的，它绵延不绝地存在于一代代精神薪火的传承中。锐度不是尖刻，而是温和的锋芒。刘海燕的文字就是温和的光亮，它烛照人心，而又保持着对一切文化艺术创造的尊重和包容，所以，在刘海燕的系列文字中，我们看不到那些棱角分明的词语，找不到那些炮仗式的冒着硝烟的文字，读不到那些肝火很旺斗鸡式的句子，柔韧中透射着母性的光芒，思辨中显示着认知的深度，剖析中显示着不温不火的锐度。她评论李佩甫的作品，母性般的侠骨柔肠，使她的文字显示出肌理的瓷实与坚韧，"一个和土地太密切的人，他的眼睛又过滤了太多的世事沉沦，他不习惯那种滔滔不绝的言说，不习惯于本色以外的附加成分。"这是对人对文的综合点评，切中肯綮，深入表里。她点评李锐，"以刻骨的诚实来面对自己，用悲悯的情怀来面对历史情境中的人，它一直向下沉，沉入历史的人性的深渊，接着本土的地气。"温润的文字里包含着海燕对作家作品把握精准的锐度。阅读海燕的文字，我一直在考虑，缘何中国当代作家学者，那么多人心里，有那么多的火气，那么多的怨气、戾气、燥气，写作变成了剑拔弩张的对垒，变成了电光石火般的口角，声嘶力竭的谩骂攻击。是不是才情枯竭内心空虚后的装腔作势，是不是把批评当成了杀伤力极强的武器，是不是把批评当成了泄私愤图报复的致命工具？刘海燕的批评姿态给我们的启示就在于，批评不是攻击，批评是一种精神艺术臻于完美的苛求。也即如她对艾云写作的表述："当我们松动、展开自己的灵魂，对自己的迷惘叩问，去掉身心的赘冗，使之渐渐澄明起来，那么，中国人建设性而非毁灭性的文化人格就会自然地建立起来。"我们当代的文学批评是否也是文化人格的萎缩，是我们当代文化生态的恶化？

谢泳：淡定的学术淘金人

　　大半生，我最大的兴趣就是到都市的书坊淘书。一日，我在都市一隅无意中淘得谢泳先生的一本《逝去的时代：中国自由知识分子的命运》，我很爱读里面考证现代文人生平点滴的文字，很有史料价值，知道了作者谢泳是一个很用力收集资料的人。此后，我便更加留心谢泳的书，不知不觉，书架上已有 11 本谢先生的著述：《趣味高于一切》、《杂书过眼录》、《西南联大与中国现代知识分子》、《厦门集》、《书生的困境：中国现代知识分子问题简论》、《中国现代文学史研究方法》、《教授当年》、《没有安排好的道路》、《重说文坛三剑客：血色闻一多》、《清华三才子》。某一年夏，我出差到太原，拜访了我一直很尊敬的当代著名作家、学者韩石山先生，话题不知怎么谈到了谢泳先生，才知原来谢先生与韩先生楼上楼下住着，而且关系甚好，韩先生很是欣赏谢泳的才气，说要为谢泳到厦门大学任教写篇文章。后来果然写了一篇《送谢泳先生之厦门》，文笔洒脱，情真意切。我在韩先生的一本《装模作样浪迹文坛三十年》读到了这篇文章的一部分，书里面摘引了一些谢泳先生日常生活的片段，就很有味道：

　　再比如，在师专他念的是英语专业，要是问起他的英语程度，总是用他惯常的语气和动作，张开五指，在离嘴很近的地方晃晃，急切地说：不能提，不能提。

　　见了连话也顾不上说，只用他那惯常的手势，张开五指，在脸前晃晃，算是打过招呼了。

　　我从韩先生处索得谢泳先生的电话，我只是给谢先生一次短信，内容无非是很喜欢阅读其书，谢先生回信说常联系，多批评，并随后给我寄来一本毛边的《厦门集》。随后，我一直感到自己学术研究无所建树，叨扰谢先生于心不忍，便在以后的日子，我只是品读先生的各种著述聊以寄慰，打发着平淡的岁月时光。

　　在我看来，谢先生是当代中国真正埋头做学术研究为数不多的学者之一。

他多年来不断淘书，近乎成痴成癖。在他的文字里经常流露出他对旧书的热爱，这是一位爱书如命可敬可爱的学者。"对旧书，有一种特殊的感情，总想把它们从历史尘埃中带回到现实中来。""我从不问这些东西对他们有什么用，我总感觉，会有用的。我常对朋友说，宝剑赠给英雄。这些东西我没有用，但朋友有用，为他们收起来，在我也是很大的快乐。""仔细想想，我在生活中真正有兴趣的东西，还就是书。对书的感情，不光是实用，有时真是有一些情感和审美上的冲动。我见了印制特别好的书，不管有没有用，都想留下。我喜欢旧书，1949年前出的书，还有50年代初的书，感觉朴素，有文化气息。"现在中国学人，有几人能像谢先生般对旧书有这种骨子里的热爱之情。谢泳的文字，平淡朴素，没有惯常学人文字的晦涩，也没有清高文人漂浮的才气，而是以史料说话，观点证据确凿，让人信服。他注重现代文学史料的收集，"凡一门成熟的学科，应当具备相对稳定的文献学基础。"他通过西南联大、旧报刊研究中国知识分子，我读他在研究中发出的那些苍凉的感慨，如今的知识分子，特别是专家教授们，趣味寡淡，学术不端，"说到过去的教授，我们年轻的一辈真有说不出的感慨，今人不见古时月，今月曾经照古人，都是教授，前后却大不相同。我曾和作家钟道新说。过去的教授是手工生产的，少，也就值钱。今日的教授是机器生产的，多，也就贬值了。你想，一个社会无论什么人都敢以教授自居，那自然什么人也就敢随意嘲弄教授了。这当然还是就教授的数量而言，就学术水平而言，今日的教授更应当感到面红耳赤心有愧才对。今日的教授已不再是学衔、学问的标志，而是工资的一个级别，一个分配住房的资格，再加上一个享受公费医疗的待遇而已。"我大段地摘引这段话，实在是因为于我心有戚戚焉。谢泳先生研究知识分子，不是空发宏论，而是从细微处入手，揭示出朴素的世道人心。在《毛泽东与北大》一篇短文里，谢泳先生用详实的史料证明"毛泽东在北大的经历是不愉快的，这种不愉快在他的一生中都有痕迹，他对知识分子的态度特别是对自由知识分子的评价，与他早年的北大经历是有关系的。"小小一篇短文，胜过一篇长长的学术论文和一部厚厚的学术专著。谢泳举重若轻的文字，一下子就把讳莫如深的问题点破说明了，这就是谢泳文字最大的魅力之处。《陈寅恪为什么离开北平》、《怎样评价傅斯年》、《谁给了周扬压力》、《令人困惑的梁思成》，这些精短的篇章，每一篇都用史料说话，"阅读史料中偶然看到一些与当下生活有关的史料，也就随手记下来，有时不免发一点感想，渐渐也写成了一些短文。"谢泳这些文史随笔,用力不深,史料丰满,文字平淡却有味道。谢泳的文字,是让读者很容易就进入阅读意境、引起情感共鸣的文字。

在我看来,谢泳还是一位有学术担当有学术使命感有学术良知的学者。他的观点不人云亦云,力争每一个问题都有自己独特的思考,坚守独立思考,这样朴素的学术操守在当今学术思想界却变成了罕见的学人品质,真可谓"为学日益,为道日损"。谢泳的观点不求振聋发聩,让人一愣,而是要力争说出自己的见解。在《培养学生的趣味》一文中,指出教师"自己学术上的偏好可能会对学生产生潜移默化的影响,就要强化自己的偏好,而不是一定要迁就教科书,中国的文科教科书是最无趣味的,如果教员不能有一点自己的教学偏好,那学生的趣味就会出问题。教员能影响学生的趣味,是教员的最高境界。"对照谢泳先生的这段话,再看现在的教育界,情况看好翻过来,师生学术兴趣麻花般扭结在一起。韩石山先生在《谢泳的文笔》一文中这样评价谢泳的每篇文章:"不管多长多短,都有自己的见解,哪怕只是一点小意思,也确实是自己的。这是做文章的常识。但常识,到了今日,并非常人均识,反每每为常人所不识。多少有识之士,常会将一篇原本可以写好的文章,写成了一小堆文字垃圾,他人看了惋惜,过些日子自家看了也悔恨。""谢泳的文笔,最让人喜爱的,就是那种自由抒写的心态。""正是这样,他的文笔才能那么直白,那么清爽,有那么鞭辟入里,见情见性。"韩先生的评价可谓击中肯綮,非常到位。谢泳的文史随笔包括两本人物传记文学,也都写得很有见地很接地气很有亲和力。我喜爱的一本书《齐人物论》里也有对谢泳的评价,也可以聊备一格,让我们看到谢泳在评论家们心中的印象:

造化没有赐予他更多的文学才能,看来是为了预防他心思太野,一不小心弄起了文学,反耽误了正事。这正事在于,充当中国知识界的走方郎中,专司为学林配方抓药,为文人正骨祛痰。他出手快捷,反应神速,擅长在第一时间内对无行文人、越轨文事作出诊断。绰有余裕的现代文学知识,一方面固然使他的文章有公式化之嫌;另一方面却也使他的每一次判断都能找到坚实的立足点。谢泳为我们提供了一面文人之境,我是很愿意在这面镜前照一下的,以确定那到底是一张脸吗,还是一副嘴脸。

这段文字把谢泳描写成了一个文学斗士形象,一家之言,偏颇与否,读者自有公论。谢泳先生的文字有"公式化之嫌",值得商榷,论者可能看到了谢泳文史随笔太注重史料,引述过多,倒是自己的观点被放在了次要的位置。可是,这在当今时代尤其难能可贵,他不屑于写那些感情大于理性的电光石火般的文字,健康的心态才能写出优秀的文章。用力过甚的文章往往是才情大于思想的肤浅之作。写文章也需要举重若轻,点石成金。读谢泳的文字,没有高头讲章的压迫之感,是属于那种闲来无事随手翻翻便开卷有益、口齿留香的"闲书",文字浅白,观点若隐惹现在史料之中,很有一点疏懒、恬淡、愉悦之感。想谢泳先生,在学术中孜孜淘金,当今学人中,能有几人欤? 心烦气躁的时候,阅读谢泳的文字,能让我们气定神闲,慢慢地变得悠闲平静起来。不信,你试试看。

李彦华:让红学充满民间气息

    熟悉彦华女士的人,都知道她是一位才女。多年来,她沉浸在古典诗词的墨香雅韵中,熏染了她超凡脱俗的才气。在这个"伪美"的时代,这种隽永的才气,抗拒着尘世的俗气。想不到,她还流连于红楼,写出了一本厚重的《红楼梦问》,看得出,这是一位有学术定力与才力的现代知识女性。这些年,在我有限的阅读视界中,发现很多知识女性默默地坚守着学术阵地,虽然时风劲吹,对唯美的追求依然矢志不渝。在我购置的书籍中,张清平的《河南大学的"青青子衿"》《林徽因》、艾云的《女人自述》、刘海燕《如果艺术,如果爱》、鱼禾的《生命很轻,情感很重》、赵园的《北京城和人》,这些女性学人在唯美的书写中获得了心灵的安妥,找到了心灵的宁静。在文字里的"书斋革命"虽然有点文化小资情调,但依然让人在字里行间中感受到精神的饱满与思想的劲健。彦华女士在红楼中找到了情感喷吐的出口,是红楼拯救了她,也是红楼滋润了她的心灵世界。知识女性,在这个物欲炽盛、信息泛滥、时尚多变的时代,如何维护自己心灵的一片净土,有良知的知识女性自觉不自觉的走向了唯美写作的路径,她们在写作的唯美追求中,圈占着属于自己的精神领地。彦华女士在填写律诗绝句中,在对《红楼梦》《道德经》的研读中,躲避开了世俗的喧嚣,尤其是这本《红楼梦问》,彦华女士在这里找到了她表情达意的共鸣点,找到了"风一程,雨一程"后表现生命情感的助燃点,找到书写社会人生的附着点。多年前,我读过一本叶舒宪先生编著的《文学与医疗》的书籍,很是激赏书中"文学是一种疗救"的观点,红楼的魅力也在于精神的疗救,体现在红楼缝合了人类千百年来"补天"被弃后灵与肉分裂的伤口,切除了生长在以女儿为审美符号的身上的毒瘤,让美从世俗善恶的泥污中脱颖而出。红楼为世道人心开出了"情美"的药方,只有"美"才是人间既合规律性又合目的性的健康良方,"美"才是身心和谐、人和自然和谐、人我和谐最好的药膳。费孝通先生多年前说过一句流传很广的话,"各美其美,美人之美,美美与共,天下大同"。《红楼梦》以"美"抗"恶",以"美"超"真",以"美"养"心",以"美"为"心",对中国千百年来的文化进行了刮骨疗毒的诊治。彦华女士也是在红楼的精神疗救探索中撰写出了这本《红楼梦问》,"问"自己,"问"别人,"问"红楼。在"问"中求证着那些属于文化精神层面的命题,在"问"中证明着自己心灵的觉醒。这些年,《红楼梦》一度随着媒体影视的渲染,曾经"热"过一阵,人们在各种道听途说的红楼传言中,误读红楼,简化红楼,糟践红楼,肢解红楼,妖魔化红楼,红楼依然红彤彤红艳艳,不曾随着风雨剥蚀而退色。有良知的知识分子有必要拿起武器捍卫经典的纯洁性,彦华女士的《红楼梦问》就是在这样的背景下诞生的,她尊重文本,依靠文本,从文本中解读红楼,文字就有了生命的根系;从生活阅历、文化传承的层面,解读红楼,文字就冒着生命的热气。九十多个问题,基本贯穿了红楼梦始末,解读了许多读者特别是红学票友们那藏在心中大惑不解而又在高深的红学专家著作里查找不到答案的各种小问题、冷问题、俗问题、平常问题、不是问题的问题,等等,彦华女士在这本书中都给予了浅显易懂、深入浅出的解答。这本书,是解读红楼的金钥匙,是容纳《红楼梦》问题的"百宝箱"。

这是一本研读《红楼梦》的专著,是一本极具民间气息的红学专著。长期以来,"红学"在人们的心目中,一直是曲高和寡的"阳春白雪",多了清谈雅致的学术考证,少了很多人间烟火色。专家教授把持着的"红学"园地,也是画地为牢,壁垒森严,大搞"圈地运动",神秘莫测,外人很难窥其堂奥。《红楼梦》在中国古典四大名著中,按照民间亲和力的大小,也是名次排列最靠后的一本。艺术成就最高的经典与民间普及度形成的极大反差,实在是匪夷所思。作为读者,我们有资格有权利有理由呼唤,"红学"是人类的红学,是民间的红学;《红楼梦》是人间的"红楼",是属于千千万万热爱她的读者们的"红楼"。彦华女士的这本专著,不是与众多的红学理论著作分庭抗礼,分得一杯羹,占据一分地,而是要让高深的学术走向民间,让悬空的"红学"接地气,扎根民间。在彦华女士看来,经典的魅力体现在仁者见仁、智者见智的鉴赏趣味里,体现在来来往往普通人琐琐碎碎、勾勾秧秧的烦恼人生里。经典的魅力不仅仅是体现在专家学者书斋里独享其乐、皓首穷经的考证与索隐。理趣固然重要,但需要一定的学养;情趣虽然因人而异,但却入理入心。西谚曰"把上帝的交给上帝,把恺撒的交给恺撒。"推而论之,把理趣教给专家,让情趣皈依民间。彦华女士是"红学"普及的民间使者,是把"红学"从庙宇高堂带到茶馆酒楼、闺蜜包间、客栈旅次的布道者。回到常情常理,回到文本自身,甩掉红学沉重的学术紧身衣,洗去百年"红学"研究的脂粉污垢,文本清爽,思维纵横。"开轩面场圃,把酒话桑麻。"清茶一杯,垂柳几缕,清风阵阵,谈贾政的家庭危机感,论贾环是否是天生的坏种,议黛玉所言的"臭男人"到底指谁,谈资丰厚,谈锋正盛,谈性正浓,夜色阑珊,蜗居红楼,丝丝缕缕的宝黛之情,磕磕绊绊的二宝之婚,醋溜酸辣的熙凤,都成了开胃的文化小酒。这本《红楼梦问》是盛宴之后的茶点,可随心所欲地品味;是清淡的心灵鸡汤,可一勺一勺地品尝;是精神旅途的小憩,可信手翻阅,随意品读。

这是一本由女士撰写的品赏《红楼梦》的著作,是一本从女性视角审视的红学专著。经典研究方法众多,视角各异。包括研究女性作品和女性研究的女性文学研究近几年异军突起。研究注重理性,男性占据优势。品赏注重感性,女性得天独厚。长期以来,"红学"群体,男性阵容强大,女性自然弱势。理性的红学,男性的视角。感性的红学,心灵的视野。中国文化是一种女性文化、阴性文化。《红楼梦》是中国阴性文化的集大成者,她把把女性推向了审美性的极地,也把女性文化从男性的视角转换为女性自身。林黛玉是女性文化的创建者,她除了宝玉以外把所有的男性划入了"臭男人"的行列,而王熙凤、薛宝钗仍是男性文化道统的执行者、维护者。女性文化是心灵的文化,男性文化是物欲的文化。彦华女士的《红楼梦问》以一位现代知识女性的视角,贴着同性的心灵视界来感同深受,水灵灵的文字,书写出了别有洞天的认识;细腻真切的情感,感悟到了人物最本色本真的生命质地。人性是相通的,人性进化是缓慢的。《红楼梦》描写的就是永久不变的人性,是人性的善恶,而不是如《水浒》、《三国》那样描写社会的波诡云谲。从写作的深度看,红楼对人性深度的挖掘要深刻得多。林黛玉比孙二娘、扈三娘、潘金莲等女性身上的人性亮度要大得多。《红楼梦问》也是从人性的根部来细细梳理人物情感世界的真实图景。这本书,在众多的红学著作中,不是耀人眼目的红花绿叶,而是一个人性的根雕。人性的根系深扎在我们每个人的心灵沃土里,在黑色的世界里,不断地蜗行摸索。

沉毅:才子共歌哭　文人同命运

这些年,我一直迷恋于历史文化生态的考察。书房阅读,视野狭窄。田野考察,气场氤氲。脚踏豫东睢县热土,田畴苍茫,湖面浩淼,水汽蒸腾,民风淳朴。初春的水城,色调素雅,恍然间,我读懂了这一方水土为何走出来了春秋五霸之一的宋襄公,"仁义"之战,虽落历史笑柄,但其中留露出的憨憨可爱的慈悲心肠,倒也能看出豫东人情感奔放中的缠绵。我读懂了这个地方为何走出了诗人苏金伞,不老的诗心,从故乡"春的咽喉"中喷发出无穷的诗情。我读懂了那个毗邻县城西南一隅的杨庄小村,为何走出了当代青年剧作家沉毅,是这里的垛子牛羊肉、香酥的烧饼滋润了沉毅先生那粗犷外表下的情感细腻;是这里的一汪汪湖水滋润出了沉毅那水色般柔韧包容倜傥的戏曲韵致;是这里的厚重历史养育了他永不枯竭的叩问历史沧桑风云的果敢勇气;是豫东调戏曲的苍凉雄壮激发了沉毅先生剧本创作的无限热情。沉毅先生长期供职于高校从事党务工作,公文的脚镣式写作没有束缚住他思维的奔腾,繁琐的行政事务没有淹没他戏剧创作的才情,作为现实"灰色杀伤力"微妙的人际关系没有窒息了他对戏剧文学的无限热爱。"在河之南",黄河息壤,绵软厚实,形成了河南戏剧质朴苍劲、哀婉敦厚的特点,就如《诗经》中柔柔招摇的"荇菜",苍苍挺立的"蒹葭",灼灼迷人的"夭桃",依依可人的"杨柳",都在显显隐隐中呈现出中原人内心最敏感的心理图景。沉毅的剧本中有田野勾勾秧般的情感绵长,水萝卜棵般的水灵清脆,野油菜花般的文化芳香,灰灰菜般的质朴阔达,芨芨菜般的柔韧。沃土中原,沉毅生活其中,天地精华,乡风水韵,全都凝聚成了他笔下那意蕴丰富的唱词了。

这些年,我越来越喜爱戏剧艺术了。大学时阅读王国维先生《宋元戏曲史》，惊叹于静安先生学问做得如此精细。年龄渐长，我突然有了对戏剧独特的感受，也将心比心地理解了沉毅读懂了沉毅。我是这样理解戏剧的：所有的艺术门类都是人们精神升腾渴望的满足，只有戏剧是超越现实生活后最有生活场景最有生活形象感的自由化表达，它满足了人们跳出生活看生活的愿望。人到中年，阅遍人间景色，喜欢戏剧对人生诸多情景的形象描绘。沉毅沉入了历史，在用戏剧迷蒙情景来逃避现实生活中的那些无聊与低俗。写作莫非都是作家们对生活抗拒后最奔放的精神流浪。"往者，读元人杂剧而善之；以为能道人情，状物态，词才俊拔，而出乎自然，盖古所未有，而后人所不能仿佛也。""道人情"岂不也是沉毅戏剧创作的写作主旨？他在李白、上官婉儿、颜真卿等诸多历史人物身上，投射出的诸多情感，其实也都是沉毅本人情感曲折而又酣畅的表达。戏剧是人生至深情感最快意的宣泄，是对生活最自由的情感剪裁。作为以"唱"为主的艺术形式，她最真切最直接地体现了人类渴望精神狂欢的生命本质。在国人网上喋喋不休"说"的时候，沉毅的"唱"就有了文化学意义层面的反拨力量，"说"是对生活的现实描述，"唱"是对生活的艺术描述、理想描述。"说"是一种所指与能指相分离的世俗表达，"唱"是一种能指与所指交融在一起的文化表达、情景表达。

这些年，我是越来越仰慕沉毅先生了。他身上没有过分学者气的迂腐，也没有过分才子气的轻浮，是当今学者气与才子气结合得最好的作家之一。近年来，他痴迷于"赋"的写作，风华文采，写尽生命的底蕴；铺陈渲染，极尽冲天的才气，篇篇章章显示着沉毅先生厚积薄发的写作功力。多年来，沉毅先生陶醉于剧本的创作，执着于文本的精致，晨风中的吟唱，上班路上的哼唱，小酌之后的纵唱，字斟句酌，精雕细刻，品味琢磨，如切如磋，把剧本打造成了精品更是珍品。沉毅先生的剧本就有了郭沫若先生剧本式的激情，也有了曹禺先生剧本式的才情。唱词写得浑朴苍凉，很有历史的气脉与文化的气场。剧本虽然在当今戏剧界饱受质疑，出现了"无剧本"戏剧，剧本成了舞台艺术可有可无的脚本，这与当前剧本质量的低下密切相关，《牡丹亭》《西厢记》《桃花扇》等经典剧本本身就是艺术品，就如《红楼梦》中宝玉对黛玉所言"看了连饭都不想吃了。"钱钟书先生言："二十岁不狂是没有志气，三十岁犹狂是冒傻气。"沉毅先生不狂不躁，沉稳如牛，等待他耕耘的土地还多着呢！

奚同发:庆杰的才气

青年作家王庆杰的散文集《豪饮沧桑》送来已有些时候,一直没敢贸然阅读,主要是想从忙乱的事物中腾出一块整体的时间,欣赏散文是十分需要一种心境的。但是看完这本长达 15 万字的文集,我才明白,我错了。庆杰的散文使我浮躁的心一下子平和起来,原来,阅读散文就是身处物欲横流、面对四周诱惑最好的一剂养心怡情的良方。

庆杰是有些特殊经历的。高考前两个月因同学之间打架(一场纯粹学生之间的争强,却因为对方父母的社会身份而造成一种特殊的不平等结果)使他在 20 岁生日那天被勒令退学了,虽然几经努力,他这个父母均为农民的班干部、市三好学生最终还是失去了当年的高考机会,不得已开始外出打工,他在建筑工地上一次次咬牙把砖瓦水泥递到比自己身高还高很多的墙上,收工后孤独和痛苦折磨着一颗尚未成熟的心灵。难道自己此生就此漂泊?积累多年的知识,难道最终不能在高考的战场上一试锋芒?他不甘心呀。

在生命的十字路口,是庆杰的才气拯救了自己。这或许就是那位古希腊哲人扔到我们面前的命题——性格决定命运。庆杰就是在这样的艰辛劳动中,仍然坚持在夜间工友们休息后默默地捧起书本。他与书中的主人公对话,他在那些文学名著中进行着理性的思索。他在重复着那些曾感动过一代代读者的人物形象的心路历程,他当然没有在那个工地上长久地待下去。他知道,他一生要做的事,要登上的舞台,不在那喧嚣嘈杂的工地。

为了生存,他离开工地后还曾去学过医,可他的才气在关键的时候又使他再一次获得了命运之神的垂青。几经努力,他成为郑州大学中文系的一名学生。从那时起,他一边畅游在图书的海洋里拼命地阅读,希冀把丢失的时间重新找回来,一边把自己对生命的感知,变成岁月的文字。他的散文《潇洒走七月》很快在一家省报发表,并被多家报刊转载。而后,他的文章陆续出现在各种报刊上。几年后,一个可爱的女孩子也因为高三时同学们转抄《潇洒走七月》而成为他的恋人,再几年后,两人终于幸福地牵着手踏上婚姻的红地毯。

庆杰凭借才气在大学期间发表了许多文章,也因此得以在毕业后如愿地成了省城一家报社的编辑。而后,命运多舛的他,因报社停办,又一次凭借自己的才气在社会上闯荡,并肩负3家单位的重任。如今的他是郑州一所高校"传道授业解惑"者。

多年来,庆杰凭借自己的才气不仅获得了命运之神的青睐,而且收获了爱情,在文学上收获颇丰。这就是他这本由百花文艺出版社出版的《豪饮沧桑》散文集,里面精选的一百多篇华章,或再现酸甜苦辣的人生历程,或分享爱情亲情的动人美好,或书写灯下阅读的感受思考,或展示乡村进入都市那种身在钢筋水泥之中,在乡村所带来的两种文明的冲突与矛盾。

一向不多发言的著名散文家周同宾为这本散文集作序。

刘宏志:《红楼梦》研究与中国生活反思

米兰·昆德拉说过,小说就是要告诉读者,生活远比你想象的要复杂。换言之,小说的精神就是复杂的精神,优秀的小说不是简单告诉读者什么是对,什么是错,而是要提供给读者更大的思考空间。从这个角度上来讲,说《红楼梦》是一部伟大的作品一点也不为过。从《红楼梦》诞生至今,关于《红楼梦》的研究可谓汗牛充栋,直到今天,这部著作依然在启迪着我们对很多东西进行思考。当然,对伟大作品的研究未必是伟大的研究。事实上,众多的《红楼梦》研究中,庸俗之论相当多。比如"游戏说"就是完全的庸俗,"阶级说"则有把一部伟大的著作简单化之嫌。从这样的角度出发,王庆杰的《红楼梦》研究专著《宿孽总因情》虽不能说新见迭出,但在启迪读者从另外一个有意义的层面思考《红楼梦》,反思中华文明等方面,还是非常有价值的。

生命美学是从对传统哲学美学的反叛中出现的新的美学理论,它是对生命自身的审美观照。它针对人类在现实生活中遭遇的生命的沉重,反观我们生命的自身,审视我们生命的构成状态、构成元素、构成内涵,反思生命的价值和意义。王庆杰的这种研究方法对于今天的我们尤其具有重大意义。当下的中国人,一方面仍背负着千百年传统文化的因袭,另一方面,又挣扎在突然疯狂的物欲陷阱之中。在这样的大背景下,强调生命美学,就具有了特别的意义。从生命美学角度入手,王庆杰从《红楼梦》中提炼出了一系列颇有洞见的中国生活反思。

王庆杰的《宿孽总因情》,借助《红楼梦》,对中国人的精神劣根性进行了犀利的批判,这些批判都还颇有见地。比如在论述《红楼梦》中的沤烂型生命的时候,作者指出,"中国人一直没有处理好'货'(财富)在生命中的地位和作用,要么是'金玉满堂,莫之能守','知足者富,安贫乐道';要么是'仓廪实而知礼节'

的伦理说教,不管怎么样,中国人的财富里一直没有长出精神来,要么是仇富,要么是妒富,中国人一直是财富的侏儒。在这种情况下,财富(好货)的贪婪攫夺就只能使中国人的生命形态越来越趋向扁平化、侏儒化、欲望化。"从生命美学角度入手,作者敏锐地发现了贾府中诸多人把占有财富当作生命价值的劣根性,进而对此现象进行深思,指出中国人都一直没有处理好财富在生命中的地位和作用,总是要么偏左,要么偏右,缺乏正确的财富观念。当然,作者的这些评说不但是在简单地评说《红楼梦》,评说《红楼梦》中的一些人物,甚或是评述中国文化。事实上,他批判的锋芒不仅指向了传统的文化,也指向了当下的现实。对于当下中国物欲泛滥,充满穷人仇富,富人歧视穷人等社会现象的社会现实来说,庆杰的这段话可谓是诛心之言。他不但是在评说《红楼梦》,评说贾府中的人,他也是在评说当下中国人。这样的洞见,这样直接指向对中国精神批判的文字在这部书中颇多,还有比如他对中国人缺乏贵族气的分析也很有特点。他指出中国人一直处于"富而不贵、穷且益贱"的生命状态中,"富人一阔脸就变,就觉得自己已斩断了穷贱之根,步入了贵族行列……穷人却在堕落中变得奴在身心,一身贱骨,一身贱气……使中国人进一步沦为金钱的婢女、欲望的奴隶。"庆杰指出,其实是否是贵族,更多的是精神,而和物质财富关系不大。正是在这个意义上,他呼吁中国人亟须培养贵族精神,以摆脱数千年来的这种"富而不贵、穷且益贱"的生命状态。毫无疑问,作者这不仅仅是在说《红楼梦》,还是在说中国文化、中国精神。

《宿孽总因情》中不仅充满了中国精神批判,同样,其中也蕴含着作者独特的中国生活发现。在"生活的追问"这一章中,王庆杰就指出了《红楼梦》带给他的一个启示:中国人轻视日常生活。通过对中国古典小说的研读,作者指出,中国古典小说多是历史小说、政治小说,少有的几部描述中国人日常生活的小说,如《世说新语》《金瓶梅》等,却又描写的是中国人畸形病态的生活。对这个现象,作者展开追问,指出传统的历史决定论和中国过于强大的政治话语、政治生活把正常的日常生活给蒙蔽、挤压掉了,"中国人在政治生活的挤压下,总是把日常生活伦理政治化,结果有意地抽空日常生活的琐碎元素,闺阁中一饮一食、一花一草、一景一色全在大而空的伦理下隐匿。"由此,作者也指出了在这个意义上《红楼梦》的独特之处,"以对生活琐碎之事的细腻描写颠覆了历史叙事,让我们真真切切地回到日常生活中去。"这里,王庆杰借由对中国古典小说的阐述,分析出了《红楼梦》的独到之处。当然,在分析《红楼梦》独到之处的时候,作者对中国生活的独具慧眼的发现也跃然纸上。

《宿孽总因情》是一部研究《红楼梦》的专著,在这部专著中,不仅充满了作者对中国文化的反思,对中国生活的独特发现(其实这些分析多少有些六经注我的意味了),当然也少不了作者对《红楼梦》情节的独到分析。《红楼梦》这部小说中有一个非常独特的现象,就是女性形象普遍要比男性形象光明、清新,这在男尊女卑的中国古代社会是非常特殊的现象。对于这个现象,王庆杰有自己的解释,他认为男性是欲望的符号、权力的符号、物质的符号,在政治话语中是主体发言人,但是中国男性在物欲权力追逐中导致了对生命美学境界的挤压和淘空,以至于在审美场中,他们的形象就不再高大。中国古代一般的小说作者往往都脱离不了意识形态话语的窠臼,这就导致传统中国古代小说往往以社会权力话语对男女的评价作为小说中男女形象的塑造依据,使得女性形象普遍不如男性形象高大。但是曹雪芹却抛离了传统的社会意识形态话语作为审美依据,而是在真正意义的审美场中考察男女形象,这就导致了小说中阴盛阳衰现象的出现。"在审美场景中,就不能单单地把阴盛阳衰解读为曹雪芹的女性崇拜,而应该从审美主体角色的转换中来审视这一现象……女性审美意识的觉醒,她们开始从沉闷的意识形态话语场中挣脱出来,开启了女性审美自觉的新天地。男性也在这种审美角色的转换中,第一次发现了自己昏暗的一隅,第一次低下高昂自傲的头颅,自惭形秽……阴盛阳衰,是人类生命美学主体地位转换的文化启迪。"从审美角色的转换来解释小说中男女形象的逆转变化,毫无疑问,作者提出了自己独到的见解。作者对《红楼梦》的认知、解读对于我们重新理解《红楼梦》的情节、人物形象显然提供了另外一种思路和视角。

《宿孽总因情》是一部《红楼梦》研究专著,对于《红楼梦》爱好者来说,肯定可以通过对这部书的阅读而获得对《红楼梦》的一些新的理解。当然,这部书还不仅仅是一部《红楼梦》研究专著,借助对《红楼梦》的分析,作者展开的中国文化分析,中国精神批判同样富有学理价值及意义。

沉毅·庆杰先生赋

封丘古城,人杰地灵,钟銮夜雨,名冠八景。千年古村,木秀水清,田美物丰,人和景明。大河润泽,曾播芳声,古风相传,居安而融融。壬申之桃月,时在暮春,古村添新喜,庆杰之诞生。时皓月朗朗,徐来和风,长河欢歌,万籁和鸣。

家中之长子,爷娘之最宠,千般之疼爱,集聚于其身。念双亲之恩情,庆杰至今慨叹,每至情动,竟至涕泪飘零。虽年逾不惑,必忙中拨冗,携妻带女,返乡离城。采买果鲜,灶前亲烹,舌尝咸淡,双手捧奉。守其孝道,尽其孝情,双亲恩重,赤子情浓。每谓妻女,泪光莹莹:乌鸟反哺,羔羊有情,吾辈日长,父辈日短,孝道早行,无憾今生。迨蹒跚学步,则随祖父游历,或骑于背,或赖在怀,村左户右,东塘西坑,槐前柳下,皆成胜景。老前少后,蜿蜒而行,广袤长滩,双影憧憧。晓看大河之日出,暮观天河之繁星;春捕鱼虾于浅塘,夏捉燕雀于田埂。游陈桥旧迹,讲三朝五代故事;走黄河故道,道沧桑巨变深情。炊烟袅袅,茅舍重重,柳丝拂堤,云闲长空。长者含饴弄孙,其情怡怡,幼者承欢膝下,其乐融融。童年之岁月,似幻若梦,祖父之音容,虽历久而弥重。长者德高,少长咸敬,宅心仁厚,待人以诚。尊贤抚幼,情深意浓,虽交恶之邻,亦心怀崇敬。以七旬年迈之躯,夜犁邻人之田,儿孙不解,泪落心痛。祖父言辞,掷地有声:与人为善,不图报应。乐善好施,气和心平,德高而望重,承千年之古风。积善之久,天地有情,八十有四,无疾而终。豪侠仗义,镌刻于心灵,庆杰之为人,可见乃祖之风。宽以交友,厚以睦邻,居下而不媚上,居上而关爱下情。

庆杰少年聪慧,好学敏行,先入村学启蒙,后进县城一中。遍览群书,强识博闻,品学之兼优,秀外而慧中。泼墨著佳作,妙言写佳景,累创辉煌,数获佳评。以飞扬之才气，入夏令营，广交文友，四处采风。少年情怀，浩瀚长虹，青春砥砺，文华品馨。通宵达旦，励志勤恳，金榜名题，两度而成。郑大名盛，佼佼者众，日月逾迈，岁月峥嵘。缀写小说，属望前程，报章有名，电台传声，庆杰之初成，不枉窗下之苦功。大学业满，捷足登程，先为记者，效力于《家庭》。采访新闻，撰写述评，推介经验，报道典型。倾听民愿，关注民生，以正义之笔墨，写人间之真情。后以名记之重名，为经贸学府所延请，以八斗之才情，执教鞭于杏林，将五车之学识，悉授予学子之莘莘，学者风范，乃显师者之魂灵。其时庆杰，已然闻名，上下交赞，远近称颂。学院知遇，庆杰感恩，敬业惟勤，授课惟精。于三尺讲坛，若田间之耘耕，挥汗如雨，多自忘情。得意之时，仰天长啸，悲凉之处，未免哀鸣。黑白之间，泾渭分明，是非功过，了然于胸。爱恨交织，情深仇重，文史育人，月照长空。

庆杰之德才兼备登高能赋，深藏若虚，谦虚谨慎，负重致远，不务空名。其好山乐水，胸怀豪情，磊落光明，诗心柔情。其好酒善饮，远近闻名，太白遗风，气贯苍穹。其为人也，至真至纯，直而率性，豪放豁达，善感多情。其课堂也，纵横驰骋，风起云从，文史化人，润物无声。其为文也，汪洋恣肆，大千兼容，文质皆美，情理并重。大学语文，周易诗经，文秘速记，新闻教程，无所不能，所教皆精，教室爆满，断续掌声。网络有云，盛传其名：经贸遇君，三生有幸。研学红楼，兼论人生，开设选修，应者云从。教学之闲，著述硕丰，皇皇巨制，卷卷闻名：大学书目，社会穴位，墨白研究，红楼人生，字字珠玑，落玉翠声，读者称奇，闻者慕名。面壁功深，妙手丹青，锦心绣肠，玉振金声。

庆杰才高，术有专攻，曾编学报，乃学术先锋。后任职学管，极尽精诚，华灯点梦，默然无声。身兼处长，乐观从容，晨披霞光，暮浴晚风。良师益友，德教双馨，关怀备至，爱深而情浓。开设讲座，教育并重，用心良苦，一片真诚。其人爱藏书，家有四壁书香，其人好读书，腹藏万卷诗书，其人善属文，片纸能写华章。其人不辍追求，不耻学问，以不惑之年，读博于百年河大之华庭，年长于导师两岁，而立雪程门，闻者感佩，莫不动容。

庆杰之学高，皆赖累积之功，手带一本，每见佳句必录诵。身携电脑，不废一指之工，日夜不辍，大作乃成。往来多名家大儒，与孙氏作家兄弟交善，和田中禾贾平凹书信过从。亦心怀慈悲，怜悯众生，关爱弱小，亲近底层。言语不多，行色匆匆，体态丰腴，含笑融融。娇妻颜华，德才并容，夫唱妇从，鸾凤和鸣。

女曰恒星,就学郑中,偏爱文学,为文尤胜。美满姻缘,幸福家庭,小康生活,快活人生。农家子弟,一介书生,躬逢盛世,安享太平。有身安体健之双亲,有娇妻爱女之家庭,有诗词歌赋之所爱,有安身立命之所凭。年已不惑,岁月无痕,才华横溢,事业有成,著书立言,千秋功名,与君相逢,人生之大幸。方寸之纸,难赋风流才情,咫尺之笔,何穷李杜之风?伟业如阳,万里鹏程,庆杰俊贤,龙跃凤鸣。

壬辰之桃月,时百花吐艳,玉兰满庭,沉毅赋于龙子湖畔之观云楼。

李彦华：红学中的"一畦春韭绿"

如今，红学研究，著述浩繁，琳琅满目，鱼龙混杂。而当我一口气读完当代红学研究专家王庆杰先生的新著《谁为情种——〈红楼梦〉精神生态论》一书，脑子里就蹦出来红楼梦的这句诗，先生独辟蹊径，在红学研究的硕大苗圃里，开垦出绿色诱人的"一畦春韭"，在前人红学研究的夹缝里开辟出了气象阔大生机盎然的新天地。人们探幽发微的理性追求兴趣，往往使我们偏重于微观的深度打探，轻视了对其宏观精神气场的整体感悟。多年来，红学研究也是患上了一叶障目的色盲症。我们在不厌其烦的考证、索隐的历史勘探掘进中，恰恰忽略了对这部经典的精神生态的观照。文学是人学，推而论之，人类千百年来的精神演进归根结底也是对以人性为中心的精神生态的不断拷问。这里所谓的精神生态其实也就是与自然生态相对应的人类生存状态，生存状态不仅包括物质文化的存在，更内含着精神文化的建构。庆杰先生在对《红楼梦》这部经典的解读中，越来越发现，长期以来，我们的红学研究一直走的是向下的路径，是为政治伦理化色彩过分浓厚的中国历史作注脚，为文学叙事与历史叙事的一致性撰写着喋喋不休的辩护词。文学与政治的胶着，导致经典阅读感染上了腐朽的历史怪味儿；文学与时代的过分叠加重合，导致经典阐释永远也摆脱不了瘪三式的时代范畴的局限。经典是超越历史超越个人超越时代对人类精神生态的精深把握与准确描绘。

《红楼梦》的精神生态如何？庆杰先生在这部书里发掘出了一片广阔的足以慰藉中国人心的精神生态园地。作者从中国文化史的视角，追根溯源探索出了困扰红学界已久的一个焦点性的难题：《红楼梦》凭借复杂多变的思想资源究竟要表达什么？换言之，笼罩在作品字里行间的精神气场是什么？是在真善美的三维认知结构中凸显的"美场"。在对以善为首的道德就是美的剥离中，作家开辟出一个迥异于"政治英雄场"的气象万千的"美场",美场即情场,情场就是个体生命场。作为生命的个体,孤独是人与生俱来的宿命,曹雪芹建构的生命场就是尊重个性自由过滤掉社会身份地位的精神乌托邦。从作为补天之"石"的被"抛弃"到作为神瑛侍者的被"放逐",人类就开始了生命个体觉醒后痛苦的精神历练过程,在抱团儿般的群体结构中,安全的保障是以抹杀个性、牺牲自由为代价的,而个体追求自由本性又是以孤独叛逆的另类时时遭受群体的排挤与围攻为生命的劫数。庆杰先生从曹雪芹"开辟鸿蒙,谁为情种"的一句追问中,发现了曹雪芹改写历史书写的宏大抱负。在曹雪芹看来,人类群体史的本质都是个人史,国家史本质上就是家族史的兴衰成败,而家族史的兴衰成败其实只是个人情感的悲欢离合、性格扭曲裂变的放大。《红楼梦》的精神生态是建立在对传统政治伦理生态颠覆破坏批判的基础上,为精神生态日益贫瘠恶化的中国人寻找到了赖以维系精神生存的心灵栖息地。

《红楼梦》精神生态对当代中国人的生存处境有何启迪? 庆杰先生的这部研究专著不是经院式的"书斋里的革命",而是怀揣着为天地立心、为生民立命关怀现实的赤诚情感,以《红楼梦》建构的诗性精神来拯救这个过分世俗化、功利化、侏儒化的荒芜精神生态,尤其是作为青春文学叙事杰作代表的《红楼梦》,更是对当代中国青春文学过分宣扬沉沦堕落、真情缺失、情感游戏化倾向的拨乱反正。我们在《红楼梦》建构的精神生态气场中,重新为萎靡不振的精神寻找到独立超拔的勇气和信心,也为止步不前、陷入怪圈儿的红学研究开辟打扫出一片郁郁葱葱、一畦春韭绿般的新天地。

墨白：生命情感的证词

经典的魅力在于常读常新。当代著名学者王庆杰先生"读"出了一本《宿孽总因情——〈红楼梦〉生命美学引论》的研究专著。笔者拜读之余，不免唏嘘感叹，该书视角独特，语言清新流畅，精警练达，不愧为当代红学研究的独秀奇葩。庆杰先生梦酣情痴耽卧红楼春秋几度，三尺讲台传道授业师生陶醉红楼时光飞度，从生命美学视角研究《红楼梦》的专著亮相书坊，威震红学界，被专家学者称之为"里程碑"式、"填补空白"的红学研究力作。该"力"体现在"功力""魅力""表达力"等诸多方面。

一是其非凡的写作"功力"。庆杰先生浸淫红学日久，他发现虽然红学研究浩繁交错，但都是冷冰冰的远离生命的"冷红学"研究，对《红楼梦》生命美学的"热红学研究"的关注度远远不够。从生命美学角度研究美学的使命感促使着庆杰先生埋首于对《红楼梦》文本的仔细研读。庆杰先生究竟读了多少遍《红楼梦》？据说已经不下一百遍了，就这还嫌阅读不深，干脆又逐字逐句抄写了一遍。在对文本的研读抄写中，先生越来越感觉到这是一部有关生命美学的经典，是一部描写人性的大书。长期以来，我们的红学研究在群本思想的控制下，往往是从历史与时代的视角、从国家民族阶级的层面来解读《红楼梦》的微言大义，虽然也研究出了一片新领域，出了一批新成果，但是曲高和寡的红学研究还是少了人间烟火色，人间烟火色也即生命色，这种研究不但与曹雪芹撰写《红楼梦》的初衷南辕北辙，因为在小说的第一回里作者就开宗明义要为"闺阁昭传"、要"大旨谈情"，而且也远离了我们个体生命的成长，对生命个体成长毫无借鉴之处，这样的"冷研究"是偏离了生命存在的研究，是应该纠偏的研究。庆杰先生毅然担当起了红学生命美学研究的历史重任。

二是其耐读的思想魅力。庆杰先生是一位偏重从生命美学思想高度来观照《红楼梦》的当代学人。思想是"不一致"的源泉。有先知先觉者不断突破认识范围,为我们所认识的《红楼梦》的生命包容才能越来越大。唯其思想之包容无限,人类认识的精神宇宙才会越来越广阔。在这部研究著作里,庆杰先生发掘出了中华民族是一个"畏情"与"滥情"、"伪情"与"矫情"并存的民族,作家曹雪芹的"大旨谈情"其本意就是要为生命情感辩护,为"好色即淫、知情更淫"的人类情爱寻找言之凿凿的证词。中国文化的最大弊病就是"情病",病根儿就在于文学叙事一直帖服于历史叙事,过分强大的政治伦理叙事压倒了源自心灵深处的情感叙事,导致了中国人情爱观的扭曲变形,这也进一步导致中国精神贵族意识的缺失,导致流氓精神充斥着国人的思想领地,政治流氓、文化痞子、情爱病狼、流氓无产者等各色非正常人物粉墨登场,招摇撞骗,文明总是处于野蛮的包围中,也即《葬花吟》中所表明的"一年三百六十日,风刀霜剑严相逼"的凄苦无奈之境。

三是其睿智的语言表达力。庆杰先生在学术专著的撰写中一直追求清新雅正而又活泼通畅的语言表达风格。在这部近三十万字的著作中,作者把情感的温度与理性分析的深度完美地结合起来,文风从容洒脱,语句精警典雅,哲理深邃而又晓畅,完全把情感的诗性与思想的理性完美地交融在一起了。细腻的文笔中处处灵光乍现,比如惯常的宝黛初会,作者这样表述道,"情爱如果撇离开所谓的社会拷问,其实很简单,一个'面善',一个'眼熟'就足够了,一切附加在情爱上的各种社会元素,也都是对至真至纯情爱的亵渎与玷污,都是情爱的赘物。"驾轻就熟的表达无疑增加了这部学术专著的可读性。我们也有充足的理由对庆杰先生今后的《红楼梦》研究有更多的期待。

尚伟民：文化批评的银针

鲁迅先生生前曾表示要求自己文章速朽，可是先生写下的文字却依然流布坊间，这正说明了"笔重千钧保吉祥"的文运之幸了。近读当代学者王庆杰先生的文化批评随笔集《社会的穴位》颇多感慨，先生人到中年，手握批评的银针，血性依然贲张，笔锋依然劲健，恪守着人文知识分子的操守，警惕着官僚知识分子、技术知识分子对自己身份角色界定的模糊与伤害。

如今时评文章多矣，庆杰先生最为关注的依然是他最为熟知的文化批评，因为在作者看来，文化是存在之根，是所有社会现象中的病灶之源，也是最容易滋生病菌的感染源。他为文率真剀切，文胆勃勃，批评的银针直刺社会文化的穴位。先生批评的文字，缘于他对人生社会的真诚之爱，批评表象上是揭丑实际上是扬美，看起来是愤恨实际上是热爱。多年以来，知识分子抨击时弊的勇气和信心正在弱化，书斋里也充满了锱铢必较、分斤拨两的算计，"胸无点墨真干净。"（廖沫沙）庆杰先生在每一篇随笔里都要点穴到位，直指鹄的，都要榨出现象后面所藏着的"小"来，一篇《河南失重在哪里》的文化随笔，作者旁征博引，笔纳千钧，"今日河南，有人称她清浅失重，那是我们河南人自己割断了绵绵相续的文化血脉，供血不足，头轻脚重，心脏起搏乏力啊。"文如其人未必尽然，庆杰先生生性淡泊，平时如挑着鸡蛋进城，小心翼翼，见谁都唯唯诺诺，温和谦恭；为文却汪洋恣肆，大开大合，一副文坛勇士斗士的形象风范。文章电光石火，不是作者肝火过旺，而是情感与现象的摩擦之火；批评对象好像事不关己，但是解剖别人更是解剖自己；衣食无忧的文人轻摇笔杆，走笔行文，好像文人都是酒足饭饱后的"瞎操心"，但这一切在庆杰先生看来恰是知识分子良知的呈现。学者林贤治先生指出，知识分子是"不对任何人负责的坚定独立的灵魂。"尼采批评现代人重知识而轻人格，说每个人都"随身拖拽着一大堆不消化的知识石块"：尤其嘲笑学者，称之为"毫无感情的宦官"。鲁迅先生曾写过几句表达知识分子无奈尴尬情状的牢骚诗句，"弄文罹文网，抗世违世情。积毁可销骨，空留纸上声。"（题《呐喊》）庆杰先生常常以"书生"自居，书生是最有文化内涵的称谓，为书而生，"纸上声"也是书生振臂一呼的呐喊。庆杰先生擅长白描手法，把世态人情和盘托出，呈现一幅幅世相图，如书中《回乡偶书》里每一个精短的片段都颇耐人寻味，那是社会的转型期间世情人心的写真图，是中国人最真实生存状态的描绘。

这本书里，也有作者对自己人生轨迹的整体梳理，但依然是在温润中闪现着犀利的锋芒，那些童年时光、求学生涯、新闻记者经历、教书往事、居住的这座城，都在作者翁润的笔墨濡染下呈现出了生命的质地，那些懊悔、忏悔、沮丧、失意都化成了一幅幅美好而温馨的画面。作家是自恋与他恋的复合体，他在自恋中咀嚼着生活的况味，在他恋中品味着生命群体的悲欢。这本书命名为《社会的穴位》其实也是作者本人情感思想的穴位，我们看到了一位当代学人那焦虑而又沉稳、悲天悯人而又自我解嘲的人生无奈，篇篇随笔，似乎都是作者心灵的絮语，都是作家置身于纷繁复杂的社会环境中心迹挣扎沉浮最真实的写照。庆杰先生非常激赏鲁迅先生在《坟》的题记中的一段话，"说话说到有人厌恶，比起毫无动静来，还是一种幸福。天下不舒服的人们多着，而有些人却一心一意在造专给自己舒服的世界。这是不能如此便宜的，也给他们放一点可恶的东西在眼前，使他有时小不舒服，知道自己的世界也不容易十分美满。"读这本随笔集，其实我们也是在反观自己。据说，庆杰先生的另一本随笔集《天堂里的苍蝇》即将付梓，我们但从书名就可看出作者一以贯之的学者情怀。我们拭目以待这只来自文化天堂里"苍蝇"。

王辰迪:年年岁岁一床书

　　庆杰先生嗜书成癖,友人赠书、单位发书、书店购书、书摊淘书,一本本都爱若珍宝,不忍舍弃,书房四壁,全都被书占满,陶醉于书香,浸淫于书中。这本《灵魂孤筏的泅渡》就是庆杰先生阅读后的精彩评论,没有捧杀光芒的刺眼,也没有棒杀声音的恫吓,读书人惺惺相惜,语言温润,言辞恳切,处处流淌着对每一本书的爱恋,对每一本书的尊重,就如自己的孩子,眉眼身段、肤色衣着、性格爱好,看得真切,辨得分明,更重要的是庆杰先生深入到文本深处,如一叶灵魂扁舟,泅渡于思想精神的宽阔水域。在这个浮华喧嚣的社会,庆杰先生沉迷于书香文韵中,独守着那一份孤傲清高的书生宁静,此中境界令人歆羡与感叹。

　　在这个以读图为标识的浅阅读时代,快餐式的阅读削弱了我们读书思考的深度,网络信息时代的电子阅读,又进一步败坏了我们阅读时咀嚼品味的兴趣与耐心,浮躁喧嚣的市井嘈杂也正在淹没我们读书的清纯之音。书房是知识者的心灵家园,庆杰先生独守书房一盏孤灯,摩挲书页,咬碎文字,滋润心灵,慰藉情感,此福几人能够消受得起? 书中的这些文字都是先生夜晚喷吐的灵魂颤音,都是心灵与心灵撞击出的火花。如今,书话盛行,可是现代人写的书话大多是"书颂"之类的"青词"谀章,庆杰先生却把书话扩展成了以书为媒介的人情事理的深度阐发,《我与郑州书店》《随时别忘带本书》《我与北大的书缘》等篇章,字字句句都流露着一位读书人对书籍求知若渴的心境,读来亲切感人、暖意萦怀。置身于都市车水马龙的纷扰里,作者那一份沉溺书香的怡然自得,那一副仙风道骨超凡脱俗儒雅精致的学者形象,赫然矗立在我们的面前。书中诸多篇章如散金碎玉,语言古朴典雅、珠圆玉润,思想犀利精警、深邃清澈。作者对于古今著述,都抱着恋金惜玉之情,钩沉梳理,由点及面,旁征博引,对《世说新语》《陶庵梦忆》等经典著述,"老树深处更着花",作者也能从古今文人的心态的天壤之别揭示出白话文与文言文相比存在着的粗糙、啰唆、赘语等问题。当代语言问题本质上是今人心态情感蜕变堕落的问题，是生活去审美化的原因，生活的审美追求程度决定着语言表达的精致程度。庆杰先生的这部书话集上承中国古代《六一诗话》《诗品》《沧浪诗话》之品藻人物、澡雪思想的风骨，下接鲁迅、周作人、唐弢、郑振铎等先辈书话的流韵，把书话这一独特的文体向着更加具有时代性、纵深性、思想性层面的深度掘进。庆杰先生在这本书中进行了有益的尝试探索，作者把与当代学人的通信、书人书事、书情书理等糅为一体，形式更加灵活，文风更加活泼，内涵更加丰富，纵横捭阖，凌云健笔，气象宏大，书话承载的内容更加宽泛，写作手法更加灵活多变。该书收集了对很多当代作家作品品读鉴赏的文章，本色本真本位本味儿地表达自己最真实的阅读感觉，没有在惯常的约定俗成的语境中写一些不疼不痒、大而无当、似贬实褒、走马观花的拼凑文字。如对自己大学老师著作的批评，一方面是对"教授体"著作的惋惜，另一方面是对当代教育体制的批判，一针见血，直捣血性，爱殷恨切之情跃然纸上。文坛包公，铁面无私，铮铮铁骨，侠肝义胆，剑胆琴心，书话被作者打磨历练成了一个海纳百川、书海驰骋的大文体、大体裁。庆杰先生牢记一位仁兄的教谕，一个人不精读三千本书，就没资格著书立说，就没法与高手过招，就无法找到与智者对话的平台。书生怀抱大如海，书生襟怀为书开。"寂寂寥寥扬子居，年年岁岁一床书。"这是书痴心中的宏愿，也是对当今中国人深度阅读的一种启迪。"灵魂孤筏的泅渡"，这里面有读书人的节操，也有读书人遗世独立的自信与果敢。人生苦短，有书相伴，庆杰先生的书话写作也依然会绵延不绝、常写常新、佳作不断，想想看，这是一道多么美好的人生风景啊。

李晓娟:醉卧红楼

那么多的人,我静静独坐一隅,身心都浸泡在红楼那凄美的意境里了,这是我的红楼。天地氤氲,我愿日日夜夜醉卧红楼。

喜欢一门课就如喜欢一个人一样不需要理由,"红楼梦与人生",虽然没有选修,我是节节必到,因为是从骨子里深深的喜欢。

我爱上了大观园,也喜欢上了励志3301教室的一板一凳,喜欢上了中午吃过饭抱着书就去抢座位的感觉,也喜欢上了来这里上课的每一位可爱可亲的同学……忘不掉每一堂课同学们那一双双渴望的眼神,忘不掉每一节课王老师每一个可爱的动作,也忘不掉每节课那不间断悦耳的笑声……非让我用一句话概括我的感受的话,那就是:初恋般的甜蜜,蜜月般的自在。

每一节课老师那种激情澎湃的话语都让我感动,都让我迷恋……我想这不是我一个人的心声,每一个爱红楼梦,每一个听过他课的学生都会有这样的同感。

"红楼梦与人生"让我明白自然人生、社会人生、审美人生的关系,也让我再度地"陷入"对人生观和价值观的思考,使我重新审视自己,以前我不明白自己的孤独是从何而来? 听了王老师的课我知道了根源,原来是:我一直追求审美人生。当然会和社会人生的人、事有矛盾和冲突。我们是社会的人,逃脱不了世俗标准的评判与衡量,我也觉得我们的目光应该一直在前方,虽然"远方,除了遥远一无所有!"(海子)

醉卧红楼,心灵变得缠绵惆怅起来,每个人、每一件事,都仿佛涂抹了红楼的颜色。我更加豁达,更淡定,更加平和的对待社会人生,更能理解这个社会的所谓的不公平。王老师以幽默诙谐、可爱的动作让我们在课堂上笑,课下深深的思考,虽然一星期一节课,但是那种美妙的感觉和享受会让我这一星期都感觉很美。

红楼有"梦",青春有梦,此情可待成追忆,有种依恋、迷恋……不管是现在还是将来我都会记得给我带来无限畅想的《红楼梦与人生》课,风雨人生路,我会在醉卧红楼中,咀嚼幸福,抚平忧伤。

王庆杰：我一直在追求的语言风格

我一生偏爱语言文字，也一直在追求着自己的语言风格，此路甚长，开始无自觉追求之意识，先是读书发现爱挑选适合自己口味儿之书读，合口味便偏爱其语言风格，目染心熏，杂取诸家之长，品味咀嚼，消化吸收，杂糅品咂，含英咀华，终悟语言原本就是文气充塞，流布于文字，便成品格。窃以为，以下数种文气，是我平生之嗜好酷爱。

一曰"古气"。我钟情文言，其乃中国语言之精粹，字简意丰，精警洒脱，韵味悠长，颇耐咀嚼。先是从上古中国经典文献到二十四史，单是语言便处处是散珠碎玉，俯拾皆是，琳琅满目，养眼润心。后又品读当今几位名家作品：贾平凹、范增、周同宾、孙犁、伍立杨，他们的文字均古朴老到，对中国文言浸淫很深，我引为知音，诸位作品，我几乎搜罗殆尽，业余闲暇，爱蜗居一隅，把玩摩挲，体会揣摩。贾平凹之语言，古朴纤柔，委婉憨拙，士大夫之味很是浓烈，其语言有仙风道骨之气，有股雨水发酵后湿漉漉的淋漓之气。范增之画，苍劲凛凛，其文章也是食古消化，变成逞才使气、天马行空、汩汩滔滔的文字，范增文字雅致超俗，贵族气息充溢字里行间，其错投胎生在当代，他本是高洁雅士，少陵野老，沉郁顿挫；东篱把酒，月上西楼，一身唐装的行头，便宣告着他与当今时代决绝的姿态与自信。周同宾语言，糅合乡野与文人之气，别有景致韵味，精致内敛，素雅交融，他敢把青葱大蒜都能移栽到花盆里修剪成楚楚动人之盆景，他有这样的能力与自信，文字质朴里见功力，看似平平常常，实则内功深藏，就如其人，一身布衣，边幅随便，但却是胸有满腹经纶，只是本色固然，心气颇高，佛家只说家常语，但是句句有道，篇篇有情理，他是把乡野当成树读，书与乡野就模糊难辨；古典的原野，原野的古典，文字悠悠然然，从从容容，恍如田野上吹来的一股清新的风，镇静淡定，文字就憨憨的可爱。孙犁文字古雅端庄，清新老到，文字有料峭的骨感，圆熟精炼，外冷内热，作家浸泡古书日久，冷静观世，文字奇崛，文心通脱，点石成金，披情入理，文润万千。孙犁只可有一，不可有二，天地造化，钟灵毓秀，先生文字，滋润身心，书生意气，骨骼铮铮，千古孙犁，我辈之高标楷模，今生今世，品读先生文字，吾侪之大幸也！伍立杨，吾之同龄人也，其对文言之痴爱，羡煞众人，他以青灯黄卷，布衣萧索，抗流俗，避浊世，逃造化，出尘网，文字是其安妥灵魂的小屋，是其卓然于世的资本。多少人语言生硬，腹笥干瘪，文字汤汤水水，寡淡无味，甚至更有甚者，玷污文字，信口雌黄，以无知为个性，视文言为腐朽，逞强斗狠，抨击打倒，此类宵小，蚂蚁缘槐，蚍蜉撼树，蓬间之雀，井底之蛙，终为沉渣。伍立杨文字，"正是心怀的冷寂与命运的多舛，成就了文人对人世的省察与对人生的洞彻。一无所有，从而拥有一切；生命的不自由，反而铸炼了他们心灵的大自由。像立杨这样的人，无论置身哪个朝代，都有一个共同的名字：而所谓潇洒飘逸的诗僧，心无旁骛的隐者、匡济当世的义侠，或者鞭挞腐恶的英雄，都只不过是他们的别名而已。"（祝勇《改写记忆》）遍读诸家，畅美之余，还嫌不十分过瘾，最终结识曹霑，心情大悦，心境大开，一部《红楼梦》，文风雅韵，深合吾心，我曾在无数个静寂的夜晚，敲打拆解这些文字，曹霑是语言大师，文字百炼成丹，病蚌成珠，珠圆玉润，玲珑剔透，那"世事洞明、人情练达"后结晶出的文字，更有了坚硬的质地与柔软的内核，千年的文字，在其才气氤氲与悲悯情怀的濡染下，熠熠闪亮，活色生香，澄明劲道，简洁饱满，质朴沧桑。我读《红楼梦》，先品尝的就是语言的盛宴，一勺勺，一口口，舌尖舔舐，牙齿慢嚼，肠胃消化，品味吸收。再细细地抄写，字词选用，句式转换，语感语气，体察入微，悟道得法，沾溉心灵。曹霑文字，吸纳千年中国文化之精气，含英咀华，涵盖千古，中得心源，家国人世，平生遭际，一声悲叹，几缕叹息，全都运化积聚为这"辛酸泪"与"荒唐言"了，文字千斤重，血泪写成文。生命是文字，文字里有生命，古今之变，人性皆然，文字溢古气，生命有定力，解读历史，诠释人心，文字有根系，深扎中国文化沃土，文字才有了永远蓬勃不尽的生机与活力，我们才能读懂世道人心，才能穿越千古，走进文字深处，打量每一个方块字后面所隐匿的秘密。没有"古气"的文字，是死面疙瘩半生不熟的文字，是一碰就碎的文字。

　　二曰"才气"。没有才气的文字就如干瘪枯蔫的失水萝卜，或如风烛残年翁妪那张沧桑风霜的老脸。才气是写作的灵魂，我爱读才气四溢的文字，有汁水，有蓬勃青葱之气。周泽雄、林贤治、谢有顺、朱大可、耿占春诸位先生的文字，我也是细细品读,那鼓胀的才气浩荡心田,那才子气漫漶在字里行间。周泽雄"死心塌地地丰富汉语的表达",文字才气超拔,岫岩弥漫,驱遣文字,灵活自如,一般的观点,精湛的见解,他都能用才气冲天的文字表达得出神入化,他处处在彰显着自己这种得天独厚的天赋,不做作,不扭捏,才子气里有风骨,才子气里有豪情,文章读起来就有了耐品味的韵味儿。周泽雄文字不绵软,而是有一股硬朗之气,有一种文人才子桀骜不驯的骨气,说文解气,望文号脉,不飞扬跋扈,没有文痞之刁滑诡谲,才气清正,犹难能可贵。众所周知,才气易染巧滑,才气更易染霸气、傲气、膨胀发飙,茫然四顾,目中无人,才气腐朽,终为弄臣小丑,贻笑大方,为人不齿,所以才气也要因人而异、因物赋形,否则易走偏锋,落入小气,成为笑柄。周泽雄的文字不恃才傲物,而是才气如剑,披胆剖心,剥皮见骨,箭矢中的,才气造势,胸有大气象,掌有大手笔,一腔才气,全都被他运功发力,直指文坛七寸之处,虎虎生风里,也成就了周泽雄中国当代"神笔"之美誉。林贤治,才气内化为思想,才气冷峻,他文字的温热全都在思想的碰撞与擦燃里,不靠才气遮掩思想的贫瘠,不靠才气装点外强中干的虚弱,更不靠那才气来与时代附庸风雅、讨好献媚。才气是思想散发之气,他的文字袒露的是思想的骨骼与真诚的骨髓,思想咀嚼牙口不好之人,终难与林贤治文字投缘。我们这个精神思想资源枯竭的时代,林贤治那忧愤的思索,那收敛才气炼铸思想之丹的定力,也许会被浮躁喧哗所淹没,但他特立独行的思想拷问,恰是我们时代良知犹存的佐证与抚慰,没有思想的烛照,我们的灵魂就会陷入黑暗的泥淖中。林贤治不是才子型舞文弄墨的小丑,他本人拒绝与当今那些"帮忙"与"帮闲"的御客与西崽为伍,故他的文字就如尖利的芒刺又如有棱角的顽石在刺激着这个日渐麻木与冷漠的世界。南国一隅,空气潮润,林贤治的文字温热里有飓风之势,他生活在自己那珍爱的文字里,世俗之风能够吹乱他的一头卷丝,但他眯起的眼睛却更能审慎地观照着这个时代的潮起与潮落。谢有顺,在我的心目中,正如安徒生《皇帝新衣》里那个说出事实真相的孩子,谢有顺的才气是一种个人天赋孕育凝聚成的本真才气,他在所有的文化细节上轻轻一碰,就戳破了无所不在的谎言和虚伪。才气质朴却藏着凛凛的锐气,才气浩瀚却娓娓道来,不耍大派头,不发装腔作势语,本色本分本真,才气是生命之气,在"童言无忌"式的语言里,说出来我们弯弯绕却总是说不清说不囵囵的话,谢有顺识破天机,毫厘不爽,一语道破,入理入心,才气彰显在朴素透明的文字里,四射在我们张口结舌的尴尬里,出现在我们豁然开朗的会通里。谢有顺的才气,看似平常,实则奇崛;看似清浅,实则厚重。本有的才气,让所有的中国理论家们精心构建的思想体系大厦黯然失色,在伪饰的生活里浸淫太深的人,面对谢有顺的文字,会惊起一身冷汗。当我们丢掉了为文的真诚在一片歌舞升平的虚假表象里沉沦陶醉的时候,我们夜晚静读谢有顺的文字,会看到自己那一颗侏儒般萎缩的心,会看到崇高下面的卑劣与猥琐。谢有顺的文字,是放到床头,常读常新的书,是当代文坛最嘹亮清澈的声音。朱大可的才气,一种睿智的才气,他的文字中西杂糅,视角独特,语言噼里啪啦地炸响在你的耳旁,文字分明是才气与侠气的交融,是文人侠客的化身,语言如林中响箭,剑走偏锋,寒光森森,在你不经意处,突然抛出语言的七节鞭与流星锤,语场热闹如战场,朱大可的文字有烽烟与马嘶,有刀枪与剑戟,柔弱的心多情的眼,是断断读不得朱大可的文字的。文字彪悍,文气烈烈,文字在朱大可愤世嫉俗的打磨里一个个都变成了锐利无比明晃晃亮闪闪的钉子。朱大可的文字是我们这个时代文化犬儒里的一头威猛独行的雄狮,暂且撇开他观点的偏激与正确,这种"横站"的姿态,就足以令我们肃然起敬了,文胆是才胆,才气盛,则随手捻来皆是天地之大文章,朱大可的才气,足够我们一唱三叹了。耿占春的才气,是一种执着的傲气与天赋的灵气汇合而成的,他生活在才气里,才气是他的生命呼吸,那串串的思索,那对诗的冥思,都源于才气使她隔开了与世俗生活的距离,天地阴阳,耿占春的文字是天地的梦呓,是最纯净的天地回响,读不懂耿的这些梦呓,说明我们已经变得俗不可耐。才气是天地之气,接通天地,视通万里,文字内在的隐秘才能向我们呈现,文字不是才气的载体,也不是才气的释放口,而是才气与文字融为一体,文字就是才气,才气就是文字。才气不是附着物,而是内在物。当我们倾听这些生命的呓语时,我们看不到才气的云遮雾罩,只能沉入心灵深处,安静,让一切都安静下来。钱钟书文字映入我的眼帘时,才气才真正把我击倒。我把钱氏著作一一买来,一一品读,才气弥漫,让你如入大花园,一步一景,景景不同,那冲天的才气,让你心悦诚服,文字犀利尖刻,但仍不失诙谐幽默;引经据典,仍可感觉作者那吞吐万物的包容力与消化力,钱氏著作才气里面有识见。这种才气需要智力、毅力、心力、眼力的综合参与与投入,这样的才气是把一座图书馆全部融会于胸后喷吐出的一股股才气,文字更加熟稔老道,所以钱氏著作最好背诵数篇,一点点的含在口中品尝,个中三昧,才能感悟一二。贬钱捧钱的人,都是无知妄作之人,钱的才气足以把这些人熏倒赶跑,钱钟书这样的文化昆仑,早已超越了世俗褒贬的界限,只能让我们静静地远观与敬仰。才气是生命之力,有了才气灌注的文字才是活的文字,才是最有生命力的文字。我崇尚才气,其实也就是崇尚蓬勃的生命力,就如春天来了,草木苏醒,大地生机一片,那就是自然的才气、生命的才气。

三曰"静气"。张牙舞爪、飞扬跋扈是当代文字书写的传染病,字里行间充斥的就是焦躁、浮躁之气,你弄不清这些火气都是缘何而发? 真正的愤怒出诗人,假愤怒只能出跳蚤。当我读到学者鲁枢元先生回忆自己父亲的一篇文章时,邻人对鲁父言"你家枢元胸有静气,将来会有大出息的。"我内心一震,这句话最能概括鲁枢元先生的气质精髓。枢元先生是我崇拜的偶像,他的系列著作,我都不断地研读,那一股涵养天地的静气,就流荡在先生的文字里,静静地叙述,缓缓地辩论,波澜不惊里有着参透生命的通达,即使是学术专著,先生的文字也不扭捏矫饰,故弄玄虚,而依然质朴平静,但在平静里你依然能够感受得到先生文字下面涌动的湍流,那种生命的悲悯与沧桑。当我无数次把先生的系列著作放置床头,一遍遍揣摩摩挲的时候,我的心就会变得出奇般的宁静。天地不会焦躁,万物不会焦躁,只有人在焦躁里名来利往。先生的文字,学问思想,都化解在那清澈平静浩大如江河湖海的文字里了。花木扶疏,地气滋润,先生的文字有了与众多不可一世的学者文字区别开来的特色,他那种俯仰天地的静气,足够让这个到处喧嚣聒噪沸腾的时代汗颜万分了。当我读到孙郁先生的第一篇文章时,我就找到了我们神交已久的缘分。孙郁的文字,雅静纯朴,苍茫浑厚。他的文字在镇静从容的笔调里,折射出温润的人性光芒,在历史的视角与人性的视角里,他偏重人性的视角。人性是相通的,当历史的尘埃落定的时候,剩下的只有人性的审视。孙郁的文字儒雅洁净,生命气息浓烈,在灰暗的历史里,他用人性的亮光去烛照被历史遮蔽的灰暗。静气,是一种包容万物的元气,是淡泊的宁静,是穿透人世沧桑的从容。

王庆杰：工具书品赏

　　文人蛀书，平素闲暇，鄙人嗜好就是收藏工具书。足迹所至，遍访书肆，倾心搜罗，多年下来，小有所获。外人看来，不过一堆朽纸，吾却视为珍宝。工具书，不花哨粉饰，素面清纯，分条列目，井然有序，语句精简，最宜素心孤旅之人。三五月明夜，雪落有声时，蜗居一隅，摩挲把玩，品赏鉴读，可谓良辰美景赏心乐事也。兴之所至，遂信手涂鸦，文字粗拙，聊表心绪。

　　《中国典故小词典》上海辞书出版社。沪人做事精细，书刊做工也极为精致。忽一日，吾足受伤，躺卧在床，拈得此书，消磨光阴，顿感微恙是福，病中读书，其乐融融，个中滋味，真不足为外人道也。中国历史悠长，各色人物鱼贯而出，各类逸闻趣事颇多，叠压积累，流布传播，浸透民族文化血液，积淀为民族文化的钙质。典故是一条条鲜活的鱼儿，游走在民族文化的历史长河里。典故是一个个细薄的芯片，读之品之，复原激活我们尘封的文化记忆。典故，时时形成我们表情达意的文化语境，慢慢嬗变成民族文化的基因，渐渐塑造民族文化的性格，最终铸就民族文化的生态。典故是民族文化中最有质感的成分，旁观左右时人，语言轻浮，心神飘忽，文脉柔弱，皆与疏远典故、文气断绝密切相关。物质富饶的当代人，与古人相比，精神生活情趣寡淡，在追求所谓规范化、标准化的时代语境中，公共事件整齐化了人们所有的个性化表达，公共建构的文化语言符码系统剥夺了私人化的文化创造权。粗粝的现实表象磨损了人们内心细腻微妙丰富的思想情感。典故是一种文化叙事，每一个典故，都是一幕生动的文化场景，都是透视历史的瞳孔，都可以窥见民族文化诸多生动鲜活的细节。典故也是一种历史叙事，它散落在所有历史的缝隙里，构成了历史最耐人寻味最有历史韵味的情节。典故是防止历史发霉变质的保鲜剂，是一粒提神醒脑的樟脑丸。典故穿透历史与现实，历史的气息与现实的烟火色交织在一起，我们在典故中找到了历史的附着点与现实文化的生长点。典故是砝码，称量出文化的厚重，让我们在精神失重中感到了历史沉甸甸的抚慰。我们走得太远了，典故把我们拉回到历史的原点上，原点是我们回望的家园。

《中学生实用百科词典》中国社会科学出版社。某日逆旅陕州，方音难懂，伴侣难觅，羁旅惆怅之时，遂踅进一家书肆，书籍陈旧，百无聊赖之时，购置此书，寂寂夏夜，雨声敲窗，此书佐酒，滋味杂陈，该书伴我度苦宵。书冠之中学生，实乃削足适履，试问，忙于应试的莘莘学子，几人得闲暇有趣味翻阅欤？内容涵盖万千，包罗万象，天文地理，经史百家，海纳百川，尽收其中。长见识，开眼界，除燥祛热，净心镇神。此书厚如砖石，编辑此书，需要大境界，大耐力。阅读此书，也需滤去喧嚣浮尘，笃定安神，词条品读，芳馨扑鼻。人事沧桑，终变成几行文字。世俗风情，寓目骋怀，别有风致。文字叠压，词条排列，文字剪刀，裁剪齐整，旁逸斜出的枝条，终被雕镂成历史盆景。风云际会，终尘埃落定为词条中毫无温度的客观陈述。伤怀日，寂寥时，词条如砖，闪烁明灭，倒生人生悲怆之感。词条如砖，堆砌起绵长的历史之墙。痴书如命，此书最为过瘾。带回寒舍，放置床头，随心所欲，漫不经心，随手翻阅，渐渐如贫僧入定，挑拣词条，养眼润心，时光荒疏，优哉游哉，个中滋味，不足为外人道也。当今时下，人心内涵枯槁，无趣无味，此书可做心灵鸡汤。谁家秋院无风入，谁家秋窗无雨声？此书拥怀，个中三昧，意味无穷。很多信息，漫漶无边，书中搜罗，眉目清晰，叙述客观，文字简约。人至中年，大道至简，五味变淡，包装粉饰之书，已不入眼。铺陈虚构之书，趣味寡淡。偏爱本真本色，原汁原味之工具书，无诱人噱头，少细节勾画，多是直来直去叙述，全是淡淡笔调概括，契合中年之心境，暗合生命之老景。此书囊括万象，吾生有涯，一人之力，足迹虽不能踏遍，双目却可万水千山观遍。此种雅兴，几人理喻？

《中国名胜辞典》上海辞书出版社。古人云读万卷书，行万里路，吾少时颇多不解。天命之年，乃悟读有字书与无字书之境界，也即学人所言书屋与田野之分也。田野考察，趣味无穷。少时家贫，蜗居乡野，虽有古黄池、翟母井、陈桥驿等古迹数处，涉足很少。弱冠之年，跳出农门，省城读书谋生，遂眼界始开，足迹延伸，省内省外，亲炙古迹名胜，遍访不疲，思古幽情中，备感学识浅陋；骋怀游目时，甚觉目光短视，井底之蛙。周游天下，向往之至。凭吊访古，人生幸事。某日，站在郑州某书店一隅，此书吾反复把玩，终因书价不菲，后数次欲购之，无奈放回。望穿秋水，终一日书店清仓，此书打折，喜不自禁，遂购置家中，仄歪榻前，各地风景名胜，尽入眼目。心烦意乱，偶翻此书，顿觉浊气散尽神清气爽。田野大卷，历史定格，与历史黄卷，交相辉映，互为印证。田野苍苍，历史茫茫，前度刘郎，今我来思，一抔黄土，几根朽骨；残垣断壁，蒿草秃墙，半截石碑，几行残文。游走文字中，踯躅烟尘里。行走田野，穿越现实历史，天地鸿蒙，生命厚重。书页黄脆，吾甚藏之。细读之余，总想移目书卷外，钩沉历史，奔赴田野，看文字的蒲公英，怎样飘飘洒洒落入今夕何夕的一株古树旁；听文字之雨珠，如何滴滴答答打湿了千年的青苔砖瓦。任凭田野怎样沧海桑田，真迹假迹，南阳襄阳，智圣魂灵，长风游荡；不管时人如何石屎成林，仿古造假，赝品成堆，时光锈蚀，悠悠往事，必将于市井人心起起伏伏，明明灭灭，若隐若现。各色人物俱往矣，城门宫阙终作土。名山胜水，案头文章。书香案几，别样山水。历史大寰宇，吾乃小酒人。宵小厉鬼，达官权贵，人间万事风过耳。午休之余，又览此书，冬阳暖身，端坐案前，信笔涂鸦，倒也恬淡自安。人间悲欢，个中荣辱，变成今日一杯苦茶，两声长叹，三声咳嗽，头皮白发萌芽，霜花染鬓。窗外几株落木，衰草枯黄，倒落得今日清贫闲暇，一卷黄书，散淡山人。兴之所至，遂信手写下这几行速朽文字，也算青梅佐酒，微醉和沉沦；也算聊备一格，光阴虚度。

《古今文化词典》商务印书馆。一日，与朋友在酒坊小酌，友人醉眼蒙眬，口吐真言，言吾对中国文化太爱，对外国文化知之甚少。友语惊心，吾乃初醒，吾数年浸淫中国文化，奈何年龄渐大，越发感觉对历史了解甚微。老之将至，吾越发喜欢中国文化。生活当下，文化轻飘。追溯历史，文化厚重。此书购置于省城书店，囊吾执教语文课程，此书解惑颇多。民族文化，开辟鸿蒙，日见雏形。轴心时代，蔚然壮观。此后一切，终是历史遥远的回响。翻看此书，典章制度、礼仪服饰、思想百家、哲学源流，都积淀成文化记忆。追慕古人，感叹今人，文化脉络，绝学待续。吾喜爱古文化，原因甚多，最想打探历史，试图窥一斑而知全豹，复原历史概貌，此乃一也。借古代文化之秤，度量今日文化之轻，此乃二也。积累知识，增加谈资，为平淡无味人生增添佐料，此乃三也。此书，最宜百无聊赖日，惆怅寂寞时，逐页细读，与现实隔离，躲进历史，细细咀嚼，此乃人生之快事。中国古人细腻，工于人文，细密揣摩，真诚践行，解读"人"字，敲骨入髓。人情世故，文化皴染。虽有诸多桎梏，但匡正人心之效，不可小觑。时人隔膜历史，辱没文化，斯文荡尽，内涵枯竭，"空心人"之谓，恰如其分。此类书籍，吾购置数种，版本不同，侧重点各异，虽有重复,但都万紫千红,别样可爱。近几年,传统文化热度不减,此类书也应时而需,应运而生,认真研读,裨益大哉!好知者近乎智,真读书人,理应深入民族文化之根,探幽发微,爬梳钩沉,了解先祖生活,增强文化自信。商务印书馆,书籍刊印精良,每一条目,都注解翔实,简明扼要。此书因为读者对象定位于中学生,盖因只有中学生购买此书,实在有点冤枉此书,实际上,很多"中学生"之工具书,全都是大学生、成人之书。试论,电脑前泡大,试卷里滚大的中学生愿读此书者,能有几人欤?当今书籍,封皮冠之"中学生"名头,总有大脑袋胖身材却戴一瓜皮小帽之儿滑稽。小儿挥动板斧,能如关公鲁班乎?

《谦辞敬辞辞典》四川辞书出版社。此工具书开本较小,可放置口袋,闲暇时光,随时随地,便可手捧读之。此书收录谦辞敬辞1700条,可谓宏富。每个条目,有注解有例句,初写黄庭,简繁适度,不枝不蔓,最宜素心之人,把玩欣赏,其喜洋洋者矣。古人重礼,文质彬彬,谦和儒雅,人际关系,距离适当。如"二老年臻耄耋,子女们爱日无多,理应尽心孝敬"句中"爱日"一词,言简意赅,颇有韵味。又如"仁兄待我恩深似海,然而小弟报乏琼瑶,深感愧怍"中的"报乏琼瑶",古色古香,玲珑剔透,内涵丰富。中国文化魅力根在语言精警宏阔,耐人寻味。当下,国人传统文化淡漠,语言粗糙,词义干瘪,心灵枯竭,表达苍白无味。很多语言落入俗套,成为定势,终无意趣。可是古人,虚己游世,未始有物,以德论交,彼此谦恭,用语便含蓄简练,凝练深刻。如婚礼相贺,"一对璧人,天作之合,在此佳期,成百年之耦。""璧人"一词,温润美好,荡人心魄。青年时读红楼,总感里面公子小姐、丫头婆子,说话个个都是礼仪风度,不落群俗,很是不解?人人这样,岂不太虚伪客套?年龄渐长,重读红楼,始悟时代用语,昭示着时代民众精神的高度与纯洁度,表征着人心的健康程度。这些谦辞与敬辞,虽说很多退回历史,但一些仍然在运用中,语言不死,文化记忆不会消失。此书刊布,流通坊间,惠泽万人,从当前语言污染的语境中突围,从当前语言表达放纵的狂欢中觉醒。纯洁语言,净化语言,责无旁贷,时不我待。语言是存在的家,此中存在是一种精神的存在,文化的存在。捍卫语言,营造生机无限的语言文化生态。此书可作为中国语言储存的宝盒儿,它承装了民族语言的珍珠翡翠,国人理应时时珍惜爱护。沈从文先生常谓"购书如纳小妾",小妾青春妩媚,惹人爱怜。吾生有涯,常有"书妾"相伴,谦谦君子,敬惜语言,含饴珍玩,含英咀华,浸淫文字,乐莫乐兮心相知,此生逍遥,夫复何求?李白《秋下荆门》诗云:"霜落荆门江树空,布帆无恙挂秋风。"人生之旅,有书相伴,"布帆无恙",不也令人向往之至哉!

《现代汉语惯用语规范词典》长春出版社。据说,托翁晚年,还在积累词汇,大师如此,今人语言贫瘠,表达无味,浑然不知,尤其是当代学生,语言意识淡薄,表达苍白无力,能不汗颜! 吾酷爱语文,人到中年,表达窘迫,诚惶诚恐之余,总想恶补,吾收录语言词汇类工具书很多,此书是其一。该书收录诸多惯用语,司空见惯,耳熟能详,但细细品嚼,惯用语源于生活,植根文化,鲜活生动,语言钙质,内涵丰盈。民族语言精魂,外人不深入文化核心,很多惯用语不知所云。中国语文教学,脱离生活,生硬记忆,应对考试,投入时间长,效果甚微。生活语文,词汇积累,理应还原生活中,学会收集整理,学会不断运用。但是,快餐化的网络时代,唯应试教育马首是瞻的学生们,谁能孜孜于词汇日积月累? 谁能在这些惯用语上狠下功夫? 惯用语,乃民族文化密码。"两把刀""两层脸""打了核桃捎带枣""拔出萝卜带出泥""打秋风"等惯用语,昭示中国文化本色的生活质地,凸显中国文化简练含蓄的审美追求,形成民族文化的独特表达。"闭门羹""鸿门宴""空城计""走麦城"等惯用语,浓缩中国历史文化的瞬间,浸润中国人生命的追求,穿透民族精神的隧道,活跃于我们的表达体系之中。吾大学毕业,曾教授《古代汉语》与《现代汉语》两门课程,虽然知识枯燥,但却收益颇深,词汇认知,体会颇深,词语小如稀米,却建构巍巍语言大厦。词语虽平淡无奇,却蕴含民族文化基因。人活在词汇中,活在词汇构建的语言世界里。人活在语言世界中,活在密密麻麻的语言符码里。人有语言意识,才能感悟生命,才能体悟生活无穷之魅力。此书可消愁破闷可时光消磨,也可在差旅之中慢慢欣赏品味。小小开本,装入囊中,方糖般的词语,滋心润肺,天地悠悠,不亦乐乎?

《中国标点符号词典》书海出版社。那是一个"无边落木萧萧下"的秋天,古都开封菊花正盛。吾在汴京读研,闲来无事,爱逛大学周边书肆,百无聊赖,淘书取乐,人生逍遥,优哉游哉。一日,拐进一家面积局促、书籍凌乱的小书店,无意瞥见此书,遂爱不释手,如获至宝。标点符号,从小学之,至今仍难以真正把握。曾供职一报社,标点符号,仍是掌握不清,苦恼不已。后又教书写书,标点符号之运用,仍不能完全驾驭,痛苦懊恼。后又教授公文,依然模棱两可。遂下定决心,认真研究标点符号,推敲斟酌,细细品味,豁然感悟,幸甚至哉! 中国教育,尤其是语文教育,大而无当,走马观花,细枝末节,往往一笔带过,标点符号,重视不够,运用混乱,浑然不知,以为无关痛痒,无关大局。小小文面,漏洞百出，披头散发，面目可憎。古人之文，无标点符号，讲究句读，全凭语感，虽有断句不清之烦琐，但可锻炼学生把握句意之能力。五四伊始，标点符号，开始出现，文化典籍，开始点断标注，读书学习，方便至极，语感训练，却丧失殆尽，甚为可惜。西风东渐，欧风美雨，洋文受捧，母语遭殃，标点符号，尤被轻贱，社会各界，走笔为文，标点符号，胡标乱点，不以为耻，反以为荣。混乱现状，愈演愈烈，语文教学，虽有标点符号知识，却因为考试寥寥，老师轻视，学子弃之，语文之大，竟不能容标点符号一席之地，悲乎哉！此书，收录各种标点符号用法研究文章，阐释清晰，决断正确。一书在手，鉴赏品读，受益匪浅，受用终身。此书印量很小，流布坊间，茫茫人海，芸芸众生，呜呼哀哉，几人识荆？

后 记

校对完这部书稿已是子夜时分，窗外马路上依然有车匆匆驶过，远处闪闪烁烁的灯光让人感觉到都市夜晚难得宁静中的温暖与安逸。近些年，我买书的热情在慢慢消减，代之而来的是对书房里这些我辛苦购置的书籍的爱恋，她们已成为我生命中的一部分。人类真是怪怪的，为了满足精神上的享受，创造了各种愉悦身心的艺术产品，这些虚幻的艺术带给人的心灵体验是一种无法言说的满足与富足。也许，我只有从今天开始，把书房里的书细嚼慢咽地啃完，我才能获得一种生存的自信，才能摆脱我心中的困惑与焦虑。太密实的生活会把人压迫得喘不过气来，虚幻的艺术是人类摆脱物役升腾思想巨大无比的空间。人对于虚幻的需要本质上比存在更重要，读书实际上也是这种虚幻的精神需要，一本本书摆放在书房里，既能满足读书人的占有欲，同时也能满足读书人那种外表文弱内心却在构筑并捍卫精神长城的文化身份优越感。我时常以文化人自居，目的就在于为自己寻找一种思想身份的角色定位，为自己在嶙峋峭拔的社会中表现出的懦弱找到自我安慰的借口，为躲避那些冷不丁直穿耳鼓的噪音喧嚣寻找到能够躲避的文化避难所。精神其实就是心灵甘愿作茧自缚、甘愿悬置虚空、甘愿接受存在嘲弄的思想自虐。功利化的存在总是在时时处处准备着与虚空的文化存在打一场遭遇战，扼住精神的喉咙，窒息那些精神思想的潜滋暗长。人过半百，我经常感到我所处的这个时代正在文化泛滥中使一切思想文化都被一锅烩般地消解完，尤其是在网络阅读风生水起的今天，当我看到纸扎的文化衣钵成为人们膜拜的偶像时，很多人面对那些文化精品已经望而生畏，读书人正在成为被人嘲笑的另类。

读书是精神的逍遥。我试图区分开现实中不同的语境，比如工作语境、生活语境与文化语境，每种语境都需要确立自己的身份与角色。读书是一种最个性化最有生命气场的文化语境,我可以自由地选择与不同的思想不同身份的人们进行随心所欲地碰撞。读书语境是很多人在与你交流,你掌控着这种语境,你不需要做不必要的进入语境前的修饰与装扮,就这样单刀直入地切入你喜欢的话题。读书语境是自己圈占的心灵属地,这种画地为牢般的语境营造,是读书人心甘情愿的文化王国。读书语境其实也是一种梦境,在这种梦境中,我可以虚幻地英英武武地潇洒狂放,可以让精神赤裸裸地呈现在这样的私密空间,没有难防的暗箭,没有投掷而来的流弹,更没有那些空穴来风般的流言蜚语。读书语境,实在是心灵的栖息地,是精神特立独行的流放地。收在这本书里的文字,同样是我读书闲暇信手写下的粗浅文字,是我结交的诸多文人大聚会的沙龙记录,我很珍爱他们,就如我很敬重一切在文字里摸爬滚打的人们,我很尊重那些著书立说的学者同仁,此种甘苦冷暖自知。在商人、官人、达人、能人的各种时髦称谓中,我最喜欢称自己为读书人,在我看来,读书人是最有精神韵味最有文化特性最有生命质地的称呼,读书人意味着你是最有生命追求最有生命潜能最有生命内涵的人。这本书里的每一篇文字,都是我在生命时光中深深浅浅的足迹,是我袒露幼稚肤浅我思考的真诚,都是我精神超越跋涉中留下的粗浅日记,就如我写完这本书后写的这篇后记,一声叹息,一声喜悦,一声生命沉重的呼吸,都是我生命的气息,很真实,很惬意。

作者

2014 年 5 月于郑州龙子湖畔